汉语言文学新文科一流专业博雅书系

# 十七年文学批评话语研究

寇鹏程　著

重庆大学出版社

**图书在版编目(CIP)数据**

十七年文学批评话语研究／寇鹏程著. -- 重庆：
重庆大学出版社，2024. 9. --（汉语言文学新文科一流
专业博雅书系）. -- ISBN 978-7-5689-4600-1

Ⅰ. I206.09-53

中国国家版本馆 CIP 数据核字第 20242XD346 号

## 十七年文学批评话语研究

寇鹏程　著

策划编辑：张慧梓

责任编辑：张　祎　　版式设计：张慧梓
责任校对：邹　忌　　责任印制：张　策

\*

重庆大学出版社出版发行

出版人：陈晓阳

社址：重庆市沙坪坝区大学城西路 21 号

邮编：401331

电话：(023) 88617190　88617185（中小学）

传真：(023) 88617186　88617166

网址：http://www.cqup.com.cn

邮箱：fxk@ cqup.com.cn（营销中心）

全国新华书店经销

重庆亘鑫印务有限公司印刷

\*

开本：720mm×1020mm　1/16　印张：16.75　字数：236 千
2024 年 9 月第 1 版　　2024 年 9 月第 1 次印刷
ISBN 978-7-5689-4600-1　定价：78.00 元

# 目 录

# 绪 论

## 文学批评的常识

既然是常识,那就应该是人人都懂得,人人都遵守的原则,还有什么可论的呢? 之所以还在这里煞有介事地来论述文学批评的常识,说明我们还没有做到这些常识性的东西,还有必要回到常识。恰恰是这些常识性的原则没有坚持好,导致了我们文学批评声誉不太好,经常被人诟病。

### 一、文学批评的恶名

文学批评的名声不太好,中外好像都是这样。当年,海明威发表了《老人与海》,美国一些批评家就开始评论老人象征什么,大海象征什么,鲨鱼象征什么。海明威很生气,他说老人就是老人,大海就是大海,只有鲨鱼有象征,鲨鱼象征批评家,可见海明威对批评家的厌恶。狄德罗在《论戏剧诗》中也曾经说:"旅行家们说有一种野蛮人,他们对过路人喷射毒针。这就是我们的批评家们的形象。"[1]批评家成了"鲨鱼",喷射毒针的"野蛮人",可见人

---

[1] 狄德罗:《狄德罗美学论文选》,张冠尧等译,北京:人民文学出版社,1984 年,第 225 页。

们对文学批评家的印象都不太好。

中国现当代文学批评的名声其实也一直不太好。茅盾在《读〈倪焕之〉》中就说:"当代的批评多半是盲目的,作家要有自信的精神,要毫不摇惑地冷静地埋着头干。"①这意思很明显,就是文学批评成事不足败事有余,作家们根本用不着理睬那些所谓的文学批评,自己埋头写作就可以了。当年创造社与文学研究会论战之时,郁达夫在他发表的《艺文私见》里指责当前中国只有假批评家,他们是伏在天才作家上面的"木斗",应该到清水粪坑里去和蛆虫争食物,可见他对批评家是多么厌恶。而在"革命文学"的论争中,李初梨在《普罗列塔利亚文艺批评底标准》一文中则说:"在中国过去的文坛上,除了'骂人'或'捧场'而外,从来无所谓批评。"②钱杏邨也在抨击中国的文学批评时说:"所能够找到的,只有抄书的批评,趣味的批评,或者是寻章摘句,捧场谩骂,或者是抹杀客观的事实,只有技巧的批判,这一切都是错误。"③这些似乎都把中国现当代文学批评骂得体无完肤。

胡风1934年还专门写过《目前为什么没有伟大的作品产生》一文,找到的第一个原因便是"批评家太凶了,太浅妄了,使作家受到了威吓,因而搁笔了的原故。要有伟大的作品产生,得把这些批评家送向冷牢去,使'文艺自由'。"④可见文学批评的名声多么坏。在当时很多人看来它对文学似乎不仅无益,反而有害,把批评家送进牢房,文艺便自由发达了,便有伟大作品产生了,这固然是不对的,可见文学批评的角色多么悲哀。面对此情此景,梁实秋似乎想为文学批评辩护,写了一篇《文学批评辩》为文学批评正名,不过他

---

① 茅盾:《茅盾文艺杂论集》上集,上海:上海文艺出版社,1981年,第294页。
② 中国社会科学院文学研究所现代文学研究室编《"革命文学"论争资料选编》下册,北京:知识产权出版社,2010年,第518页。
③ 中国社会科学院文学研究所现代文学研究室编《"革命文学"论争资料选编》上册,北京:人民文学出版社,1981年,第386页。
④ 胡风:《胡风全集》第2卷,武汉:湖北人民出版社,1999年,第59页。

在文中也无可奈何地承认："文学批评与'文学攻击'自古就是同时诞生，驯致今日一般人还常以为文学批评多少是带有恶意的，是破坏的，是卑下的，是文艺的蟊贼。"①对文学批评的这种批评实在是俯拾即是，听起来文学批评真是"恶贯满盈"，说其身败名裂也并不是很夸张。

在当前，文学批评的名声也没有好到哪里去，似乎也是一样的差。余华在《我的文学道路》中曾经直言不讳地说："评论家的话你们不要相信。尤其是现在，现在就更乱了，现在是一本烂书都被人吹得像林黛玉一样美，所以不要信那个。"②文学批评在作家那里变成了可有可无的东西。批评家雷达也曾不无感慨地说："现在的评论是自产自销，只有小圈子中人互相唱和一番，或者只对一个人有吸引力，那就是被评论的作家本人；但作家好像也不买账，说他从来不读评论。"③文学批评似乎一直乏善可陈，中国自二十世纪八十年代以来对西方各种批评的借鉴就被看作二道贩子，而各种文学作品研讨会则被看作红包批评，是为了卖书的商业活动而已。令评论界忧心忡忡的是文学批评的"危机"，即文学批评的"失职""失语""失业""失态"以及"缺席"的问题，以至于有人说中国当前的文学批评是一种奇怪的文化活动，根本没有读者，也没有作用，简直就是一个鸡肋。文学批评写给谁看还一度成为批评界争论的一个热点问题。

## 二、文学批评的致命伤

那么，问题的关键来了，文学批评工作为什么做得这么差？名声为什么这么臭？损害文学批评的原因是什么呢？导致文学批评崩坏的致命伤是什么呢？

---

①　徐静波编《梁实秋批评文集》，珠海：珠海出版社，1998 年，第 89 页。

②　余华：《我的文学道路》，载王尧、林建法主编《我为什么写作——当代著名作家讲演集》，郑州：郑州大学出版社，2005 年，第 76 页。

③　雷达：《重建文学的审美精神》，北京：北京师范大学出版社，2010 年，第 244 页。

　　通常最多的一种解释是说批评家没有严格的批评标准,个人的主观性太强,任人唯亲,熟悉的人就捧杀,陌生的人就棒杀。郭沫若曾经在《海外飞鸿》中愤怒地指出我国的批评家太无聊了,文艺批评对自家人简直就是广告用具;而对于自己团体以外的作品便一概加以冷遇或者根本不理。确实,捧和棒的宗派主义一直是人们诟病文学批评的一个顽疾,批评家被人情所困,凭一己的主观倾向来进行捧和骂是文学批评丧失自己威严的常见病。茅盾曾经痛心地指出:"西洋文艺之兴盖与文学上之批评主义相辅而进;批评主义在文艺上有极大之威权,能左右一时代之文艺思想。""必先有批评家,然后有真文学家。""我国素无所谓批评主义,月旦既无不易之标准,故好恶多成于一人之私见。"①与西洋文学批评的发达相比,中国的文学批评确实是弱小的。茅盾认为这里的问题主要在于个人的主观"私见"太多而无客观的标准。这些都把原因归结为批评者的主观性。

　　上述说法当然是不错的。但是大家知道文学工作本身就是一项个性很强的工作,要完全杜绝主观性、个人性、情感性等是不可能的。文学批评的标准本身就是多样的,有审美的、语言的、道德的、历史的、科学的、心理的、情感的、法律的、哲学的,等等;而批评家本人审美情趣有差异,道德情操有卑陋,思想境界有深浅,学术水平有高低,人生阅历有广狭等;再加上文学作品本身也是一个开放的、留有很多空白的、等待读者来具体化的召唤结构,一千个读者有一千个哈姆雷特,文学批评在评判分析中具有强烈的主观性、个体性的差异,这是自然而然的、正常的、可以接受的,这是文学工作的特点。要批评家不带任何个人情感倾向地去客观、科学分析其实是一定范围之内的事情。也就是说其实主观、情感、个性、偏向在一定程度上是不可避免的,文人相轻,自古而然。主观偏见固然也是损害文学批评的一个原因,但好像这已是一种能理解的"合法偏见",是批评的起点。也就是说,个人主

---

① 贾植芳等编《文学研究会研究资料》,郑州:河南人民出版社,1985 年,第 501 页。

观性还不是把文学批评拖到万劫不复的最根本的原因,还不是文学批评的致命伤。仅仅把败坏文学批评的原因归结为主观的宗派主义还过于简单化,这不利于文学批评更深一层发现自身的问题,不利于把文学批评的问题推向深入,不利于文学批评的提高,应该说还有比个人主观性泛滥更严重的问题。那么,这个更严重的致命伤是什么呢?

　　文学批评的致命伤是我们突破了文学批评的一些底线与常识,突破了文学批评的良心,这才是文学批评遭受毁灭性打击的深层原因。孟子说:"所不虑而知者,其良知也",①也就是说文学批评的良心是我们不虑而知的常识。我们有些文学批评丧失了这种最起码的常识与良心,一些没有常识、没有良心的文学批评招摇过市,这是败坏文学批评名声,把文学批评推向堕落的更深层次的原因。良心在伦理学家看来是一种直接的知觉,比较适合作为现代用来概括道德意识的名称②,良心就是一种直接的道德意识知觉,它是直觉式的或者常识性的最起码的道德意识,是某一时代共同体的人们共同遵循的基本底线。那么,文学批评的良心就是文学批评家在进行批评时必须共同坚持的最基本的常识。郁达夫曾经在《批评与道德》中指出:纯正的批评便是良知的表现。我们下批评的时候,总要凭着我们的良知,不违背道德的本质,论衡轻重,辨别真伪,才能压服众人,挽回颓俗。③ 郁达夫要求文学批评家保持天良,进行良心的文学批评,以此养成严正批判的能力,彻底地追求真是非,这样才可能有真正的文学批评。而我们的文学批评之所以名声那么坏,原因固然有很多,但最重要的一个原因就是文学批评家丧失了常识与良知。置文学批评最基本的常识于不顾,这才是文学批评走向颓败的最根本的原因。那么,进行文学批评活动的常识是什么呢?

---

① 杨伯峻译注《孟子译注》下册,北京:中华书局,1960 年,第 307 页。

② 何怀宏:《良心论——传统良知的社会转化》,上海:生活·读书·新知三联书店上海分店,1994 年,第 2 页。

③ 吴秀明主编《郁达夫全集》第 10 卷,杭州:浙江大学出版社,2007 年,第 64 页。

### 三、文学批评应有的常识

1. 要先阅读文学作品,然后才能批评该作品。

对一部文学作品进行批评,当然要先读了这部作品,然后再进行文学批评,这是太自然不过的事情,是最简单的道理、最起码的常识,是不用说大家都应该遵循的原则。但这个最起码的常识就是有人做不到,有人根本没有阅读文学作品就一本正经地批评起来,这是多么荒谬的事情。像这样违背常识的批评只能说是没有良心的文学批评了。这种没有良心的文学批评在批评界却不是什么偶尔的个案,现在早已不是什么新鲜事了。作家阎连科曾经批评评论家不看作家的书就开始写书评,就参加作品研讨会侃侃而谈,哪想到批评家还振振有词地反诘说:"你们作家不看书一写就是几万字,几十万字,一拿就是一大笔稿费,凭什么要求评论家一看就是几万字、几十万字、上百万字,一写也就几百字、上千字、一万多字,辛辛苦苦就拿几包烟钱?"①从中我们可以看到,文学批评家对自己不看作品就进行批评还心安理得,甚至有一套说辞来支撑自己的这种行为,这说明不认真系统地看作品就批评的现象是存在的。

当前有这样不看作品的作品评论,以前一样也有这样的批评。舒芜在《致路翎的公开信》中说:"从几种报刊上面,连续看到一些对你的批评。这说明了你在解放以后,还在发展着过去的错误,到了极严重的程度。所批评的你那几本最近出版的书,我都没有看过。但是,我相信是批评得对的。"②路翎的那几本书他都没有看过,但是相信批评得都对,也加入到批评的行列之中,这里面的逻辑很让人费解。茅盾也曾经面对如潮的批评,质问那些批

---

① 王尧、林建法主编《我为什么写作——当代著名作家讲演集》,郑州:郑州大学出版社,2005 年,第 217 页。
② 舒芜:《致路翎的公开信》,《文艺报》1952 年第 18 期。

评他的人究竟看没看过他的作品。在《读〈倪焕之〉》中他质疑道："我不知道克兴君有没有读过我的《动摇》？如果他是读过的，他总该看出来，《动摇》所描写的时代是一九二七年一月至五月，是湖北省长江上游的一个县内的事；这是写得极明白的，然而克兴君却认为是一九二七年的十一二月，徒然无的放矢大骂起来，岂不是大大的笑话！"①批评家所说的内容与文学作品大相径庭，让作家本人怀疑批评家根本没有看过自己的作品，让作家觉得这样的批评只是一个"天大的笑话"，这样的文学批评还有什么存在的意义呢？这样没有看作品而自说自话的文学批评大量存在，文学批评要取得人们的信任自然是很难的。

2. 文学作品里的人物不是作者本人。

有文学常识的人都知道，文学作品描写的人物并不就是作者本人，文学作品里的人物所表现的思想并不是作者本人在现实生活中的思想行为，这是一个起码的常识。但作品中的人物就是作者本人这样幼稚的批评却堂而皇之、屡屡变成批判作家的利器，比如莎菲就是丁玲，丁玲就是莎菲；茅盾写了《幻灭》《动摇》，茅盾就是"幻灭""动摇"的"病态"与"落后"；萧也牧写了李克对城市生活的向往，萧也牧本人就是小资产阶级，就应该送去改造。作者写了什么样的人，作者自己就是什么样的人，写了落后人物，写了小资产阶级，作者自己就是落后人物，就是小资产阶级；作者自己心理阴暗，他才会写阴暗，"有阴暗心理的人，看一切事物都是阴暗的，对于他们，阴暗就是唯一的真实。他们害怕看到光明，社会主义的逼人的光芒，他们看了是很不舒服的。"②像这样一一对应的批评在中国现当代文学批评史上曾一再上演。冯雪峰在《中国文学中从古典现实主义到无产阶级现实主义的发展的一个轮廓》一文中曾经指出鲁迅在《阿Q正传》里面除了对农民革命热烈而深切

---

① 茅盾：《茅盾文艺杂论集》上册，上海：上海文艺出版社，1981年，第290-291页。
② 周扬：《文艺战线上的一场大辩论》，《人民日报》1958年2月28日。

的期望外,也流露出了他某种程度的悲观情绪。唐弢对此极为不满,认为这是由于冯雪峰自己对中国革命抱着一种阴暗的心情,所以才会认为鲁迅是"悲观"的。总之,把作品中的思想感情和作者本人的思想人格简单化地一一对应起来,这在中国现当代的文学批评中还是一个常见的套路。

这确实是中国现当代文学批评中一个很坏的逻辑,把所谓"文如其人"的思想简单化到了极致,由此给作家定罪。这种批评的不通之处是显而易见的,正如茅盾在《读〈倪焕之〉》中所指出的:"如果把书中人物的'落伍'就认作是著作的'落伍',或竟是著作者的'落伍',那么,描写强盗的小说作家就是强盗了么? 然而不幸这样地幼稚不通的批评居然会见世面!"①特别是作为具有文学修养的专门的文学批评家对于这一点常识按说更是心知肚明的,但是他们在批评中就是要据此煞有介事地去简单化地批评作家本人的"落后""倒退",去给作家安上各种吓人的罪名,这种文学批评造成的后果当然是十分危险的。茅盾眼中这样"幼稚不通"的文学批评大量存在,文学批评自然失去了公信力与价值,变得空虚脆弱与苍白无力了。

3. 一个人的文学见解不会是百分之百的真理。

一个有现代学识修养的人都会承认,人类对世界的认识是不断发展深化的,一个见解定律很难说是永恒不变的、百分之百的真理,它有一定范围的适用性与相对性。那些科学上的定律,从牛顿的万有引力到爱因斯坦的相对论也都有一定的适用范围。马克思说:"真理是普遍的,它不属于我一个人,而为大家所有;真理占有我,而不是我占有真理",②这样的态度是真正的科学态度。

对个性色彩鲜明、主观性强烈的文学话语来说就更是"通古今之变,成一家之言"了,就更需要"兼容并包"的对话与探索精神。在文学批评上认为

---

① 茅盾:《茅盾文艺杂论集》上册,上海:上海文艺出版社,1981 年,第 292 页。
② 马克思、恩格斯:《马克思恩格斯全集》第 1 卷,北京:人民出版社,1956 年,第 110 页。

自己是百分之百的科学真理,别人百分之一的正确性也没有,这种独断论的批评显然有违于文学的常识。但是,认为别人都不对,只有自己全对的霸权批评却并不少见,以绝对真理傲然自居,判别人"死刑"的批评也并不少见。当年在批判王实味《野百合花》的辩论中,萧军与丁玲、周扬、刘白羽等人轮番辩论,萧军说即使百分之九十九都是他的错,那么百分之一呢? 丁玲立即反驳说:"这百分之一很重要! 我们一点也没错,百分之百全是你的错!"[1]在这场文学批判中,这个从"五四"走出来的现代作家以绝对真理自居,断言自己百分百正确而别人全错,当她这样宣告的时候,她已经违背了科学探索的现代启蒙精神与文学批评的基本常识而变成了武断的独断论,从而扼杀了文学批评的对话精神、探索精神。

朱执信 1920 年在他发表的《学者的良心》一文中说:"我觉中国人有一种最易犯的毛病,就是学者良心的麻痹",[2]这种麻痹的表现就是论起一件事情的时候总要装得自己是无可辩驳的真理的样子,朱执信认为这是昧着良心充在行。文学批评中以绝对真理自居不仅仅是狂妄自大、傲慢无礼,也是缺乏现代学术精神的表现。大家之所以崇尚伏尔泰所说的那句"我不同意你的观点,但是我誓死捍卫你说话的权利",是因为这预设了别人意见可能的正确性,而不是唯我独尊。说只有自己正确而别人全错,这本身就是没有科学精神的表现。而文学上的党同伐异,捧杀与棒杀之所以大行其道,除了情感因素外,还有一个重要原因就是对别人正确性的天然排斥。朱光潜先生 1937 年主编《文学杂志》时曾经说:"在文艺方面,无论是对于旁人或是对于自己,冷静严正的批评都是维持健康的良药。有作用的谩骂和有作用的标榜都是'艺术良心'薄弱的表现。没有'艺术良心',决不会有真正的艺术

---

① 朱鸿召编选《众说纷纭话延安》,广州:广东人民出版社,2001 年,第 290 页。
② 朱执信:《学者的良心》,载张岱年、敏泽编《回读百年:20 世纪中国社会人文论争》第 1 卷,郑州:大象出版社,1999 年,第 1208 页。

上的成就。"①朱光潜先生所寄予希望的艺术良心就是同等对待自己和别人的作品,不是预先就认为自己完全正确而别人错误,别人的文学路向和风格可能同我们全不相同,但是我们仍然尊重他们,同样严肃地对待它,这才是不违文学常识的现代学术批评的起点。

以一种方法、风格、艺术理念批评另一种,以现实主义批评浪漫主义,以浪漫主义批评现代主义,这种没有理解、同情的批评不是真正的文学批评。因为谁都可以又反过来以同样的方法批评对方,这样的批评是一个死结,是一种独断论。严家炎先生认为这种"元批评"是一个可怕的"百慕大三角区",只会断送文学批评。严家炎先生认为二十世纪文艺批评的教训告诉我们要走出这样的"百慕大三角区",坚持艺术风格的多元与宽容。郁达夫曾经在《艺术上的宽容》中提出:在艺术界的立论创作上,总以愈宽容愈好。②文学的宽容与公正,最重要的一点就是不认为只有自己才是百分之百的真理。就文学本身而论,应该是真正的百花齐放、百家争鸣。不允许自己以外的其他文学批评存在,这样的批评是有违批评常识的。

4. 不做莫须有的诛心之论。

不管是什么类型的文学批评,最重要的一个前提是要在文学范围之内讲理,不到场外搬救兵,不能去胡乱猜测作者的想法,以此栽赃陷害作者。只有弃绝随意诛心的批评才可能保持文学批评的纯洁性与学理性,才能有真正的文学批评。抛弃诛心之论式的文学批评,这是进行真正文学批评的起点与常识之一,但某种时候这种要求也是不容易做到的。萧乾曾经在《中国文艺往哪里走》中不无疑惑地指出近来有些批评家对与自己脾胃不合的作品,不是"就文论文"来指摘作品缺点,而是往往动不动就以"富有毒素"或"反动落伍"的罪名来抨击摧残那些作品。这说明我们在实际的文学批评

---

① 朱光潜:《我对于本刊的希望》,《文学杂志》1937 年第 1 卷第 1 期。

② 吴秀明主编《郁达夫全集》第 11 卷,杭州:浙江大学出版社,2007 年,第 367 页。

中往往大大溢出了文学的范围,不是"就文论文",而是根据文学作品的只言片语对作者进行诛心之论,甚至直到置作者于死地而后快。这种捕风捉影的文学批评罗织文网,只能演变成斗争或者整人的工具,文学批评成了一个道具甚至刑具,这既摧残了文学,也摧毁了文学家本人,给文学造成了严重的损失。

从中国古代文学漫长的历史来看,从文学作品的只言片语中去随意地引申挖掘,罗织诗人各种罪名的文案、诗案特别多。李白的"可怜飞燕倚新妆",被疑把杨玉环比作赵飞燕而被赶出宫廷;刘禹锡的"玄都观里桃千树,尽是刘郎去后栽",因为"语涉讥刺"而遭贬斥;陆游曾经两度被罢官,罪名就是他写的诗"嘲咏风月";苏东坡遭受的乌台诗案就是有人研究他的诗,寻找其中对时政的讥讽,导致认定他的诗歌"包藏祸心"而被关大牢,差点丧命。像李白、刘禹锡、陆游、苏轼这样保住了性命还算好的,古代文人因为文章而殒命的不在少数,杨恽被腰斩,祢衡、孔融、嵇康、吕安等皆因文获罪致死。清朝文字狱兴盛,因著书立说而死的文人就更多了,康熙时的朱方旦被参奏诬罔君上、悖逆圣道、摇惑民心而被处斩;庄廷龙因为《明史辑略》这部"逆书"而导致 70 余人在杭州被处死;戴名世《南山集》被诬为"逆书"而招杀戮无数。清朝严酷的文字狱导致告讦之风盛行,文坛风声鹤唳,文学创作整体上出现萧条,在这样的风气下,要有真正的文学批评自然是一件很困难的事情。但这些都毕竟还要有文字证据证明其别有用心,才能定罪。在中国古代甚至不用什么文字证据就定其有罪的事情也有发生,汉武帝时颜异与客人交谈时,什么也没有说,只是"微反唇",嘴唇略微动了动,就被控"腹诽"朝廷,处以死刑,这就把诛心之论推到极致了,以此论文学确实只能把文学置于死地了。

从现代文学批评的实践来看,也时常有人抱怨没有真正的文学批评,全是诛心之论。在与"第三种人"苏汶的论争中,苏汶就曾抱怨当时某些过于激进的左翼文论家借革命来压服人,一切和他们不同意见的话都要还原到

"反动"这个大罪名上去,他们甚至会钻到你心里去,说你表面上虽然如何如何,而实际上却是如何如何,以发表他们的"诛心之论"。① 而在当代文学批评中,我们往往也爱根据作品的只言片语去推测作者的反动居心,比如陈翔鹤发表了《广陵散》,我们的文学批评就要追问陈翔鹤同志为什么对嵇康这种封建士大夫的"叛逆精神"那么热衷、向往、歌颂和崇拜呢? 推导下来的结论只能是陈翔鹤在宣扬封建士大夫的思想,在为封建阶级招魂,是反动落后的。萧也牧发表了《我们夫妇之间》,我们的文学批评就要追问作者为什么这样描写工农出身的妻子,得出的结论只能是作者玩弄劳动人民,宣扬小资产阶级的低级趣味。有人批评群众中大公无私的英雄形象太高大全了,应该也写他普通人的一面,我们便批评这是小资产阶级的阴暗心理:"我们小资产阶级对于群众,对于先进的东西,常常有一种怀疑的态度。有一种阴暗心里。……他不相信会有一个连个人打算都没有的人。"② 所以谁要是怀疑英雄人物的大公无私,只能说明他们自己的阴暗,这种诛心之论常常把文学批评带进了对作者的人身攻击与诋毁之中。

这种诛心之论的危险是你可以推测别人,别人也可以同样推测你。当年批判王实味最积极,宣布王实味的问题不是思想问题而是政治问题的大作家,十多年后自己也百口莫辩。所以这样阐发幽微、上纲上线的诛心之论可以用在别人身上,别人也可以反过来轻易地以彼之道,还诸彼身。就像陈企霞自己反思的那样:当后来自己挨过几个闷棍,深受其痛的时候,往往会想到,自己其实也并不高明。③ 自己打过别人棍子,别人又反过来打自己,这种"互殴"只会让文学批评陷入恶性循环之中。当代文学批评中很多猛烈批判别人的积极分子,转眼之间自己被批反动落后的例子并不少见。

---

① 吉明学、孙露茜编《三十年代"文艺自由论辩"资料》,上海:上海文艺出版社,1990 年,第 157 页。
② 周扬:《周扬文集》第 2 卷,北京:人民文学出版社,1985 年,第 201 页。
③ 陈恭怀编《企霞文存》,北京:作家出版社,2008 年,第 507 页。

以此看来,互相的诛心之论只会造成文学批评品格的丧失与混乱,批评只会沦落为互相攻击的工具,这样一旦某个人受到批判,人们首先想到的就是他可能得罪了谁。黎之在《文坛风云录》里就记载了批判邵荃麟时人们的困惑:"他同文艺界的上下级关系也很好,合作也默契。为什么这样不讲情理地批判他,是令人百思不得一解的。"①最终大家都只能猜测邵荃麟可能是得罪了谁。这就是文学批评的悲哀,大家首先想到的都是因为得罪了谁才招致批评的,文学批评不再是一种学术的研究探讨,而是一种打击报复的工具,这样下去最终受伤害的只能是文学本身和与文学打交道的所有人,造成人人自危的后果。文学的"以意逆志",探寻"作者原意"还是要在文学的范围之内进行,要把握好阐释的限度而不能有意误读,要以"保卫作者"的善意为出发点,文学的问题要用文学的方式来解决。

5. 坚守自己的艺术原则。

文学批评作为对文学作品的评判鉴定,当然是好处说好,坏处说坏了,应该坚守自己的艺术品格与原则,坚持文艺的公正,这是文学批评的常识。但是这样的常识在文学批评的实践中却常常被违背,批评家囿于门户之见的偏私,每每借批评以报复或捧场,朋友的就吹捧,异己的就责备成了批评的常态。批评家丧失人格,甚至尊严,意气用事,贵远贱近,厚古薄今,向声背实而做出违心的判断却是常事。文学批评丧失了公共性而变成了一件私人快意恩仇的事情,这当然会造成文学批评的混乱,会葬送文学批评。成仿吾在《批评与批评家》一文中指出:"假装批评的形式捧自己的朋党,已成公然的秘密"②,这是极不正常的。陈企霞1950年在《文艺报》发表的《要求有正常的剧评》一文就特别指出,现在有的批评"滥用了完全不考虑分寸的评

① 黎之:《文坛风云录》,北京:人民文学出版社,2015年,第279页。
② 《成仿吾文集》编辑委员会编《成仿吾文集》,济南:山东大学出版社,1985年,第178页。

语",①把一些质量一般甚至很差的作品吹捧成"伟大"的作品,让人失去了对批评的信任。而另一些人则把文学批评当作了攻击对手的工具,任意贬低践踏他人的作品,看不到作品的优点。裴祖英曾经在《光明日报》发表的《论正确的批评态度》中指出我们有的批评"把棍棒代替了批评","断章取义,深文周纳,故意致人于罪",②这就不是正确的批评态度了,这就葬送了文学批评的文学性与学术性了。无原则地吹捧和打压都是不忠于文艺、滥用批评的行为,是关心文艺的人士应当深恶痛绝的行为。

要维持文学批评的尊严就必须以人格做后盾,不能曲意阿谀或者文人相轻,真正的批评应该不管作品是谁的,该赞美的就赞美,该批评的就批评。郭沫若曾经指出:真正的批评的动机,除了对于美的欣赏以外,同时也还应该有一种对于丑的憎恨。③ 朋友的作品,有丑陋的也要批评,陌生人的作品,如果有美的也应该指出,所以郭沫若提出:只要批评家对于丑的对象感受了诚实的憎恨,他要解释其丑之所以丑而阐示于群众。这在丑的作家或者难以为情,然为尊重文艺起见,批评家尽可以执行其良心的命令。④ 郭沫若这里所说批评家执行的"良心的命令"其实就是在批评中坚持公正无私,坚守艺术原则,不因人立言,不因人废言。阿诺德所说的"批评是一种没有利害的努力"也就是这个意思。

要真正做到公正的批评是非常不容易的,郭沫若指出:故意的曲解、恶劣的揶揄、卑污的媚谀、狂态的嫉妒,这种宵小的行径才是我们所万难容忍的。这种行径每每借批评之名横行于天下,不仅文坛现象如是,整个言论界大都如是。⑤ 可见超越个人恩怨与个人私情,坚守艺术原则的批评是多么珍

---

① 陈恭怀编《企霞文存》,北京:作家出版社,2008 年,第 295 页。
② 裴祖英:《论正确的批评态度》,《光明日报》1951 年 7 月 28 日。
③ 郭沫若著作编辑出版委员会编《郭沫若全集》第 16 卷,北京:人民文学出版社,1989 年,第 163 页。
④ 同上。
⑤ 同上。

贵。陈独秀敲门进了沈尹默的家门就大声批评他的字"其俗在骨",面对这样刺耳的话语,沈尹默却能接受,从而促使沈尹默书法艺术为之一变,成就一段佳话。别林斯基肯定了果戈理的创作在俄国文学史上划时代的意义,但他对果戈理《与友人书信选》一书中对专制农奴制妥协的倾向也公开发文进行了愤怒的谴责,没有因为他们之间的友谊而保持沉默。只有像这样坚守自己原则的文学批评才能够无私于轻重,不偏于憎爱,也只有这样的文学批评才是真正的批评。

### 四、回归文学批评的常识

要挽回文学批评的形象,实现文学批评的功能,重拾人们对文学批评的信心,文学批评有太多的工作要做。但最起码的工作是回到常识和良心的批评,然后才有科学和伟大的批评,这是文学批评必须的起点与保障,如果做不到这一点就不要轻易批评。老舍就曾经说"批评不是打杠子。我知道这个,可是我办不到这一步。我多少有些成见,这是一;我太性急,没有耐心法儿细读烂咽,这是二。有此二者,所以永远不说带批评味儿的话。"[1]老舍反省了自己,发现自己容易"性急",爱"打杠子",不适合干批评的工作也就干脆不写文学批评了。可惜我们很多文学批评者没有老舍这种自知之明与反省精神,甚至违背文学批评的一些常识去蛮干,这才导致了文学批评严肃性的丧失。

真正的文学批评只有回归常识,不违背这些批评的常识,真正做到"约法三章",在此基础上进行严谨的批评,文学批评才会摆脱困境,获得自己应有的学术品格与尊严。文学批评的标准可以按照科学的原理、历史的真实来进行,也应该按照审美的感受、社会法律的要求来进行,但这些都需要遵循文学批评的常识。必须坚守文学批评起码的常识,这是文学批评的开端

---

[1] 老舍:《老舍全集》第 17 卷,北京:人民文学出版社,2008 年,第 53 页。

和起点,如果没有这样的自律,文学批评很难获得人们的认同。文学批评要有常识与良心,这看上去像是一个最基础的标准,但有时候却会是一个很高的要求。一个作家要被称为有良心的作家是很不容易的,文学史上作家虽多,但被大家公认为有良心的作家却很少,如中国现当代文学史上被公认为有良心的作家似乎只有巴金,而国外我们熟悉的则似乎只有像伏尔泰、罗曼·罗兰、蒂博代等才被称为法国文学的良心,其他很多作家虽然各有各的伟大,却不能享受有良心作家这个荣誉。也因此之故,大家时不时地都在呼唤文学的良心,为此我们迫切地呼唤常识批评、良心批评的崛起与振兴。

当年在革命文学的论争中,成仿吾强调要用文艺的良心来实现文学方向的转向,他说:"我们目前所要的批判必然地是我们的文艺的良心的总结算。没有这种全部的总结算,我们的文艺的方向转换是不能实现的。"①杨邨人对成仿吾这种良心论当即就表示了批评,他认为成仿吾口口声声在提唯物论,但是又提什么良心,如果提良心的话,不就是唯心论了吗? 而且,实际上谁同你讲良心呢? 所以杨邨人认为讲良心是徒劳无功、毫无补益的。的确,良心是每个人内在的自我约束,是一种自律,把做好文学批评的希望仅仅寄托在文学批评家的良心上肯定是不够的,是不可能的,还得依靠批评家渊博的学识、清明的理性,依靠历史的正义与社会的法治。但批评家坚守文学工作的良心,加强自律,不违背文学批评工作的常识,也是做好文学批评工作的基石。马克思在《哲学的贫困》中曾经指出当时的资本主义社会"甚至象(像)德行、爱情、信仰、知识和良心等最后也成了买卖的对象",②一切都变成了可以用金钱交换的东西,这是非常值得警惕的。在我们当前社会主义市场经济迅猛发展的时期,人们的价值取向变得多元起来,放逐良心的事情时有发生,文学的良心功能也由此凸显出来。成仿吾曾经在《新文学之

---

① 《成仿吾文集》编辑委员会编《成仿吾文集》,济南:山东大学出版社,1985 年,第 252 页。
② 马克思、恩格斯:《马克思恩格斯全集》第 4 卷,北京:人民出版社,1958 年,第 79-80 页。

使命》中大声疾呼:"文学是时代的良心,文学家便应当是良心的战士。"①文学家的使命是把时代的良心唤醒,为此,坚守有良心的文学批评就显得越发迫切而紧要了。

批评家雷达曾经指出:"说批评是文学的良心、社会的良知并不过分,它确实也承担着思想道德建设的重任,重铸民族灵魂的重任,美化心灵和提高情操的重任。"②由此可见,文学批评的使命是多么崇高,责任是多么重大,人们对它寄予多么深切的厚望。但是,文学批评能承担起如此光荣的使命吗?从现在的情况来看似乎有些不妙,文学批评好像辜负了人们的厚望,不那么令人满意,如果没有什么改进与提升,恐怕有点担不起重铸民族灵魂的重任。

---

① 《成仿吾文集》编辑委员会编《成仿吾文集》,济南:山东大学出版社,1985 年,第 91 页。
② 雷达:《重建文学的审美精神》,北京:北京师范大学出版社,2010 年,第 242 页。

# 第一章
# 十七年文学批评的新坐标

## 第一节　十七年文学批评中的进步理念及其影响

十七年时期，文学批评树立起了新的批评标准。进步是这一时期文学批评的重要标准，是那时候文学批评的核心理念之一，其"影响因子"是巨大的。那么，文学究竟怎样才是进步的呢？进步的内涵到底是什么呢？这是一个很值得探讨的问题。

### 一、进步的观念

单就进步这一概念本身来看，它的内涵主要是指启蒙运动以来人们对科学技术不断向前发展的肯定与信仰。英国历史学家约翰·伯瑞在《进步的观念》中认为进步是一个晚近的概念，古人没有进步的观念，他认为直至十六世纪，进步观念才逐渐出现。孔多塞在《人类精神进步史概要》中明确把进步和科学发现的多少结合起来，提出科学的发现越多，人类越进步，越幸福。这奠定了启蒙运动式的进步观，进步就是科技的进步，就是对外在世界的掌握。康德就曾经说："我自以为爱好探求真理，我感到一种对知识的贪婪渴求,一种对推动知识进展的不倦热情,以及对每个进步的心满意足。"①由此可以看出,通常所说的进步实际上主要是指科学技术上真理、知识的新发现。冯友兰先生在《人生哲学》一书中把笛卡尔、培根、费希特等人列为"进步派",认为:"进步主义之根本观念,乃以为人与天然,两相对峙,而人可以其智力,战胜天然也。"②因此,进步是以人对自然界的无限胜利为其根基的,是对于现代科学技术不断前进的一种信念。

　　而就中国传统的文学而言,我们的文学批评注重虚实、形神、味道、境界、言意、意境等,还没有就文学整体上如何进步展开论述。如果说我们传统文学中有自己的进步观,那主要是指文学中的"通变"观,认为文学总是要变化的、前进的,不必因循守旧,一个朝代有一个朝代的文学,天下没有百年不变的文章,要善于肯定当今的文学,文不必秦汉,诗也不必盛唐,由此展开了与那些"复古派"的斗争,在此意义上反对复古就是进步。在中国文学领域里,落后通常与复古连在一起,而进步则与新变连在一起。雁冰在《文学界的反动运动》中就曾指出:"文学上的反动运动的主要口号是'复古'。"③因此,以《周易》"参伍以变"的"至变"思想为基础的"求变"观念成了中国古代文学进步的主要内涵。

　　晚清民国以来,在列强的侵略下,国门打开,西学进入,我们有了强烈的落后感,也就由此开始了强烈的进步追求,有了最迫切的进步概念,进步也就和近代中国的现代追求连在了一起,成了一个现代性的标志。陈独秀在《敬告青年》中希望"新青年"有六项品质,其一就是进步的而非保守的,在《新青年宣言》中也明确提出我们理想的新时代、新社会是诚实的、进步的,他明确运用了"进步"这个词。但是当陈独秀解释进步的时候,主要也还是

---

① 卡西尔:《卢梭·康德·歌德》,刘东译,北京:生活·读书·新知三联书店,2002 年,第 2 页。
② 冯友兰:《三松堂全集》第 2 卷,郑州:河南人民出版社,2001 年,第 132 页。
③ 北京大学、北京师范大学、北京师范学院中文系中国现代文学教研室编《文学运动史料选》第 1 册,上海:上海教育出版社,1979 年,第 293 页。

以一种时间演进的观念来解释,他说:"不进则退,中国之恒言也。自宇宙之根本大法言之,森罗万象,无日不在演进之途,万无保守现状之理。"①由于当时受进化论的巨大影响,不进步就要被淘汰的观念深入人心,陈独秀的进步论某种意义上就是进化论的演进,就是不保守现状的物竞天择。在这种进化的进步观看来,中国的文学需要进化革新,是自然而然的事情。

胡适的"文学改良"就是奠基于文明进化之公理的进化论基础上,他认为古人已造古人之文学,所以今人当造今人之文学,古人之文言已经没有进步性,所以现在要改良,要以白话为正宗,文学才能进步。在胡适看来,社会在进化,文学也要进化、也要改良,要改良才进步,这成了一个从进化到进步的完整链条。胡适所谓历史的文学观念、历史进化的眼光都是在进化论基础上的一种时间演进,并把这种后代不重复前代而必然进行的革新作为进步的象征。所以,这一时期的文学进步观很大程度上变成了文学进化观。茅盾在《新旧文学评议之评议》中就说:"我以为新文学就是进化的文学。"②谭正璧写了一部《中国文学进化史》,将中国文学分为进化与退化两类,并且把进化的文学作为文学的正宗。而刘大杰在《中国文学发展史》中也提出:文学的发展,必然也是进化的而不是停滞的了。③ 可以看出,进入现代文学以来,我们有了文学进步这个概念,但是这时进步观主要还是一种时间上的,即现在必然要与过去不同的进化观念,是一种进化论基础上的演进观念。新中国成立后,进步成了我们评价文学作品的首要标准。毛泽东在《在延安文艺座谈会上的讲话》中指出:"无产阶级对于过去时代的文学艺术作品,也必须首先检查它们对待人民的态度如何,在历史上有无进步意义,而分别采取不同态度。"④由此,有无进步意义成了我们衡量一部文学作品的前

---

① 陈独秀:《独秀文存》,合肥:安徽人民出版社,1987 年,第 5 页。
② 茅盾:《茅盾选集》第 5 卷,成都:四川文艺出版社,1985 年,第 12 页。
③ 刘大杰:《中国文学发展史》上卷,上海:古典文学出版社,1957 年,第 1 页。
④ 毛泽东:《毛泽东选集》第 3 卷,北京:人民出版社,1991 年,第 869 页。

提条件。那么,现在最关键的是究竟怎样才是进步的呢? 这时候我们的进步观已经不再仅仅是一种泛泛而谈的进化论的时间演进观了,它有着自己明确具体的内涵规定性。这种文学进步观主要表现在以下几个方面。

第一是文学有无人民性。十七年文学中对待人民的态度成为文学有无进步意义的首要标准,人民的文学是进步的,反人民的文学是落后的。在毛泽东看来,人民群众是历史发展的真正动力与主人,他在《论联合政府》中指出:"人民,只有人民,才是创造世界历史的动力。"①毛泽东指出文艺必须为广大人民群众服务,在《在延安文艺座谈会上的讲话》中他提出我们的文学艺术都是为人民大众的,首先是为工农兵大众服务而不是为少数有闲阶级服务,文艺必须成为教育人民、团结人民、打击敌人的武器。在毛主席的世界里,人民群众再也不是一群愚昧、落后、麻木地等待知识分子来唤醒的看客了,相反,他们是革命的主力军,他们比知识分子还要高明。在《在延安文艺座谈会上的讲话》中毛主席指出:"最干净的还是工人农民,尽管他们手是黑的,脚上有牛屎,还是比资产阶级和小资产阶级知识分子都干净。"②这种对人民大众的重新认识,使得我们的文学进入了一个人民文学的时代,以人民为主角的文学是进步的,礼赞人民的文艺是进步的,人民是一切进步文艺的关键。正如郭沫若在《走向人民文艺》中提出的:"一切应该以人民为本位,合乎这个本位的便是善,便是美,便是真,不合乎这个本位的便是恶,便是丑,便是伪。"③人民成了判断文学好坏的首选标准,同人民的血肉联系成了衡量文学作品进步与否的标准。那么,文学上究竟怎样做才是人民文学呢?

人民文学当然首先是"人民"的文学,也就是要以人民为主角的文学,以

---

① 毛泽东:《毛泽东选集》第 3 卷,北京:人民出版社,1991 年,第 1031 页。
② 毛泽东:《毛泽东选集》第 3 卷,北京:人民出版社,1991 年,第 851 页。
③ 郭沫若著作编辑出版委员会编《郭沫若全集》第 20 卷,北京:人民文学出版社,1992 年,第 89 页。

人民为主要表现对象的文学。这里的人民是指工农兵,那些为资产阶级、小资产阶级以及为知识分子树碑立传的文学受到的批评越来越多,已经不能算是人民文学了。甚至有一阵连鲁迅的作品都有人说不能算是人民文学。人民文学主要写人民,但是更关键的是究竟应该怎样写人民才算是人民文学呢? 当时认为应该写人民正面的进步性而不写他们身上的落后之处,这样的文学才是进步的。周扬在第一次文代会的报告中要求文艺创作"不应当夸大人民的缺点,比起他们在战争与生产中的伟大贡献来,他们的缺点甚至是不算什么的。我们应当更多地在人民身上看到新的光明,这是我们所处的这个新的群众的时代不同于过去一切时代的特点。"①这实际上是要求文艺工作者不要去写广大人民群众的缺点而应该写他们的光明。周扬在全国第一次文代会的报告,无异于以"组织"的形式宣告了一个新的先进的人民群众文艺时代的到来。人民群众的先进性发展到后来甚至有点被神化了,他们成了没有缺点的最进步的人了,知识分子成了他们的尾巴,写他们的落后就被批判是歪曲人民群众。新中国成立后赵树理塑造的"铁算盘""常有理""小腿疼""惹不起"等形象,就因为描写了落后农民形象而受到丑化农民的批判。"赵树理方向"受到批评,说明赵树理式的塑造农民缺点的方向与当时的基调有些不吻合。周立波的《山乡巨变》、马烽的《赖大嫂》等,都因为写了落后农民形象而受到批判。碧野《我们的力量是无敌的》、路翎《洼地上的战役》、王蒙《组织部新来的青年人》等,也因为写了解放军战士以及共产党员的落后之处而受到了批评。

胡风所说的劳动人民积存下来的精神奴役的创伤理论成了污蔑劳动人民的反动理论而受到批判。朱光潜认为只有少数优选者所爱好的东西才是好的东西,把文艺中一般人不常见到、不常感受到的部分作为最有趣味的一

① 北京大学、北京师范大学、北京师范学院中文系中国现代文学教研室编《文学运动史料选》第 5 册,上海:上海教育出版社,1979 年,第 689 页。

部分,这被批判是典型的反人民的落后理论。人民群众已经今非昔比了,不再是吴下阿蒙,已经拥有了新的国民性,已经很进步了,他们再也不是国民性批判时期的那个愚昧、麻木的看客,不再是奴隶的旧国民性了。总之,要把人民当成正面人物、英雄人物来写。

按照人民文学的标准,中国两千多年来的文学史也被分成了人民的进步文学与反人民的反动文学两大部分,一部文艺史也被看成了人民文艺与贵族文艺的斫杀史。郭沫若在《走向人民文艺》中说那些贵族文艺的"扬、马、班、张,王、杨、卢、骆,韩、柳、欧、苏,那些上层文人的大部分作品,认真说,实在是糟粕中的糟粕。"①而在《文艺的新旧内容和形式》中他又提出中国两千多年来的旧式文艺,它的对象是上层阶级,对于当时有权势的阶级的歌功颂德,都缺乏人民性。北京大学中文系 1955 级集体编著的《中国文学史》指出:"人民的进步文学反映着广阔的现实生活,表现着人民的思想、意愿与感情;它促进了社会和文学的进步。而反人民的反动文学,则狭隘地反映着统治阶级的生活情趣、利益和自私愿望,甚至对现实横加歪曲;它阻碍了社会与文学的进步。"②像李璟、李煜等的词就是典型的反人民的反动文学,反映了统治者的奢侈生活,或者是他们纵情声色、纸醉金迷的男女情爱、离别相思等缺乏社会意义的感情,实在没有什么价值。因此在传统文学中以上层统治者为对象的文学被看作是反人民的文学。在古代文学作品中,得到最高赞美的是那些揭露统治阶级骄奢淫逸、昏庸腐朽的作品;或者是真实写照下层人民悲惨的生活,倾注着作家强烈的爱憎,为人民发出了不平的呼声的作品;或者是衷心歌颂人民反抗统治者英勇斗争这样有人民性的作品,比如柳宗元的《捕蛇者说》以及白居易的"新乐府"等就受到高度评价。

---

① 郭沫若著作编辑出版委员会编《郭沫若全集》第 20 卷,北京:人民文学出版社,1992 年,第 88 页。
② 北京大学中文系文学专门化 1955 级集体编著《中国文学史》第 1 册,北京:人民文学出版社,1959 年,第 8 页。

　　这时候中国古代两千多年的文学史就被分成了两条道路斗争的历史，即人民的和反人民的文学史。冯沅君的《关于中国文学史上两条道路的斗争》就提出："所谓两条道路就是进步的道路与落后的（甚或反动的）道路，而进步与落后的标准则看它是为人民的，或是反人民的。"①古代文学是这样，而一部现代文学史，也被看作是为人民与反人民的历史。郭沫若在《建设新中国的人民文艺》中认为三十年来中国文艺界的主要论争是存在于这样两条路线之间：一条是代表软弱的自由资产阶级的所谓为艺术而艺术的路线；一条是代表无产阶级和其他革命人民的为人民而艺术的路线。②所以，文艺要么是人民的，要么是反人民的，人民成了新中国文学的关键词之一，成了进步与否最重要的标准。

　　第二是文学有无革命性。十七年时期进步文学的另一个内涵就是必须具有无限昂扬的革命精神。积极拥护、赞美革命的文学是进步的，相反，疏离革命、冷落革命、不关心革命的作品是落后反动的。中国自 1840 年以来，一直处在民族救亡与解放的革命战争之中，我们相信只有革命才能救中国，所以革命是最进步的，而说一个人反革命，那这个人肯定是逆历史潮流而动，是开历史的倒车，是罪大恶极之人。毛主席在《中国社会各阶级的分析》中就是根据各阶级人员对革命态度的亲疏远近，来确定谁是我们的敌人，谁是我们的朋友的。革命性强就是我们的朋友，革命性越弱就越是我们的敌人。大地主、大资产阶级等没有革命性，当然是我们的敌人；无产阶级、农民阶级等革命性强，是我们的依靠。而小资产阶级则虽有革命性但又不坚定，所以我们从未断绝过对小资产阶级的批评与争取。文学史上不绝如缕地对小资产阶级进行批判，批评的就是他们对革命的幻灭、动摇、徘徊与软弱不彻底，从莎菲、静女士、章秋柳、倪焕之到曾树生、林道静等都是这样，而争取

---

① 　冯沅君：《关于中国文学史上两条道路的斗争》，《文学评论》1960 年第 1 期。
② 　郭沫若著作编辑出版委员会编《郭沫若全集》第 17 卷，北京：人民文学出版社，1989 年，第 40-41 页。

的就是这些小资产阶级形象毕竟还向往革命,有一定的革命性。可以说,革命性的强弱决定了对这些人物形象评价的高低。而作家本人也因为自己作品中人物革命性的强弱而决定他是好还是坏,先进还是落后。茅盾当年就因为在《蚀》三部曲中塑造了幻灭的小资产阶级而受到批评。连鲁迅在"革命文学"的热潮中都曾被批评响应革命不积极,被批评为落伍。后来毛主席高度肯定鲁迅,主要是赞扬他有最硬的骨头。我们首先看重的还是他的革命家、思想家的身份,然后才是文学家。毛主席 1937 年在《论鲁迅》中认为鲁迅有三个特点,第一个特点是他的政治远见;第二个特点是他的斗争精神;第三个特点是他的牺牲精神。可见我们评价鲁迅首先看重的还是他的社会革命性。

　　由此,一部文学史,它的优秀传统也就在于它是一部表现了劳动人民不屈不挠革命斗争的历史。我们对"五四"文学传统的解释,就主要是选取它彻底的反帝反封建的战斗传统,注重它的革命性,而"五四"文学中对自我表现的强烈渴求,对个人自由的勇敢追求,对普通大众自我觉醒的启蒙,对普遍人性的思考,人道主义精神等"人的文学"的内容则相对比较忽略,认为这是其小资产阶级性和革命不彻底的表现。那些鸳鸯蝴蝶的言情,"礼拜六"的休闲,以及各种侠邪、黑幕等书写欲望的通俗文学更被看作庸俗的低级趣味而一直被认为是不进步的逆流,其价值也一直是次等的。所以,文学史中有斗争精神、有革命性的特质就是进步,相反则是落后。电影《武训传》中武训行乞兴学的故事,也被批判"宣传了资产阶级的反动思想,用改良主义来代替革命,用个人奋斗来代替群众斗争,用卑躬屈节的投降主义来代替革命的英雄主义。"①所以革命的态度是决定作品进步还是反动的根本问题之一。

　　我们对整个文学史的评价都用革命的眼光来重新过滤审视了一番,有革命斗争性的就是好作品,没有革命性的其价值则受到质疑。庄子的思想

---

① 　周扬:《周扬文集》第 2 卷,北京:人民文学出版社,1985 年,第 118 页。

就被批评缺乏革命斗志，只是上层统治者用以御下，使天下人消灭了悲愤抗命的雄心，只是一种滑头主义的哲学，是封建地主阶级的无上法宝，"对后世一切没落阶级都起着精神麻醉的作用"，"它的答案都是错的"，只是"作为反面教材，很值得借鉴。"①因此《庄子》完全是落后的。陶渊明歌颂荆轲与精卫，唱出"刑天舞干戚，猛志固常在"的革命之声，这是进步的；但他另一方面又乐天安命，饮酒赏菊，自命为羲皇上人，这就是落后的。蒲松龄批判不合理现实，与现实抗争，这是进步；但他又有因果报应思想，损害了革命性，这是落后。白居易讽喻现实，揭露黑暗统治，写出了《卖炭翁》这样的千古名篇，有与统治者斗争的精神，这是进步的；但又有大量的闲适诗，这是落后的。文学史上的作家诗人几乎都是这样，表现了为人民斗争、革命的一面，就是进步，而表现了个人闲适、恬淡、退隐之心的，则是落后。外国那些作家，拜伦、雪莱、裴多菲、普希金等具有"革命斗争"精神的诗人成为我们极力表扬的对象，反之则是批判的对象。总之，革命性的强弱成了衡量文学进步与否的关键要素之一。

那些标榜追求纯粹艺术性，试图坚守艺术的宫殿，远离革命斗争话语的文学主张，当然被看作是不进步的。郭沫若在《斥反动文艺》中就曾指出沈从文的作品是不利于革命战争的反动文艺，郭沫若指出：特别是沈从文，他一直是有意识地作为反动派而活动着。在抗战初期全民族对日寇争生死存亡的时候，他高唱着"与战争无关"论……②沈从文受到了严厉的批判，郭沫若指责他是作文字上的裸体画，认为他是写文字上春宫的桃红色作家，意在蛊惑读者，软化人们的斗争情绪，是有意识地作为反动派而活着。沈从文看到这样的评判，气得几次想自杀。其他那些主张自由主义的文艺家们自然也被看作是反动不进步的作家。如朱光潜的静穆、情趣、距离等自由主义文

---

① 任继愈主编《中国哲学史》第 1 卷，北京：人民出版社，1985 年，第 170-173 页。
② 郭沫若：《郭沫若全集》第 16 卷，北京：人民文学出版社，1989 年，第 289 页。

艺,被斥责为反动的"蓝色"文艺;梁实秋的普遍人性,认为文学是表现一切人类的情思,这样的资产阶级人性论的调子自然也是不进步的。

新月派徐志摩等人对诗歌的形式主义追求,被认为是远离革命的现实生活,只在文学语言结构音韵等上面精雕细琢,也是反动落后的。这种现代主义的文学大都被看作是颓废主义、调子低沉或者世纪末情绪之类不健康的东西。因此,和火热的革命现实生活紧密相关的革命文学,热情讴歌革命的斗志昂扬的作品是进步的,充满了革命乐观主义激情的文学是进步的,相反那些所谓为艺术而艺术、为美而美的游戏、纯艺术、现代主义的探索等则是落后反动的。

第三是文学有无无产阶级的立场。十七年时期进步文学的另一个内涵是坚持无产阶级的立场,坚持无产阶级立场的文学是进步的,否则就是落后的。我们认为阶级的替代是进步的象征,封建地主阶级推翻了奴隶主阶级,因此封建阶级比奴隶主阶级进步。资产阶级推翻了封建阶级,资产阶级比封建阶级进步。而无产阶级推翻了资产阶级,所以无产阶级最进步。在这种阶级的替代中,新兴的阶级相对于前一个被代替的阶级来说是进步的;而一个阶级到了自己要被替代的末期,则是没落腐朽退步的。无产阶级是阶级社会的最后阶段,在阶级社会中是最进步的。因此,文学上坚持无产阶级的立场是最进步的,而各种非无产阶级的态度则是落后的。

早在 1925 年《中国社会各阶级的分析》中,毛主席就指出:"工业无产阶级人数虽不多,却是中国新的生产力的代表者,是近代中国最进步的阶级,做了革命运动的领导力量。"[1]在《新民主主义论》中,毛主席提出封建主义的思想体系是"进了历史博物馆的东西",资本主义是"快进博物馆了",已"日薄西山,气息奄奄",只有无产阶级的共产主义"是自有人类历史以来,最

---

① 毛泽东:《毛泽东选集》第 1 卷,北京:人民出版社,1991 年,第 8 页。

完全最进步最革命最合理的"①。毛主席在《在延安文艺座谈会上的讲话》中特别强调文学工作首先就是立场问题,而我们当然是站在无产阶级和人民大众的立场,其他那些封建阶级、资产阶级、小资产阶级立场的文学是落后的,是需要改造的。新中国成立后文学被看作是阶级斗争的工具。周扬曾经指出:"文艺作品要反映群众生活中最根本的东西,最本质的东西。什么是本质?本质就是斗争,阶级斗争与生产斗争,主要的是阶级斗争。"②阶级论被看作文学的本质。

作家的阶级出身由此和进步紧密联系在了一起。连鲁迅在阶级论的视角审视下,也曾受到质疑。因为鲁迅是小资产阶级、封建家庭出身,所以还兴起了一股批判鲁迅"逝去了的阿Q时代"的风潮,认为鲁迅是封建阶级的遗老,是落伍的。新中国成立后,我们也普遍认为写《阿Q正传》时的鲁迅还没有转变成共产主义者,不具有无产阶级的立场,还只是站在小资产阶级的立场来反映现实,未能充分认识到农民的革命性,对农民革命流露出了某种程度的悲观情绪,这是鲁迅的不足与局限之处。同样巴金创作的缺点也是站在小资产阶级个人解放的立场来反对封建势力,"而不是从无产阶级的观点和人民革命的立场出发来进行彻底推翻地主阶级及其剥削制度的革命斗争。"③像这样从无产阶级立场出发来重新审视文学作品,很多新中国成立前的作品都因为没有这种无产阶级的立场而受到批评。在阶级话语之下,文学中的温情、个人、人性、人道、感伤、共鸣等话语也常常被看作是超阶级的爱,看作是资产阶级的人性论而受到批评。钱谷融的"文学人学论"以及巴人等的"人情论""人性论"等就是因为混淆阶级界限而受到批评。家务事、儿女情等也因为阶级性、革命性不强而受到质疑,由此重大题材论浮出水面,这些理论的背后其实都是以阶级论为其基础的。

---

① 毛泽东:《毛泽东选集》第2卷,北京:人民出版社,1991年,第686页。
② 周扬:《周扬文集》第2卷,北京:人民文学出版社,1985年,第268页。
③ 冯雪峰:《雪峰文集》第2卷,北京:人民文学出版社,1983年,第722页。

那么,说封建阶级的文学是落后的,但是屈原、李白、杜甫等大诗人的进步性如何理解呢? 当时的解释认为屈原、李白等大诗人虽然是封建时代的人,但是他们与封建统治者有矛盾,他们反抗封建统治者,由此与劳动人民的利益紧密联系在一起,代表了人民的利益,所以他们也就进步了。以群的《文学的基本原理》指出,在我国封建社会中,封建贵族作家屈原、司马迁、柳宗元、李贽等,都曾与本阶级统治集团发生矛盾,甚至发展成为对立和敌视,从而遭到统治集团的冷遇、排斥,有的甚至被处刑,被杀死。他们在不同程度上反映了当时人民群众的利益和要求。[①] 这就是说,按照阶级理论,在封建社会里贵族大地主阶级本身没有进步性,要想有进步性,只有与自己所在的阶级发生矛盾斗争,从而背叛自己的阶级代表被压迫的人民群众才可能有进步性。

同样,资产阶级没有进步性,但是托尔斯泰、雨果、拜伦等资产阶级作家,又怎么看他们的先进性呢? 这同样是因为这些作家背叛了自己原来出身的阶级,转变到了当时先进阶级的一方,从而代表了先进生产力的利益,并且同情被压迫阶级,为被压迫阶级利益呐喊,由此成为进步作家。比如雪莱、普希金、莱蒙托夫、巴尔扎克等作家,就从封建贵族阶级转变到了资产阶级方面来,而罗曼·罗兰、德莱塞等则是在资产阶级的没落时期转变到了无产阶级的立场上来,他们因此是进步的。正因为这些作家都是自己阶级的叛逆者,他们才因此成为先进的。所以在坚持无产阶级立场的文学里,拜伦等一部分资产阶级作家的进步性也得到了肯定:"拜伦、雪莱、雨果、乔治·桑、司汤达、海涅、普希金、莱蒙托夫等,都在自己的作品中不同程度地表现了反对封建社会的黑暗统治、呼吁自由民主的思想感情,显示了那个时代的革命精神和革命倾向。"[②]因此,如果不是无产阶级作家,那么他就必须代表

---

① 以群主编《文学的基本原理》上册,上海:上海文艺出版社,1964 年,第96 页。
② 以群主编《文学的基本原理》上册,上海:上海文艺出版社,1964 年,第94 页。

当时处在上升时期的新兴阶级利益;如果不是这样,那就要与本阶级产生矛盾,揭露本阶级的黑暗罪恶。资产阶级进步文学的进步功能主要就在于揭发和批判当时的社会现实①,只有这样,资产阶级文学才有进步性可言。

但是他们毕竟不是无产阶级这个最先进阶级的作家,这些非无产阶级的作家的进步性就总是有限的、不彻底的。那些落后阶级要想完全克服自己的阶级局限性是不容易的,他们总是会自然不自然地流露出自己的阶级属性。毛主席就曾经说:"小资产阶级出身的人们总是经过种种方法,也经过文学艺术的方法,顽强地表现他们自己,宣传他们自己的主张。"②要把他们改造成像无产阶级一样完全进步的程度是不容易的,舒芜在《致路翎的公开信》中就深有感触地说:小资产阶级的进步要求,不管它"进步"到如何程度,"要求"得如何强烈,终归是小资产阶级的东西,个人主义的东西,是属于资产阶级思想体系的。③ 对封建阶级的作家来说也是这样。那些封建阶级的作家有可能接近人民群众,有一定的进步性,"但要求从根本上摧毁封建制度的能有几个? 那是不会有的,屈原与杜甫都不是。他们的利益与统治者不一致,破坏封建制度、揭露封建制度的作用是有的。但也不涉及到封建制度本身。"④而那些资产阶级作家塑造的大卫·科波菲尔、约翰·克里斯多夫等,也都没有想到过要推翻资本主义制度本身,所以他们的进步都是有限的。

第四是文学是否坚持现实主义的方法。坚持现实主义的文学是进步的,反现实主义的文学是落后的。按照现实主义法则真实反映生活成了当时一切进步作家的基本要求。在当时的氛围中,现实主义以外的各种文学理念、文学作品都受到一定程度的质疑,文学世界某种程度上是一个无边的现实主义。当时有学者指出:一切进步的文学,都必须真实地反映生活,描

---

① 卞之琳:《略论巴尔扎克和托尔斯泰创作中的思想表现》,《文学评论》1960 年第 3 期。
② 毛泽东:《毛泽东选集》第 3 卷,北京:人民出版社,1991 年,第 875 页。
③ 作家出版社编辑部编《胡风文艺思想批判论文汇集》第 2 集,北京:作家出版社,1955 年,第 117 页。
④ 周扬:《周扬文集》第 3 卷,北京:人民文学出版社,1985 年,第 232 页。

写现实。它们必须揭示社会生活的本质,真实性的深度与广度决定着作品的认识意义和教育意义,也决定着作品本身的价值。① 那时候如果说一部作品脱离现实、逃避现实、不真实地反映现实,不是现实主义的作品,那么这个作品就变得几乎没有价值了。

为了抬高现实主义的地位,整个中国文学史都被看成了一部坚持现实主义和反现实主义的历史。茅盾在《夜读偶记》中就列举《诗经》、汉赋、骈文、古文、前后七子等说明整个古典文学史的斗争就是现实主义和反现实主义两条道路的斗争。古代文学史如此,现代文学史也被看成了一部现实主义的历史。在《现实主义的道路——杂谈二十年来的中国文学》中,茅盾指出:"中国新文学二十年来所走的路,是现实主义的路。""现实主义屹然始终为主潮。"②那些人生艺术的论争也罢,文艺自由的论战也罢,大众化的论战也罢,主题积极性的强调也罢,反公式主义也罢,总之,一切都围绕着现实主义这个轴。冯雪峰在《中国文学中从古典现实主义到社会主义现实主义的发展的一个轮廓》中也提出,整个中国文学史就是一个从古典现实主义到近代现实主义再到社会主义现实主义的历史。他认为:"任何民族的文学,凡能遗留下来的重要的杰作大都具有现实主义的精神,就是说,大都是现实主义的或基本上是现实主义的。"③《诗经》《楚辞》,以及司马迁、杜甫、白居易等的作品自不必说,即使被称为浪漫主义者的李白,在他精神的积极方面也是和现实主义相通的,总之一切优秀的文学作品都是现实主义的。我们可以看到,为了把现实主义树立为唯一正确进步的文学,浪漫主义也被想着办法"收编"为现实主义了,陶渊明、李白等都成了现实主义者了。而古典现实主义到了社会主义现实主义,就发展到了文学的最高境界,是一切进步文学

---

① 北京师范大学中文系二年级学生与青年教师集体写作:《论巴金创作中的几个问题——兼驳杨风、王瑶对巴金创作的评论》,《文学评论》1958 年第 3 期。

② 茅盾:《茅盾选集》第 5 卷,成都:四川文艺出版社,1985 年,第 297 页。

③ 冯雪峰:《雪峰文集》第 2 卷,北京:人民文学出版社,1983 年,第 419 页。

都应该遵循的最好的文学样板。周扬就曾经说:"社会主义现实主义,现在已成为全世界一切进步作家的旗帜,中国人民的文学正在这个旗帜之下前进。"①现实主义成了文学中唯一最正确的文学。

当时北京大学、复旦大学、北京师范大学中文系等都曾经按照这种现实主义与反现实主义的斗争这两条线索来编写《中国文学史》。复旦大学中文系编的《中国文学史》开篇就指出:我国古典文学中始终存在着两种对立的文学:现实主义和反现实主义的文学,进行着尖锐而复杂的斗争。一部文学史,就是由这样的斗争所构成。②《诗经》、杜甫的诗、《红楼梦》等是现实主义的进步文学;而另外的文学则回避粉饰现实矛盾,美化剥削者荒淫无耻的生活,宣扬封建道德,歌颂统治阶级的功德,散播消极、没落的颓废情绪,如汉赋的华丽铺彩,六朝唯美的宫廷文学,谢灵运的游山玩水,柳永的秦楼楚馆,明代后期才子佳人小说等都是反现实主义的落后文学,都被看作是没有进步性的。那怎么处理我们常说的浪漫主义呢? 在这部文学史中,把积极浪漫主义划归为现实主义的行列,认为积极浪漫主义基本上属于现实主义的范畴③。那么消极浪漫主义就不用说了,它粉饰现实,表现一种颓废情感,是反现实主义的,没有积极性与进步性可言。

为什么必须坚持现实主义呢? 为什么现实主义文学就是进步的呢? 这是因为剥削阶级害怕揭露生活的真相,生活的真相是他们的残暴和必然灭亡,所以他们的文学必然脱离现实、反对现实主义,以此混淆视听,使人民不再面对现实斗争,丧失革命斗志。茅盾就曾指出:"所谓反现实主义……它们有一个共同点是脱离现实,逃避现实,歪曲现实,模糊了人们对于现实的认识;因此,在政治上说来,它们实在起了剥削阶级的帮闲的作用。"④一般来

---

① 周扬:《周扬文集》第 2 卷,北京:人民文学出版社,1985 年,第 182 页。

② 复旦大学中文系古典文学组学生集体编著《中国文学史》上册,北京:中华书局,1959 年,第 9 页。

③ 同上。

④ 茅盾:《茅盾选集》第 5 卷,成都:四川文艺出版社,1985 年,第 555 页。

说,统治阶级就支持反现实主义的作品,任由艺术走向为艺术而艺术的自我游戏或者形式主义的颓废感伤。而劳动人民则要求文学关心现实,真实、深刻地再现现实,揭露反动派的腐朽罪恶,反映自己的悲惨生活,以此来教育自己,鼓舞自己斗争,推动社会前进。这样,我们的文学就必然是现实主义的文学。由此形成了这样一个链条:统治阶级支持反现实主义,革命人民则支持现实主义,现实主义等于革命,反现实主义等于反革命,在这样的逻辑下现实主义的文学当然就是进步的了。

同时,坚持现实主义实际上就是坚持唯物主义,唯物主义是马克思主义的基本观念,这里的链条就是现实主义等于唯物主义等于马克思主义,于此,坚持现实主义就是坚持马克思主义,这就不再仅仅是个文学创作方法的小问题了,而变成了原则性的大问题了,不再是文学问题而变成了方法论与政治问题了。唯物主义者把观念形态的东西看作是现实物质世界的反映,文学是观念形态形成的东西,是对现实的反映。毛泽东在《在延安文艺座谈会上的讲话》中指出:"作为观念形态的文艺作品,都是一定的社会生活在人类头脑中的反映的产物。"①所以文学反映现实是唯物主义的必然要求,反映论也因此一直是新中国成立后我们文学的基本理论。那种与此相对的各种主观论、理想论、体验论、直觉论、印象论、情感论、无意识论等都是唯心主义,唯心主义当时也是洪水猛兽一样的东西,自然就是极其反动的了。朱光潜在《我的文艺思想的反动性》中清醒地剖析自己跟从克罗齐直觉说以来的心路历程,无论是距离还是移情,无论是自由还是静穆,无论是情趣还是意象,根本的错就是没有坚持现实世界第一,而坚持了主观唯心论,使艺术脱离现实。总之,反动的主要地方就是"反现实主义"。②

我们可以看到,现实主义实际上和唯物主义、马克思主义、无产阶级、革

---

① 毛泽东:《毛泽东选集》第3卷,北京:人民出版社,1991年,第860页。
② 朱光潜:《朱光潜全集》第5卷,合肥:安徽教育出版社,1989年,第29页。

命性、人民性等宏大叙事的话语紧密捆绑在一起。所以在新中国成立后的文学中，现实主义还是反现实主义就是一个严肃的重大事件了。当年何其芳发表了《现实主义的路，还是反现实主义的路》批评胡风；林默涵也主要就胡风现实主义观点发表了《胡风的反马克思主义的文艺思想》，胡风压力陡增，上交"三十万言书"为自己辩护，最终演变成了一个重大的政治事件。当时，是否为现实主义作品在一定程度上具有为作品定性的味道。毛主席提出要重视《武训传》的批评后，周扬发表《反人民、反历史的思想和反现实主义的艺术：电影〈武训传〉批判》，定调《武训传》是反现实主义的艺术，《武训传》在艺术性上也就失去了价值。现实主义是新中国成立后文学价值取向的一个根基，一段时间里我们确实认为"正有现实主义才符合所有艺术的本性"。① 其他那些不是现实主义的文学就被看作是没有价值的文学。毕加索的《和平鸽》应老老实实地画成人人能懂的样子，而不是立体派那种三头六臂的怪物。是现实主义的，就受欢迎，就是进步健康的艺术。而毕加索其他的艺术作品则被看成"不折不扣的对现实的歪曲"②，被看作是腐朽的东西了。

## 二、文学进步的反思

对近百年来一直落后的中国来说，追求进步是我们几代人的梦想。我们太渴望摆脱被列强欺压宰割的局面，实现国家的现代化与现代文明，这种现代性追求就表现在我们对进步最强烈的渴望上，追求现代就是追求进步，追求进步就是追求现代，所以我们把进步看得如此重要。进步于我们而言就意味着现代文明，它是一个现代性的词汇。新中国成立后我们的文学把进步作为评价文学的重要标准，正是我们追求现代性梦想的表现。但是我

---

① M.C.卡冈主编《马克思主义美学史》，汤侠生译，北京：北京大学出版社，1987 年，第 128 页。

② 罗大冈：《"无边的现实主义"还是无耻的"现实主义"？——评加罗迪近著〈无边的现实主义〉》，《文学评论》1964 年第 6 期。

们如此强烈地追求文学的进步、文学的现代，为什么这种进步性追求到最后却似乎没能带来我们想要的那种文学大繁荣呢？

曾经被我们认为是不进步的作家如徐志摩、沈从文、林语堂、梁实秋、周作人、朱光潜等人的作品，从二十世纪八十年代中后期以来，反而逐渐成为受读者欢迎的热门作家作品，其作品在市场上销售的火爆程度是有些进步作家都难以超过的。曾经被我们认为最进步的革命作家、人民作家、无产阶级作家、现实主义作家的作品则受到一定程度的冷落和批评，有些大作家的经典作品被读者评为死活读不下去的作品。而那些曾经进不了文学史的不进步作家则逐渐进入了文学史，其艺术性受到了更多的肯定与赞扬。有些很进步的作家也失去了一家独大的辉煌，他们有的被挤出了"十大作家"之列，有的在文学史中的分量明显减轻了，他们独有的章节明显减少了。因此，重写文学史的话题变成了热点，这表明我们的文学进步观似乎出现了一些变化，表明现在我们评价作品的价值标准多元化了，或者对文学作品的进步观有了一些修正。

那么究竟怎样看待文学的进步呢？文学的进步究竟谁说了算呢？后一个时代的创新超越其实并不意味着前一个时代的文学或者前一种文学形式就落后了，宋词显然不意味着就比唐诗进步。马克思说希腊神话具有永久的魅力，至今仍是文学的武库，我们很难说现代文学就比希腊神话进步。所以文学的进步本身是一个不容易评判的问题。而进步这个概念本身也是很复杂的。马尔库塞所说："'进步'不是个中性词。"[1]进步这一概念本身包含着一定客体的尺度，但更是一种主体性的尺度、历史的尺度，是一定时代阐释的结果，很难说是一个完全客观、能纯粹量化的指标。即使就西方那种物质生产式的进步观来看，这种进步观念进入二十世纪以来也不断受到质疑，

---

[1]　赫伯特·马尔库塞：《单面人——发达工业社会意识形态研究》，左晓斯、张宜生、肖滨译，长沙：湖南人民出版社，1988 年，第 13 页。

诗意栖居丧失与人性失落,物化、异化越来越严重引起的担忧使得那种科技进步主义思想观念受到的批评也越来越多。而且应该说人类生活的不同领域应该有不同的进步标准,政治有政治进步的标准,经济有经济进步的标准,生产有生产进步的标准,文学应该有文学进步的标准。如果说物质性的进步标准相对还好评判的话,那么作为精神性、情感性、形象性的文学就更加复杂,文学性的进步有哪些指标就更难量化了。

要评判文学的进步是一件复杂的事情,而要评判十七年时期文学的进步观就更加复杂了。从十七年时期的文学进步观来看,最大的特点恐怕首先是我们坚持的是一种单一的进步观,用单一政治进步的标准代替了文学的进步,失去了文学自身生态系统内各要素之间的平衡。"五四"以来,文学的进步至少在三个方面表现突出:第一是人的觉醒基础上的启蒙文学,把"人的文学""个性的文学""平民的文学"作为追求目标;第二是各种文学思潮涌入导致的文学的自觉、形式主义艺术、自由艺术、现代派艺术等各种艺术理念交融碰撞,形成了艺术观念的多样性、丰富性;第三是社会救亡的"革命文学"兴起,把社会进步解放的时代使命和文学紧紧联系在一起。所以"五四"以来的现代文学是觉醒的人的文学,是开放的文学,是追求着现代独立自由、民族国家梦想的文学,它的进步性是多方面的。但是十七年时期文学的进步理念把文学形式的探求与人性的继续拓展暂时压缩了,只是注重文学社会的时代使命这个维度,文学进步的衡量方式和渠道变窄了。文学中的革命、人民、阶级、现实主义等进步话语一定程度上贬低了其他个人、情感、人道、自由、浪漫、形式、美学等话语。这种文学进步观不是在文学生态中逐渐形成的,而是根据政治的规定性而形成的。这种文学进步观的外在规定性比较强,进步不是一个可以讨论的学术概念而是一个政治概念。

我们对文学的批评,实际上往往先从政治领域开始,然后再回来找文学中的错误表现,对《武训传》的批判是这样,对胡风的批判是这样,其他的也都是这个模式。因此,新中国成立后一段时间里我们的文学批评确实往往先从外部开始,文学作品实际上只要政治过硬,即使没有艺术性或艺术性差一点,也是好作品。而同时,我们似乎形成了这样的印象,愈追求艺术性,就说明它的政治性愈差。创作的个性受到一定的压抑,政治性和艺术性实际上成了两分的东西,这就有了一些著名作家的所谓"政治上进步,艺术上退步"。很多作家不求艺术有功,但求政治无过,平庸之作大量出现。作品中为了装点门面,表示进步的革命口号也因此满天飞,文学作品公式化、概念化严重,个性、独特性却隐而不见了,克服公式化一时间也成为文学领域的一个老大难的问题。

政治随着国际国内形势的变化而变化得很快,文学的进步性要依靠政治的风向,失去了自身艺术性维度的调节,其进步观的内涵往往就不固定。本来文学是不可能完全离开政治而存在的,文学的进步包含着政治的维度,但正常的文学场里应该是一种有限政治,一定距离的政治,因为文学是政治、经济、文化、审美、语言、形式、伦理、心理等多种要素形成的一个系统。但我们十七年这段特定时期内的文学与政治接触过于亲密,这种零距离的遮蔽压制了文学的其他要素,文学的其他要素不能发挥制衡作用,政治进步代替了文学的审美进步、文化进步、艺术进步、情感进步等,政治逻辑过多干预了文学自身的艺术逻辑,一定程度上阻碍了文学按照美的规律来生产。

而更关键的是,我们这种政治性实际上变成了政策性。按照政策、按照任务需要来创作成了当时文艺创作的方针。当时文艺作品强调的思想性实际上就是政策性。周扬在《新的人民的文艺》以及第二次文代会的报告中都多次强调学习总路线、总政策,认为离开了政策作家就不可能真正认识生活的规律。他提出:"对社会生活中的任何现象都必须从政策的观点来加以估量",①丁玲也多次说:"思想性就是政策性,要有思想就要写政策,思想即政

---

① 周扬:《周扬文集》第 2 卷,北京:人民文学出版社,1985 年,第 243 页。

策。"①吃透政策,按政策需要来创作成了文艺的前提,成了文学创作的方法。当时赵树理因为写了"小腿疼"等不先进的农民形象,不符合政策而受到批判。王西彦在为赵树理非英雄化观点进行辩护时指出:"按照党章或团章的各项要求去编造理想人物即'党的化身'呢,还是按照生活实际去刻画有个性的活人呢?依我看来,赵树理同志一直是走后一条道路的。"②赵树理就是因此而受到批判。政治变成了政策,而政策的应时性、及时性与变化性就更快更大了,文艺的先进性系于政策性,这就让文学的进步更难以把握了。文学实在难以跟上政策变化的速度,把握不住风向,往往因此而受到批评,其自身也就变得缩手缩脚,诚惶诚恐了。在泛政治化的氛围中,要顾及文学的特殊规律往往成了一件很困难的事情。

像人民、革命、阶级、现实等宏大叙事的概念在当时被增强,在被神圣化后变成了一种禁忌符号,变得神秘严肃起来,其自身鲜活多样的内容也常常被抽空了,变得异常抽象,仅仅是一个符号了。文学在一种没有宽容的、急切的强大压力之下,失去了探寻、坚持自己特殊规律的可能性。进步只是思想感情的进步,作家要想坚持一点所谓艺术性,表达一点个人独特体验,往往被说成小资产阶级的腐朽艺术观或者形式主义而难以实现。而文学把自己的进步性寄托在政策的进步性上,这种关联往往就会使自己的文学作品也成了一个历史的错误,其进步性也就成了一个短时间内的概念。再加上一些别有用心之人把政治当作整人的大棒,在关门主义或宗派主义影响下,捕风捉影牵强附会,任意扩大膨胀政治的辐射力,以不进步为要挟,假进步之名而行个人野心之实,进步的不进步性就凸显出来了。

而在思维方式上,这一时期文学进步观不是一种开放、包容的发散型思维方式,而是一种封闭的二元对立方式,是一种机械论的斗争思维方式。它

---

① 丁玲:《丁玲选集》第 3 卷,成都:四川人民出版社,1984 年,第 485 页。

② 洪子诚编《二十世纪中国小说理论资料 1949—1976》第 5 卷,北京:北京大学出版社,1997 年,第 533 页。

把文学阵营划分为无产阶级和资产阶级、革命与不革命、唯物主义与唯心主义、进步和落后等对立的两个阵营,不是这样就是那样。无产阶级就进步,资产阶级就落后;统治阶级的文学就坏,被统治阶级的文学就好。我们爱用"凡是""一切"等来概括各种事物,把事物看成非此即彼、水火不容的两大类,这种二元对立思维方式就把复杂的文学现象变得僵化、简单化、教条化了。我们把凡是非无产阶级、非现实主义、非革命的文学作品看成不进步、不科学的,这样就排除了其他众多艺术形式、创作方法、观察视角、题材选择、人物性格、情感方式等,这必然导致文学局面的狭小,作品的单一。这是文学领域内的冷战思维。本来对于文学来说,最重要的就是作家观察社会的独特性,情感的丰富性,思想的深刻性,风格的多样性,形式的创造性,人物的典型性,情节的生动性,语言的包孕性,画面的审美性,境界的超越性,等等,可是这种个性、丰富、自由、创造、复杂与当时进步观中的统一、单一、集中是有矛盾的。十七年时期文学进步观的单一性与文学本身的丰富性之间的矛盾,是这种进步观难以解决的悖论。

而当整个社会把主要精力放在经济建设而不是阶级斗争的时候,意识形态的斗争不再作为社会的中心任务,作为意识形态的文学在社会结构中的位置也逐渐远离中心。经济建设逐渐成为整个国家的中心,我们从阶级社会进入公民社会,我们开始关注每一个人有尊严的生活,我们也逐渐走出了这种单一政治决定论的文学进步观,文学的多元性也就重新得到思考,我们不再提文艺服从政治,文艺向内转,其自身复杂性、特殊性得到更多的尊重。文坛内众声喧哗,它怎样是进步的也就重新引起了我们的关注,其进步的标准就变得更宽泛一些了,其审美的、文化的、经济的、道德的、历史的、娱乐的、个人的、社会的等维度都进入了人们的视野。

十七年时期通过这种进步观建立起了一套新的文学规训,建立起了一种新的文学价值体系,在规定的范围内把文学引向了可操控的范围之内。虽然这一时期文学进步的标准有些已经被证实过于狭隘化、政治化,有的不太符合我们现在进步的标准了,很多提法我们都已经淡化或者纠偏了,但不管这种进步观成功与否,在那时毕竟有一个明确的进步标准。那么,在今天的新形势下,各种文学思潮激荡,新的媒介与新的生活方式不断出现,文学存在的样式也多有改变,我们又应该有一个怎样的文学进步的具体标准呢?文学进步有没有一个"国标"呢?

## 第二节　十七年时期的"五四"文学传统与文学新传统

中国当代文学的十七年是一系列文学批判的十七年。从对《我们夫妇之间》《武训传》《红楼梦》《海瑞罢官》,到对胡风、丁玲、陈企霞、冯雪峰、王蒙、钱谷融、巴人、邵荃麟等的批判,接踵而来的批判使文艺界显得气氛紧张。在对这些批判产生的原因进行探究的时候,我们一般都把这种批判归结为政治对文学的粗暴干涉,这在直观上看当然是正确的。但这里面还有另外的深层原因。我认为造成这种局面的深层原因实际上还因为十七年时期一直存在着两个文学传统,即"五四"文学传统与1949年后形成的文学新传统。而"五四"文学传统与这个新传统之间有着不尽相同的逻辑和要求,文艺界的斗争在某种意义上说是两个传统之间所发生的冲突。这时候,"五四"文学传统俨然已经有点旧传统的味道了。但是"五四"以来开掘出的文学传统在一代人心中是难以泯灭的,他们的血液里流淌着所谓"五四"之魂,想要忠实于"五四",而"五四"文学传统与当时占主导地位的新传统之间实际上又有一定矛盾。这种局面必然导致问题迭出,十七年时期文学批判运动的深层根源就在于"五四"文学传统与这个新传统之间的分歧。

### 一、"五四"文学传统与新传统的分歧

新中国成立以后,我们确立起了以《在延安文艺座谈会上的讲话》为指导的文艺路线。正如周扬所说:毛主席的《在延安文艺座谈会上的讲话》规

定了新中国文艺的方向,解放区文艺工作者自觉地坚决地实践了这个方向,并以自己的全部经验证明了这个方向的完全正确,深信除此之外再没有第二个方向了,如果有,那就是错误的方向。① 1949 年以后,《在延安文艺座谈会上的讲话》自然而然成了新中国文艺运动的共同纲领。这样,"五四"以来中国知识分子一贯引以为豪的"五四"文学传统与以《在延安文艺座谈会上的讲话》为基础的文学新传统之间的关系就变得微妙起来,怎样处理这两者关系的问题也就逐渐浮出水面,变得不能回避了。十七年时期文艺工作的主要领导者周扬多次就"五四"文学传统与"毛泽东文艺路线"之间的关系进行阐释,在《坚决贯彻毛泽东文艺路线:1951 年 5 月 12 日在中央文学研究所的讲演》一文中,他说:"假如说'五四'是中国近代文学史上的第一次文学革命,那末《在延安文艺座谈会上的讲话》的发表及其所引起的在文学事业上的变革,可以说是继'五四'之后的第二次更伟大、更深刻的文学革命。"②他强调"五四"的传统是不能割断的,首先要继承"五四"文学传统,然后再发展。他指出:"一九四二年毛泽东同志的《在延安文艺座谈会上的讲话》及其在文艺上所引起的变革,是'五四'文学革命在新的历史条件下的继续和发展。"③而 1956 年在中国音协第二次理事扩大会议上,他还指出不能只强调《在延安文艺座谈会上的讲话》传统,他说现在有的人只"强调文艺座谈会的作用,产生一种副作用,在很多同志中间形成不知道有'五四'了"④。所以在主流的解释里,"五四"文学传统与以毛泽东文艺路线为基础的这个新传统是没有任何矛盾的,我们在"五四"的基础上,按照毛泽东文艺路线继续前进就可以了,它们之间是继承发展的关系。

① 中华全国文学艺术工作者代表大会宣传处编《中华全国文学艺术工作者代表大会纪念文集》,新华书店发行,1950 年,第 45 页。
② 周扬:《周扬文集》第 2 卷,北京:人民文学出版社,1985 年,第 50 页。
③ 周扬:《周扬文集》第 2 卷,北京:人民文学出版社,1985 年,第 273 页。
④ 周扬:《周扬文集》第 2 卷,北京:人民文学出版社,1985 年,第 447 页。

这种阐释在理论上当然是圆通的,是没有问题的。但问题的关键是,"五四"文学传统的内涵究竟是什么,这个选择与取舍才是最重要的。在周扬的解释里,"五四"文学传统的内涵是:

(1)现实主义原则;

(2)文艺为人民和社会的利益服务的原则;

(3)群众的语言;

(4)反对封建文化的彻底性和坚决性;

(5)没有以民族解放和社会解放作前提的知识分子个性解放。[1]

我们可以看到,周扬对"五四"文学传统的阐释基本上只选择符合《在延安文艺座谈会上的讲话》(后文简称为《讲话》)精神的内容,某种程度上是以"五四"来阐释《讲话》传统或者以《讲话》来反观"五四"。白话文的大众性、反帝反封建、反传统的战斗性、反映现实的真诚性,以及"写实文学""社会文学"与"国民文学"的三大主义,这些当然都是"五四"文学传统的重要内容。但是,反帝反封建社会性改造的战斗传统只是"五四"文学传统的一部分。"五四"文学传统中重要的还有对自我表现的强烈渴求,对"娜拉式"的个人自由的勇敢追求,对普通大众自我觉醒的启蒙,对普遍人性的思考等关于个人的人本文学的内容。郭沫若如烈火一样地燃烧,如大海一样地狂叫,如电气一样地飞跑的自我激情;郁达夫自我就是一切,一切都是自我的自我膨胀;徐志摩逃出牢笼,恢复我们的自由的对于自由的向往;庐隐借小说艺术为我象征之用的生命之思,等等,这些都是"五四"文学的精髓。"五四"文学理论中影响深广的周作人的《人的文学》与《平民的文学》,强调人是从动物进化而来,肯定人的生物欲求;而"平民文学"不记英雄豪杰的事业、才子佳人的幸福,"只应记载世间普通男女的悲欢成败"[2]的理想,这些都是"五

---

[1] 周扬:《周扬文集》第 2 卷,北京:人民文学出版社,1985 年,第 272-282 页。

[2] 钟叔河编《周作人文类编·本色》,长沙:湖南文艺出版社,1998 年,第 41 页。

四"文学传统的精神。郁达夫在《五四文学运动之历史的意义》中所总结的"五四"文学的价值就与周扬不同,郁达夫指出"五四"文学运动的意义在于:

(1)打破了中国文学上传统的锁国主义,自此以后,中国文学便接上了世界文学的洪流。

(2)五四运动在文学上促生的新意义,是自我的发现。

(3)文言的废除,白话的风行。①

郁达夫在这里强调的就是"五四"文学自我发现的意义。在《新文学大系散文选集·导言》中他又指出:五四运动的最大的成功,第一要算个人的发现。从前的人,是为君而存在的,为道而存在的,为父母而存在的,现在的人才晓得为自我而存在了。② 本来社会叙述与个人叙述是"五四"的两极,而十七年时期对"五四"的选择则只是选择它改造社会的一维,而个人意识的一维则几乎被摒弃。这里的分途已经开始了,作家们必须做一个痛苦的选择。一旦不愿完全抛弃个人,势必就会和这一新传统发生碰撞与冲突。因此,我们可以看到这两个传统在当时的主流意识形态里是被清楚认识到的,是常常并举的,并且一直试图论证两者是继承基础上的发展,是没有任何矛盾冲突的。问题的关键只是,此一新传统对"五四"文学传统是有所选择地继承和发展的,它选择的只是"五四"文学的战斗传统、革命姿态、反帝反封建的社会改造,它批判、抛弃了文学上的诸如个性解放、个人自由、个人主义、温情主义、平等博爱等内容,而想要承袭"五四"文学传统的那些被批判者舍不得的恰好就是这些内容,这是潜在冲突的关键。而新的传统与"五四"文学传统的分歧至少在以下三种叙述原则上是明显不同的。

## 二、新传统的三种叙述原则

十七年时期的新传统有三种叙述原则,即集体叙述、英雄叙述与欢乐叙

---

① 吴秀明主编《郁达夫全集》第 11 卷,杭州:浙江大学出版社,2007 年,第 82 页。
② 吴秀明主编《郁达夫全集》第 11 卷,杭州:浙江大学出版社,2007 年,第 180 页。

述。如果不完全转移到这种叙述模式上来，还念念不忘"五四"以来的个人叙述、平民叙述、痛苦叙述模式，就成了一个随时可能爆发冲突的"定时炸弹"。

### （一）集体叙述原则

新传统第一个原则是集体叙述，不重个人叙述。这里的集体叙述不仅仅是指那时候所说的"领导出思想，群众出生活，作家出技巧"的多人创作小组的集体创作方式，还指创作出来的作品价值取向必须是集体的而不是个人的。个人在当时成了一个小资产阶级的专利。个人被要求必须与群众打成一片，接受群众的再教育而不是如"五四"一样在"上面"来启蒙群众。个人是小我，小我当然是微不足道的，是必须消融在大我中的。周扬曾说："个人主义是资产阶级社会的产物，资产阶级很提倡个人主义。"①1957 年，张光年发表《个人主义与癌》《再谈个人主义与癌》等文章，把个人主义比作癌细胞，个人主义成了万恶之源，可见个人主义的危害是多么严重，个人也因此成了一个禁区。《青春之歌》中的林道静每天独步海滨，还有兴致去欣赏大海，捡拾贝壳，这种所谓浪漫情调被批判为孤芳自赏而不与工农结合，表现了浓厚的个人主义思想，自然受到了严肃的批判。在回答卢嘉川为什么参加革命的时候，她又竟然说是因为不愿意自己的一生就这么平庸地毫无意义地白白过去，而不是为了人民，这当然是严重的个人主义。其他如《组织部新来的青年人》，只靠一个匹马单枪的青年英雄战士闯入组织部来揭示我们的官僚主义，这是自命清高脱离集体，是典型的个人主义英雄战斗，自然也受到了批判。在《本报内部消息》中好像我们整个组织都有问题，只有那个黄佳英一个人是清醒的，这都是美化个人、夸大个人而歪曲现实的叙述，因此《本报内部消息》也曾被定性为一个宣扬个人主义为思想基础的作品。

---

① 周扬：《周扬文集》第 2 卷，北京：人民文学出版社，1985 年，第 376 页。

像"五四"那样描写普通男女个人悲欢与内心要求,甚至所谓个人自叙传,鼓吹健全的个人主义在集体叙述的时代是不可能的了。如果写一个战士从自己的热情出发投身战斗,写一个农民单单为了自己发家致富而积极生产,这些都还是个人主义,这种叙述也还是失败的。只有当一个人觉悟到能够为公共利益斗争,能够把国家和全体人民的利益放在个人的或家庭的利益之上,毫不利己,专门利人,完全融入集体而不是与集体对立的时候,这个人物才说得上是"新人物",才符合新的文艺路线传统。比如,《艳阳天》中韩百安私藏了一点粮食,儿子耍把粮食交出去,父亲即使跪下给儿子磕头,儿子仍然毫不动摇地把粮食交出去,这种毫无个人思想的做法才是正确的。人们相信真正为新事物开辟道路的先进人物一定是集体主义者,个人主义等于腐朽的资产阶级。郭沫若在《毛泽东时代的英雄史诗——就〈欧阳海之歌〉答〈文艺报〉编者问》中提出,新时代的先进人物特点是:一不为名,二不为利,一不怕苦,二不怕死,一心为革命、一切为革命,毫不利己、专门利人的典型英雄形象。因此,个人是在时代叙述话语之外的。

而个人主义的典型表现就是总是不能忘记个人的感情、爱情、人情、人性、趣味等所谓小资产阶级特性,这些受到的批判自然也是最多的,在十七年时期被等同于小资产阶级个人主义追求,被看成不健康的低级趣味,是一种颓废的腐化堕落,甚至是反动的。例如,邓友梅《在悬崖上》中的"我"渴望所谓"有诗意"的生活;《我们夫妇之间》中的李克,一听到爵士音乐就放松了;《海河边上》把恋爱描写成生活里最主要的东西;《女工赵梅英》只是为了个人多拿钱才去当积极分子;《洼地上的战役》中班长对朝鲜姑娘金圣姬竟然心里有一种模模糊糊的他也说不出来的感情,竟然也还有什么慌乱甜蜜的感情;《组织部新来的青年人》竟然还要听意大利随想曲,嗅槐花的香气;《一个离婚案件》竟然把革命工作和爱情对立起来,追求丑恶的自私自利个人主义的爱情,等等,这些都被认为是小资产阶级式的个人温情主义、个人享乐主义与个人唯心主义,从而受到无情的批判。因此个人之情也成了一个禁区,人们不敢写情了。这时真成了一个"无我"的零度叙事了。这种抛弃个人之情的集体叙述既然无情,则必然导致文学的概念化、口号化,但是这与被打成无产阶级敌人相比,顺应这种集体叙述原则,虽然平庸一点但还不失为一种更安全的选择。

实际上,新中国成立后的文学叙事最重要的一个原则就是抛弃个人叙事的原则。1950年,丁玲在回答萧也牧的信时写道:"中国的文艺,不正是抛弃了那个徘徊惆怅于个人情感的小圈子么?抛弃了一些知识分子的孤独绝望,一些少爷小姐,莫名其妙的,因恋爱不自由而起的对家庭的不满与烦闷么?"①这表明,丁玲已经抛弃了"五四"时期的那种个人自我表现的吟唱,抛弃了所谓个性解放以及个人的苦闷、彷徨等个人叙述话语。"抛弃"一词从莎菲女士丁玲那里说出来,非常值得重视。这正是表明要与"五四"叙述传统决裂而完全投身到集体叙述的语境中来,只有这样才能在新文学范式中站稳脚跟。舒芜为了回归体制而反省自己,批判自己的主观论时曾经说:"所谓'个性解放',或如我把它改装以后的所谓'主观作用的发扬',在实际工作当中,无非就是自由散漫,对抗组织,脱离群众,自高自大,孤芳自赏,这些恶劣的作风。"②舒芜表态抛弃个人叙事,则成功地从"胡风反革命集团"中脱身,免于牢狱之灾。

事实上,从"五四"走过来的郭沫若早在1928年就宣布:"个人主义的文艺老早过去了,然而最丑恶的个人主义者,最丑恶的个人主义者的呻吟,依然还在文艺市场上跋扈。"③当时为了"革命文学",郭沫若放弃了个人主义,不再如"女神"时代那样赞美我自己,很早就成功地融入了集体叙述的洪流之中。到了社会主义公有制的体制里,个人主义当然更没有市场。周扬说:

① 洪子诚编《二十世纪中国小说理论资料 1949—1976》第5卷,北京:北京大学出版社,1997年,第39页。
② 舒芜:《从头学习〈在延安文艺座谈会上的讲话〉》,《新华月报》1952年第7期。
③ 郭沫若著作编辑出版委员会编《郭沫若全集》第16卷,北京:人民文学出版社,1989年,第45页。

"我们的文艺作品应当以积极培养人民集体主义思想,克服人们意识中的个人主义作为自己的任务。"①但是偏偏还有一些不能干脆彻底忘却、抛弃个人叙述的作家,他们还要留恋各种个人叙事,这必然要不可避免地陷入与主流权威话语挑战的漩涡之中。正如周扬所说:"个人主义,在社会主义社会,是万恶之源。"②

### (二)英雄叙述原则

新传统的第二个原则是英雄叙述的原则,不重视所谓常人叙述。它要求塑造理想英雄典型的高大形象,塑造远远高于、超越于普通人的新英雄榜样、先进人物、正面人物。实际上,从 1953 年第二次文代会开始,塑造正面的理想英雄形象的叙述原则就逐渐成为新中国文学叙述的原则。周扬在第二次文代会的报告中提出许多英雄的不重要的缺点在作品中是完全可以忽略或应当忽略的,而且认为既然是英雄,他们就不可能有与英雄性格不相容的缺陷或污点。他说:"我们的作家为了要突出地表现英雄人物的光辉品质,有意识地忽略他的一些不重要的缺点,使他在作品中成为群众所向往的理想人物,这是可以的而且必要的。"③这样不写缺点的叙述原则要求作家塑造出高大完美的"理想英雄"人物形象,实际上是一种新偶像的塑造运动,这与"五四"传统中偶像破坏者,专注个人幸福与自由的叙述是有所不同的。

理想英雄人物高大形象不容许有常人之情,这种英雄叙述原则逐渐成为人们批判当时作品的主要标准之一。1951 年,有人在《文艺报》《人民戏剧》等刊物上提倡写革命英雄在敌人的严刑与利诱面前的一分钟动摇,并且认为如果不这样写,英雄人物就是神,会让我们敬而远之,只有真真实实地写,没有讲假话,才对我们有特别教育意义。这种论调很快被批判为是用小

---

① 周扬:《周扬文集》第 2 卷,北京:人民文学出版社,1985 年,第 280 页。
② 周扬:《文艺战线上的一场大辩论》,《人民日报》1958 年 2 月 28 日。
③ 周扬:《周扬文集》第 2 卷,北京:人民文学出版社,1985 年,第 252 页。

资产阶级的心理去表现革命的英雄人物，是对英雄人物光辉形象的莫大侮辱与歪曲。因为英雄人物不论在任何艰难困苦的场合，甚至面临生死的严峻考验，都充满着必胜的革命信念和昂扬的斗志，从来没有一星半点的动摇，我们不能以常人之心去度革命英雄之腹。而《青春之歌》中的林道静到北大担任支部书记，竟然抱怨起困难多，还对侯瑞说自己真有点支持不住了，而这时她已经是一个共产党员，一个共产党员在困难面前竟这样叫苦连天，这种叙述被认为是严重歪曲了共产党员的光辉形象，不能在一切方面成为青年的表率。赵树理《锻炼锻炼》中的村社干部对落后群众竟然没什么办法，只知道用送法院改造、交代、坦白等诸如此类威胁性方法去解决问题，这被认为是对干部形象的歪曲和污蔑。路翎的短篇小说《粮食》中，竟然有一群工人在粮食供应不及期间包围了工会福利部长吵闹着要米，这被批判为对工人阶级高大形象的污蔑。

高大完美、毫无缺点的英雄叙述颇有些说教文学的弊病，这样自然容易导致作品的口号化、概念化，也引起了一些还要坚持文学性传统的人的批评。阿垅曾经在《略论正面人物与反面人物》中指出我们的理想的英雄人物是空洞如神，把一切好的东西堆积到他们的身上，这些革命的英雄人物没有缺点，没有常人之情，所以不亲切不自然，像是一个个通体漂亮、通体透明的"水晶"，是"万智万能，全善全美"。[1] 陈企霞也批评我们文学艺术作品中的正面人物写得不真实，强调必须描写人物的发展与成长过程，否则就会陷入公式主义。丁玲认为我们许多作品中的典型人物太典型了，典型得像死人一样，毫无活人气息，这些人物形象都是按主观的概念而活动的。[2] 冯雪峰在《英雄和群众及其他》中也强调英雄是群众的一分子，只有在群众身上所能有的东西，才能在英雄身上出现，要求用普通人民群众的精神和力量作为

---

[1] 阿垅：《阿垅诗文集》，北京：人民文学出版社，2007 年，第 566-567 页。
[2] 丁玲：《要为人民服务得更好》，载《丁玲选集》第 3 卷，成都：四川人民出版社，1984 年，第 485 页。

描写英雄的根据。① 秦兆阳强调写新英雄人物身上普通人的一面,认为无论多么特殊的人也是人,只要是人,就都是普通的人,都具有普通人所共有的思想、感情、欲望、习惯的特点。针对英雄叙述中出现的假大空现象,邵荃麟提出要写"中间人物",而巴人则要求写英雄人物的复杂性。总之,一时间怎样在这种英雄叙述中写缺点成了一个时代性的理论课题。上面这些对英雄叙述的批评都是很有针对性的、有见地的。但是,阿垅、陈企霞、丁玲、秦兆阳、邵荃麟、巴人等所有这些对这种理想的英雄叙述稍有微词、有不同意见的人很快都受到了批判,认为他们要把革命的英雄人物降低到普通的人,抹煞英雄人物与普通人的区别,其目的是反对写革命的英雄人物,认为他们是"以写'个性'为借口,妄图把地主资产阶级的人性、人情强加到无产阶级英雄人物身上,这就充分暴露了他们顽固地反对塑造无产阶级英雄典型的狰狞面目"②。这些主张文学描写要有多样性、要突破僵化模式的理论被批判为替资产阶级张目,这样上纲上线的批判当然使得反对英雄叙述的声音迅速消失。如此,单一的英雄叙述完全成为那个时代主流的叙事法则。

这种英雄叙述当然很大程度上是一种政治叙述、政策叙述,没有文学性。而我们有些人还不能忘记文学形象人的丰富性、复杂性,为形象干瘪枯燥而担忧,想要塑造有血有肉、丰满的英雄形象,这表明他们还没有完全转变到新时代文学叙述的模式上来,还没有忘记"五四"文学传统以来对于以人为主题的深入探索,还想保持纯文学的一些艺术性与独立性,这便自然与当时主流的新文学传统产生了冲突。其实,郭沫若早在1936年《我的作诗的经过》中就说:"我要以英雄的格调来写英雄的行为,我要充分地写出些为高雅之士所不喜欢的粗暴的口号和标语。我高兴做个'标语人','口号

---

① 冯雪峰:《雪峰文集》第2卷,北京:人民文学出版社,1983年,第545页。

② 洪子诚编《二十世纪中国小说理论资料1949—1976》第5卷,北京:北京大学出版社,1997年,第606页。

人'，而不必一定要做'诗人'。"①表明"五四"文学传统与当时主流话语模式之间的裂缝。

### （三）欢乐叙述原则

新传统的第三个原则是欢乐叙述的原则，反对所谓的痛苦叙述。新中国的建立，中国发生了翻天覆地的变化，取得了举世瞩目的成就，人民当家作主，自然欢天喜地。面对如此千年未有之新社会，人们发自内心地"放声歌唱"，以"最浓最艳的朱红""以童子面茶花"来赞美自己的祖国，以喝令三山五岭开道的豪迈气概与昂扬激情来歌颂自己的国家和人民，这种欢乐海洋里的"欢乐颂"也就是自然而然的了。巴金在新中国成立之初就深情地写道："今天再没有人关在自己的破屋里流泪呻吟了，今天再没有人冤死在黑暗的监牢里了，今天再没有人饿死、冻死在大街上了，今天再没有人为着衣食出卖自己的肉体和心灵了……"②二十世纪五十年代的"四大才女"之一的戈扬在《文艺报》发表的文章说："在这片土地上，没有荒地，没有水灾、旱灾，没有害虫、害鸟，没有伤人的野兽，不但人不会受到可怕的疾病危害，连动物植物都不会受到可怕的疾病危害。"③所以，在这样完美的新社会，在这样全民狂欢的时候，如果有些艺术作品却仍然停留在对过去悲惨生活痛苦的回忆里，仍然热衷于揭示人民的痛苦生活，而没有足够地描写出人民今天新的愉快生活，这就要被认为是对新社会的不满了。

所谓的痛苦在社会主义的新社会里不是普遍的现象。在当时一些人看来，新社会里作为个别的人来说，每个人都可能在某个时候在某个问题上有痛苦的感情，但作为人民，作为整个工人阶级来说，在社会主义社会中却没有什么痛苦的。因为痛苦是那些不甘心自动退出历史舞台的剥削阶级分

---

① 郭沫若：《我的作诗的经过》，《艺术与生活》1941 年第 22 期。

② 巴金：《巴金全集》第 18 卷，北京：人民文学出版社，1993 年，第 589-590 页。

③ 戈扬：《向新的高潮前进》，《文艺报》1956 年第 3 期。

子,那些人民的敌人才会有的,一切反党分子也是总感到痛苦的。因此文学作品在我们的社会主义社会里还去作痛苦叙述,这就抹煞了我们社会主义社会中劳动人民愉快的心情,这是想用剥削阶级的阴暗心情去代替工人阶级革命乐观主义的感情。冯雪峰曾表示不能说我们社会主义新社会的人民就没有痛苦,他认为人民的痛苦在作家那里没有得到很好的反映,号召作家也可以去表现"人民的痛苦"。这一理论很快就受到了批判,这说明所谓痛苦叙述与时代需要的欢乐叙述是背道而驰的。而"五四"时期,正如周策纵所说:"这是一个充满挫折、苦闷、幻想和彷徨的时代。这种反抗、犹疑和悲观主义情绪表现在鲁迅的短篇小说集《呐喊》《彷徨》中的人物身上。"[1]而解放后像"五四"那样揭示病苦,引起疗救注意的问题小说由于旧社会已经推翻,人们就认为新社会没有什么需要疗救的痛苦了,所以那些希望的焦虑、爱的痛苦、生的不安,种种挣扎、沉沦的呻吟、苦闷彷徨以及尖锐批判的痛苦叙述也就不需要了。

在这种欢乐叙述的原则之下,只允许表达欢乐振奋的正面情感,那些忧愁、苦闷、徘徊、痛苦的情感则被认为是和时代精神不相容的负面情感,是不健康的,当然都要受到批判。比如胡风,总想要表现人民在过去社会里"精神奴役的创伤",就被认为是一种反动理论。而在《组织部新来的青年人》中,林震和赵慧文作为共产党员竟然还有一种淡淡的哀愁的感情。宗璞《红豆》里江玫与跑到美国去的齐虹断绝关系时,竟然泪水遮住了眼睛,这种感伤的情感是极其不健康的、颓废的、脆弱的,因为作者把一个共产党员写得像一个没有党员气息的小资产阶级知识分子,对反动的齐虹那么留恋,作者的感情就完全被小资产阶级那种哀怨的、狭窄的感伤支配了,这是与共产党员革命乐观主义感情不相容的,这自然是一种错误。丰村《周丽娟的幸福》中的团政委江涛与英雄营营长黎红光竟然同时爱上了周丽娟,政委感到十

---

① 周策纵:《"五四"运动史》,陈永明等译,世界图书出版公司北京公司,2016 年,第 278 页。

分痛苦,变成了孤独而忧郁的人,精神焦疲,身体很快瘦下来了,这被批判为完全是把小资产阶级知识分子失恋时的精神状态运用到解放军身上去了,解放军战士怎么会因为和战友争恋人而孤独忧郁,这种痛苦叙述完全是想当然的非无产阶级的情感。在宏大的欢乐叙述中,感伤落泪自然是错误的,那种闻花伤情、见鸟赋诗只能是资产阶级有闲人士的无聊趣味,与无产阶级人民大众是无关的。像庐隐"感伤的生命在我没有恩惠,只有仇怨"这样的一代人在"五四"激情后的徘徊情感,这在当时是不可能容许的。

在全国形势一片大好的欢乐中,这时候阴暗面的描写就显得有些刺眼了,也是与欢乐叙述不相容的。揭示1949年后官僚主义问题的《组织部新来的青年人》就被李希凡批评为把党内生活个别现象夸大化了,我们党组织的真实情况不可能有什么黑暗,这种描写是对现实的歪曲。《本报内部消息》同样被批评是夸大我们现实生活的落后现象,我们社会本身肌体健康、人民幸福,哪有那么多痛苦黑暗。当时认为我们社会内部本身是没有什么痛苦来值得书写的,我们走的是金光大道,顶的是艳阳天,我们有的只是幸福和欢乐。像李国文的《改选》写老共产党员郝魁山一辈子真正心系职工做好事,却总是选不上工会主席,不但选不上,反倒越选越低,最后落寞死去。这样的好人没有好报的故事当然让人笑不起来,而且简直让人绝望。当然这个作品也很快被定性为是一篇政治上有根本性错误的小说,好像新社会暗无天日了,这是对新社会恶意的控诉,自然是罪大恶极。这时候写欢乐还是写痛苦,成了一个政治问题。这与整个"五四"传统以批判为基调的痛苦叙述是不同的。"五四"时代内忧外患,国难当头,一代人感时忧国,自叹身世,满纸悲愤,充满批判精神的痛苦叙述是整个时代的集体无意识。但是,世易时移,当人们正以满腔的革命热情建设社会主义新社会的时候,还需要批判精神吗?还需要痛苦叙述吗?这是文学新传统提出的一个问题。这样实际上就出现了一个难题,新社会不可能与痛苦、黑暗绝缘,但我们需要的是欢乐叙述,所以,在整个社会欢乐叙述的洪流中,如何来写忧伤、痛苦、缺点、阴暗面这些不高兴的事情，就成了一个老生常谈的问题。完全不写吧，那种"五四"以来"揭示病苦"的文学传统呼唤着作家的良知，鲁迅批判大团圆主义的话还在耳边；写吧，与全民狂欢的欢乐叙述之间的火候实在很难掌握，稍不注意就被看成攻击新社会。这是"五四"文学传统与新传统之间在特定时期的两难，也是当时作家普遍面对的两难。

### 三、"五四"文学传统与新传统的融合

应该承认，在文学新传统影响下的文学史确实曾经只以宏大的革命叙事的一维来界定"五四"新文学，将"五四"文学狭隘化了。王瑶在其《"五四"新文学前进的道路》中就指出："新文学"的"新"字最准确的解释，就在于文学与人民革命的紧密联系。"[1]我们也曾经有点牵强地一定要让"五四"新文化处于共产主义者全面领导之下，有论者提出：1917 年的新文化运动正式开始时，虽然共产党还没有成立，但基本上已是在马克思主义思想领导下的了。[2] 还有论者指出：作为五四新文化运动的重要内容的新文学运动，从它诞生的那一天起，一直在共产主义的文化思想的影响与指导下。[3] 不可回避的是我们对"五四"文学传统的解释在一段时间里确实不够客观与全面，只注重其社会性、革命性，丢掉了"五四"传统中有价值的一些东西。胡风总是说"五四"文学传统被否定了，当然他主要是说周扬等人执行的文艺路线"实质上是否定了五四传统和鲁迅，是用庸俗机械论代替了对于现实主义及其发展情况的理解"[4]。胡风的观察一半是对的，一半也不对。对，是因为他

---

① 王瑶：《"五四"新文学前进的道路》，载《文艺论丛》第 8 辑，上海：上海文艺出版社，1979 年，第 12 页。
② 复旦大学中文系现代文学组学生集体编著《中国现代文学史》上册，上海：上海文艺出版社，1959 年，第 36 页。
③ 马良春、李葆琰：《马克思主义文艺理论在中国》，载《文艺论丛》第 8 辑，上海：上海文艺出版社，1979 年，第 61 页。
④ 胡风：《胡风三十万言书》，武汉：湖北人民出版社，2003 年，第 322 页。

看到了 1949 年后新传统与"五四"文学传统的那些不同。不对,是因为文艺路线的新传统并非是对"五四"文学传统的全盘否定,而是有继承与发展的,是有所选择地继承与发扬,由此形成了一种新的革命时代的文学价值范式。

而随着拨乱反正时代的到来,"五四"文学传统中被忽略、被遮蔽的所谓人学的一面也逐渐重新回到了人们的视野之中,"五四"文学传统与文学新传统之间真正融合的时代到来了。邓小平在第四次文代会上的祝词中肯定了个人的合法性,个人、个性话语又开始回到文学的价值谱系之中了。同时邓小平强调:"我们的社会主义文艺,要通过有血有肉、生动感人的艺术形象,真实地反映丰富的社会生活……英雄人物的业绩和普通人们的劳动、斗争和悲欢离合,现代人的生活和古代人的生活,都应当在文艺中得到反映。"①这样,普通人的生活,普通人的悲欢离合又回到了我们的文学领域,这对于我们克服所谓一片光明的欢乐叙事与高大全的英雄叙事等僵化模式是一个极大的解放。伤痕文学、寻根文学等又开始把健全"人"的情感、人格、心灵等作为文学的中心。戴厚英在《人啊,人》的后记中感叹自己终于认识到原来自己是一个有血有肉、有爱有憎、有七情六欲的人,而不应该自甘堕落为驯服的工具。戴厚英在这里喊出原来我是一个有血有肉的人,这是一句简单得不能再简单的话语,并不是什么高深的理论,也不算什么重大的发现与进步,"五四"时期这种话语随处可见,但现在却重新成了一个时代的呐喊。虽然这种呐喊并不高明,但是要说出口却经历了这样长的时间,经历这样大的代价才重新换来,这是弥足珍贵的。

值得庆幸的是现在新传统与"五四"文学传统的全面融合已经成为一个不可逆转的趋势。"无产阶级文化大革命"(后文简称"文化大革命")后的几年,关于人性、人道主义的大讨论所发表的论文就有四百多篇,一些著名的学者都著文为人道主义辩护。同时,关心人的命运、富于人情味的文学作

---

① 中共中央文献研究室编《三中全会以来重要文献选编》上册,北京:人民出版社,1982 年,第 265 页。

品开始涌现。文学研究应以人为中心开始成为时代的话题,人的回归的文学让我们感到我们似乎逐渐全面接续上了"五四"文学关于人的传统,在个人叙事、痛苦叙事、人性叙事、情感叙事、社会叙事等全方位的领域内接着讲,正如李泽厚所感叹的:一切都令人想起五四时代。人的启蒙,人的觉醒,人道主义,人性复归……都围绕这感性血肉的个体从作为理性异化的神的践踏蹂躏下要求解放出来的主题旋转。"人啊,人"的呐喊遍及各个领域各个方面。这是什么意思呢? 相当朦胧;但有一点又异常清楚明白:一个造神造英雄来统治自己的时代过去了,回到五四时期的感伤、憧憬、迷茫、叹息和欢乐。①

　　应该说当代文学在遮蔽"五四"文学传统人学维度几十年之后重新全面接续上这个香火,文学是人学不再被视为异端来批判了。从把人不当作人、仅仅当作一个工具到重新把人当作人,在中断人的话题这么多年以后,一种新的文学价值范式逐渐确立起来。在新形势下的文学新传统与"五四"文学传统走向了深层次的融合,我们的文学又逐渐走向繁荣,也才由此走向了真正百花齐放的广阔天地。

　　到了二十世纪九十年代,有的学者提出要"走出五四";而我认为要"走出五四",这还只是一个美好的愿景,因为"五四"所感叹、所追求的那些理想,还没有完全实现。在人情、人性的追求上,我们有没有完全达到或者超过"五四"的水平,这仍然值得我们深思。我们应该清醒地看到,在个人话语的深度、广度探索上,我们还任重道远,还要继续补课,继续启蒙。

## 第三节　十七年《文学评论》中的外国文学研究

　　十七年文学确立起了现实主义、革命、人民以及阶级论为主的批评标

---

① 李泽厚:《二十世纪中国文艺一瞥》,载李泽厚《中国现代思想史论》,北京:东方出版社,1987年,第209-264页。

准,并用这个标准重新审视了古今中外的文学家与文学作品,从这一时期对外国文学的研究也可以看出我们评价作品的新标准。十七年时期外国文学研究的风貌如何?《文学评论》可以说是一个很好的观察窗口。因为这一时期专门发表外国文学研究成果的大型刊物几乎没有,像华中师范大学的《外国文学研究》1978 年创刊,而外国文学研究所的《外国文学评论》1987 年才创刊,而像《文艺报》这样当时影响很大的刊物,则限于"报纸"的形式,发表的关于外国文学方面的内容以"报道""介绍"居多。所以在十七年时期,《文学评论》实际上是发表外国文学研究学术成果的重要阵地。而 1978 年《文学评论》复刊后,就基本上不再发表外国文学研究方面的学术论文了。十七年时期《文学评论》发表的外国文学研究某种意义上说也因此成为"文评"的"绝唱",[①]这也使得考查十七年时期《文学评论》发表的外国文学研究成果的工作变得更有意义了。

　　一个外国文学的作家作品要进入这样高级别刊物的研究领地,必须通过一番严格的"筛选",而一旦被选中,被给予学术的认可,这样的作品往往会成为那个时代外国文学的"经典"。因此《文学评论》中的外国文学研究某种程度上就是塑造外国文学经典的形式和过程,也可以反映出那时候我们文学研究的时代特征。通过对十七年时期《文学评论》上发表的外国文学

---

① 《文学评论》复刊后,还是一共发表过 7 篇研究外国文学的论文。1979 年第 4 期,李健吾《巴尔扎克与空想社会主义者》;1980 年第 1 期,柳鸣九《论乔治·桑的创作》;1980 年第 4 期,方平《从〈第十二夜〉看莎士比亚的喜剧创作》;1981 年第 3 期,何其芳遗作《雨果的〈九三年〉》;1981 年第 3 期,罗大冈《谨向国内的巴尔扎克研究家们提供一点参考资料》;1981 年第 6 期,熊玉鹏《雨果的局限与人道主义的两重性——读〈九三年〉》;1984 年第 5 期,张捷《当代苏联文学三题》。以后《文学评论》就没有发表过专门的外国文学研究的学术论文了。1978 年复刊的第 1 期"致读者"中表示《文学评论》也需要刊载研究外国文学的文章,为发表外国文学研究成果留下了一些空间。而 1997 年第 1 期《文学评论》的"本刊启示"中提出:本刊大体上设有中国古典文学、现代文学、当代文学和文艺理论四个方面的学科分野及相对固定的专门栏目。这是杂志首次正式表明不接受外国文学研究方面的论文。这也表明从 1959 年编委会确立的研究"中外古今重要作家作品"的办刊方针有了改变,不再发表关于外国文学研究方面的文章。

研究成果的分析,我们可以对那个时期文学的存在样态有一个较为清晰的
了解。

## 一、《文学评论》十年外国文学研究的大致情况

《文学评论》1957 年创刊,创刊名为《文学研究》,为季刊,一年出版 4
期。1959 年改为双月刊,一年出版 6 期,改名为《文学评论》。到 1966 年第
3 期,宣告停刊。十年时间,共出版杂志 53 期,除了"书评""资料""学术动
态""通信""补正""补白""读者编者""插页"等非正式的学术论文之外,共
发表各种学术论文 497 篇,其中外国文学方面的论文 83 篇,约占整个论文的
17%。这 10 年外国文学研究发表论文数量大致如表一。

表一

| 年份 | 发表论文总篇数 | 外国文学论文篇数 | 所占百分比 |
|---|---|---|---|
| 1957 年 | 39 | 7 | 18% |
| 1958 年 | 47 | 13 | 27% |
| 1959 年 | 60 | 5 | 8% |
| 1960 年 | 71 | 15 | 21% |
| 1961 年 | 63 | 7 | 11% |
| 1962 年 | 53 | 12 | 23% |
| 1963 年 | 38 | 9 | 24% |
| 1964 年 | 37 | 6 | 16% |
| 1965 年 | 44 | 8 | 18% |
| 1966 年 | 45 | 1 | 2% |
| 合计 | 497 | 83 | 17% |

1966 年第 1、2 期共发表论文 18 篇,第 3 期发表了 27 篇批判邓拓集团
的工农兵发言的文章后,已经没有学术研究了,只有停刊。这一年严格的外
国文学研究论文为 0,只有 1966 年第 1 期"读者论坛"还发表了一篇怎样评

价高乃依及拉辛的作品的文章,外国文学算是出现过 1 次,约占 2%。从统计情况来看,1960 年发表了 15 篇外国文学研究的论文,单年度最高。总体来说,相较于现当代文学、古代文学等的研究,外国文学研究在当时整个文学研究的板块中大致占到 17% 左右,总体力量相对来说是较弱的。正如杨周翰先生所说:"欧洲文学史的研究工作在国内远远落后于中国文学史的研究。"①应该说对专门的外国文学研究我们的起步确实是比较晚的,卞之琳等在 1959 年发表的《十年来的外国文学翻译和研究工作》中说:"在 1955 年和 1956 年之间,'向科学进军' 的口号,'百花齐放,百家争鸣' 的方针提出来以后,外国文学研究工作才真正进入了开始阶段。"②而从这一时期研究对象来看,对外国作家进行专人个案研究的论文中,有 5 篇是专门研究高尔基的,居榜首,而有 2 篇以上的学术论文来专门研究的外国文学家的,情况大致如表二。

表二

| 研究对象 | 研究论文篇数 |
|---|---|
| 高尔基 | 5 |
| 莎士比亚 | 4 |
| 托尔斯泰 | 3 |
| 巴尔扎克 | 3 |
| 拜伦 | 2 |
| 小林多喜二 | 2 |
| 狄更斯 | 2 |
| 萨克雷 | 2 |
| 罗曼·罗兰 | 2 |
| 阮攸 | 2 |
| 法斯特 | 2 |

在这些个案研究的论文中,高尔基由于是无产阶级作家的典型代表,享

---

① 杨周翰:《欧洲文学史研究工作中的一些问题》,《文学评论》1963 年第 1 期。
② 卞之琳、叶水夫、袁可嘉、陈燊:《十年来的外国文学翻译和研究工作》,《文学评论》1959 年第 5 期。

有最高殊荣,研究他的论文最多。而莎士比亚是西方文学世界公认的大师,得到我们的认同,研究他的论文有 4 篇,居第二。而其他几位上榜作家则是西方文学界"批判现实主义"大师或者是具有"反抗精神"的著名作家,研究相对较多。上表中 11 人的专人研究论文 29 篇,占发表总数 83 篇的 34%。除了上表中所列这些人以外,这一时期发表的专人研究还有:孟德斯鸠、福楼拜、斐尔丁、布莱克、斯威夫特、奥凯西、惠特曼、萨迪、密尔顿、拉格洛孚、鲁达基、维德马尔、彭斯、司汤达、阿拉贡、契诃夫、赛珍珠、艾略特、谢甫琴柯、裴多菲、雪莱、拉奥孔、亚里士多德、萨冈、冈察洛夫、海明威、拉法格、沃罗夫斯基、阮庭炤、塞万提斯、欧仁苏、加罗迪、阿拉贡以及高乃依等 34 人。这样十七年时期《文学评论》一共发表了 45 位外国作家的个案研究论文。这些出现在"榜单"中的外国作家成为中国读者最熟悉的外国作家,特别是有 2 篇以上的专文来研究的这些外国作家,更表明得到了知识界与广大读者的普遍认同,他们都成了中国的外国文学"经典"。《文学评论》的外国文学研究由此也就成了塑造外国文学经典的方式之一。

　　除了这种专人研究之外,涉及到的外国文学专题研究有十九世纪科学对现实主义的影响、国际修正主义问题、欧洲文学中个人反抗问题、十九世纪欧洲文学中劳动人民形象问题等。而研究对象按照国别来看,这一时期论文分布情况大致如表三。

表三

| 研究对象的国别 | 研究论文的篇数 |
|---|---|
| 英国文学 | 17 |
| 苏俄文学 | 16 |
| 法国文学 | 16 |
| 美国文学 | 8 |
| 越南文学 | 5 |
| 日本文学 | 4 |

从表三中可以看出,外国文学研究的格局中,集中研究最多的还是传统的文学强国苏俄与英、法三家,而研究英国文学的论文以 17 篇居于榜首,可以看出英国文学对我们的巨大影响和我们研究者的学理结构。而越南、日本则因为特殊的关系在这一时期的研究中也是研究成果涉猎较多的国家。

表三中这 6 个国家的作家的研究论文共 66 篇,占整个发表论文的 79%,占绝对多数。其他外国文学如西班牙、南斯拉夫、瑞典、德国、希腊、伊朗、爱尔兰、非洲诗歌、非洲小说等都有 1 篇涉猎,属于一般性质的研究。从发表外国文学研究成果的作者来看,这 10 年在《文学评论》上发表论文最多的是罗大冈与戈宝权,都发表了 7 篇论文。按照发表论文的篇数来看,这一时期作者的大致情况如表四。

表四

| 论文作者 | 发表论文的篇数 |
|:---:|:---:|
| 罗大冈 | 7 |
| 戈宝权 | 7 |
| 袁可嘉 | 5 |
| 杨耀民 | 4 |
| 叶水夫 | 4 |
| 杨绛 | 3 |
| 范存忠 | 3 |
| 李健吾 | 3 |
| 柳鸣九 | 3 |
| 王佐良 | 2 |
| 董衡巽 | 2 |
| 卞之琳 | 2 |
| 朱虹 | 2 |
| 陈燊 | 2 |
| 钱中文 | 2 |
| 杨周翰 | 2 |

表四中 16 人所发表的论文 53 篇,占这一时期总数 83 篇的 63%,确实占了外国文学研究的半壁江山,他们是外国文学研究的绝对中坚力量。除了表中所列人物之外,发表过 1 篇学术论文的有:缪灵珠、察佩克、希阿赫瓦什、殷宝书、郑振铎、罗荪、林陵、卞立强、刘振瀛、李芒、张羽、朱于敏、怀清、徐育新、杨宇、陈伯海、江口涣、杨德华、王向峰、兴万生、钱钟书、罗念生、李辉凡、吴兴华、邓台梅、程代熙、阮文环、颜振奋、臧克家、刘世德、李修章、超烽、施咸荣等 33 人。加上表四中的 16 人,出现在"文评"作者阵容中的这 49 人,除了察佩克、希阿赫瓦什等这样极个别的当时邀请的外国学者以外,基本上代表了新中国外国文学研究的核心力量,他们代表了当时外国文学研究的最高水平。

这一时期由于强调"文学从属于政治",强调"以阶级斗争为纲",文学研究的政治性倾向特别强烈,因此,十七年时期《文学评论》发表的外国文学研究论文呈现出自己独特的研究方式,按照当时统一的话语系统标准对外国文学的作家作品进行了甄别、裁剪与评论,表现出浓厚的时代特点。具体表现为重视社会主义阵营的文学研究,强调外国文学的意识形态性质,注重文学作品的现实主义品格,强调作品中的革命精神。

## 二、重视社会主义阵营的文学研究,强调意识形态性

"二战"后世界冷战格局形成,整个世界分成了社会主义与资本主义两大阵营,我们对外国文学的研究当然首先选择的就是社会主义阵营的文学。这期间发表的研究社会主义阵营文学的论文有 26 篇,占整个 83 篇的 31%。社会主义阵营的苏联文学自然是我们研究的重点。据统计,自 1949 年 10 月至 1958 年 12 月止共 9 年多的时间内,我们翻译出版的外国文学艺术作品共 5356 种,而这期间我国翻译出版的苏联包括沙俄文学艺术作品共 3526 种,占这个时期翻译出版的外国文学艺术作品总种数的 65.8%,超过整个外国文学的一半,占总量的三分之二左右,从中可以看出苏俄文学在我们外国文

学研究格局中的重要位置。我们在发表外国文学研究的成果时,当然首先希望多发表关于苏俄文学的研究成果,在"编后记"中编者就曾谈道:"在外国文学方面,关于西方文学的论文我们还收到了一些,但却缺乏关于俄罗斯和苏联的文学的稿子",所以编辑部特别希望有更多的苏俄文学研究方面的稿子。

而在苏联作家方面,高尔基自然是重中之重。高尔基被列宁称为"革命的海燕",是"无产阶级作家和社会主义现实主义文学的奠基人",是社会主义阵营文学的代表和权威,研究他的论文在所有单个作家中排名第一也是情理之中的事情。《文学评论》先后在 1958 年 1 期、1958 年 2 期、1961 年 3 期、1963 年 2 期发表缪灵珠、戈宝权、李辉凡的《高尔基的文学史观点和方法》《高尔基和中国》《高尔基与中国革命斗争:纪念高尔基逝世二十五周年》《"让暴风雨来得厉害些吧!"——高尔基早期革命浪漫主义作品试论》等文章,就高尔基的文学史观、早期浪漫主义作品以及与中国革命的关系等进行了研究。高尔基在中国当代文学中享有盛誉,是因其社会主义文学领袖的地位决定的。正如叶水夫在《纪念高尔基》一文中所定性的:"高尔基的崇高理想、革命精神、阶级观点、无产阶级人道主义——对无产阶级及一切劳动人民的热爱,对资产阶级及一切剥削者的憎恨——成为无产阶级文学的根本内容和宝贵传统,成为教育和影响世界进步人类的真理和正义。"[①]高尔基是社会主义文学阵营的旗手,自然受到最多的关注。

除了高尔基以外,苏联包括俄国的其他作家也都受到较大关注,《文学评论》先后发表了好几篇相关论文,1959 年第 4 期发表了戈宝权《普希金和中国》,1960 年第 1 期发表了戈宝权《契诃夫与中国》,1960 年第 5 期发表了张羽《托尔斯泰——伟大的批判现实主义作家》,1962 年第 4 期发表了戈宝权《冈察洛夫和中国》等文章。苏联的那些加盟共和国的文学也因为是苏联

---

① 叶水夫:《纪念高尔基》,《文学评论》1963 年第 2 期。

的一部分而受到特别的关注,《文学评论》1958 年第 4 期发表了戈宝权《塔吉克古典文学的始祖鲁达基》的论文,认为他的作品歌颂了大自然的美丽、对祖国和劳动人民的热爱,对被压迫人民的同情,值得研究。1961 年第 1 期发表了戈宝权《伟大的乌克兰人民诗人谢甫琴柯——纪念谢甫琴柯逝世一百周年》,强调农奴出身的伟大的乌克兰"人民诗人"谢甫琴柯战斗的一生是值得我们纪念学习的。

因为重视社会主义阵营的文学研究,文学成就并不突出的越南在这宝贵的篇幅中占有 5 篇论文,相当难得。1960 年第 5 期发表了怀清《越南文学的发展》,介绍了越南文学从古代文学、近代文学到现代文学的发展情况。1963 年第 5 期发表了邓台梅、李修章的《越南人民的爱国大诗人阮庭炤》,介绍了越南"反帝爱国"文学的奠基人阮庭炤的诗歌。1965 年第 3 期发表了颜振奋《英雄的越南人民的战歌:介绍几个反映越南人民反美爱国斗争的戏剧》。1965 年第 6 期发表了刘世德、李修章《越南杰出的诗人阮攸和他的〈金云翘传〉》,赞扬阮攸的作品"鞭挞封建统治阶级残害人民的凶恶面目"以及揭露封建社会真相的伟大成就。1965 年第 4 期还专门介绍了两部越南的新书,报告文学集《把仇恨集中在枪口上》和阮文追的《像他那样生活》。同时,社会主义阵营的阿尔巴尼亚也有臧克家的一篇《阿尔巴尼亚四诗人》,专门介绍了法特米尔·吉亚泰、阿列克斯·恰奇、拉扎尔·西理奇、德拉戈·西理奇四位诗人"反抗奴役和侵略的爱国主义、民主主义主题思想"的诗歌。非洲作为我们的亲密战友,作为第三世界国家抗击以美英为首的帝国主义的前沿阵地而受到我们的关注,《文学评论》1961 年 1 期发表了柳鸣九、赵木凡《战斗的非洲革命诗歌》,肯定了非洲诗歌"对于人民悲惨生活的描写、对于帝国主义、殖民主义罪恶的揭露"以及对于祖国和民族苦难命运的沉思。同年第 5 期还发表了董衡巽《"黑暗大陆"的黎明——评介非洲反殖民主义小说》,介绍了非洲小说中反殖民主义的思想。

在当时强调政治意识形态的背景下,马克思主义的文学批评家自然是我们理所当然应当重点关注的,拉法格、沃罗夫斯基都作为马克思主义批评家而进行了专文的研究。1962 年 6 期发表了柳鸣九的《拉法格的文学批评》,对"著名的马克思主义者、工人运动的重要领导人"①的拉法格进行了研究。1963 年第 4 期发表了陈燊《沃罗夫斯基的文艺观点——纪念他的逝世四十周年》,提出"沃罗夫斯基是俄国马克思主义文学批评和理论的奠基者之一",是以较成熟的马克思主义者的姿态开始活动的,并对他的战斗性、鲜明的党性,坚定的立场进行了评述。法国的阿拉贡写了小说《共产党人》,被当作"进步作家",也登上了《文学评论》。1959 年 4 期发表的罗大冈《阿拉贡的小说〈共产党人〉》,把这部小说作为"社会主义现实主义文学的成就之一"。日本作家小林多喜二因为是日本无产阶级作家同盟中央委员会的书记长、日本共产党文化文学运动领导人也成为我们关注的研究对象,1961年第 4 期发表了江口涣的《小林多喜二的生平和业绩》,就对小林多喜二的文学活动进行了介绍评述。

### 三、重视作品的现实主义性质,强调揭露社会的黑暗

但是,社会主义阵营的文学毕竟只是外国文学的一部分,英、法、美等老牌资本主义国家的文学毕竟是最发达的文学,是外国文学研究的重镇,这是不可能回避的。那么这些资产阶级的文学要登上我们社会主义文学研究的最高阵地又凭借什么呢?它们的价值何在呢?我们为什么要研究它们呢?当时认为这些资本主义国家的作品之所以有价值,最重要的就是这些作品具有现实主义的价值。从当时《文学评论》发表的专门研究过的斐尔丁、萨克雷、斯威夫特、巴尔扎克、狄更斯、司汤达、托尔斯泰等人来看,我们肯定这些作家,很大程度上是因为他们是现实主义的文学大师,深刻反映了当时的社会现实矛盾,批判揭露了资本主义社会的种种罪恶,对下层劳动人民予以

---

① 柳鸣九:《拉法格的文学批评——读〈拉法格文学论文选〉》,《文学评论》1962 年 6 期。

无限同情。这一时期发表的外国文学研究论文中 25 篇是在肯定其现实主义价值的基础上开始研究的,约占当时发表总数的 30%。

我们知道新中国成立后现实主义文学成了最有价值的文学,非现实主义文学的价值则普遍受到怀疑。为了提高现实主义的地位,整个中国文学史甚至都被看作是现实主义与反现实主义"两条道路斗争"的历史。当时有学者指出:一切进步的文学,都必须真实地反映生活,描写现实。① 所以只有现实主义的才有意义,否则就没有意义。因此那些外国文学作品要有价值,同样也就必须符合现实主义的标准,必须是现实主义的。用现实主义来衡量外国文学作品,看它是否深刻揭露了资本主义社会的黑暗现实,是这一时期我们评价外国文学作品最重要的标准。

这一时期发表的卞之琳的《略论巴尔扎克和托尔斯泰创作中的思想表现》指出:巴尔扎克和托尔斯泰的重要作品所以能成为艺术高峰,主要原因也就在于他们最善于揭露当时的社会现实,而且整个资产阶级进步文学的进步功能主要就在于揭发和批判当时的社会现实,②所以这些资本主义国家的作家必须要戴上一顶现实主义的帽子才能够成为我们的研究对象,如果没有这种现实主义品格,他们的作品也就没有意义了。《文学评论》1957 年第 2 期发表了杨绛的《斐尔丁在小说方面的理论和实践》,强调:"斐尔丁虽然没有提出现实主义这口号,他的小说创作,无论在理论上、实践上,都符合这个社会要求。"只有这样给斐尔丁安上一顶现实主义的帽子,我们研究他才显得顺理成章,才有意义。

这一时期发表的关于其他作家的研究论文,也都是这样强调其现实主义的品格。杨耀民发表的《〈格列佛游记〉论》认为这部作品的意义就在于:

---

① 北京师范大学中文系二年级学生与青年教师集体写作:《论巴金创作中的几个问题——兼驳杨风、王瑶对巴金创作的评论》,《文学评论》1958 年第 3 期。

② 卞之琳:《略论巴尔扎克和托尔斯泰创作中的思想表现》,《文学评论》1960 年 3 期。

他深刻讽刺了原始积累时期的英国统治阶级,揭露了资本主义的某些本质特点,并且表达了人民群众对这个制度的罪恶的抗议。① 正因为如此,所以《格列佛游记》帮助我们认识了资本主义上升时期的资产阶级残酷、无耻的一方面,至今仍然有其现实的意义。杨先生发表的另一篇《狄更斯的创作历程和思想特征》,也指出狄更斯的意义就在于:"在英国资本主义最发达的时期他在作品中揭露了那个社会的罪恶;在被压迫人民倍受欺凌的时候,他对他们的命运表示了极大的同情"②,这种现实主义精神是狄更斯文学作品的价值之所在。而萨克雷的价值也在于:"对所谓'上流'社会的批判揭露,在现实主义小说艺术和讽刺艺术方面有独特的贡献。"③托尔斯泰的意义在于:"对没落的、极端腐败的贵族地主阶级的无情揭露贯穿着托尔斯泰的全部创作过程""是地主阶级和资产阶级以及他们的社会制度的罪恶的严厉审判者"④。其他作家如司汤达的主要贡献在于:"暴露反动教会和贵族的害人利己",他与巴尔扎克一样是法国的现实主义大师。惠特曼则因为对资本主义"无可置疑的谴责",同时"强调了人民"而被当作一位伟大的现实主义诗人。伊朗大诗人萨迪也因为"毫不容情地揭露当时社会的矛盾"被作为进步的现实主义作家加以对待。总之,正是这种现实主义的品格,使这些外国文学大师成为大师,他们的作品也才有意义。

而如果没有这些揭露资本主义社会种种黑暗现实的品格,像那些现代主义、为艺术而艺术等所谓"现代派"艺术则是我们严厉批判的"腐朽""反动"的艺术。袁可嘉先生发表的《略论美英"现代派"诗歌》就指出这些"现代派"诗歌"并不是什么反映现实的明镜,而只是歪曲生活的哈哈镜","它

---

① 杨耀民:《〈格列佛游记〉论》,《文学研究》1957 年第 3 期。
② 杨耀民:《狄更斯的创作历程和思想特征》,《文学评论》1962 年第 6 期。
③ 朱虹:《论萨克雷的创作——纪念萨克雷逝世一百周年》,《文学评论》1963 年第 5 期。
④ 张羽:《托尔斯泰——伟大的批判现实主义作家》,《文学评论》1960 年第 5 期。

反映了五十年来西方资本主义社会所经历的深刻的精神危机和艺术危机"①。这些现代派艺术如意象派等，不是现实主义的，内容上"无非是无病呻吟，风花雪月"，而艺术上则修辞空泛，意象模糊，"抽空了生活和艺术的丰富内容"，"执意追求片刻之间的感官印象"，尽是些"虚无主义，神秘主义，本能主义和法西斯主义"，这些都不是现实主义，所以他们也就几乎没有什么价值可言了。袁先生发表的另一篇《托·史·艾略特——美英帝国主义的御用文阀》则指出艾略特等"现代派"是"反现实主义的文艺理论和批评，散布虚无主义和神秘主义的诗歌和剧本"，这些作品"由于他们投合日暮途穷的资产阶级的美学趣味、适应垂死挣扎的帝国主义的政治需要，因此在资产阶级文艺界不胫而走，靡然成风。"②像艾略特这样"盘踞着美英资产阶级文坛，一直散布着极其恶劣的政治影响、思想影响和文学影响""死心塌地为美英资本帝国主义尽忠尽孝的御用文阀"，我们必须尽最大努力批判他，这种"反动"的文学思潮"陷文学于万劫的深渊"，我们必须揭穿他"反动颓废"艺术理论背后的险恶用心。总之，因为不是现实主义的，没有揭露资产阶级的黑暗腐朽，西方的现代派或其他形式主义的艺术作品都受到了严厉的批判。

由于这一时期的外国文学研究不可避免地带有较强的政治意识形态性，所以我们希望外国文学作品尽情揭露那些资本主义国家的黑暗和腐朽，如果没有揭露黑暗现实，我们会认为这些作品不够现实主义，因而价值不大。《文学评论》1958 年 4 期、1960 年 6 期先后发表朱虹、杨宇《从法斯特的小说看法斯特的本来面目》《叛徒法斯特对帝国主义主子的进一步效劳——批判法斯特新著〈温斯顿事件〉》的文章，就指出法斯特是个"叛徒"，他的作品《温斯顿事件》把暴露美帝国主义本质的"军人犯罪问题"，歪曲为美国军队的个别成员的精神状态和生理状态不够正常的问题，从而失去了批判资

---

① 袁可嘉：《略论美英"现代派"诗歌》，《文学评论》1963 年第 3 期。
② 袁可嘉：《托·史·艾略特——美英帝国主义的御用文阀》，《文学评论》1960 年 6 期。

本主义社会的大好机会,法斯特也因此被批判是对"对帝国主义主子的进一步效劳"。这种"唯现实主义"论的评价体系是十七年时期外国文学研究价值体系中最重要的一个标准。

### 四、重视革命斗争话语,注重作品的反抗精神

如果既不是社会主义阵营,又不是现实主义的外国文学,要进入我们的文学领地,那就必须具有高度的革命性,具有反抗统治阶级、上层权贵等的斗争精神。外国文学作品要有价值,同样也必须具有高昂的革命性,具有反抗斗争的激情。我们研究外国文学的目的就是为革命服务,就是帮助我们了解这些国家的统治阶级和殖民主义者对人民大众的迫害与剥削,了解这些国家的人民所做的可歌可泣的英勇反抗和斗争,激起我们对帝国主义的仇恨、对这些国家的人们的贫困和无权的同情[1],所以具有革命话语的外国文学才能受到我们的研究与重视。这一时期发表的奠基在革命话语基础上的研究论文 27 篇,约占发表总数的 32%。

《文学评论》创刊号上发表的罗大冈《孟德斯鸠的"波斯人信札"》,就明确指出孟德斯鸠具有很强的倾向性,他的作品揭露了当时法国社会的一些主要矛盾,斥责暴政,具有明显的进步意义,是直接参加思想战斗的作品,是"真正的、并且富于战斗性的文学作品",反映"上升中的资产阶级的革命精神"[2],所以值得研究。像这种革命性是很多资产阶级国家的文学能够站上我们研究领地的理由。这一时期发表的《裴多菲的诗歌创作》,裴多菲就被我们称为伟大革命诗人,是匈牙利 1848 年革命的杰出战士和歌手,诗人用自己的诗歌来鼓舞人民,"为了革命他献出了自己宝贵的生命"[3],这种革命

---

① 卞之琳、叶水夫、袁可嘉、陈燊:《十年来的外国文学翻译和研究工作》,《文学评论》1959 年第 5 期。

② 罗大冈:《孟德斯鸠的"波斯人信札"》,《文学评论》1957 年第 1 期。

③ 兴万生:《裴多菲的诗歌创作》,《文学评论》1962 年第 2 期。

诗人和我们的革命话语系统是相通的,所以裴多菲得到我们高度的认可,他的"若为自由故,两者皆可抛"的诗句几乎成了我们家喻户晓的名言。这一时期发表的具有革命或反抗精神的其他外国作家还有拜伦、布莱克、弥尔顿、彭斯、奥凯西、罗曼·罗兰等。对于拜伦,我们认为他的革命性在于接受了法国革命进步思潮的洗礼,同情民族解放运动,反对君主专制制度的统治①。而弥尔顿则是英国资产阶级革命时期的坚强战士,他把革命的理想与热情灌输给英国人民;在革命遭受威胁时他给敌人以无情反击,在革命遭受挫败后,他以愤怒的心情,大声疾呼地继续鼓吹着革命。② 布莱克也因为密切注意现实斗争而成为革命诗人的一员受到关注,袁可嘉在《布莱克的诗》中指出布莱克是一位进步的诗人,认为他称颂美国的反殖民主义战争是人类第二次复活,法国大革命是"黎明的呼唤",并且在"自由之歌"中号召全世界人民起来革命③,因而是值得钦佩的。而爱尔兰的奥凯西则因为是一位工人出身的诗人,是一个"从小就生活贫困的坚决的革命者"而受到关注。苏格兰的"农民大诗人彭斯"则因为把讽刺诗的矛头指向统治阶级和教会,出色地打击了敌人的革命精神而受到我们的称赞。海明威则因为始终不向反动统治阶级卑躬屈节,始终和劳动人民站在一起而被归入革命的进步文艺行列之中。

对这种革命话语来说,作家们的缺点自然就是革命的不彻底性。那时候像罗曼·罗兰这样的作家被肯定的一面就是具有一定的革命性,而被批评的一面则是这种革命性的不坚决、不彻底,因此他被当成一个典型的小资产阶级知识分子,具有"两面性"。罗大冈在《罗曼·罗兰在创作〈约翰·克利斯朵夫〉时期的思想情况》中肯定了罗兰观察和批判当前欧洲的清醒头脑

---

① 杨德华:《试论拜伦的忧郁》,《文学评论》1961 年第 6 期。
② 殷宝书:《诗人密尔顿的革命精神》,《文学评论》1958 年 3 期。
③ 袁可嘉:《布莱克的诗——威廉·布莱克诞生二百周年纪念》,《文学评论》1957 年第 4 期。

以及向埋没人才的腐朽社会挑战的战斗精神,但是罗兰虽然不满现状,要求改变现状,但又不知道如何改变才好,既盼望革命,又不了解革命,所以罗兰只是精神独立和思想自由,幻想用"克利斯朵夫式的精神"来改变世界,而不参加任何实际的斗争,有比较进步的倾向,又有保守和落后的一面。① 像托尔斯泰提倡对恶不抵抗,幻想回到人道主义,不讲阶级性,不主张阶级斗争,主张阶级调和,宣扬自我捐弃、自我完善,这在我们看来都是托尔斯泰的主要局限所在。萨克雷在揭露现实的同时,也有劝善的、妥协的声音,未能彻底改变其妥协、劝善的基本立场;当时的资产阶级作家,如狄更斯、盖斯凯尔夫人等在观察和表现社会矛盾时也都未能摆脱资产阶级人道主义的基本立场,革命性受到影响;伊朗大诗人萨迪不能看到人民的力量,有时候表现出一些消极悲观的色彩等,这些都因为革命的不彻底、不坚决而受到批评。② 这些作家的革命性、战斗性不强是当时我们认为的最重要的缺点之一。

在十七年文学批评中,充满着排山倒海的革命英雄主义话语、史诗般的纪念碑式的豪迈口号,那些个人性、情感性的话语往往被视为调子低沉的不健康,人性论、人情论、人道论等理论在当时被看成资产阶级的专利,是我们批判的对象。1956 年《文学评论》发表了罗荪批判南斯拉夫作家联合会主席约西普·维德马尔《日记片段》的论文,认为《日记片段》"是一株强烈的宣扬修正主义文艺思想的毒草"。因为维德马尔的主要题旨就是否定艺术的思想倾向性,否定文学是时代的反映,而说什么人类永恒的感情是艺术表现的永久内容,这种大肆宣扬永久情感的学说被批评是资产阶级的人性论。加罗迪的《无边的现实主义》认为"任何名副其实的艺术作品,都表现人存在于世界上的一种形式",而把我们通常说的现实主义艺术看成"抄袭自然""抹煞人的存在",这被当作变形的人性论也受到我们的批评,他的"无边的

---

① 罗大冈:《罗曼·罗兰在创作〈约翰·克利斯朵夫〉时期的思想情况》,《文学评论》1963 年 1 期。

② 希阿赫瓦什:《关于伊朗大诗人萨迪》,《文学评论》1958 年第 3 期。

现实主义"也被斥责为"无耻的现实主义"。① 人性论在当时的革命话语中的确是我们警惕的一个主要的论敌。1965《文学评论》发表了叶水夫的论文《在"真实"的幌子下——从几部描写苏联卫国战争的小说看现代修正主义文学对革命传统的背叛》，对肖洛霍夫《一个人的命运》，邦达烈夫《最后的炮轰》，巴克拉诺夫《一寸土》，西蒙诺夫《生者与死者》，贝柯夫《第三颗信号弹》等作品进行了批判，认为这些苏联作家，背叛了过去的革命文学传统，不加区分地宣扬了战争的残酷，故意突出个人幸福与战争的矛盾，渲染主人公的悲剧命运，强调战争的悲惨后果。论文指出这是对苏联反法西斯战争的歪曲、诬蔑和否定，是鼓吹超阶级的抽象的"善良""同情心""人情味"，是为懦夫败类辩护，这种所谓"内心世界的真实"刻画，实际上就是宣传资产阶级人道主义与人性论，②对革命是有害的。

　　在革命话语的氛围中，文学中的"个人"在当时是一个敏感的问题。《文学评论》1960 年 5 期、1962 年 1 期、1965 年 6 期先后发表朱于敏、王向峰以及柳鸣九的论文，专门就欧洲十九世纪资产阶级文学中的"个人反抗"问题展开争鸣。朱于敏认为十九世纪欧洲批判现实主义作家笔下的许多反抗性人物诸如于连、克利斯朵夫、斯托芒克、希斯克利夫等实际上都与革命无缘，这些作品实际上"美化"了反抗者的个人目的，如果肯定了这种个人主义，也就会宣扬蔑视群众的个人英雄主义。王向峰则认为这些个人反抗虽不能完全代表人民的反抗斗争，但他们的斗争，在当时的特定历史条件下，却不同程度地表达了人民的情绪和愿望，所以对人民群众还是有好处的。柳鸣九则认为王向峰拔高了个人反抗形象，夸大了这些形象的革命性、进步性的社会意义，忽视了这些形象所蕴含的资产阶级消极思想，那就是个人英雄主义

---

① 罗大冈：《"无边的现实主义"还是无耻的"现实主义"？——评加罗迪近著〈无边的现实主义〉》，《文学评论》1964 年第 6 期。

② 叶水夫：《在"真实"的幌子下——从几部描写苏联卫国战争的小说看现代修正主义文学对革命传统的背叛》，《文学评论》1965 年第 5 期。

突出,实际革命不足。

同时,像赛珍珠这样的作家,由于不信奉革命话语而受到我们的批判。她在作品中认为中国社会之所以不能向前发展,是由于自己的"贫困""天灾""疾病""无知"等造成的,并不是受到什么大地主阶级、大资产阶级的剥削和压迫以及帝国主义侵略的结果,这就否定了革命的紧迫性。赛珍珠试图把文化"启蒙"而不是革命作为解放中国的首选,这自然是我们反对的。1960年《文学评论》就发表了徐育新的《赛珍珠——美帝国主义文化侵略的急先锋》,认为赛珍珠的作品实际上是美帝国主义文化侵略的急先锋,是对中国革命的歪曲与诬蔑,是对帝国主义以及封建主义的"美化"。而阿拉贡的《受难周》则因为只注重"细节的真实"而不注重"革命",也被当作"现代修正主义文学"的一个例子[1]。法国的畅销书《你好,忧愁》的作者萨冈则被批评虽然"艺术形式上比较成熟",但因为没有革命的社会话语,尽是个人的情感问题,属于"不健康的思想内容,醉生梦死的生活态度",从而受到批判。因此高昂的革命话语是当时评价外国文学作品的最重要标准之一。

## 五、外国文学研究的发展

我们可以清楚地看到,由于新中国成立后一段时间在文学批评领域对政治标准第一,艺术标准第二的处理相对狭隘化,外国文学的学术研究确实受到一定的影响,"外部研究"大于"内部研究",有些本来可以深入的学术探讨止步于政治的批评。李健吾先生发表的《科学对法兰西十九世纪现实主义小说艺术的影响》,认为科学方法与科学思想对于现实主义有重要影响。这一观点本身是很有意义的,可以推进外国文学研究的深入展开,但是这一观点引来反驳论文,认为李先生"走不动了",落后了,还是"资产阶级学者的旧衣钵",表现了李先生的"超历史、超阶级"的观点,因为现实主义"只

---

[1] 罗大冈:《阿拉贡的小说〈受难周〉——现代修正主义文学产物之一例》,《文学评论》1965年第2期。

能在当时历史、当时社会生活和阶级斗争中去寻找"而不能在科学主义中寻找,如果在科学中寻找就削弱了现实主义的革命战斗性。这种基于狭隘阶级论、政治论而来的论争确实是当时外国文学研究的遗憾,阻碍了外国文学研究更深层次的展开。

我们注重外国文学作品思想性内容的政治分析,而对于艺术性本身的多层次纵深研究相对较少;对文学发展和社会经济、政治发展之间的关系注意得比较多;对人物形象的政治道德评价较多,但对文学本身内在的美学发展线索注意得不够。受一些观念的限制,认为文学作品中应以揭露现实的深度、广度为标准,没有"揭露批判"就不值得肯定,因此强调小说研究,相对来说忽略诗歌抒情研究、个性表达研究。总体上强调叙事文学,忽略抒情文学,强调现实主义,而对其他艺术形式和创作方法比较忽视;注重历史的评价,相对缺乏美学的维度,评价标准相对来说较为狭窄,这是当时环境下文学研究不可避免的一些缺陷。

这中间也有一些学者试图与当时流行的政治批评式研究保持一定的距离,尽量做成"学术性"强的文学研究,想要把外国文学研究水平提升到一个新的高度。但这种努力很快就受到批评,遇到了一定的阻力,更因为"文化大革命"的到来而停止了。比如杨绛发表的《斐尔丁在小说方面的理论和实践》,本来还是很重视交代斐尔丁在"现实主义"方面的贡献的,但由于杨绛先生引用了大量的材料来分析斐尔丁的小说理论与创作本身,"思想批评"相对较少,很快有人在《文学评论》上发表批判杨绛这篇论文的文章,认为杨绛的论文"是一面白旗",是"歪曲、贬低了斐尔丁作品的意义,抹杀文学的社会意义,忽视典型人物的阶级内容,不顾作品的思想内容用繁琐的考证、对比的方法孤立地而且舍本逐末地研究作品的形式和技巧问题,结果当然只有钻了牛角尖"。[①] 这种过分牵强附会的阶级论、社会革命论的批评在现在看来,当然是有

---

① 杨耀民:《批判杨绛先生的〈斐尔丁在小说方面的理论和实践〉》,《文学评论》1958 年 4 期。

些脱离学术旨趣的指责,对真正的学术研究是有一定阻碍的。

其他文章如王佐良发表的《英国诗剧与莎士比亚》、卞之琳发表的《莎士比亚戏剧创作的发展》、朱虹发表的《西方关于汉姆雷特典型的一些评论》等论文,每篇文章洋洋洒洒两三万言,从头至尾就是对莎士比亚戏剧自身的内在美学发展、艺术技巧形式、戏剧冲突设置、人物形象解读的历史演变等进行"客观"分析描述,没有更多地研究莎士比亚的现实意义以及政治立场、对于现实的揭露等,因而这些文章很快也受到批评。《文学评论》1964 年就发表《外国文学研究工作需要联系现实斗争》的文章,认为外国文学研究有两种,一种是"紧密联系当前的现实斗争,为阶级斗争服务",另一种是"脱离实际,为研究而研究,为学术而学术";而当前出现了一些"不好"的倾向,就是有的外国文学研究者"冗长地复述前人观点,有的烦琐地堆砌资料,有的就问题论问题,与实际毫无联系;这些文章尽管洋洋万言,资料累累,可是在这'无限丰富'的篇章里,到底解决了我们外国文学研究现实中的什么问题?"①其实这篇文章的针对性一眼即见,就是针对前面王佐良、卞之琳等几位先生的论文,他们的文章都没有把自己的研究对象和当前中国的现实斗争联系起来,被批评为"为学术而学术"。

尽管如此,从十七年时期《文学评论》发表的外国文学研究论文来看,外国文学研究还是取得了很大的成就。重要的外国文学作家作品我们几乎都关注到了,都有了一定程度的解读和研究,研究的面是比较广泛的,研究的内容也是比较深入的,研究的成果是比较科学的。外国文学研究的基本格局在那时候已经奠定起来了,一批外国文学研究者作为学术骨干崭露头角,成为日后研究外国文学的专家。这时候研究外国文学的话语范式既是时代文学批评的话语范式,也是时代社会主流价值观的话语范式,外国文学研究也就成了那个时代精神洪流的一部分,是那个时代人们的精神食粮。

---

① 何映:《外国文学研究工作需要联系现实斗争》,《文学评论》1964 年第 4 期。

第二章
# 十七年文学批评里的新形象

## 第一节　十七年英雄文学中心任务的确立及其书写逻辑

十七年文学把塑造英雄人物作为自己头等重要的大事来抓，英雄人物的塑造一直是十七年文学最关注的中心话题，一系列英雄文学作品也相继诞生，我们在英雄文学的创造上取得了辉煌的成绩。但同时我们对英雄文学的创造一直不太满意，对英雄文学创作概念化、公式化的批评也一直存在。那么，我们既然已经找到了公式化、概念化的问题，可为什么不能很好地解决这个问题呢？这里面的原因是什么呢？

### 一、塑造"新英雄"中心任务的确立

十七年文学一开始就确立起了塑造英雄人物的中心任务，这在当时的文学界获得了广泛的共识。1951 年在《中央人民政府政务院关于戏曲改革工作的指示》中提出文艺工作"应以发扬人民新的爱国主义精神，鼓舞人民

在革命斗争与生产劳动中的英雄主义为首要任务。"①提出了文艺以表现人民英雄主义为"首要任务"的要求。周扬1951年在《坚决贯彻毛泽东文艺路线》的讲演中提出:"我们的文艺作品必须表现出新的人民的这种新的品质,表现共产党员的英雄形象,以他们的英勇事迹和模范行为,来教育广大群众和青年。这是目前文艺创作上头等重要的任务。"②从中我们可以看出当时文学"头等重要的任务"就是塑造新人与新英雄的形象。1952年《文艺报》发起了一场影响广泛的关于英雄人物塑造的讨论,陈企霞在给这个讨论写的小结中指出:"社会主义创作方法的原则下,创造新英雄人物(或称正面人物的典型)无疑地是首要的任务。"③而冯雪峰1953年在《关于创作和批评》一文中也提出:创造正面的、新人物的艺术形象,已经作为一个最迫切的任务,十分尖锐地提在我们面前了。④ 我们可以看出,无论是"头等重要的任务""首要的任务"还是"最迫切的任务"的说法,都显示出塑造新的英雄人物形象已经成为新中国文学最重要的使命。

在第二次文代会上,周恩来代表国家领导人在题为《为总路线而奋斗的文艺工作者的任务》中提出:"今天文艺创作的重点,应该放在歌颂的方面,应该创造我们这个时代的典型人物⋯⋯我们就是要写工农兵中的优秀人物,写他们中间的理想人物。"⑤这可以说是国家领导人向全体文艺工作者发出的书写新社会"典型人物""优秀人物"与"理想人物"的号召。周扬也在这次大会的报告中提出:"当前文艺创作的最重要的、最中心的任务:表现新的人物和新的思想,同时反对人民的敌人,反对人民内部的一切落后的现

---

① 中共中央文献研究室编《周恩来文化文选》,北京:中央文献出版社,1998年,第106页。
② 周扬:《周扬文集》第2卷,北京:人民文学出版社,1985年,第59页。
③ 陈企霞:《创造新英雄人物讨论小结》,载陈恭怀编《企霞文存》,北京:作家出版社,2008年,第433页。
④ 冯雪峰:《冯雪峰论文集》下册,北京:人民文学出版社,1981年,第49页。
⑤ 文化部文学艺术研究院编《周恩来论文艺》,北京:人民文学出版社,1979年,第53页。

象。"①茅盾、邵荃麟等当时文艺界领导在第二次文代会的大会发言中,都要求把塑造先进的正面人物、英雄人物提到创作首要地位上来。茅盾就指出:"应该要求我们的作家把创造人物性格的问题,特别是创造正面人物的艺术形象问题,提到我们创作的首要地位上来";②邵荃麟提出:"无论从政治意义来说,或是从现实主义的要求来说,创造正面的英雄人不能不是我们目前创作上首要的任务。"③第二次文代会可以说是以官方的形式宣告描写正面的英雄人物是文艺创作的中心任务,由此确立起了新中国文学创造英雄人物为主的创作路线。

其实在第二次文代会之前,文学要表现新英雄就已经是新中国文坛的一个焦点话题。东北老解放区在 1949 年 12 月召开的文代会上提出了创造"新的英雄人物"的口号;当时东北文艺界开展了一场"如何创造正面人物"的讨论,提出要把"英雄人物"和"正面人物"区分开来,认为正面人物不一定个个都写成十全十美的突出的英雄,但是英雄人物则"应该写成是十全十美的"。④ 时任川北军区政治委员的胡耀邦提出"表现新英雄人物是我们的创作方向"⑤,这已经明确把创造新英雄作为文艺创作的方向。不少文艺工作者此时也自觉发出了努力创造新英雄的呼唤。陈荒煤 1951 年撰写的《为创造新的英雄典型而努力》提出:"现在,我愈来愈感到文艺创作方面有一个很大的弱点,就是:不能很好地表现革命的新人、新英雄的典型。"⑥他认为"作品的思想性与艺术性的一个重要表现,主要的在于这部作品是否真实地表现了革命的新人的典型。"⑦而在此之前,已经有人对赵树理没有把精力集

---

① 周扬:《周扬文集》第 2 卷,北京:人民文学出版社,1985 年,第 251 页。
② 茅盾:《茅盾全集》第 24 卷,北京:人民文学出版社,1996 年,第 274 页。
③ 邵荃麟:《邵荃麟全集》第 1 卷,武汉:武汉出版社,2013 年,第 344-345 页。
④ 胡零:《从"如何创造正面人物"谈起》,《东北文艺》1949 年第 4 卷第 6 期。
⑤ 胡耀邦:《表现新英雄人物是我们的创作方向》,《解放军文艺》1952 年 1 期。
⑥ 陈荒煤:《为创造新的英雄典型而努力》,北京:人民文学出版社,1952 年,第 88 页。
⑦ 陈荒煤:《为创造新的英雄典型而努力》,北京:人民文学出版社,1952 年,第 89 页。

中放在创造新英雄形象上表示了批评,如竹可羽1950年2月25日在《人民日报》发表的《再谈谈〈关于邪不压正〉》就指出:在赵树理的创作思想上,似乎还没有这样自觉地重视这个问题。① 他由此希望像赵树理这样有经验的作者们能够把创造新英雄形象的任务自觉担当起来。

第二次文代会后,关于如何创造新英雄人物的问题成了文坛论争的焦点。英雄与群众的关系、正面人物与反面人物关系、英雄的缺点、英雄的个人感情、英雄可不可以失败与牺牲、英雄的转变与成长等问题是论争的焦点。毛主席1955年专门批示文艺要写英雄人物,在给《合作化的带头人陈学孟》一文写的按语中,毛主席说:"这里又有一个陈学孟。在中国,这类英雄人物何止成千上万,可惜文学家们还没有去找他们,下乡去从事指导合作化工作的人们也是看得多写得少。"② 毛主席这一批示可以说是以最高指示的形式指出了写英雄人物的重要性。1956年下半年到1957年上半年,在"双百"方针指引下,理论探讨有了新的活跃。写英雄人物的讨论再次成为关注的话题,巴人的《论人情》,钱谷融的《论"文学是人学"》,王淑明的《论人情与人性》等文章,批评了写英雄人物不许写缺点的一些论调。当然,这些论调很快受到了批评,1957年反"右派"斗争以及"大跃进"运动掀起了批判修正主义文艺思想的帷幕,要求作家创造完全合乎高标准的英雄形象。一时间神化英雄人物的做法比较盛行,英雄人物塑造口号化现象比较突出。1962年9月八届十中全会后,英雄人物塑造问题再次成为热点,要求塑造在阶级斗争下革命英雄的高大形象。英雄塑造的概念化现象比较普遍。随后的"京剧革命",搞"三突出",要求在戏曲舞台上塑造当代革命英雄形象,并把这作为文艺的首要任务。总之,新中国诞生后的文坛,怎样塑造新英雄的

---

① 复旦大学中文系《赵树理研究资料编辑组》:《中国当代文学研究资料·赵树理专集》,福州:福建人民出版社,1981年,第404页。

② 中共中央文献研究室编《毛泽东文集》第6卷,北京:人民出版社,1996年,第456页。

问题一直是文坛的中心话题与论争焦点,正如当时有学者总结的:"塑造新英雄人物,在我国解放后,一直是作为我国文学创作的最重要的任务被强调着。"①全力以赴塑造新英雄,这可以说是十七年文坛最广泛的共同话语与核心价值。

从十七年文学创作的实践来看,绝大多数作家也确实是以塑造正面的英雄人物作为自己的主要任务,正如陈荒煤在《论正面人物形象的创造》中指出:绝大部分作品,都是在努力描写、刻画我们这个时代的英雄人物,也就是说,都是在努力创造正面人物的形象,通过对正面人物的创造,揭示我们生活中间的矛盾和冲突。② 在作家们的共同努力下,一大批具有新的时代精神的英雄形象跃然纸上,《红旗谱》中的朱老忠,《林海雪原》中的杨子荣,《保卫延安》中的周大勇,《红岩》中的江竹筠,《英雄儿女》中的王成,《董存瑞》中的董存瑞,《不死的英雄》中的王西阑,《上甘岭》中的石东根,《狼牙山五壮士》中的"五壮士",《红日》中的沈振新,等等,这样的英雄形象还有很多。新中国文学创造的新英雄形象光彩夺目,取得了辉煌的成就。这些英雄形象成为共和国文学长廊里最耀眼的形象群体。

这些工农兵的英雄形象最可宝贵的新品质是他们抱着共产主义远大理想进行着伟大的社会主义革命与建设事业,为了崇高的理想而艰苦斗争,勇于自我牺牲,他们是推动时代前进的先进力量,是勇立时代潮头最可爱的人。这些新英雄与过去文学作品里那些英雄所谓的忠义之道、劫富济贫以及仗义疏财、扶危济困,或者那种朴素道德感的江湖义气相比,是一种全新的境界;与过去文学作品中那些英雄形象所谓"替天行道",反对"奸臣污吏""反叛朝廷"等斗争相比,我们文学作品中的新英雄形象是一种更高的精

① 周宇:《关于正面人物的塑造和评价问题》,《文学评论》1963 年 5 期。
② 陈荒煤:《论正面人物形象的创造》,载李庚主编《中国新文艺大系 1949—1966 评论集》,北京:中国文联出版公司,1994 年,第 845 页。

神境界。新中国文学中的英雄是崇高理想和实干精神的完美结合。周总理1959年在庆祝新片展览月招待会上的讲话中曾经说:"我们新社会里的新人新事,新的英雄,是富有劳动的精神、战斗的精神、集体的精神、向上的精神的,电影首先就要反映这些新的英雄、新的事物。"[①]周总理概括的这"四种精神"正是我们社会主义文学中塑造的新英雄的共同品质。这些处处显示出理想主义、爱国主义、集体主义、英雄主义光彩的新英雄是时代精神的体现,是生活真实与艺术真实的融合。新中国的英雄文学史是一部气贯长虹的时代精神史,将这些英雄形象放在世界文学之林也是熠熠生辉,毫不逊色的,是值得我们骄傲的。

## 二、"新英雄"塑造的文学批评

十七年文学努力创造英雄人物,成就是不容否定的。但是这一时期人们对英雄文学创作的成果却不是很满意,文坛一直存在着对于英雄塑造的一些批评之声。唐挚在《文艺报》发表的《烦琐公式可以指导创作吗?——与周扬同志商榷几个关于创造英雄人物的论点》中把新中国成立以来关于塑造英雄人物的种种规定说成是烦琐的公式,他说:"几年以来,我们听到了各种各样的关于如何创造英雄人物的理论,然而,议论尽管议论,直到现在为止,我想我们无需讳言,在创作实践中,我们的收获还是并不大的。"[②]可见我们在理论上确立起了塑造英雄人物的中心任务,大力倡导创作新英雄的文学作品,也确实创作出了大量表现新英雄的作品,但是人们对于英雄文学的期待远远高于文学创作的实践,大家对英雄文学的创作成果并不很满意,对于新英雄形象塑造的批评也一直存在。

---

① 周恩来:《在庆祝新片展览月招待会上的讲话》,载文化部文学艺术研究院编《周恩来论文艺》,北京:人民文学出版社,1979年,第73页。

② 唐挚:《烦琐公式可以指导创作吗?——与周扬同志商榷几个关于创造英雄人物的论点》,《文艺报》1957年6月9日第10期。

这种批评的核心就是英雄塑造过程中的概念化与公式化问题,主要是批评英雄人物形象不够真实丰满,个性不够鲜明生动,人物形象的"文学性"不够强。阿垅 1949 年写的《略论正面人物与反面人物》中指出:正面人物写不好,是由于把他们神化了之故,使他们丧失了血肉的现实生活和人格,也就使他们丧失了在艺术中的真实性了。① 大力提倡写新英雄人物的陈荒煤,1951 年撰写的《为创造新的英雄典型而努力》一文也指出新中国成立初期文学在塑造新英雄的实践上还不能令人满意,很多作品"不能很好地表现革命的新人,新英雄的典型",②他认为很多作品里的新人物说教成分比较浓,有的高高在上、脱离群众,被偶像化甚至神化的英雄人物缺乏生活中鲜活的个性与生动的情感,形象较为干瘪,不容易感动人;作家们不太敢写新人物与落后势力的斗争,没有接触到生活中尖锐的矛盾,公式化特征比较明显。陈企霞在给 1952 年那场英雄人物大讨论所写的小结中指出:我们的文学作品存在着错误地歪曲地描写人物,或是公式化概念化地表现人物这样两个方面的严重缺点。③ 周扬则概括了当时电影公式化的八条做法:一是唱歌;二是"笑"的太多;三是"跳秧歌";四是贴报纸;五是山海关场面太多;六是"冲啊! 杀!"太多;七是"感谢共产党,感谢毛主席"太多;八是写干部,讲空话。④ 这些概括是很有针对性,它由当时主管文艺的领导周扬来讲出,说明这种公式化与概念化已经是比较普遍的现象了。

在"新英雄"的塑造过程中,英雄人物性格没有发展,过于高大全而脱离群众是大家批评得比较集中的地方。陈荒煤 1955 年发表的《论正面人物形象的创造》指出:有些作品,常常把所有的正面人物当作是一种已经凝固的、已经完全成熟了的、不再有所发展的这样一种人物来描写,结果,这种人物

①　阿垅:《阿垅诗文集》,北京:人民文学出版社,2007 年,第 564 页。
②　陈荒煤:《为创造新的英雄典型而努力》,《文艺报》1951 年 4 月 25 日第 4 卷第 1 期。
③　陈企霞:《创造新英雄人物讨论小结》,载陈恭怀编《企霞文存》,北京:作家出版社,2008 年,第 432 页。
④　周扬:《周扬文集》第 2 卷,北京:人民文学出版社,1985 年,第 218-220 页。

便成为超脱实际的"理想人物"。① 这样创作出来的英雄人物常常是四平八稳的,人物性格没有成长发展的过程,情感上没有太多苦恼悲痛,故事结局往往也毫无悬念,把革命乐观主义简单化了。陈荒煤认为正面人物形象的贫乏,缺乏血肉,缺乏个性,是许多影片的致命伤。② 这种公式化塑造的有些正面英雄人物给人的印象反倒不如那些反面人物深刻了,周扬就曾指出:"一般地说,我们的文学作品中,写反面人物总是比正面人物来得好,比较来得生动。"③当时有学者也指出:"有些优秀作品,尽管正面人物塑造得相当成功,但和作品中的反面人物比较,便显得不够突出,不够丰满。"④这种效果确实有些出人意料,塑造英雄形象的这种公式化与概念化问题一时间成为大家集中声讨的对象。

在"百花齐放,百家争鸣"那一段时期,巴人、钱谷融、王淑明、秦兆阳等对英雄人物概念化的塑造提出了批评,要求赋予英雄战士更多的人情与人性,描写英雄人物丰富的内心世界与普通人的一面。巴人指出我们的无产阶级战士虽然都有阶级战士的刚强、勇敢、无私和坚毅等优秀品质,但也应该写一点人类本性的弱点和缺点,把人物塑造得更复杂一点,也可以写他们内心分裂、思想矛盾,甚至无法彻底克服个人主义等缺点。秦兆阳指出"滥用庄严的、概念化的词句,是绝对不能写好新英雄人物,它只能算是在一个骨头架子上贴了一些幌子,这些幌子上写着:他思想进步,他是新人物……"⑤像这样对新人、新英雄人物塑造的批评在十七年文学中一直存在。1961 年我国开始政策调整的时候,周恩来曾经对文学中僵化的英雄塑

---

① 陈荒煤:《论正面人物形象的创造》,载李庚主编《中国新文艺大系 1949—1966 评论集》,北京:中国文联出版公司,1994 年,第 851 页。
② 陈荒煤:《论正面人物形象的创造》,载李庚主编《中国新文艺大系 1949—1966 评论集》,北京:中国文联出版公司,1994 年,第 846 页。
③ 周扬:《周扬文集》第 2 卷,北京:人民文学出版社,1985 年,第 200 页。
④ 周宇:《关于正面人物的塑造和评价问题》,《文学评论》1963 年第 5 期。
⑤ 秦兆阳:《文学探路集》,北京:人民文学出版社,1984 年,第 42 页。

造进行过批评,他于 1961 年 6 月 19 日、1962 年 2 月 17 日分别作了《在文艺工作座谈会和故事片创作会议上的讲话》与《对在京的话剧、歌剧、儿童剧作家的讲话》,指出不一定每个戏都搞英雄人物,英雄要和群众结合在一起;他特别指出不承认英雄有缺点是不合乎毛泽东思想的,英雄人物不犯错误,是新的教条,不合乎辩证法。周恩来的这些指示是对当时英雄塑造中的一些偏差的一种很好的校正,是非常及时恰切与重要的。

巴人、王淑明等人对英雄塑造过程中概念化的批评言论被当作修正主义与资产阶级的错误思想而加以批判,认为他们是"以写'个性'为借口,妄图把地主资产阶级的人性、人情强加到无产阶级英雄人物身上,这就充分暴露了他们顽固地反对塑造无产阶级英雄典型的狰狞面目"①。巴人、王淑明的观点被当作反英雄的理论,认为他们抹煞了英雄人物和普通人物的区别,是用小资产阶级的阴暗心理去表现革命的英雄人物。1964 年 12 月《文艺报》发表的《十五年来资产阶级是怎样反对创造工农兵英雄人物的?》一文,把新中国成立以来对塑造英雄人物不满意的一些言论集中起来进行总批评,把它们都作为资产阶级的文艺观加以批判,如丁玲、陈企霞、冯雪峰、胡风、阿垅等强调写英雄人物的缺点,写英雄从落后到转变的过程,这被批评是反对塑造工农兵的高大英雄形象;而秦兆阳、唐达成、杜黎均等主张写英雄普通人的一面,则被批评是反对写革命的英雄人物;巴人、王西彦等主张写英雄的缺点以及邵荃麟"中间人物"的理论则被批评是抹煞英雄人物和普通人物的区别,是宣扬去英雄化、非英雄化的蜕化变质的论调。

不管怎样,围绕英雄人物的话题一直是十七年文坛最核心的话题。对十七年文学来说,全力塑造新英雄人物是文学界在崭新的社会现实面前发自肺腑的自觉要求,是所有文学工作者衷心拥护的,具有广泛的社会基础和

---

① 洪子诚编《二十世纪中国小说理论资料 1949—1976》第 5 卷,北京:北京大学出版社,1997 年,第 606 页。

高度的社会认同感,这是毋庸置疑的。新中国各条战线不断涌现的新英雄无时无刻不在激发着作家们的创作冲动,胡风在《和新人物在一起》的《题记》中说自己1949年进入东北解放区时就感觉到一切都是新的:"土地对于我有一种全新的香味,风物对于我有一种全新的彩色,人物对于我有一种全新的气质。"①面对这样的新世界,作家们激情澎湃,油然而生一种要表现这个新世界的愿望。各行各业改天换地的英雄们是创造这个新世界的焦点,这自然也是文学要表现的焦点。冯雪峰指出:"无论在我们的经济战线上、在国防战线上和朝鲜前线上、在思想和其他战线上,有伟大意义的新事物和神话般的奇迹,以及创造奇迹、创造不朽功勋和英雄事业、创造新事物的新英雄人物,又真是多到罄竹难书,在我国已经成为日常出现的现象。"②巴金在其《英雄赞》中虔诚地写道:"今天的英雄人物,不是一个一个地出现的,他们一群一群地出现,一队一队地成长。先进的集体越来越多,先进的事迹越来越普遍。"③面对这样振聋发聩的新世界新英雄人物的刺激,作家们都很兴奋,创作新英雄的文学作品既是国家的文学要求,也完全是作家们内心自觉的创作要求。

那么,这里值得思考的问题就出来了,既然十七年文学界确立起了塑造新英雄的中心任务,作家们也都真心拥护这个中心任务,文学界集中全力塑造新英雄的正面人物,我们的新社会以及刚刚过去的民族解放战争为作家们提供了丰富的创作素材,新中国也为作家们提供了非常好的创作环境与生活保障,而且人民也热烈欢迎渴望着英雄文学的诞生,正如周扬在第二次文代会的报告中所说:"我们的人民中出现了那么多的忠诚于国家和人民事业的,具有新的高尚的精神品质的英雄,但在我们的作品中却十分缺少这种

---

① 胡风:《胡风全集》第4卷,武汉:湖北人民出版社,1999年,第267页。
② 冯雪峰:《冯雪峰论文集》下册,北京:人民文学出版社,1981年,第5页。
③ 巴金:《巴金全集》第19卷,北京:人民文学出版社,1993年,第88页。

英雄人物的生动的形象,而人们是多么渴望着在作品中看到这种形象并将他们作为自己学习的榜样啊!"①这样看来诞生伟大英雄文学作品的一切条件都已具备,没有理由创作不好英雄文学作品。那么,文学创作为什么总是解决不好英雄文学创作中公式化、概念化的问题呢? 新英雄创作成果为什么一直不那么令人满意呢? 这里面的问题究竟出在哪里呢?

### 三、"新英雄"塑造的两个逻辑

关于这个问题茅盾在第二次文代会的报告中给出了两个原因,他指出我们的许多作品对于正面的英雄人物性格刻画乏力:"这种情况之所以产生,主要是我们作家对于新的英雄人物还不够熟悉,还没有能够去发掘出他们的高贵品质和典型的、正面的特征",②这个解释在新中国成立之初时还有一定的说服力,但随着时间的推移,说作家们一直"不熟悉"英雄的生活,这个解释就显得不那么令人信服了。同时茅盾指出造成英雄描写公式化的另一个原因是没有大胆地描写矛盾斗争,他认为英雄人物的性格总是从斗争中发展的,而我们的作家"不是把英雄人物放在斗争的中心去描写的⋯⋯我们许多作家常常缺少这样一种大胆。"③茅盾指出作家们不敢深入挖掘矛盾,在"但求无过"的心理状态下不去接触矛盾,所以还老是概念化。这两个原因都是作家主观方面的不足。周扬在第二次文代会的报告中也给出了另外两个原因,他认为许多作品都还不免于概念化,一是作家们还存在着严重的主观主义创作方法,因此老爱从概念出发而不是从生活出发去创作;二是"还由于一种把艺术服从于政治的关系简单化、庸俗化的思想作祟。"④这两个原因也都归结到作家主观上的错误或不足上。这样的解释有一定道理,

① 周扬:《周扬文集》第 2 卷,北京:人民文学出版社,1985 年,第 239 页。
② 茅盾:《茅盾全集》第 24 卷,北京:人民文学出版社,1996 年,第 267 页。
③ 茅盾:《茅盾全集》第 24 卷,北京:人民文学出版社,1996 年,第 268 页。
④ 周扬:《周扬文集》第 2 卷,北京:人民文学出版社,1985 年,第 242 页。

但是这种主观上的不足按常理说只要认识到了是容易改正的,同时那么多作家长时间都解决不了概念化问题,恐怕就不简单都是作家们本身主观上有问题了或他们自身不努力了。作家们也很想把英雄人物写得栩栩如生,富有艺术性,他们主观上是非常努力虔诚的。那么二十世纪五六十年代英雄文学的概念化、公式化总解决不好有没有什么文学自身内部客观上确实难以做好的原因呢?有没有什么考量是基于文学自身的选择而导致的自身不可避免的概念化呢?这里面有没有什么两难的处境呢?也就是说这种反对写英雄缺点、写英雄成长过程、写英雄普通人的一面,要求把英雄人物塑造得高大完美的主张有没有自身必然的逻辑呢?

邵荃麟在第二次文代会的总结报告中提出的观点给我们思考这一问题提供了另一个路径。邵荃麟在回应怎样创作英雄文学这个难题时提出:"首先要明确创造英雄人物的目的是什么,其次是根据什么去创造。"①所以思考新中国英雄文学的问题,要首先从为什么创造英雄文学的目的出发才可能找到一个更合理的解释。沿着这一思路深入下去,我们就会发现新中国英雄文学首要考虑的就是文学的教育目的,然后才是它的艺术性问题。所以实际上当时英雄文学的焦点是怎样实现教育目的与英雄塑造艺术性之间平衡的问题,由此这一时期英雄形象塑造其实一直存在着两个基本的逻辑,一个是审美的逻辑,另一个是教育的逻辑。新英雄文学创作的一个重要症结就来自英雄文学强烈的教育目的与审美目的之间的纠葛,也就是文学创作的审美逻辑与读者接受的教育逻辑之间的不同考量,这才是问题的焦点。文学教育逻辑要求塑造高大完美的新英雄作为榜样,而文学创作的审美逻辑则要求塑造个性复杂、生动丰满的新英雄形象,这两种逻辑都是英雄文学所需要与追求的,但很多时候两者之间的关系却并不能完全重合,也会发生矛盾。十七年文学新英雄塑造成败的一个秘密与症结正在于文学教育逻辑

---

① 邵荃麟:《邵荃麟全集》第1卷,武汉:武汉出版社,2013年,第344页。

与审美逻辑这两种逻辑、两套话语之间的纠缠取舍，当教育的逻辑占上风的时候就会挤压审美的逻辑而使概念化凸显出来，而当审美逻辑占上风的时候就会去批评英雄塑造中的公式主义。对于新英雄文学的创作来说，一个重要的力量就是这种教育力量与审美力量之间的消长。

十七年文学之所以要把创造英雄文学作为头等重要的任务，目的是什么？非常明确就是要用英雄的崇高品质来教育人民，使他们更加奋发有为地投入到社会主义建设的洪流之中，这种教育目的是英雄文学时刻考虑的因素。我们一直非常重视文学的教育功用，毛主席在《在延安文艺座谈会上的讲话》中说："我们今天开会，就是要使文艺很好地成为整个革命机器的一个组成部分，作为团结人民、教育人民、打击敌人、消灭敌人的有力的武器，帮助人民同心同德地和敌人作斗争。"①文学作为武器的这种工具作用是我们对文艺的一个基本要求。新中国成立后，文艺"打击敌人、消灭敌人"的功用虽然还在，但不是那么直接了，最直接与紧迫的作用就是"团结人民、教育人民"了。我们对英雄文学的要求最重要的就是用英雄的伟大成就与崇高品质来教育人民、鼓舞人民，为人民树立学习的榜样。陆定一在第三次文代会上的祝词中说："我国文学艺术工作的首要任务，就是用文艺的武器，极大地提高全国人民社会主义和共产主义的思想觉悟，提高全国人民共产主义的道德品质。"②文艺的教育效果是我们的首要考虑，英雄形象的人物塑造一直非常受关注。周扬指出："文艺作品所以需要创造正面的英雄人物，是为了以这种人物去做人民的榜样，以这种积极的、先进的力量去和一切阻碍社会前进的反动的和落后的事物作斗争。"③周扬《在全国第一届电影剧作会议上关于学习社会主义现实主义问题的报告》中也指出："创造先进人物的

---

①　毛泽东:《毛泽东选集》第3卷，北京:人民出版社，1991年，第848页。

②　中国文学艺术界联合会编《中国文学艺术工作者第三次代表大会资料》，内部资料，1960年，第14页。

③　周扬:《周扬文集》第2卷，北京:人民文学出版社，1985年，第251页。

典型去培养人民的高尚品质,应该成为我们的电影创作的以及一切文艺创作最根本的最中心的任务。"①总之,我们对英雄文学的要求比一般文学的要求要高得多,这是由英雄形象巨大的社会影响决定的,是我们对英雄形象的教育期待决定的。

严家炎在《梁生宝形象和新英雄人物创造问题》中指出:"新英雄人物的创造,是社会主义文学的一项具有战略意义的根本任务,它直接关系到文学能否更好地完成以共产主义精神教育人民、促进人们思想革命化的使命。"②新英雄人物形象的创造绝不仅仅是文学形象艺术性的问题,而是一个具有"战略意义"的问题,这就非同一般了。严家炎指出:"英雄形象最能充分地体现我们时代无产阶级彻底革命的时代精神,对读者有直接的教育作用和仿效作用,在形成人们共产主义世界观方面占有最重要的地位。其他人物形象不管多么成功,都不能取代这个地位。"③英雄文学具有如此重要的作用,作家创作当然要慎之又慎。既然新英雄形象的塑造事关对人民进行共产主义教育的重大使命问题,那么当我们从这个角度出发的时候,作家的顾忌自然会比较多一点,对这些英雄身上的缺点、普通之处,自然就会表示担心,自然就会觉得这有损于英雄的高大形象与榜样作用,也担心群众会模仿英雄身上的缺点,基于这个出发点我们自然就会觉得英雄人物越理想越好,就会想方设法隐去他们身上的缺点与不足,他们也就变得越来越理想了。可见,英雄形象的教育功用是作家们需要优先考虑的。

当我们从艺术的审美角度出发,我们就会批评这种理想英雄人物性格没有发展,个性比较单一,而当我们从教育人民的榜样作用出发的时候,我们又

---

① 周扬:《周扬文集》第 2 卷,北京:人民文学出版社,1985 年,第 197 页。
② 严家炎:《梁生宝形象和新英雄人物创造问题》,载洪子诚编《二十世纪中国小说理论资料 1949—1976》第 5 卷,北京:北京大学出版社,1997 年,第 486 页。
③ 严家炎:《梁生宝形象和新英雄人物创造问题》,载洪子诚编《二十世纪中国小说理论资料 1949—1976》第 5 卷,北京:北京大学出版社,1997 年,第 509 页。

会主动要求作家尽量不要写英雄的缺点。周扬在第二次文代会的报告中谈到关于英雄形象塑造时就显得有些含糊矛盾,他从文学的角度提出英雄人物并不一定在一切方面都是完美无疵的,把英雄神化或公式化而看不到人物的发展和成长,"这就是表现新英雄人物的作品中最常见的毛病"①,但是周扬又立即指出必须把英雄人物性格上的某些缺点以及日常工作中的过失和一个人的政治品质、道德品质的缺陷加以根本的区别,他指出:"许多英雄的不重要的缺点在作品中是完全可以忽略或应当忽略的。"②他认为作家们为了突出英雄人物的光辉品质,有意识地忽略他的一些"不重要的缺点",使他在作品中成为群众所向往的"理想人物",这是可以的而且必要的。周扬由此严厉批评了《老工人郭福山》这部作品,认为郭占祥从落后到进步的转变描写是错误的。写英雄转变的作品又受到了批评,这让作家们感到不太好把握英雄转变的这个度,在写英雄转变的问题上变得比较谨慎。哪些是英雄"不重要的缺点",这个就需要作家仔细甄别了,为了不被批评,干脆不写英雄的缺点也就成了一种选择。从周扬这种主张之中我们看到了试图兼顾英雄形象审美性与教育性的努力。对那些不能充分描写英雄人物崇高品质的作家,周扬认为是"因为我们小资产阶级对于群众,对于先进的东西,常常有一种怀疑的态度。有一种阴暗心里。"③所以他说"过去,曾发生过是否可写英雄的动摇这个问题。我想可以肯定地回答说:写英雄当然不能写他动摇,如果动摇,就不是英雄了。这是作家不轻易相信的。"④这就给人一种印象,如果我们嫌作品中的英雄形象过于高大完美,那是因为作家本人有阴暗心理才不相信英雄有那么伟大,这又让作家们想方设法把英雄塑造得尽量高大,英雄人物也就变成了理想人物,这是英雄教育的逻辑占了上风的缘故。

---

① 周扬:《周扬文集》第2卷,北京:人民文学出版社,1985年,第253页。
② 周扬:《周扬文集》第2卷,北京:人民文学出版社,1985年,第252页。
③ 周扬:《周扬文集》第2卷,北京:人民文学出版社,1985年,第201页。
④ 同上。

正是为了强调这种教育目的,大家才认为把英雄写得无论怎样完美都不为过。冯雪峰在《英雄和群众及其它》中强调要写英雄人物身上普通人的一面,但是一谈到文艺的教育表率作用时,他又特别强调我们完全可以塑造"十全十美"的英雄。他在《克服文艺的落后现象,高度地反映伟大的现实》一文中指出新英雄人物是我们新社会、新国家的"理想人物",他们在敌人和困难面前的大无畏精神和自我牺牲的革命英雄主义以及他们在人民事业面前的忘我的、共产主义的奋斗与创造精神,都是全体人民的表率。人民要求以这样的新英雄新人物为文艺典型首先的和主要的对象,把他们十分真实和十分美好地描写出来,以为大家的榜样。① 冯雪峰认为新中国现实生活中十全十美的先进人物已经很多了,艺术作品完全可以创造出更加十全十美的英雄。他说:"在实际生活中可称为十全十美的先进英雄人物,存在的已经不在少数,从广大普通人民群众与先进英雄人物身上,还可以概括出比实际存在的十全十美的人物更高的品质与精神,创造出更突出、更典型的先进英雄人物形象,这样的艺术形象是完全真实的,并且是更加真实的。"② 所以从英雄人物的表率教育作用出发,冯雪峰就会要求英雄人物要比"十全十美"更高,而从人物形象的艺术性出发,冯雪峰又主要谈论艺术形象的丰富性以及英雄与普通人之间的相通之处,要求让英雄形象更加亲切,不那么高不可攀。这看上去是矛盾的,而这种矛盾背后正是教育逻辑与审美逻辑的不同考量,而且在这两种逻辑上,冯雪峰都是真诚的。同样,一直批评新英雄塑造公式主义的陈荒煤,在谈到英雄的教育榜样作用时又说:"今天来表现新生活,为什么不可以夸大优秀的东西呢?我们明明有了许多好的干部,好的人民,好的群众领导者,为什么不可以在这些活生生的人的身上发现他们一切的优秀的东西,从而集中起来,创造我们新

---

① 冯雪峰:《冯雪峰论文集》下册,北京:人民文学出版社,1981 年,第 6 页。
② 冯雪峰:《冯雪峰论文集》下册,北京:人民文学出版社,1981 年,第 51-52 页。

英雄的典型呢?"①所以一旦话题转移到英雄形象的教育榜样作用的时候,批评家们自觉不自觉地都赞同把英雄写得越完美越好,这实际上是分别从两种逻辑出发的。

这种教育目的与审美目的的平衡是十七年时期英雄文学需努力解决的中心问题。邵荃麟在第二次文代会上的总结发言中曾指出既然我们创造英雄人物的目的是以社会主义精神去教育人民,去培养人民中间新的道德品质,去教育他们为创造新生活而斗争,那么在创造英雄人物的时候"有意识地舍弃实际英雄人物身上某一些非本质的缺点,是完全允许和必要的。那种以为不写缺点就会失去英雄人物的真实性的看法,固然是完全错误的,而那种以为实际的英雄人物有多少优点多少缺点就必须无选择地照样描写,也不是正确的。"②所以当邵荃麟谈到英雄人物的教育目的时,他认为完全可以把他们塑造得更理想、更集中、更有代表性,把英雄塑造得更加高大;而当邵荃麟谈论英雄形象的真实性时,他又说:"我以为所谓英雄,倒并不是什么得天独厚的了不起人物,他们原是从平凡的生活中间挣扎出来的。俗话说得好,神仙也是凡人做,何况英雄?"③看似矛盾,实际上是重心的转移,注重英雄的平凡性的时候,是从真实性这个审美规律来谈;而注重英雄高大完美的时候是从英雄的教育影响力来谈,这两种逻辑一直是并存的。而从十七年文学实践来看,这一时期新英雄塑造之所以一直受概念化、公式化的困扰,这种教育逻辑是其背后重要的原因。

可见十七年文学把英雄写得越来越理想化,应该说并不是作家们不懂得文学的审美规律,而是在注重文学审美逻辑的同时选择了教育逻辑优先。这种教育逻辑在新英雄塑造这个问题上就是文学政治性的具体表现。正是考虑到英雄形象特殊的教育作用与社会影响,所以当很多人都批评当时英雄创作

① 陈荒煤:《为创造新的英雄典型而努力》,《文艺报》1951 年 4 月 25 日第 4 卷第 1 期。
② 邵荃麟:《邵荃麟全集》第 1 卷,武汉:武汉出版社,2013 年,第 346 页。
③ 邵荃麟:《邵荃麟全集》第 8 卷,武汉:武汉出版社,2013 年,第 172 页。

的概念化、公式化的时候,文学创作还是不能轻松跳出这种公式与口号。正是从这种教育逻辑出发,当很多人批评英雄塑造过于高大全的时候,巴金却不以为然,他反倒认为我们文学作品中塑造的那些高大的英雄形象还不够集中典型,甚至比现实生活中的英雄人物还要低一点。他指出当前中国读者可以读到不少成功地塑造了英雄形象的文学作品,有人说这些英雄人物都是让作者理想化了的,要求作者写普通人物、"中间人物"的"人之常情"。巴金认为根据他自己个人的经历和感受,实际上现实生活中的人物比小说中的英雄人物还要高。巴金指出在社会主义的新中国,那些"舍己利人""全心为公""为集体利益不顾一切"的先进人物像花朵一样开遍新中国的山野。① 像巴金这样深谙文学之道的大作家,他真的一点儿不知道当时英雄文学塑造中的概念化、公式化问题吗?他是盲目唱赞歌吗?其实不是,巴金思考问题的角度正是英雄人物形象的教育表率作用问题,是英雄文学的影响问题,他认为英雄文学的教育影响问题更重要,所以才会认为当时的英雄文学还不够理想化、典型化。

在我们看来英雄形象的教育作用是巨大的,必须考虑这些英雄形象的社会影响;同时这些英雄形象也是文学形象,当然也应该符合文学的规律,应该具有审美的特性。英雄形象的教育目的与审美规律都是非常重要的,都是需要的,都是正确的,这里问题的关键只是如何掌握英雄形象教育逻辑与审美逻辑之间的平衡问题,这是一个度的把握问题。新中国英雄文学创造的实践说明掌握好这个平衡并不是一件容易的事情,在新中国刚成立不久那段时期里,选择教育逻辑更重要是正确的,这是时代的选择。对英雄文学来说,如果只片面强调教育与审美中的一个维度,那么这两种逻辑力量之间会互为掣肘,而这样掣肘之下的英雄文学往往不能令人非常满意。那种不顾英雄形象的教育榜样作用而盲目消解英雄的做法既不符合历史的真实,也不符合艺术的真实;当然那种不顾英雄文学的艺术规律而盲目累积英雄优秀品质的作品也很难成为

---

① 巴金:《巴金全集》第 19 卷,北京:人民文学出版社,1993 年,第 244-245 页。

经典的文学作品。理想的状态当然是英雄形象的教育目的与审美目的完美融合，所以掌握好英雄文学的教育逻辑与审美逻辑之间的平衡是一门高超的艺术，对今天的英雄文学创作来说，这两种逻辑之间的动态平衡仍然是需要的。

## 第二节　十七年人民文学中心地位的确立及其实践经验

人民是新中国价值谱系中的一个核心话语，是新中国使用最高频的一个词，也是最光荣的一个词。人民翻身成了国家的主人，我们进入了一个人民当家作主的新纪元。在中国的历史上，还没有哪一个时代的人民拥有如此高的地位，毛主席喊出的那句人民万岁，是一句震撼山河的伟大宣言，它宣告了一个人民时代的真正来临。十七年的文学是人民的文学，她自觉地把人民作为自身的核心价值，因而有无人民性是我们衡量新文学的首要标准。周恩来1955年在全国文艺工作者大会上讲话就指出："我们首先要从人民性这一点来衡量现代和历史的作品，来改编历史的作品。我们现在创作的作品，无论哪一种形式，都应用这个标准来衡量。"[①]人民性是衡量所有作品的首要标准，有人民性的文学是进步的，反之则是落后的，我们确立起了人民文学的中心地位。

### 一、人民文学中心地位的确立

人民文学的确立奠基于新中国人民至上的国家理念。在新中国的缔造者毛泽东看来，人民群众是历史发展的真正动力与主人，在整个社会的阶级结构中，广大人民群众是先进生产力的真正代表，还没有哪个时代的什么人像毛主席那样给予人民群众如此崇高的地位。《新民主主义论》中指出我们的新民主

---

① 中共中央文献研究室编《周恩来年谱1949—1976》上卷，北京：中央文献出版社，1997年，第509页。

主义文化是民族的科学的大众的文化,"就是人民大众反帝反封建的文化"①。
人民大众是社会革命的中心,是推动历史前进的动力,是新的文化的中心。我
们建立的新中国本身就是无产阶级领导的以工农联盟为基础的人民民主专政
的国家,人民至上是我们的国家理念。在毛泽东的价值体系中,人民是一切力
量的源泉。在一次接见外宾时,外宾问毛泽东您这样伟大的秘密是什么,力量
的源泉是什么? 毛泽东回答说:"我没有什么伟大,就是从老百姓那里学了一
点知识而已。当然我学了一点马克思主义,但是单学马克思主义还不行,要从
中国的特点和事实来研究中国问题。力量的来源是人民群众。不反映人民群
众的要求,哪一个也不行。"②人民至上一直是毛泽东的建国理念,也是新中
国话语体系中的核心概念。③ 在人民至上的国度里,我们的文艺当然必须以
人民为主角,必须为广大人民群众服务。在《在延安文艺座谈会上的讲话》
中,人民一词共出现 86 次,是《讲话》里的高频词,是《讲话》的核心价值之
一。群众路线是毛泽东文艺路线最根本的内容之一。毛主席在《讲话》中指
出:"一切革命的文学家艺术家只有联系群众,表现群众,把自己当作群众的
忠实的代言人,他们的工作才有意义。只有代表群众才能教育群众,只有做
群众的学生才能做群众的先生。如果把自己看作群众的主人,看作高踞于
'下等人'头上的贵族,那末,不管他们有多大的才能,也是群众所不需要的,
他们的工作是没有前途的。"④毛主席强调一切革命工作是由于人民,为了人
民,人民是一切革命工作的出发点与归宿点。

---

① 毛泽东:《毛泽东选集》第 2 卷,北京:人民出版社,1991 年,第 708-709 页。
② 中共中央文献研究室编《毛泽东年谱 1949—1976》第 5 卷,北京:中央文献出版社,2013 年,第 401 页。
③ 毛主席 1975 年请芦荻为其读古代文史著作时曾说:洋洋四千万言的二十四史,写的差不多都是帝王
将相,人民群众的生产情形、生活情形,大多是只字不提,有的写了些,也是笼统地一笔带过,目的是
谈如何加强统治的问题,有的更被歪曲地写了进去,如农民反压迫、剥削的斗争,一律被骂成十恶不
赦的"匪"、"贼"、"逆"。这是最不符合历史的。中共中央文献研究室编《毛泽东年谱 1949—1976》
第 6 卷,北京:中央文献出版社,2013 年,第 587 页。
④ 毛泽东:《毛泽东选集》第 3 卷,北京:人民出版社,1991 年,第 864 页。

在毛主席《讲话》之后，解放区文学掀起了表现新的群众时代的高潮，新的艺术、新的群众成为关注焦点，文艺呈现出人民文学热火朝天的局面。1944年在看了《逼上梁山》之后，毛主席又连夜给杨绍萱、齐燕铭写信，指出"历史是人民创造的，但在旧戏舞台上（在一切离开人民的旧文学旧艺术上）人民却成了渣滓，由老爷太太少爷小姐们统治着舞台，这种历史的颠倒，现在由你们再颠倒过来，恢复了历史的面目，从此旧剧开了新生面。"[1]毛主席对人民艺术的高度评价是新的人民文艺的力量之源，影响深远。在《讲话》精神指引下的解放区文艺、左翼革命文艺面貌焕然一新，广大文艺工作者已经树立起并大力宣传人民至上主义的新文艺观。郭沫若1947年3月在《文汇报》发表了《人民至上主义的文艺》一文，指出"我们是应该以人民至上的意识为意识的""我们准据着这样的意识来从事文艺活动，因此我们的《新文艺》本质上应该是人民文艺——人民至上主义的文艺。这是我们的至高无上的水准。"[2]郭沫若在此文中提出"万般皆下品，唯有人民高"，他提出所谓新的"纯文艺"应该是人民意识最纯的文艺，凡是人民意识最纯，丝毫没有夹杂着对于反人民的权势者的阿谀而只纯真地歌颂人民的辛劳、合作与创造，毫不容情地吐露对于反人民者一切丑恶、暴戾、破坏的憎恨，这样的作品就是纯人民意识的文艺。

中国近百年来民族自救与民族解放的历史洪流雄辩地证明了人民才是历史的真正主人，才是真正推动历史前进的力量，真正不朽的是人民。很多进步的文学工作者在历史的大潮中也已经认识到人民的力量，他们在共产党人民路线的指引下，从内心里转向了人民，崇拜人民，歌颂人民。郭沫若1947年发表的《新缪司九神礼赞》也由衷地说："我是应该歌人民大众的功，颂人民大众的德的。人民大众才是我们至高无上的宙司大神，我们之得以

---

① 　中共中央文献研究室编《毛泽东文集》第3卷，北京：人民出版社，1996年，第88页。

② 　郭沫若著作编辑出版委员会编《郭沫若全集》第20卷，北京：人民文学出版社，1992年，第254-255页。

维持着一线的生存而直到今天,实在是他的恩惠。"①这是一代文学工作者自觉的心灵表白。人民文学是很多文学工作者发自肺腑的心声,人民文学是中国现当代文学的一条主线,这在作家那里是有共识的。林默涵1947年发表的《关于人民文艺的几个问题》就曾指出:"我们的文艺应该为人民——其中的最大多数是工农——服务,这已经没有什么疑问了……那些模糊的'为文艺而文艺'或'超阶级'、'超斗争'的文艺思想,已经没有存在的余地。"②这说明人民文艺的思想在文学界已取得了共识。郭沫若在第一次全国文代会的报告中指出"五四"新文艺以来文艺界的论争存在于两条路线之间,一条是所谓为艺术而艺术的路线,另一条则是为人民而艺术的路线,而斗争的结果是为艺术而艺术文艺的破产。无产阶级文艺思想领导的为人民服务的文学艺术,队伍日益壮大,方向日益明确,因此就日益受到广大人民群众的欢迎和拥护。③ 所以"五四"新文艺以来的历史就是人民文学不断取得胜利的历史。可见,人民文学是中国现代文学发展的主线之一,在其发展过程中一直作为进步文学的标准。

　　1949年第一次全国文代会以组织的形式确立起了人民文学作为全国文学核心价值的地位。毛主席在第一次文代会上对全国的文学艺术工作者表示欢迎,他指出开这样的大会是很好的,因为这些作家都是人民需要的人,革命需要的人。毛主席指出:"你们是人民的文学家、人民的艺术家、或者是人民的文学艺术工作的组织者。你们对于革命有好处,对于人民有好处。因为人民需要你们,我们就有理由欢迎你们。"④毛主席在此强调文学艺术家存在的价

---

① 郭沫若:《新缪司九神礼赞》,载北京大学、北京师范大学、北京师范学院中文系中国现代文学教研室编《文学运动史料选》第5册,上海:上海教育出版社,1979年,第261页。

② 默涵:《关于人民文艺的几个问题》,载北京大学、北京师范大学、北京师范学院中文系中国现代文学教研室编《文学运动史料选》第5册,上海:上海教育出版社,1979年,第271页。

③ 郭沫若著作编辑出版委员会编《郭沫若全集》第17卷,北京:人民文学出版社,1989年,第41页。

④ 中华全国文学艺术工作者代表大会毛主席讲话,载北京大学、北京师范大学、北京师范学院中文系中国现代文学教研室编《文学运动史料选》第5册,上海:上海教育出版社,1979年,第637页。

值完全是由于人民需要，一切来自人民需要。人民文学家、人民艺术家，这是对艺术家们最高的称赞。人民文学作为一种新的文艺价值观得到了全国文艺工作者衷心拥护与赞成，是全国文艺工作者一致的要求和愿望，正如茅盾在第一次全国文代会后发表的《一致的要求和期望》所指出的那样："文代大会一致拥护毛主席的文艺方针，号召全国的文艺工作者全心全意为人民服务，首先为工农兵服务；这一号召，相信已经得到普遍的响应。"[①] 人民文学的观念可以说已经深入人心，成了新中国文学的基本理念与文艺方针。

第一次全国文代会确立了新中国文艺以毛主席《在延安文艺座谈会上的讲话》为指导方向和总的纲领，由此以《讲话》为指引的人民文艺已经确立起其中心地位了。周恩来在第一次全国文代会 8000 多字的讲话，人民一词出现了 70 次。郭沫若在第一次全国文代会 5800 字左右的报告中，人民一词共出现了 56 次，可以看出人民确实是文艺话语系统中的高频词与关键词。郭沫若在第一次全国文代会的总结报告中向全体文艺工作者发出了建设新中国的人民文艺的号召，而周扬在第一次全国文代会上也作了《新的人民的文艺》的大会报告，他指出："文艺座谈会以后，在解放区，文艺的面貌，文艺工作者的面貌，有了根本的改变。这是真正新的人民的文艺。"[②] 解放区的文艺已经是新的主题、新的人物与新的语言形式的文艺，新的人民文艺已然诞生。[③] 周扬在这次报告中充分肯定了"民族的、阶级的斗争和劳动生产成为了作品中压倒一切的主题，工农兵群众在作品中如在社会中一样取得了真正主人公的地位"，而"知识分子离开人民的斗争，沉溺于自己小圈子内的生活及个人情感的世界，

① 茅盾：《茅盾全集》第 24 卷，北京：人民文学出版社，1996 年，第 71 页。

② 周扬：《周扬文集》第 1 卷，北京：人民文学出版社，1984 年，第 512 页。

③ 周扬 1948 年开始主持编辑了大型的"中国人民文艺丛书"，收录解放区深受广大人民群众喜欢的新的文学作品，如贺敬之、丁毅等的《白毛女》，赵树理的《李有才板话》《李家庄的变迁》，丁玲的《桑乾（干）河上》，周立波的《暴风骤雨》，欧阳山的《高干大》，柳青的《种谷记》，草明的《原动力》，马烽、西戎的《吕梁英雄传》，邵子南等的《地雷阵》，孔厥等的《一个女人翻身的故事》，工农兵群众创作的《东方红》等 200 余篇作品。

这样的主题就显得渺小与没有意义了,在解放区的文艺作品中,就没有了地位。"①周扬把人民文艺的民族斗争、阶级斗争与生产劳动的重大题材看作压倒一切的主题,而知识分子题材则是没有意义的,这充分肯定了人民文学的重要性,当然同时也引起了对于知识分子题材是否有意义的讨论。

新中国文学确立起了人民至上的文学理念,人民文学是进步的,反人民的文学则是落后的,②我们的文学已然进入了一个人民文学的时代。茅盾1946 年在《新世纪》发表了《五十年代是"人民的世纪"》一文,畅言接下来的五十年代是"人民的世纪",这无疑是十分正确的。二十世纪五十年代,我们进入了人民的世纪,我们的文学也进入了人民文学兴盛的时代。新中国创办的第一份大型的国家级文学期刊就是《人民文学》,毛主席亲自为刊物题词"希望有更多好作品出世",郭沫若题写刊名,茅盾做主编,足可见《人民文学》的规格之高。周扬在第二次文代会上宣布:"新的人民的文学艺术已在基本上代替了旧的、腐朽的、落后的封建阶级和资产阶级的文学艺术。"③这是确立起人民文学主导地位的宣言。

此时那些获得高度肯定的作家一个重要的原因是他们是人民文学家。屈原便被冠以"人民诗人"的称号而受到赞扬。在《人民诗人屈原》一文中,郭沫若指出屈原虽然出身贵族,做过楚怀王的左徒,但是他配得上"人民诗人"的称号,因为:"屈原尽管是贵族,但他是爱护人民的,以人民的声音为声音,以人民的痛苦为痛苦。这就是屈原所以赢得两千多年来的人民都同情他的地方。"④当然屈原毕竟是两千多年前封建社会的作家,他的贵族出身也限制了他的人民性,屈原的缺点在于他的人民性不够:"他虽然同情人民,爱

---

① 周扬:《周扬文集》第 1 卷,北京:人民文学出版社,1984 年,第 514 页。
② 茅盾在《略谈革命的现实主义》中曾指出"进步的文艺理论"是指:凡是主张文艺应当为人民服务,反对"为艺术而艺术",主张现实主义的创作方法,反对颓废主义和形式主义的文艺理论,都是进步的文艺理论。茅盾:《茅盾全集》第 24 卷,北京:人民文学出版社,1996 年,第 92-93 页。
③ 周扬:《周扬文集》第 2 卷,北京:人民文学出版社,1985 年,第 235 页。
④ 郭沫若著作编辑出版委员会编《郭沫若全集》第 17 卷,北京:人民文学出版社,1989 年,第 230-231 页。

护人民,不满意当时楚国的统治者,但他却没有走到这一步,即唤醒人民、组织人民,来反对当时残害人民的统治者。他的不满意甚至采取了消极自杀的一条路。这无疑正是他的贵族身份限制了他。"①那么同样的道理,杜甫之所以伟大:"首先在于他是个写出了'朱门酒肉臭,路有冻死骨'的这样一个历史时代的现实社会风貌的人民诗人。"②杜甫的作品具有丰富的人民性,他的作品真实反映了人民的要求,他是时代之子、人民之子,所以杜甫是伟大的人民诗人。屈原、杜甫都因为人民诗人的称号而享有崇高的地位,人民性是评价作家是否进步的重要标准,是这些作家是否获得肯定的依据。

## 二、人民性的内涵

新中国确立起了人民文学的中心地位,那么,究竟什么是人民文学呢？在弄清这个问题之前,先来看看什么是人民？毛泽东在《关于正确处理人民内部矛盾的问题》里明确指出了人民的内涵,他说:"人民这个概念在不同的国家和各个国家的不同的历史时期,有着不同的内容。拿我国的情况来说,在抗日战争时期,一切抗日的阶级、阶层和社会集团都属于人民的范围,日本帝国主义、汉奸、亲日派都是人民的敌人。在解放战争时期,美帝国主义和它的走狗即官僚资产阶级、地主阶级以及代表这些阶级的国民党反动派,都是人民的敌人;一切反对这些敌人的阶级、阶层和社会集团,都属于人民的范围。在现阶段,在建设社会主义时期,一切赞成、拥护和参加社会主义建设事业的阶级、阶层和社会集团,都属于人民的范围;一切反抗社会主义革命和敌视、破坏社会主义建设的社会势力和社会集团,都是人民的敌人。"③毛主席在此明确分析了谁是人民,谁是我们的敌人,清晰阐释了人民的内涵。

---

① 郭沫若著作编辑出版委员会编《郭沫若全集》第 17 卷,北京:人民文学出版社,1989 年,第 232 页。
② 巴人:《文学论稿》上册,上海:上海文艺出版社,1959 年,第 194 页。
③ 中共中央文献研究室编《毛泽东文集》第 7 卷,北京:人民出版社,1999 年,第 205 页。

那么,什么是文学里的"人民性"呢? 现在看来还没有明确的规定。这一问题在二十世纪五六十年代就有一些争论,有人认为作品所描写的都是一般人民的生活就是人民性;有人认为通俗易懂,利用民间形式表达就是人民性;有人认为作品出之于人民之手就是人民性;有的人把阶级性等同于人民性;有人以为现实主义的文学就是人民性的文学;有人认为只有反映了人民生活中重大事件的作品才有人民性。黄药眠 1953 年在《文史哲》发表的《论文学中的人民性》则指出人民性的内容有四个特点:

第一,作品所描写的对象(人物与故事)是为人民大众所关心,或对人民大众的生活有重要意义的;

第二,在某一特定的历史时代,作者以当时的进步立场来处理题材,真实地反映了生活的;

第三,在所描写的现象范围的广泛,揭露得深刻,刻画得有力,在形式的大众化上表现出来了它的艺术性的;

第四,作者在作品中以具体的形象表现出了当时人民大众的要求、愿望和情绪。[1]

这样看来,实际上第一、三、四条都是对作品描写对象的要求,第二条是指作者的立场和态度。文学人民性的主要内涵在于文学表现对象是否以人民为中心,是否表现人民的思想情感,是否为人民所关注,是否为大众所易懂;价值倾向是否站在人民的进步立场上。在黄药眠看来,在人民性的这些内涵中最重要的是作者对人民的态度,他说:"我认为衡量一篇作品之是否有人民性,最主要的还是要看作者的立场,即他是不是在那一个特定的历史时代站在进步的立场来处理题材,真实地反映生活。"[2]也有学者认为人民性就是人民大众思想情感在文学中的正确表现。孙昌熙在《山东大学学报》

---

① 黄药眠:《论文学中的人民性》,《文史哲》1953 年第 6 期。

② 同上。

1961 年第 4 期发表《试论文学的人民性》一文,认为:"文学的人民性的概念,一般应理解为:人民大众的生活在文学中的真实反映,是人民大众的思想、感情、愿望和利益在文学中的正确表现。"①这是从文学表现对象方面强调文学的人民性,孙昌熙认为:"文学作品有无人民性,主要是看作家在他作品中所体现出来的世界观、立场和态度如何而定。"②只要有正确的立场便有人民性,题材等不是决定因素,比如描写爱情的作品也有人民性,只要描写爱情的作品具有进步意义、符合人民大众的共同利益,为人民所关心,能感动广大人民,就合乎我们的人民性的政治标准,就有人民性。从当时对人民性的不同解释来看,虽然对文学人民性的理解存在着分歧,人民性内涵本身也具有一定的历史性,但是从人民性的理论论争以及文学实践来看,我们认为新中国文学关于人民性的主要内涵至少在如下四个方面大家的意见还是比较一致的:③

　　第一,人民喜闻乐见的文学。充分考虑人民的需要,人民喜闻乐见,容

①　孙昌熙:《试论文学的人民性》,《山东大学学报(哲学社会科学版)》1961 年第 4 期。

②　同上。

③　当代学者胡亚敏先生在《马克思主义文学批评中国形态的当代建构》一书中指出中国形态的人民观主要内涵是:1.人民是阶级的集合体;2.人民是历史的创造者;3.坚持人民的主体地位。这主要是人民社会政治的内涵。而中国形态文学批评的基石是文艺与人民的关系,这一关系的基本内涵是:1."文艺为人民"的原则;2.坚持以人民为中心的创作导向;3.作为文艺接受者的人民。而"文化大革命"结束后,吴元迈先生在反思这一问题时,认为文学人民性的基本内容包括:第一,文艺作品直接反映了人民的生活、斗争、愿望和要求,表现了人民对剥削阶级的憎,它们的人民性是以人民为主题的直接形式呈现出来的。第二,作者不是站在统治阶级的立场上去歌颂他们的"美"和"善",而是从社会下层的立场揭露他们的残暴和贪婪的本性,表现人民关心的社会问题,反映统治阶级内部进步集团同反动集团的斗争。第三,表现上升期或刚刚取得政权的阶级的思想感情、愿望与利益的所谓"阶级"作品。第四,表现爱国主义精神、赞美祖国的锦绣山河、对未来和理想的向往,是古代作品的人民性的鲜明特色。同时,吴元迈先生指出判断人民性还应注意它的复杂性,比如托尔斯泰的作品,其人民性问题就不能简单否定或肯定。直接写与人民的作品,并不一定有人民性,关键看对待人民的态度如何。吴元迈先生的这些论述主要是着眼于人民性的思想内容部分,主要从创作家的角度来论述人民性,还没有从人民群众接受的角度来论述人民性。吴元迈:《略论文艺的人民性》,《文学评论》1979 年第 2 期。

易接受的文学就是有人民性的文学。这一特性是从人民接受的角度来要求文学的,只有人民能够接受的文学才能真正发挥为人民服务的作用,才是真正的人民文学,才是真正为人民着想的立场。1955 年 10 月 20 日周恩来在全国文艺工作者大会上发表讲话指出我们的文艺首先必须具有充分的人民性,他说:"什么叫人民性? 就是广大人民喜闻乐见的东西。世界各国人民有不同的习惯、传统、生活方式和语言,表现在艺术语言上也有不同,这就形成了民族性。但世界各国人民总有共同性,这种共同性就贯穿了人民性。你演的东西人家能理解,首先是因为它代表了人民性,是人民的艺术。"①周总理在这里强调的人民性是从读者接受的角度来讲的,具有广大人民群众喜闻乐见的特性,人民群众容易懂的作品就具有人民性。这是对毛主席一再强调的艺术首先要普及,然后再提高,要有中国作风、中国气派,要大众化、民族化的进一步阐释,这些都是为了让人民群众能够更好地接受文艺。文艺能够被人民大众接受,这是文艺为人民服务的前提,人民都无法接受,谈何人民文学。周扬在第一次全国文代会的报告中也指出:"必须确立人民文艺的新的美学的标准:凡是'新鲜活泼的、为老百姓所喜闻乐见的中国作风与中国气派'的形式,就是美的,反之就是丑的。"②周扬这里所说人民文艺的"新的美学标准"主要是形式上的,这种形式的总特点就是具有中国自己的民族特色,老百姓喜闻乐见。周恩来 1963 年 2 月 18 日观看《夺印》一剧后对剧中的西洋音乐就提出了批评,他说:"我们并不排斥西洋的东西,而且要把西洋的东西搞好,但我们必须把艺术大师的需要和广大听众的需要区别开来。"③他号召音乐界从人民需要出发,进行认真改革,以强化音乐的民族化。周总理这里强调把"艺术大师的需要"和"广大听众的需要"区别开

---

① 中共中央文献研究室编《周恩来年谱 1949—1976》上卷,北京:中央文献出版社,1997 年,第 509 页。

② 周扬:《周扬文集》第 1 卷,北京:人民文学出版社,1984 年,第 532 页。

③ 中共中央文献研究室编《周恩来年谱 1949—1976》中卷,北京:中央文献出版社,1997 年,第 534 页。

来,实际上就是对艺术创作脱离人民性的批评,艺术应该从人民需要出发来考虑怎样创作自己的作品,从而加强民族化以便人民易于接受,而不是为了满足少数"大师的需要"来创作一些炫技的为艺术而艺术,一些让人民敬而远之的所谓阳春白雪,那样的文艺是缺乏人民性的。所以简单地说文艺的人民性首先就是人民容易接受的特性。

第二,以广大人民为表现对象的文学。人民性除了形式上要强调人民易于接受的性质,那么在作品的内容上应该有什么特性呢? 周恩来 1955 年在全国文艺工作者大会上谈到人民性的时候说:"是不是我们就把政治的内容、口号、标语搞得很多? 不是的。恰恰相反,要在丰富的艺术形式之下,内容要有更完美的人民性,才能受到欢迎。"①那么,内容上怎样才是完美的人民性呢? 周总理在这里没有具体阐释,只是指出要有人民性并不是政治口号,要具有人民性这样一个有灵魂的东西,就必须深入生活。而 1963 年 4 月 19 日周总理在中宣部召开的文艺工作会议和中国文联三届全委二次扩大会议上讲话则指出人民性就是当时的阶级性。他指出:"人民,这是指绝大多数人。在奴隶社会,奴隶是绝大多数;封建社会,广大农民是绝大多数。同情奴隶解放,同情农奴,刻划出'卑贱者'的形象,这就是人民性,也就是当时的阶级性。"②周总理在这里实际上指出了人民性在内容上首先要以当时绝大多数人为表现对象,要同情当时绝大多数人,站在每个历史时代绝对大多数人的立场上,为当时绝大多数人发声,这样的文学才是具有人民性的文学。人民性因此具有时代性、阶级性。那么对于我们今天无产阶级和工农联盟的社会来说,"今天无产阶级的阶级性也可以说是今天的人民性"③。从这里我们首先可以看出人民性是一个有时代性的概念,其内涵随着历史时

---

① 中共中央文献研究室编《周恩来年谱 1949—1976》上卷,北京:中央文献出版社,1997 年,第 509 页。
② 文化部文学艺术研究院编《周恩来论文艺》,北京:人民文学出版社,1979 年,第 166 页。
③ 同上。

代的变化有所不同,对于当前中国来说,为无产阶级人民大众发声的文学就是人民文学。周恩来 1963 年 8 月 16 日《在音乐舞蹈座谈会上的讲话》也明确指出:"对于我们来说,阶级性也就是人民性。当年封建社会的时候,阶级性就是要站在农民方面,站在被压迫阶级方面,这才能表示出当时的人民性。"①现在对无产阶级人民大众的社会来说,站在广大劳动人民方面,以新社会人民为主角,描写工农兵的斗争、生产与生活,表现人民大众的要求和意志,站在人民的立场上来表现人民、歌颂人民这个绝大多数,这种无产阶级立场就是人民文学的人民性。所以内容上的人民性首先就是从情感态度上转到人民身上来,以人民为主角,要亲近喜欢广大人民群众,那些看不起人民群众,在情感态度上拒斥人民的文学不可能是人民文学。这就是毛主席在《讲话》中所说的与工农兵大众的思想感情打成一片,只有这样愿意全心全意去表现人民群众而不是总是表现作家自己,这样的文学才是人民文学。也正是基于人民文学的理念,毛主席对十七年时期戏剧舞台上帝王将相、才子佳人占据主角,而工农兵新人的形象较少的现象多次表示了不满。②

　　当然,没有以人民群众为主要表现对象的作品,也不是说就没有人民性了,某些以统治阶级为主角的作品,只要反映了人民的心声,也可能具有人民性。1956 年 4 月周恩来在观看了昆剧《十五贯》后同剧组人员谈话时说:"《十五贯》有丰富的人民性和相当高的艺术性。""我们不但要歌颂劳动人

---

① 　文化部文学艺术研究院编《周恩来论文艺》,北京:人民文学出版社,1979 年,第 179-180 页。

② 　1962 年 12 月 21 日,毛主席召集华东各省市委第一书记谈话时讲道:"帝王将相、才子佳人多起来了,有点西风压倒东风,东风要占优势。旧的剧团多了一些,北京的京剧团就不少。过去的文工团只有几个人,反映现代生活,不错。"中共中央文献研究室编《毛泽东年谱 1949—1976》第 5 卷,北京:中央文献出版社,2013 年,第 177 页。1963 年 9 月 27 日在中央工作会议上毛主席就讲话指出:"要推陈出新。过去唱戏,净是老的,帝王将相,家院丫头,保镖的人,黄天霸之类,那个东西不行。"中共中央文献研究室编《毛泽东年谱 1949—1976》第 5 卷,北京:中央文献出版社,2013 年,第 263-264 页。1963 年 11 月,毛主席批评了《戏剧报》和文化部,指出:文化方面特别是戏剧大量是封建落后的东西,社会主义的东西很少,在舞台上无非是帝王将相、才子佳人。中共中央文献研究室编《毛泽东年谱 1949—1976》第 5 卷,北京:中央文献出版社,2013 年,第 285 页。

民,揭露反动的统治阶级,也需要像《十五贯》这样的戏。不要以为只有描写了劳动人民才有人民性。历史上的统治阶级中也有一些比较进步的人物。人民在那个环境中,没有办法摆脱困难,有时就把希望寄托在这些人物身上。我们不能用现在的眼光去看历史上的事情。"①也就是说虽然没有歌颂劳动人民,没有以现在的工农兵群众为描写对象,《十五贯》写的是古代的统治者,是人民群众把希望寄托在历史上统治阶级中一些比较进步的人物像况钟这样的人身上,这些比较进步的统治阶级人物也反映出一定的民本思想,这也是人民性的表现。人民性是以人民为本的特性,对象虽然是统治阶级,但是他表现了民本思想,这样的作品也具有人民性。

第三,礼赞人民的文学。对人民文学来说,内容上仅仅以人民为主要表现对象还远远不够,更重要的是还要真正看到人民的伟大,在文学作品中礼赞歌颂人民群众,这样的文学才是真正的人民文学。那些站在压迫者、剥削者立场上的作家描写人民,往往夸张人民的缺点,把他们的缺点归因于人民天生的愚昧和懦弱;而那些站在所谓人道主义者立场上的人则一面嘲笑人民,一面又想引起人们对人民的怜悯,这都不是真正站在人民的立场。人民的立场应该是热情歌颂人民,鞭挞没落阶级,揭露反动势力的凶残。由此人民文学应该主要写人民正面的进步性而不写他们身上的落后之处,这样的文学才是进步的,才是真正的人民文学。郭沫若在第一次文代会上所作《为建设新中国的人民文艺而奋斗》的报告是这样界定人民文学的:"表现和赞扬人民大众的勤劳英勇,创造富有思想内容和道德品质、为人民大众所喜闻乐见的人民文艺。"②从这个人民文艺的定义来看,除了形式上为人民大众所喜闻乐见这一特点外,人民文艺内容上的特点就是表现和赞扬人民的优秀品质。而《人民文学》发刊词对于人民文学的界定也基本上着眼于这两个维

---

① 中共中央文献研究室编《周恩来年谱 1949—1976》上卷,北京:中央文献出版社,1997 年,第 566 页。

② 郭沫若:《为建设新中国的人民文艺而奋斗》,《新华日报》1949 年第 1 卷第 1 期。

度,发刊词指出《人民文学》的任务是:"通过各种文学形式,反映新中国的成长,表现和赞扬人民大众在革命斗争和生产建设中的伟大业绩,创造富有思想内容和艺术价值,为人民大众所喜闻乐见的人民文学。"①周扬在第一次文代会的报告中明确地指出人民文艺的特点是不要去过多描写广大人民群众的缺点而应该主要写他们的伟大贡献与他们身上的光明之处,新的人民文艺应以表现新人物的优秀品质为主。这一点毛主席在延安《讲话》中就已经指出,他要求广大文艺工作者大力歌颂人民。他提出:"对于人民,这个人类世界历史的创造者,为什么不应该歌颂呢?无产阶级,共产党,新民主主义,社会主义,为什么不应该歌颂呢?"②毛主席指出那些对人民事业并无热情,对无产阶级及其先锋队的战斗和胜利抱着冷眼旁观的态度的人才不会歌颂人民,革命人民不需要这样的"歌者"。所以对待人民的情感、态度和立场是人民文学至关重要的内涵,只有抱着真诚的礼赞人民的态度创作的文学才是人民文学。

第四,人民群众自己创作的文学。广大的工农兵群众自己在生产、生活、劳动之余创作的作品是人民文学,这是文学的人民化、群众化。《人民文学》的发刊词指出人民文学的重要任务就是:"积极帮助并指导全国各地区群众文学活动,使新的文学在工厂、农村、部队中更普遍更深入的开展,并培养群众中新的文学力量。"③广大人民群众自己投身文学创作的洪流,成为文学创作的参与者甚至主角,这是人民的愿望,也是人民文学应有的内涵。这是因为旧时代那些写文章的人大都不是劳动人民出身,他们和劳动人民隔离很远,包括那些好的作家,虽然写了劳动人民,但常常也不过表示同情而已,没能真正说出人民的心声,所以人民必须自己亲自书写自己。人民自己

---

① 茅盾:《茅盾全集》第 24 卷,北京:人民文学出版社,1996 年,第 88 页。
② 毛泽东:《毛泽东选集》第 3 卷,北京:人民出版社,1991 年,第 873 页。
③ 茅盾:《茅盾全集》第 24 卷,北京:人民文学出版社,1996 年,第 88-89 页。

写自己的生产劳动、情感与生活,这比那些专业的作家更加亲切自然。周扬在新民歌运动的热潮中就曾经指出:群众感觉许多新诗并没有真实地反映他们的生活、思想和情感,在这些诗中感觉不出劳动群众自己的音容笑貌,更不要说表现劳动群众的风格和气魄了。① 专业诗人所写的人民生活总是有点隔阂,人民自己创作的诗歌比诗人创作的诗歌还要好。周扬由此指出:群众诗歌创作将日益发达和繁荣,未来的民间歌手和诗人,将会源源不断地出现,他们中间的杰出者将会成为我们诗坛的重镇。② 不久的将来,将会人人是诗人,诗为人人所共赏,这是未来文学的方向。周扬在《和工人业余作者谈话》中曾兴奋地指出:工人、农民、士兵的创作,合起来说,就是劳动人民的创作。有好多人已走到专业作家前面去了,专业作家写不过他们。③ 十七年时期我们强调工人自己创造工人文学,人民群众自己创造诗歌,大力发展人民的业余写作,开展集体创作等就是基于人民自己创造文学的理想,以此掀起人民文学的高潮。这种全民文艺,人民群众文艺创作蓬勃发展的理想状态是我们所追求的人民文学的目标之一。

也正是基于人民自己创作文学的人民文学理念,这一时期我们还专门编写出版了《中国人民文学史》,考查人民群众自己创作的文学,把《诗经》以来民间创作的人民文学单列成一种文学史类型。蒋祖怡1951年便出版了《中国人民文学史》,他在书中指出:"中国近三十年中,关于'文学史'的著述,在数量上可以说是相当的丰富。可是大抵详于正统文学,详于资产阶级的作家和作品,因此'文学史'常被误解为'名著提要'与'作家传略'一类的东西。"④蒋祖怡认为以往的文学史严重忽略了广大人民群众自己创作的大量文学作品,往往成了文学史上少数大作家的"名著提要",而文学的正宗

---

① 周扬:《周扬文集》第3卷,北京:人民文学出版社,1990年,第3页。
② 周扬:《周扬文集》第3卷,北京:人民文学出版社,1990年,第12页。
③ 周扬:《周扬文集》第3卷,北京:人民文学出版社,1990年,第25页。
④ 蒋祖怡:《中国人民文学史》,上海:北新书局,1951年,第5页。

应该是人民群众自己所创造的人民文学,所以现在"首要的工作还在研究人民文学"①而不是去研究那些正统文学。蒋祖怡一反过去那种名家名作的文学史,不专门讲屈原、李白、杜甫、苏轼、曹雪芹等名家名品,而是把人民创作的神话传说、谣谚与诗歌、巫舞与杂剧、传说与说话、讲唱与表演作为自己的文学史内容,强调文学来自民间,来自人民大众的集体创作。蒋祖怡指出人民文学的特质就在于集体创作、口语创作,新鲜、活泼、粗俗而又浑朴,而且人民文学是勇于接受新东西的文学,这与正统的精英文学是完全不同的,这时候人民文学的内涵相当于民间文学。

### 三、人民文学的批评

新中国确立起了人民文学的中心地位,我们对从古至今的文学作品都用人民性重新进行了一番审视,以确定其存在的价值。按照人民性的标准进行批评,批评的重点主要集中在这三个方面:一是缺乏人民性;二是脱离人民群众;三是没有表现人民的伟大与力量。

第一,缺乏人民性。很多作品都有缺乏人民性这一不足之处。人民性是北京大学中文系1955级集体编著的《中国文学史》衡量古代文学作品的重要标准。总的来说,古代文学表现的是旧时代的人物,劳动人民不是古代文学的主角,人民性不强。古代文学中像李煜这样的没落皇帝,作为最高封建统治者是缺乏人民性的典型。在二十世纪五十年代开展的李煜词有无人民性的大讨论中,虽然有的说李煜词有一定的人民性,有的说人民性不大,但主要的观点还是认为李煜词没有人民性,因为李煜词主观上反映的是他个人对过去荒淫生活的怀念,也就不可能具有人民性;如果李煜也怀念人民,为什么当他被俘后首先写信给宫女,说他是日夕以泪洗面呢?北京大学中文系1955级集体编著的《中国文学史》认为李煜是我国文学史上一个"具

---

① 蒋祖怡:《中国人民文学史》,上海:北新书局,1951年,第7页。

有很大局限"的词人,这个局限是因为他作品中的欢乐悲哀,都没有超出个人的范围,"我们在其中找不出什么爱国主义或人民性来"①。即使是李煜那些被人传诵的描写男女欢爱或相思的作品,也不可能表现什么与人民相通的真挚爱情。因为在封建社会里,人民,连同他们的爱情在一起,都是饱受统治阶级的压迫与摧残的。人民要取得真正的爱情,就必然直接或间接地与反封建联系在一起。李煜的词根本没有也不可能具有这样的内容。② 也就是说李煜既然是皇帝,是统治阶级,那么他再怎么描写也不可能有人民一样的感情,阶级的局限决定了脱离人民是其天生的必然缺陷,没有人民性是李煜的重大局限。即使像《红楼梦》这样的作品,人民性不强也是其重要的不足之一。周扬在《怎样批判旧文学》中指出《红楼梦》:"大家都知道是描写一个封建官僚家庭从兴盛到没落,人民除了当作陪衬的刘姥姥外,在书里没有地位。"③按照当时人民性的标准,古代文学作品没有以人民为主要表现对象的,普遍缺乏人民性。

毛主席1964年对文学作了一个批示,认为大多数文学协会和文学刊物在新中国成立后15年来,基本上(不是一切人)都是做官当老爷,不去接近工农兵。毛主席在这里批评文学协会和刊物没有人民性,脱离人民群众,这可以说是对文学界最严厉的批评了。这种批评意味着对这些刊物协会的根本否定,意味着这些刊物协会几乎丧失了存在的意义,很多文学刊物与协会相继停刊或停止运转。

第二,脱离人民群众。脱离人民群众也是很多作家作品的通病。最常见的是那些资产阶级、小资产阶级的作家与人物形象,他们在个人主义的狭

---

① 北京大学中文系文学专门化1955级集体编著《中国文学史》第2册,北京:人民文学出版社,1959年,第346页。
② 北京大学中文系文学专门化1955级集体编著《中国文学史》第2册,北京:人民文学出版社,1959年,第343页。
③ 周扬:《周扬文集》第2卷,北京:人民文学出版社,1985年,第14-15页。

小圈子里总是幻想着颓废感伤的风花雪月,空喊着所谓自由、民主、平等、博爱、人道的口号,脱离人民群众,是人民群众的尾巴,这种资产阶级、小资产阶级的作家与人物形象是落后形象。这些小资产阶级知识分子之所以会犯错误,根源在于脱离人民群众,比如冯雪峰主编《文艺报》时没有发表李希凡、蓝翎的《关于〈红楼梦简论〉及其他》,被毛主席批评是压制小人物,做了资产阶级的俘虏;袁水拍在《质问〈文艺报〉编者》中认为冯雪峰有资产阶级贵族老爷式的态度,冯雪峰在检讨自己时认为自己之所以犯这样的错误,原因是:长期地脱离群众,失去了对于新鲜事物的新鲜感觉,而对于文艺战线上的新生力量,确实是重视不够,并且存有轻视的倾向的。① 总之,脱离人民群众是错误的源头。当然古代很多作家作品最常见的不足也是脱离人民群众。北京大学中文系 1955 级集体编著的《中国文学史》就批评苏东坡是一个"脱离了人民的士大夫形象",他的把酒问月、起舞弄影说明他是孤独的,而他之所以孤独,是因为他脱离人民,无法找到解决理想和现实之间矛盾的出路,所以诗人不得不悲哀地承认人有悲欢离合,月有阴晴圆缺,此事古难全。从苏东坡身上我们可以看到,只要脱离人民,只在个人的小圈子里跌宕起伏,自然没有出路而显得凄凄惶惶。苏轼毕竟还是个不小的官僚,阶级地位决定了他最多只能从清官的立场,而不可能从人民的角度,来观察社会问题,从而创造出具有高度人民性的作品,苏东坡阶级与思想的局限必然带来了艺术的局限。他的阶级和思想局限使他未能深入人民生活的底层,揭示社会生活的本质,所以他的现实主义没有达到像杜甫的"诗史"的高度,②他只能想各种办法来自我超脱,自我解放。缺乏真正的人民性是封建社会文人不可能克服的缺陷,因此他们作品的价值总是有限的。

---

① 冯雪峰:《冯雪峰论文集》下册,北京:人民文学出版社,1981 年,第 265 页。

② 北京大学中文系文学专门化 1955 级集体编著《中国文学史》第 2 册,北京:人民文学出版社,1959 年,第 408-409 页。

　　按照人民的标准,当时认为脱离人民典型的例子还有像李清照这样的女诗人,沉浸在个人的闺阁相思等狭隘生活之中,不能反映人民的痛苦生活,所以难免要在自己个人的小圈子里"凄凄惨惨戚戚"。北京大学中文系1955级集体编著的《中国文学史》指出李清照的《醉花阴》《一剪梅》等写"一种相思,两处闲愁",写深闺少妇狭隘的感情,其实思想意义不是很大。同时李清照的词悲秋气氛太浓,感情不是很健康,更重要的是李清照由于阶级、生活经历的局限,她还没有注意到比她还远远不如的千万劳动人民在当时所受的灾难,只在个人的小圈子里咏叹,丧失了人民性,没有把更多的社会矛盾、更有意义的内容写进她的作品里,这是李清照的最大局限。李清照毕竟由于她的阶级局限,她的生活经历的局限、她的创作理论上的局限,相当严重地影响了她在词的创作方面的成就。她的视野仅仅局限在她个人的小天地中。① 看不到人民的痛苦,眼中只有自己,好像自己是世界上最痛苦的人,这种顾影自怜是封建社会里许多作家的毛病。比如杨万里也是这样的典型,北京大学中文系1955级集体编著的《中国文学史》指出南宋是民族灾难深重的时代,人民生活极端痛苦,但是杨万里对这些只写了寥寥几首诗,而且缺乏深厚感情,这说明他看不到人民的痛苦。而另外一位诗人范成大诗里的农村,很多地方也总有"模范农村"的味道,看不到人民的痛苦,这说明诗人在反映现实的尖锐性和彻底性上,还是不够的,其作品的价值也就打了折扣。

　　这些作家作品局限的根源都在于脱离人民,这种脱离人民的毛病在旧社会不是个案,而是很多作家的通病,李白那种浪漫飘逸的风格被批评有点自我陶醉、高高在上,与人民的关系不密切;韩愈的散文思想内容有较大的局限性,因为他不但没有反映人民生活和深刻的社会矛盾,反倒有许多宣传

---

① 北京大学中文系文学专门化1955级集体编著《中国文学史》第2册,北京:人民文学出版社,1959年,第435页。

封建道德,甚至大量庸俗地追逐功名、应酬阿谀、歌功颂德之作,①所以作品的现实意义不大。中国社会科学研究院文学研究所于二十世纪六十年代编写的《中国文学史》则批评李商隐没有更多地表现人民的苦难、意志和愿望,很多的作品只是表现他个人穷愁潦倒的生活、伤感哀苦的情绪以及对于爱情的追求,所以李商隐的诗歌虽然艺术技巧上有一些可取之处,但是思想性并不高。从思想教育的角度上看,他的作品对读者的积极作用是不大的。李贺的诗歌则因为追求幽奇险怪的境界,也被批评和广大劳动人民缺少联系,对广阔的社会生活没有深刻的体察和认识,所以尽管他努力于艺术创作的实践,醉心于造词立意的新奇,但是由于缺少人民性,因此这部文学史认为李贺的诗歌视野不宽,只想以辞藻和典故取胜,也就落入了形式主义的泥潭中了。即使像辛弃疾这样被我们肯定的爱国词人也有脱离人民的毛病。北京大学中文系1955级集体编著的《中国文学史》指出辛弃疾有些篇章也是为了抒写个人的哀愁,求得暂时的精神安慰,这使作品的意义变得极其有限。为此这部文学史指出,这雄辩地证明了在封建社会中的知识分子,即使像辛弃疾这样文武双全、敢作敢为、充满热情与理想的人物,在壮志未酬时,也不免产生"不如归"的消极思想,因为他们毕竟没有和人民打成一片,不能认识到人民是巨大的社会力量,从而向他们汲取不断前进的动力。总之,脱离人民,局限于作家自我的得失成败是古代文学作家作品普遍存在的缺陷。

第三,没有充分表现人民群众的力量与伟大。以人民文学的要求来评价作品,作品的一个重要缺点是没有充分写出人民群众的伟大力量和高贵品质,没有充分表现人民的胜利,这一时期对没有充分表现人民群众力量的批评越来越多。周扬曾经指出:"过去的文学家艺术家,包括最有天才的最伟大的作家,表现推动历史前进的人民的力量,都是不够的,可以说完全没

---

① 北京大学中文系文学专门化1955级集体编著《中国文学史》第2册,北京:人民文学出版社,1959年,第278页。

写出来的。"①比如《水浒传》写了很多英雄,但是这些英雄跟老百姓的联系就写得很少;《三国演义》中人民群众是怎样生活的也写得很少,缺乏人民群众的观点。孔厥、袁静的《新儿女英雄传》受到批评的一个重要缺点是没有突出人民群众在抗日战争中的表现。陈涌在《孔厥创作的道路》中批评道:"毛泽东同志把抗日战争的性质定为'人民战争',这个战争不是一部分干部或者单纯的军队在支持,而是全体人民主要是农民加上干部和军队在支持的,但在《新儿女英雄传》里,没有令我们充分的看到人民战争的这个特点,没有充分地表现农民怎样承担整个战争的重担,怎样用各种方式支持了战争。"②总之,对于人民群众抗日斗争的力量表现不够是这部作品的主要缺点,这些缺点降低了作品的阶级内容,降低了它的真实性和思想性。一个文艺工作者要避免这样的弱点,要在创作上有更高更大的成就,便需要自己在思想上更加提高,同时向群众更加靠近才能解决问题。《白毛女》初次演出后中央整体上评价很好,但有一条批评意见认为作品在表现群众力量方面还不够大胆。1946年党的七大闭幕前夕,毛泽东和全体当选中央委员观看《白毛女》后,中央办公厅给剧组传达了中央书记处关于本剧的三条意见:第一,这个戏是非常适合时宜的;第二,黄世仁应该枪毙;第三,艺术上是成功的。中央的意见认为黄世仁这个恶霸如此作恶多端还不被枪毙,这反映了作者们不敢放手发动群众,也就是说《白毛女》在突出人民最终伟大胜利方面还显得力度不够。

人民文学要求充分表现人民群众的伟大之处,主要是突出工农兵群众的高贵品质与可爱之处。丁玲被批评的一个重要缺点就是没有写出人民的高贵之处。批评者认为丁玲"不懂得农民,不仅没有写出真实的农民形象,

① 周扬:《周扬文集》第2卷,北京:人民文学出版社,1985年,第215页。
② 陈涌:《孔厥创作的道路》,载洪子诚编《二十世纪中国小说理论资料1949—1976》第5卷,北京:北京大学出版社,1997年,第21页。

也没有写出过像样的农民"，①而且从外表上对农民加以丑化，如《在医院中》《入伍》等小说中用"鱼的眼睛""老鼠似的嘴巴""破布似的脸"等丑恶的字眼来形容农民，这样写农民的缺点，说明丁玲没有完全站在人民的立场来描写人民。没有写出先进的农民群众形象是作家的一个缺点，一些理论倾向也被批评看不起人民群众，比如胡风说要描写劳动人民积存下来的精神奴役的创伤理论受到批评，认为这一理论贬低了劳动人民；朱光潜认为只有少数"优选者"所爱好的东西才是好的东西，把文艺中"一般人"不常见到、不常感到的部分作为"最有趣味"的一部分，这被批判是看不起人民的落后理论。一些古代文学的作家作品也因为看不到人民的伟大力量，看不到人民才是历史发展的真正动力，从而不能依靠群众，给自己作品中的人物找到光明的出路而受到批评。复旦大学中文系学生编的《中国文学史》指出汤显祖《牡丹亭》中为实现理想而进行的斗争没有看到人民的力量，这就决定了《牡丹亭》虽是喜剧，而它的基调却是悲怆的，是不可能真正成功的。而孔尚任的《桃花扇》同样看不到人民的抗清力量，所以作者虽然满腔热情，却找不到发泄之处，感到走投无路，不可能给主人公侯方域、李香君等指出正确的道路，让他们投入到火热的群众抗清运动中去，因而只能用"归真入道"来结束主人公的命运。这种消极避世的反抗就显得没有力量，不能最有力地唤起和引导群众的斗争，同时也使李香君和侯方域的形象沾上了污点。封建阶级的文人就是这样，由于阶级局限，不可能看到人民的力量，所以常常不能真正融入人民之中。

总之，人民文学中人民的价值得到了前所未有的重视，人民是时代的中心话语，是英雄的代名词，是力量的源泉，是正面人物，任何不和人民结合的想法必然遭到失败。北京大学中文系 1955 级集体编著的《中国文学史》指

---

① 王燎荧：《〈太阳照在桑干河上〉究竟是什么样的作品》，载袁良骏编《丁玲研究资料》，天津：天津人民出版社，1982 年，第 424 页。

出古代的许多英雄,无论他们如何伟大,却是脱离人民的个人英雄,也就难有真正的出路。正因为人民才是真正的英雄,所以应该大写特写他们高尚的品德与情操,这时候如果再写人民的缺点则很容易被指责为丑化劳动人民。在这种氛围中写的《中国文学史》也就把那些表现人民群众劣根性的作品列为了反动的作品,表现人民的缺点也成了作品的局限。复旦大学中文系学生编的《中国文学史》就认为《施公案》《彭公案》等作品影响极坏,因为这些作品将剥削阶级身上才有的种种恶行如愚昧、自私、谋财害命、贪色丧身等毛病都移植到了人民群众的身上,好像那些层出不穷的盗窃案、奸杀案等都是"小民"不安分守己所致,这完全是颠倒是非,丑化劳动人民,污蔑人民正当的斗争,所以这部《中国文学史》认为这些作品只是起了"麻痹人民的革命意志和瓦解人民的革命斗争"的作用,这是像《施公案》这样的作品的重大局限。古代再厉害的人物因为他们生活在封建社会,看不到人民的伟大力量,这决定了他们必然苦闷彷徨:"古代的许多英雄,无论他们如何伟大,总是脱离人民的个人英雄,所以性格总不免有脆弱的一面。"①比如曹操,无论他的思想多么进步,他总还是个统治者,这个阶级地位决定了他处在人民的对立面。他在与群众触目惊心的角逐中处于孤家寡人的位置,免不了有许多个人的苦闷和阴暗的情绪,这是他的阶级局限所决定的。

## 四、人民文学批评实践的经验

人民文学是马克思主义美学的标志与重要成果,它标志着一种文学理念范式的转变。从中国传统文论的价值取向来看,虽然也充满了感时伤国的爱国精神与民胞物与的天下情怀,哀民生之多艰,忧社稷之倾危,但人民性并不是它的理论重心。中国传统文学中最基本的两个原则是"诗言志"与

---

① 北京大学中文系文学专门化 1955 级集体编著《中国文学史》第 1 册,北京:人民文学出版社,1959 年,第 242 页。

"文载道"。对于"言志说"而言,传统文学强调抒发个人的情感,在心为志,发言为诗,感物而动故形于言,登山则情满于山,观海则意溢于海,诗歌吟咏情性而已,强调的是抒发个人的情怀。而"文载道"则强调以文来明圣人之道与天地之道,道沿圣而垂文,圣因文而明道,"载道说"也不是人民文学之道。而诗歌的作用无论是兴观群怨,还是经夫妇、成孝敬、厚人伦、美教化、移风俗,都不是以人民为本位的文学而是统治阶级对人民进行教化的工具。而"五四"时期所谓人的文学,强调的是个人本位主义的人道主义的文学,个性解放与启蒙意义是其主要内涵。只是在革命文学兴起后,为第四阶级的文学思想在左翼文学阵营逐渐成为一种文学思潮,随着马克思主义思想的广泛传播与中华民族革命的不断推进,文学的人民性才逐渐在中国文学里树立起来。在国外,人民性的概念在十九世纪的俄国文学中有一些讨论,比如普希金、别林斯基、杜勃罗留波夫等都曾讨论过人民性的概念,一方面主要是指某一个民族特性,另一方面关注下层百姓,特别是指农民的意思,但它主要是一些具有人道主义思想的民主主义革命者对于下层人民的同情,它们还不是以无产阶级人民当家作主意义上的人民的意思。有学者指出:"马克思主义产生以后,人民性获得了新的科学的基石,成了马克思主义美学的基本原则之一",[①]这是十分恰当的论断。新中国确立起的人民文学是我们文学建设最重要的成果,但是在人民文学的实践过程中,也有一些值得注意的问题。

第一是批评作家作品脱离群众的时候出现了泛化、随意化的问题,脱离群众的批评有时候比较牵强。比如《青春之歌》的林道静在海边捡拾贝壳,欣赏大海的美景,这被批评是个人主义,是脱离群众;刘绍棠《田野落霞》中的党员杨红桃在晚霞的余辉中孤独地站立着,这就是脱离群众;流沙河《草

---

① 吴元迈:《略论文艺的人民性》,载李庚、许觉民主编《中国新文艺大系 1976—1982 理论一集》上卷,北京:中国文联出版公司,1988 年,第 444 页。

木篇》中的白杨孤零零地立在平原上就是脱离群众;往前追溯到巴金《爱情三部曲》中的陈真、吴仁民、李佩珠等人物形象,狂热偏激,是脱离群众;路翎《财主的儿女们》中的蒋纯祖注重个人激情,是脱离群众;巴金《激流三部曲》《爱情三部曲》中的觉慧、淑英等的反抗,杜大心、陈真等人的牺牲,也都只属于个人奋斗,没有走真正的群众革命的道路,一直是脱离实际斗争,脱离人民,等等,这样的例子很多。像这样的批评缺乏对于人民性内涵复杂性、多样性的深入分析,似乎只要是个人、个体、个别、单个就缺乏人民性,就是脱离群众,这是对人民性的误解,把脱离群众泛化了。

第二是在礼赞人民的过程中,人民群众的先进性有时候被过分抬高,为了赞扬人民群众而总是贬低知识分子人物,对人民群众自身的弱点比较避讳,这也有些模式化了。比如农民群众总是朴实醇厚,具有解决实际问题的能力,而与之对比的知识分子则总是夸夸其谈,华而不实。《暴风骤雨》中群众出身的党员肖祥,阶级立场鲜明,认识问题清醒尖锐,实事求是,善于走群众路线,具有远见卓识;而知识分子刘胜,则脱离群众、脱离实际,看问题主观。欧阳山的《高干大》里知识分子任常有也是脱离群众、脱离实际,思想机械保守,不受群众欢迎;而群众出身的高干大则了解群众的意见和愿望,从实际出发,办起了医药社、纺织工厂、驮盐运输队等,深受群众欢迎。丁玲的《太阳照在桑干河上》,韦君宜的《三个朋友》等都写了知识分子脱离群众,只有书本知识,而人民群众出身的章品与我的朋友则都沉着稳重,善于解决实际问题。总之,都存在着一个群众与知识分子的比较叙事,在这种比较中,知识分子都不如人民群众先进,广大群众一洗愚昧、落后、麻木等颓势,变成了先进力量的代表,这也成了一个新模式。而写人民群众的落后则容易被批判是歪曲人民群众,这又有些僵化与机械化了。虽然我们也承认人民是不完美的,也是有缺点的,但是人民文学的概念随着时间的推移,突出群众的伟大力量被越来越强化,写人民群众的落后越来越敏感,这种落后描写被视为丑化群众。赵树理的创作曾经被称为"赵树理方向",而到"文化大革命"期间对赵树理这种"丑化"农民、不描写农民先进的做法的批判,也导致作家们对写人民群众缺点变得有点讳疾忌医,大家都不敢写人民群众的缺点了。这一时期我们甚至对鲁迅塑造了落后国民性都有所批评,认为这是他对农民的革命性与先进性认识还不够的结果,比如冯雪峰就指出鲁迅"对于农民的革命性就显然还是估计不足的",对于农民革命"流露了他的某种程度的悲观情绪"。① 这实际上代表了人民价值取向的崛起,是好事;但这也把人民文学带到了另一个极致,这让人民群众形象的真实性、艺术性与典型性变成了一个问题。

第三是强调人民文学集体主义精神时,把集体主义与个人主义之间的矛盾对立看得过于尖锐。为了强调人民群众的集体主义价值取向,我们严厉批评了文学中的个人主义,把个人主义当作文艺中的一个重大问题。邵荃麟1948年在《对于当前文艺运动的意见——检讨、批判和今后的方向》中就指出当前新文艺运动遇到的危机正是人民大众的集体主义意识的涣散,个人主义意识的高扬才招致了文艺的堕落。他说:"我们以为今天文艺思想上的混乱状态,主要即是由于个人主义意识和思想代替了群众的意识和集体主义的思想。"②我们大力强调集体主义,强调在文学中塑造那些把集体利益看得高于一切的典型形象,完全公而忘私的英雄形象。我们强调人民的集体主义精神是完全应该的、正确的。但在强调这一价值的过程中,把集体与个人之间的对立冲突夸大了一些,把个人、个性的情感、性格等都上升到个人主义加以批评,这就有些教条与僵化了。文学本身是个性化最强的活动,文学怕被戴上个人主义的帽子而不敢描写人物的个性风格,文学在个性、情感、个人风格等方面缩手缩脚,这造成了文学概念化、口号化与公式化,变成干巴巴的空洞与抽象,从而作品审美的艺术性减弱了。

---

① 冯雪峰:《雪峰文集》第2卷,北京:人民文学出版社,1983年,第446页。
② 邵荃麟:《邵荃麟全集》第1卷,武汉:武汉出版社,2013年,第145页。

　　第四是在充分重视人民文学的历史情境方面还不够。我们运用人民文学的标准重新评价中国两千多年的文学史，因此很多作家作品被批评缺乏人民性，脱离人民群众，这存在着没有充分重视人民性的历史情境的问题。比如田汉创作的《谢瑶环》被批评是对封建统治阶级的最高头子和决策人武则天的美化，丧失了人民性。因为我们当时按照简单的阶级出身来分析，认为武则天是一个封建统治阶级的皇帝，她本人就是一个最高、最大的豪门贵族，她不可能与豪门贵族作斗争，不可能站在人民的立场，[1]所以田汉剧中描写的武则天痛恨豪门贵族兼并土地，痛恨武宏走上豪门贵族的老路，痛恨武三思和来俊臣诬陷谢瑶环，以至杀了武宏和来俊臣，贬了武三思等情节，这些都是虚伪的，是对封建皇帝的美化，是违反历史真实的。像这样因人物的身份而否定了武则天可能有为民着想的一面，从而否定整部文学作品，没有充分重视人民性的丰富内涵，没有重视并回到当时的历史情境之中，有简单化的嫌疑。其他对古代文学人物形象的分析也有类似的弊端。同样，对资产阶级、小资产阶级人物形象的分析时也常有这种现象。比如影片《林家铺子》就被批评美化了资产阶级，因为影片中林老板和店员、学徒之间的关系显得和谐一致，毫无矛盾，林老板一家和店员、徒弟和和气气，像一家人似的同桌吃饭，老板娘在店员忙得没时间吃饭时还主动送来点心；影片中还一再说林老板做生意勤快，对人很客气，不失为一个"好人"。像林老板这样的资产阶级老板应该是嗜血如命的，但影片却把他描述成一个"好人"，批评者认为这是犯了阶级调和论，丧失了人民的立场[2]。类似的批评很多，这是在运用人民立场、人民文学进行批评的过程中，没有充分注意文学中人物形象的复杂性，没有充分注意人民性内涵的丰富性以及具体历史情境的复杂性所致。

　　在我们今天看来也许当时文学领域人民性批评的操作有其失之偏颇的

① 何其芳：《评〈谢瑶环〉》，《文学评论》1966年第1期。
② 杨耀民：《反对美化资产阶级，反对阶级调和论——评影片〈林家铺子〉》，《文学评论》1965年第3期。

地方,可以看出那时候我们一以贯之的人民文学的价值观,看出我们对人民性的高度重视。以人民为价值核心,这一方向是正确的,是必须坚持的,是不能动摇的。至于文学中该如何艺术地表现人民性,如何实现人民性与审美性的完美融合,这是可以探索的。

## 第三节　十七年新人形象与文学的先进性

十七年文学确立起了塑造新人形象的重要任务。1949 年,一个全新的社会主义新中国屹立在世界的东方。新中国的一切都是新的,翻身做了主人的人民群众是这个国家的新人,新中国的文学自然是以表现这个社会主义国家的新人作为自己最中心的任务。

### 一、塑造新人形象任务的确立

周扬 1951 年在《坚决贯彻毛泽东文艺路线》的报告中则说:"我们的文艺作品必须表现出新的人民的这种新的品质,表现共产党员的英雄形象,以他们的英勇事迹和模范行为,来教育广大群众和青年。这是目前文艺创作上头等重要的任务。"[①]周扬这里提出文学要以表现"新的人民"的英勇事迹和模范行为为头等重要的任务。而 1958 年在中共河北省委宣传部召开的文艺理论工作会议上的讲话中,周扬又提出:表现新时代新人物是我们这一代文学家的历史任务。[②] 从中我们可以看出当时文学的"头等重要任务""最重要的""最中心的"任务就是塑造新人形象,塑造新人形象成了新中国十七年文学的一个中心任务。

事实上创造新人形象在延安文学时期就是整个文学界头等重要的任

---

① 周扬:《周扬文集》第 2 卷,北京:人民文学出版社,1985 年,第 59 页。
② 周扬:《周扬文集》第 3 卷,北京:人民文学出版社,1990 年,第 35 页。

务。毛主席在《在延安文艺座谈会上的讲话》里就提出文学应该表现新人的主张，他指出："到了革命根据地，就是到了中国历史几千年来空前未有的人民大众当权的时代。"①这里的人民是"新的群众"，我们的作家"必须和新的群众相结合，不能有任何迟疑"，②要写出的新的人物，"大后方"的读者希望革命根据地的作家告诉他们"新的人物""新的世界"。而在新中国成立之初对《武训传》的批评中，毛主席指出很多人之所以赞扬武训那样的人，是因为作者们不去研究新的社会经济形态、新的阶级力量与新的人物和新的思想，实际上再次提出了要重视描写新人的问题。毛主席强调文艺上的"推陈出新"，对舞台上那些旧时代的帝王将相、才子佳人多次表示不满，要求用新形式表现当前时代的新人，可以说毛主席一直高度重视文学要描写人民大众的新人问题，这是新中国文学一直致力于表现新人的动力。③

　　毛主席《在延安文艺座谈会上的讲话》发表后，延安作家们就纷纷对照自身缺点，改造旧文艺，开始了表现工农兵新人新生活的文学创作之路，延安文学也为之面貌一新。何其芳、丁玲、周立波、刘白羽、陈学昭等都发表文章深刻反省自己内心深处的小资产阶级立场，表示要对工农群众"缴械投降"，告别自己的过去，真正融入新的人民群众的文艺中去。作家们纷纷深入到群众中去体验生活，解放区文艺中掀起了一次表现新的群众时代的新人新事的文艺运动。周扬1944年春节观看了延安秧歌剧后发表了《表现新的群众的时代——看了春节秧歌以后》，他认为延安秧歌剧的"这些节目都

①　毛泽东：《毛泽东选集》第3卷，北京：人民出版社，1991年，第876页。
②　毛泽东：《毛泽东选集》第3卷，北京：人民出版社，1991年，第876页。
③　新中国文学全力塑造新人，在"双百"方针时期也曾提出不反对塑造"旧人"。1956年4月27日，毛主席在中南海勤政殿主持中共中央政治局扩大会议，陆定一在发言中谈到文艺问题时说，要写新人物，但写一些老人物也可以。毛主席说《十五贯》应该到处演，戏里边那些形象我们这里也是很多的，那些人现在还活着，比如过于执，在中国可以找出几百个来。中共中央文献研究室编《毛泽东年谱1949—1976》第2卷，北京：中央文献出版社，2013年，第569页。当然随着反"右派"斗争的迅速发展，这种也可以写旧人的说法很快不提了。

是新的内容,反映了边区的实际生活,反映了生产和战斗,劳动的主题取得了它在新艺术中应有的地位。"①表现新政权下觉醒的人民大众这样的新人开始成为解放区文学的自觉追求。柳青的《种谷记》,丁玲的《太阳照在桑干河上》,赵树理的《小二黑结婚》等都是解放区表现新的人民群众的新文学,像小二黑、小芹这样开始掌握自己的命运,懂得为更好命运而斗争的新农民形象正是解放区文学塑造新人的杰出成果。这些富有生活泥土气息的小说与《莎菲女士的日记》《幻灭》《动摇》以及《边城》一类的文人气的作品相比,完全是一种新的气质,新的味道。这种新艺术具有"新的主题""新的人物"与"新的语言、形式",它们写的是人民新的国民性,而且采用的是民族、民间的大众化形式,带有浓厚中国作风中国气派的新艺术正在形成。在这些新艺术中一大批人民群众的新人形象扑面而来,新中国文学进入了一个"人民新人"的时代。

新中国文学的核心是表现工农兵的新人形象。一个沸腾的全新的社会主义中国为文学提供了各种各样新题材和新主题,各行各业涌现了大量建设社会主义的新人,我们的文学作品中也由此出现了大量新的人物,比如解放军和志愿军的战斗英雄、工厂和农村的劳动模范,以及新型的妇女和儿童等,他们不是过去作品中那种被奴役、被压迫、被剥削的形象,而是新生活的主人翁、新中国的创造者的形象,他们身上反映出中国人民高贵的革命品质和崇高的道德信念。作为农民的新人形象,他们除了传统的勤劳、善良、朴实等优秀品质以外,最重要的是他们普遍具有了新的集体主义精神、社会主义的觉悟,反对资本主义的道路以及顽强的反抗精神。康濯的《春种秋收》被称为农村社会主义新人物的颂歌,"是作者对于农业合作化中涌现出的第一批新人物的颂歌"②。这些农民新人具有了社会主义新社会的优秀品质,

---

① 周扬:《周扬文集》第 1 卷,北京:人民文学出版社,1984 年,第 437 页。
② 李希凡:《李希凡文集》第 4 卷,上海:中国出版集团·东方出版中心,2014 年,第 229 页。

如《放假的日子》里的喜奎老汉,总是忘不了欠合作社的几十斤黑豆;《竞赛》里的张万连在劳动竞赛中主动把自己的犁铧送给对手;《在白沟村》里的放牛娃白成茂在新社会里不到几年就从一个"笨人"变成了有文化、能够看书看报的新人;《创业史》中的农民新人梁生宝则是:"朴实,正直,大公无私,燃烧着伟大的理想但又融合着脚踏实地的艰苦奋斗的精神,这一切优秀的品质构成了梁生宝性格的晶莹闪光的内容。"①作为革命农民的代表,《红旗谱》中的朱老忠身上体现的则是农民不屈的斗争精神,这些农民新人成了熠熠生辉的人物形象,闪耀着集体主义的光辉。

　　作为新中国文学新人的革命战士,他们具有大无畏的牺牲精神,高昂的革命英雄主义精神与远大的共产主义理想。1950 年周扬在剧本《长征》的座谈会上谈到塑造新的革命英雄人物的时候指出,必须表现新英雄人物坚强、乐观、勇敢的精神,对于牺牲、悲惨、感伤的一面应当适当避免,这可以说是新英雄人物的总基调。《林海雪原》的杨子荣表现了解放军战士革命英雄主义的崇高品质和机智勇敢的无畏精神;《保卫延安》的周大勇,《红岩》的江竹筠、许云峰等英雄形象,他们身上都洋溢着革命的豪迈激情,显示了革命者为理想燃烧着的不屈不挠的崇高品质。《不死的英雄》中的王西阑,《上甘岭》中的石东根,《党费》中的黄新,《董存瑞》中的董存瑞,《英雄儿女》中的王成,《万水千山》中的李有国,《狼牙山五壮士》中的"五壮士",《红日》中的沈振新,等等,这样的革命英雄战士形象不计其数,他们翻雪山、过草地,对革命事业都是忠贞不二、立场坚定、意志刚强、视死如归,他们都是新英雄战士的优秀代表。巴人曾经在其《积极的典型与新英雄》中指出:长期的中国革命斗争,在中国已经培养出一批新的人物、新的性格,这跟新的社会,新的文化是分不开的,这性格的基本特征是对革命忠诚,党性已经成为人的性

---

① 李希凡:《李希凡文集》第 4 卷,上海:中国出版集团·东方出版中心,2014 年,第 186 页。

格中主要而不可分的一部分。① 作为长期革命培养出来的新人,他们最突出的品质就是他们的革命性与党性。歌颂新人的另一个代表作是《欧阳海之歌》,郭沫若称这部作品"是毛泽东时代的英雄史诗,是无产阶级革命的凯歌,是文艺界树立起来的一面大红旗。它不仅是解放以来,而且是延安文艺座谈会以来的一部最好的作品,是划时代的作品。"②这样一部典型作品塑造的新英雄欧阳海被称为不折不扣的共产主义战士,他的优秀品质被郭沫若认为是:"一不为名、二不为利,一不怕苦、二不怕死,一心为革命、一切为革命,毫不利己、专门利人的典型的英雄形象。"③大无畏的牺牲精神与共产主义的理想是新英雄先进品质中最重要的品质。

作为先进的工人阶级的新人形象,他们具有的是集体主义精神与革命乐观主义的精神,胸怀祖国,胸襟坦荡,在生产岗位上敢于创新,锐意进取,无私奉献,艰苦奋斗,全心全意为人民服务。周扬1950年在《论〈红旗歌〉》中指出,描写工业生产战线的英雄需要描写他们:"在生产竞赛中必须强调个人模范与集体模范相结合,先进的帮助落后的,英雄带动大家,这才是真正新的集体主义的英雄主义。"④《火车头》《原动力》《铁水奔流》《百炼成钢》《五月的矿山》《钢铁动脉》《共产主义的火花》《上海的早晨》等都为我们描绘出一幅幅工人阶级新人、先进人物为了祖国富强而在工业战线艰苦奋斗的壮丽图景。胡万春所著的《青春》中的技术员李小刚说:"一个人活在世界上,把娱乐作为生活中最主要的东西,那太不值得了",⑤他把自己所有时间,全部精力都奉献给了工厂的生产,把别人跳舞娱乐的时间都拿来加班

① 巴人:《文学论稿》,上海:新文艺出版社,1957年,第475页。
② 郭沫若:《毛泽东时代的英雄史诗——就〈欧阳海之歌〉答〈文艺报〉编者问》,载洪子诚编《二十世纪中国小说理论资料1949—1976》第5卷,北京:北京大学出版社,1997年,第554页。
③ 郭沫若:《毛泽东时代的英雄史诗——就〈欧阳海之歌〉答〈文艺报〉编者问》,载洪子诚编《二十世纪中国小说理论资料1949—1976》第5卷,北京:北京大学出版社,1997年,第556页。
④ 周扬:《周扬文集》第2卷,北京:人民文学出版社,1985年,第25页。
⑤ 胡万春:《青春》,载胡万春《谁是奇迹的创造者》,上海:上海文艺出版社,1958年,第87页。

工作,为了改进技术、多生产产品而忘我劳动,为了祖国的社会主义事业而废寝忘食,这就是我们新的无产阶级工人的先进形象。而《谁是奇迹的创造者》中的钢铁工人老洪、钢铁厂罗厂长、许工程师、钢厂的张书记以及新方法方案执笔人王小毛等人,他们创造出了在世界冶金工业中都是一个奇迹的崭新的冶炼方法——"熔炼后期兑铁水",但他们都不计名利,都不把这个创新方法的功劳归于自己,而只是艰苦奋斗,默默奉献,他们是新一代工人形象的代表。

这些工农兵的新人形象,他们最可宝贵的品质表现在他们绝不会被任何困难所吓倒,也绝不会满足于已经取得的胜利而停步不前。他们抱着共产主义远大理想进行着伟大的社会主义革命与建设事业,为了崇高的理想而艰苦斗争,他们永远在前进,永远走在生活的最前面,他们是社会主义的、共产主义的新人、新英雄,是推动时代前进的先进力量。这与过去文学作品里那些英雄所谓的"忠义"之道,"仗义疏财""劫富济贫""济困扶老""路见不平,拔刀相助"的朴素道德感与江湖义气相比,是一种全新的境界;与过去文学作品中那些英雄形象反对"贪官污吏",反对"奸臣","反叛朝廷"等所谓革命斗争相比,我们文学作品中的新英雄的先进人物是一种更高的精神境界。周总理1959年在庆祝新片展览月招待会上的讲话中曾经说:"我们新社会里的新人新事,新的英雄,是富有劳动的精神、战斗的精神、集体的精神、向上的精神的,电影首先要反映这些新的英雄、新的事物。"①周总理概括的这"四种精神"正是我们社会主义文学中塑造的新人、新英雄的共同品质,新中国文学中的这些新人是崇高理想和实干精神的完美结合。

这些处处显示出理想主义光彩的新人形象,当然有艺术的集中概括、提炼加工与综合提高,但他们是时代精神的体现,符合生活的逻辑与艺术的逻

---

① 周恩来:《在庆祝新片展览月招待会上的讲话》,载文化部文学艺术研究院编《周恩来论文艺》,北京:人民文学出版社,1979年,第73页。

辑,并非不真实,正如严家炎先生曾指出的:"社会主义文学的根本任务和两结合的艺术方法,都要求我们塑造的新英雄人物能够强烈地体现无产阶级和革命人民大无畏的彻底革命的时代精神,给读者以共产主义思想教育和巨大鼓舞。"①新中国文学中这些具有崇高品质的新人是新社会与新文学要求的必然结果,是历史的必然与文学的必然。而塑造社会主义新人这时候已经被看作了社会主义文艺的根本性质之所在。周扬1960年在第三次文代会上做了题为《我国社会主义文学艺术的道路》报告,他指出:"我们的社会主义文艺是同那些为帝国主义、反动派服务的文艺势不两立的。同资本主义的没落、颓废的文艺相对照,我们的文艺是革命的、生气勃勃的文艺,是鼓舞劳动人民起来改造世界、进行革命斗争的文艺。这种文艺描绘了广阔的人民的世界,表现了劳动群众的伟大斗争,反映了社会主义新世界的兴盛,反映了共产主义新人的诞生和成长。"②以此看来,塑造具有共产主义理想的一代新人正是新中国文艺的本质之所在。

在全力描写工农兵新人新事的思潮之下,那些以"知识分子新人"为对象的作品则主要写知识分子对自身缺点的克服,写知识分子成长转变为革命战士的过程,最典型的就是杨沫《青春之歌》中林道静的成长,《我们夫妇之间》中的李克,《红豆》中的江玫等都是当时的知识分子新人,但这些知识分子新人因为自身的知识分子特性都受到过批评。当然那些描写"旧人旧事"的作家作品就更容易受批评了,比如赵树理描写落后群众的做法被批评是专注于旧人旧事,丑化群众,魏天祥就批评赵树理作品中落后人物满天飞,对贫下中农和基层干部竭力丑化。他认为赵树理对"旧人旧事"和"新人新事"有着截然不同的感情和立场,实质上是反对文艺工作者着意地去熟悉

---

① 严家炎:《梁生宝形象和新英雄人物创造问题》,载洪子诚编《二十世纪中国小说理论资料1949—1976》第5卷,北京:北京大学出版社,1997年,第489页。

② 周扬:《我国社会主义文学艺术的道路》,《中国戏剧》1960年第Z1期。

新人新事、突出地塑造无产阶级的英雄人物。① 这样,写人民群众的缺点变成了反对写新人,成了落后的事情。在十七年时期因为描写了工农兵的缺点而被批评为丑化正面人物、美化反面人物的作家作品有很多,从《我们夫妇之间》到《赖大嫂》,从《林家铺子》到《不夜城》,从《田野落霞》到《山河志》,从《我们的力量是无敌的》到《洼地上的战役》,等等,都因为写了工农兵的缺点而被批评。这就把写新人、写先进与写落后对立起来,导致写新人的概念化与口号化,新人形象不够丰满,导致写新人的作品反映社会矛盾的深刻性、复杂性减弱,这种僵化的做法当然不利于文学的丰富与发展。所以如何把表现新人的先进性与其艺术性圆满融合,这是一个有待深入的问题,但这些新人本身确实是一个崭新的社会主义国家里人民新的精神面貌的真实记录,而文学也因此与社会的进步保持了同步。

## 二、新人形象的流变

中国百年来的文学有三次比较集中地描写新人的追求。第一次是在晚清至"五四"阶段,文学界有了强烈的描写新人的要求;第二次是《在延安文艺座谈会上的讲话》发表到"文化大革命"这段时期,我们确立了塑造工农兵新人"新英雄"的中心任务;第三次是改革开放以来,随着第四次文代会的召开,我们又兴起了一股塑造"社会主义新人"的热潮。这三个时期都是现当代中国变化最大、最深刻的时期,中国现当代文学在每一次时代巨变的重要时刻都能够通过及时书写新人形象来捕捉时代的先进理想,与时代前进方向保持一致,以此推动社会的进步,保持自身与时俱进的先进性,这是中国现当代文学的优秀品质与鲜明特色。三次集中的新人叙事是文学回应时代巨变的自觉要求,是对每一个新的时代前进方向的审美反映,而且与社会的

---

① 魏天祥:《赵树理是反革命修正主义文艺路线的"标兵"》,载复旦大学中文系《赵树理研究资料编辑组》编《中国当代文学研究资料·赵树理专集》,福州:福建人民出版社,1981 年,第 501 页。

三次大进步保持同步。这些新人的内涵虽然不尽相同,而且难免有一些概念化的不足,但他们都是所在时代精神的集中体现,是其所在时代的先进人物,他们也因此具有了典型性与艺术的真实性。文学新人形象的世纪变化正是中国百年来时代思想范式变化的生动写照,为我们勾勒出了一幅历史的生动画卷,具有重要的价值。

在汉语语境中,新人一词本身并不陌生。中国古代诗词里就经常出现新人一词,如汉乐府里著名的《上山采蘼芜》就有一连串新人和故人的对比:"长跪问故夫,新人复何如?新人虽言好,未若故人姝。颜色类相似,手爪不相如。新人从门入,故人从阁去。新人工织缣,故人工织素。"①这里的新人就是相对于前任而言的新媳妇的意思,并没有什么特别的所指。而我们这里所说的中国百年来文学里的新人则是指感受时代风气之先的人,是他所在时代的先进人物,这里的新人是具有新思想、新品质的人物,不是一般意义上新来的人的意思。正如有学者指出的那样:"新人就是具有他所处的那个时代的先进理想,能够站在时代潮流的前列,反映时代的要求,体现了时代前进趋势的先进人物。各个时代都有一批代表着那个时代的先进人物,即时代的新人出现。"②中国百年来文学第一次比较集中地表现新人的热潮出现在晚清至"五四"时期。

## (一)启蒙与革命的新人

晚清以来呼唤新人来拯救国家危亡的呼声伴随着内忧外患的加剧而爆发出来。晚清以来半殖民地半封建的旧中国遭受帝国主义、封建主义与官僚资本主义的蹂躏,国家四分五裂,人民水深火热,灾难深重的民族强烈期待具有新思想的能人志士来拯救中国,这时候对新人的呼唤与期待成了时

① 逯钦立辑校《先秦汉魏晋南北朝诗》上册,北京:中华书局,1983 年,第334 页。
② 缪俊杰:《关于塑造社会主义新人形象的几个问题》,载李庚、许觉民主编《中国新文艺大系 1976—1982 理论一集》下卷,北京:中国文联出版公司,1988 年,第357 页。

代共同的心声,渴望新人的出现成了时代的集体无意识,人们把拯救民族危亡的希望寄托在了新人身上。作为中国思想界的"盗火者"严复在《原强》中敏锐地指出中国今日的积弱不振人人都能看得出,必须标本兼治,所谓"标"就是收大权,练军实,而"至于其本,则亦于民智、民力、民德三者加之意而已。果使民智日开,民力日奋,民德日和,则上虽不治其标,而标将自立。"①思想界已经认识到必须有新的"民智、民力、民德"才是救国之本,这就是要有新的人民出现,所以梁启超提出当时中国第一急务就是"新民"。他说:"新民为当务之急……苟有新民,何患无新制度,无新政府,无新国家。"②在当时的有识之士看来,要令国家富强,首要的就是要有一大批接受新思想、新观念的新人来打破那铁桶般的沉寂,整个时代风潮都在呼唤有新灵魂的豪杰之士来拯救中国,鲁迅先生当时批评旧的国民性而别求新声于异邦,寻找摩罗精神的战士来挽狂澜于既倒,就是要寻找新人来拯救中国。

　　"五四"新文化运动是这股寻求新文化,创造新人启蒙思潮的高峰。新文化运动的目的正是要创造中国的新政治、新经济、新道德、新观念、新人民、新社会。新文化运动的重要刊物《青年杂志》变为《新青年》,就是希望青年们成为新的青年,成为一代新人。那么这个新人有什么特点呢? 陈独秀在其《新青年》一文中指出新青年应该在生理与心理上都与旧青年不同,生理上不能再做旧青年那样的"白面书生",而要像欧美青年那样"面红体壮";而心理上则要杜绝旧青年满脑子的"做官发财"的思想,"头脑中必斩尽涤绝彼老者壮者及比诸老者壮者腐败堕落诸青年之做官发财思想,精神上别构真实新鲜之信仰,始得谓为新青年而非旧青年"③。而《新青年》的宣

---

①　刘梦溪主编《中国现代学术经典·严复卷》,石家庄:河北教育出版社,1996 年,第 550 页。

②　梁启超:《论新民为今日中国第一急务》,载张岱年、敏泽主编《回读百年:20 世纪中国社会人文论争》第 1 卷,郑州:大象出版社,1999 年,第 933 页。

③　陈独秀:《新青年》,载任建树、张统模、吴信忠编《陈独秀著作选》第 1 卷,上海:上海人民出版社,1993 年,第 185 页。

言则是创造政治、道德、经济上的新观念,树立新时代的精神,适应新社会的环境。它明确宣告:"我们理想的新时代新社会,是诚实的、进步的、积极的、自由的、平等的、创造的、美的、善的、和平的、相爱互助的、劳动而愉快的、全社会幸福的。"①总之,一切都是新的。以科学、民主为核心思想的新文化开始成为一代中国人的新理想、新目标,一代具有启蒙精神的新人也由此开始成为时代的主人。

晚清"五四"时代的文学新人背负的就是这样一种时代使命,他们具有的新品质正是这样一种除旧布新的先行意识,他们第一是对旧中国的传统具有强烈的反抗精神,像"狂人"那样看出传统文化吃人的一面;第二是追求独立的个性与解放,像娜拉一样追求个人主义的觉醒;第三是具有西方现代的知识视野,能够随口说出一些西方的人名与概念;第四是具有青春的热情,正如郭沫若在《天狗》中所呐喊的那样:"我如烈火一样地燃烧!我如大海一样地狂叫!我如电气一样地飞跑……我便是我呀!我的我要爆了"②,这一代新人具有一种新文化带来的激情,"五四"新青年这种自我中心主义的个性与激情具有一种狂飙突进的浪漫精神、理想主义精神。"五四"时期以劳工问题、子女问题、家庭问题、伦理问题、教育问题、国家问题等为中心的"问题小说",正是一代新人觉醒后的反思与追问。丁玲、冰心、陈衡哲、茅盾等都塑造了不少现代新女性的形象,正如丁玲在其《韦护》中所说"她们都是新型的女性"③,这些新女性是当时一些受到新式教育、外国思想影响的都市小资产阶级的人物,她们一般都具有反抗家庭束缚的思想,追求自由恋爱,具有新的性爱伦理观念,受过新式教育,拥有新的知识视野,如茅盾《幻灭》中的新人抱素、慧女士随口说出一些时髦的词汇如"克鲁泡特金""巴

---

① 陈独秀:《〈新青年〉宣言》,载任建树、张统模、吴信忠编《陈独秀著作选》第 2 卷,上海:上海人民出版社,1993 年,第 40 页。

② 郭沫若:《天狗》,载郭沫若《女神》,北京:人民文学出版社,1958 年,第 57 页。

③ 丁玲:《丁玲文集》第 1 卷,长沙:湖南人民出版社,1983 年,第 7 页。

黎"等,而郁达夫小说中的新人则捧着华兹华斯、艾默生或者海涅的诗集。同时这些新人的外貌打扮上也很"摩登",如田汉《三个摩登女性》中的人物打扮就争奇斗艳,这些"摩登女性"就是当时文学作品中的新人。鲁迅先生《伤逝》中的涓生与子君都是当时新人的代表,他们有着新思想,反对传统文化,追求个性与自由恋爱,头脑里装着外国的大文学家,涓生在破屋子里谈的是反对家庭专制、打破旧习惯以及男女平等问题,同时畅谈伊孛生、泰戈尔、雪莱等大文豪;而子君分明而坚决地说:"我是我自己的,他们谁也没有干涉我的权利!"①这无异于是"五四"这一代新人独立觉醒的宣言,是他们反抗传统束缚的精神独白,这些新人代表着当时社会进步的方向,是先进思想的代表,个性解放与自觉是这些新人的核心精神。用周作人的话来说,这时候的文学是所谓"人的文学"与"平民的文学"。

　　对于现代中国来说,精神上觉醒的一代新人当然非常重要,但面对半殖民半封建的旧中国,更为重要的是要有切实的行动去推翻旧制度,赶走外国侵略者,这样投诸实践的人是新的时代最需要的新人。近代以来,从技术救国到文化救国,从变法救国到科学救国,我们最终找到了武装革命的救国道路。伴随着马克思主义的广泛传播,优秀的中华儿女逐渐认识到武装革命才是建立独立自主的现代化强国的首要道路,由此阶级革命、民族解放的战争逐渐成为整个社会价值谱系中的最高价值,武装革命也就取代了启蒙成为最紧迫的事情。郁达夫1928年8月曾经在《语丝》上撰文不无调侃地指出:现在革命最流行,在无论什么名词上面,加上一个"革命",就可以出名,如革命文艺,革命早饭,革命午餐,革命大小便。② 这一说法虽然有一些调侃,但我们也可以从中看出在二十世纪二十年代中后期革命思想的流行与广泛传播。随着军阀割据、外敌入侵日益严重,人民大众的阶级革命、武装

---

① 　鲁迅:《鲁迅全集》第2卷,北京:人民文学出版社,2005年,第115页。
② 　吴秀明主编《郁达夫全集》第10卷,杭州:浙江大学出版社,2007年,第447页。

斗争思想逐渐成为二十世纪三十年代以来最重要的话语范式。我们寻找的救国之路也从文化革命转移到武装革命的道路上来了，文学也由此进入了轰轰烈烈的革命文学的时代。茅盾当年因为在《蚀》三部曲中塑造了幻灭的小资产阶级，不够革命而受到落伍的批评；连鲁迅在革命文学的热潮中都被批评响应革命不积极，被太阳社诸君批评为落伍，可见激进的革命思想已经广为传播了。一代青年人已经像巴金《家》里的觉慧一样逐渐觉醒，从家庭走出，走上了革命反抗的道路。

这时候塑造勇于参加武装革命的新人、新英雄成了革命文学的使命，更为重要的是表现已经发动起来的无产阶级劳苦大众，把他们作为文学新人的主角成了文学紧跟时代前进步伐必须做的事情。大力倡导革命文学的蒋光慈1928年在其《论新旧作家与革命文学——读了〈文学周报〉的〈欢迎太阳〉以后》一文中指出："中国文坛已进入了一个新的时代。新的时代一定有新的时代的表现者，因为旧作家的力量已经来不及了。"①蒋光慈所说的"新作家"是指大力描写革命战争的作家，而那些旧作家则还在做着他们风花雪月的梦。这时候那些积极参加革命的工农大众开始进入革命文学的视野，成了文学的新人。蒋光慈的《新梦》《少年漂泊者》《短裤党》《咆哮了的土地》等都是以劳苦大众的革命作为主题，塑造的人物形象完全不是过去那种感伤忧郁的小资产阶级知识分子，而是具有革命意识的劳苦大众的新人，这些作品极大地鼓舞了人民的革命斗志。习仲勋、胡耀邦、陶铸等老一辈革命家都曾经谈到他们受了《少年漂泊者》的影响而走上革命道路的经历。这些反映无产阶级革命的小说已然成为新小说，比如同时期丁玲的《水》就被称为"新小说"，冯雪峰1932年在《北斗》发表的《关于新的小说的诞生——评丁玲的〈水〉》指出："新的小说家，是一个能够正确地理解阶级斗争，站在工农大众的利益上，特别是看到工农劳苦大众的力量及其出路，具有唯物辩证

---

① 方铭、马德俊主编《蒋光慈全集》第6卷，合肥：合肥工业大学出版社，2017年，第84页。

法的方法的作家！这样的作家所写的小说，才算是新的小说。"①用无产阶级的视角反映工农大众阶级革命与斗争的小说是新小说，这时候的文学新人已经从小资产阶级知识分子变成了革命的劳苦大众。

　　一种新的观念已经形成，那就是文学应该表现那些为了国家、为了民族而战的劳苦大众，他们才是时代真正的新人与英雄。胡乔木1936年2月在《时事新报》发表《新的题材，新的人物——读萧军的小说〈八月的乡村〉》中就称赞萧军《八月的乡村》的成功在于"带给了中国文坛一个全新的场面""新的题材，新的人物，新的背景"②。这个"新"的核心是第一次让读者看到了满洲革命战争的真实图画，认识到了为自由而战的战士们的人民英雄的精神。那些为了中华民族独立解放的人民战士是新人的主角，那些武装起来的工农大众是新人的主角。抗日战争的爆发，像这样武装起来的千千万万抗日英雄更是时代的中流砥柱，更是这个社会真正的新人。周扬1938年在《我所希望于〈战地〉的》中提出，他所寄希望于文学的就是要表现："抗战怎样在改变着这东方古老的民族，怎样在发挥出它内部蕴藏着的力量，怎样在产生着新的民族英雄的典型。"③这时候描写那些守土卫国的民族英雄，记录他们英勇壮烈的事迹，便是作家最神圣的使命。他提出："表现抗日英雄的典型是我们作家的一个最光荣的任务。"④在伟大的抗日战争中，文学中的新人自然是那些为了保家卫国、不怕牺牲的抗日民族英雄们。这些新人形象最可贵的品质就是为了民族的尊严和人民的幸福而出生入死，英勇善战。他们是《新儿女英雄传》中像牛大水、杨小梅一样平凡而伟大的革命新人，是中华民族的新儿女。这一时期文学的新人是和建立一个新的民族国家联系

①　冯雪峰：《关于新的小说的诞生——评丁玲的〈水〉》，载吴福辉编《二十世纪中国小说理论资料1928—1937》第3卷，北京：北京大学出版社，1997年，第170页。
②　《胡乔木传》编写组编《胡乔木谈文学艺术》，北京：人民出版社，1999年，第18页。
③　周扬：《周扬文集》第1卷，北京：人民文学出版社，1985年，第230页。
④　周扬：《周扬文集》第1卷，北京：人民文学出版社，1985年，第248页。

在一起的。

### （二）社会主义现代化建设的新人

新中国文学因为十年"文化大革命"而出现了萧条，毛泽东 1975 年在与江青的谈话中说："党的文艺政策应该调整一下，一年、两年、三年，逐步逐步扩大文艺节目。缺少诗歌，缺少小说，缺少散文，缺少文艺评论。"①文艺这种困境随着"文化大革命"的结束而得到了根本的改变。党的十一届三中全会以来，中国步入了思想解放、拨乱反正的新时期，国家的各项政策开始了调整，改革开放为中国插上了再次腾飞的翅膀，我们又进入了一个热火朝天的社会主义现代化建设新时期。正是在这样改革开放的背景下，文学也从阶级斗争的工具中解放出来，第四次文代会向全国文学艺术工作者提出了表现"社会主义新人"的要求。邓小平在《在中国文学艺术工作者第四次代表大会上的祝辞》（以下简称为《祝辞》）中指出："我们的文艺，应当在描写和培养社会主义新人方面付出更大的努力，取得更丰硕的成果。要塑造四个现代化建设的创业者，表现他们那种有革命理想和科学态度、有高尚情操和创造能力、有宽阔眼界和求实精神的崭新面貌。要通过这些新人的形象，来激发广大群众的社会主义积极性，推动他们从事四个现代化建设的历史性创造活动。"②正是伴随着轰轰烈烈的改革开放事业，我们的文学又踏上了表现社会主义改革者、创业者新人形象的道路。这时候的"社会主义新人"相比于过去的无产阶级英雄来说，题材更广泛了，那些在生产劳动、社会生活方方面面具有社会主义新气质的人，具有社会主义思想觉悟、站在时代改革创业潮流前列的先进人物都是这时候的新人。邓小平在《祝辞》里将这些社会主义新人的"崭新面貌"概括为六个方面，第一是"革命理想"，第二是"科

---

① 中共中央文献研究室编《毛泽东文集》第 8 卷，北京：人民出版社，1999 年，第 443 页。

② 邓小平：《在中国文学艺术工作者第四次代表大会上的祝辞》，载中共中央文献研究室编《三中全会以来重要文献选编》上册，北京：人民出版社，1982 年，第 265 页。

学态度",第三是"高尚情操",第四是"创造能力",第五是"宽阔眼界",第六是"求实精神",这六种新品质概括起来就是思想政治方面具有"革命理想"与"高尚情操";在业务能力方面则具有"科学态度""创造能力""宽阔眼界"与"求实精神",强调了新人作为社会主义现代化建设者应具备科学与创造能力。

第四次文代会后,文学界掀起了一场塑造社会主义新人的热潮,一大批社会主义新人形象涌现出来。正如陆贵山在《塑造新人形象和反映社会矛盾》中曾经指出的那样,党的十一届三中全会以后,各条战线都涌现出一批批具有社会主义觉悟和实践精神的社会主义新人,所以文学要塑造新人形象,从"伤痕文学"到"反思文学"到"变革文学"再到"寻根文学"都在试图塑造新人形象,这是文学自觉反映社会生活、融入社会的必然结果。① 这些具有社会主义觉悟的新人最典型地表现在当时的"改革文学"上,如《乔厂长上任记》中的乔厂长,《三千万》中的丁猛,《开拓者》中的车篷宽,《船长》中的贝汉廷,《泪痕》中的朱克实等,他们都是新时期社会主义新人的典型形象。乔厂长保持了革命战争年代中的革命热情与拼命精神,又具有新时代共产党人的高度事业心与责任心,为祖国的电机工业打一场翻身仗而兢兢业业,将理想与实干结合在一起,不是蛮干苦干而已,而是具有现代化的技术知识修养与社会主义的高尚理想的完美结合的社会主义新人。《三千万》中的轻工业局长同不正之风坚决斗争的精神让我们看到了他作为一个社会主义建设者的凛然正气。其他如《泪痕》中的朱克实,《信任》中的罗坤,《内当家》中的李秋兰,在"拨乱反正,继往开来"的特殊时期表现出革命激情与现代眼光,宽阔胸襟与豪迈气魄,高尚人格与科学态度,他们这种精神正是时代所需要的社会主义新人应该具有的特质。这些社会主义新人在新的形势下敢于解放思想,大胆贯彻执行党的路线、方针与政策,一心一意钻研科学技术,

---

① 陆贵山:《塑造新人形象和反映社会矛盾》,《文学评论》1981 年第 4 期。

敢于用新的管理方法来管理工农业生产,勇于改革、锐意进取,善于扭转被动局面,在平凡的岗位上为社会主义现代化事业作出了卓越贡献,他们是改革开放时代的标兵,是社会主义的新人。这些新人最突出的特征就是具有现代的科学态度、科学意识与实干创业的拼搏精神。这时候的新人强调的是"四化"建设的新人。

当然这些社会主义新人除了工农业生产战线上的先进人物,同样也有新时期为保家卫国而献身的解放军将士们,为国防现代化而奋斗的战士们。如《天山深处的"大兵"》中的郑志桐,他坚定的爱国主义和勇于自我牺牲的精神与《红岩》《红旗谱》《霓虹灯下的哨兵》《保卫延安》《红日》等作品中的革命者是一样的,但是作为社会主义新人出现的郑志桐又有新的特征,比如他有文化、有知识,而且喜爱艺术,总之更加富有新的时代色彩,是一个性格更丰富,精神层次更多样的钢铁战士,他是一个社会主义新时期的新战士。同样,《西线轶事》中的刘毛妹也是这样一个新战士,他身上带着一些"伤痕",对生活有些冷漠,但当我国边境受到侵略挑衅时,他义无反顾投入到了战斗之中,直至为国捐躯。这样的战士不再是简单"高大全"的英雄,他作为一个社会主义新人,他身上具有更复杂的生活意味,但是他们的勇敢坚毅、为国捐躯的精神是相同的,他们是具有时代特色的社会主义新人。还有像《高山下的花环》这样的作品,为我们塑造了二十世纪八十年代最可爱的新军人的形象,如梁三喜、靳开来、赵蒙生与雷凯华等鲜活的人物,他们都具有无私无畏、视死如归的英雄本色,但同时他们又是社会主义新时期的新战士。这些"新军人"形象与以前的英雄战士相比,具有更多的生活化色彩,他们有自己的个性,甚至有缺点,比如赵蒙生在部队要开进前线之前却想过要"调走",而靳开来被封为"牢骚大王",雷凯华来南疆参战自称是为了"元帅梦",梁三喜在遗书里嘱咐妻子遇到合适的人就从速改嫁,等等,这些新战士形象的生活气息更多了一些,他们身上的口号化、概念化少了一些,但是他们身上为国而战的斗志与英勇从没有半点减少,他们的家国情怀感人至深,他们都是新时期的社会主义新人。

新时期这些社会主义新人始终怀着远大的理想,他们没有在苦难面前畏缩,没有一味埋怨生活的不公,而是始终满腔热情地投入到新的事业中去,这些新人总是平凡而伟大。《赤橙黄绿青蓝紫》中的解静原本是"文化大革命"中极"左"路线的执行者与受害者,经过沉痛反思后毅然走出办公室,主动到风气不正的汽车队工作,与"刺头"打成一片,科学管理,最终让汽车队成了一个团结战斗的集体,成了新时期社会主义建设的积极参与者。解静作为十一届三中全会后的社会主义新人形象,没有沉浸在过去的痛苦之中,而是以自己的理想情操与顽强奋斗为社会主义事业作出了新的贡献。《天云山传奇》中的罗群是一名"右派"分子,他的生活极其艰苦,但他对党却一直充满着强烈的热爱,对共产主义充满坚定的信念,他这种在苦难中奋发向上的精神具有强烈的感染力量,他的这种执着与奋斗是新时期社会主义新人的优秀品质。总的来看,这一时期塑造的社会主义新人除了工业改革、革命战争等重大题材,还特别注意这些在平凡工作岗位上默默奉献的建设者。《人到中年》中的陆文婷只是一个普普通通的眼科医生,没有什么惊天动地的事迹,但是她对技术精益求精,在艰难困苦的条件下没有什么牢骚怨言,她是一个平凡而伟大的社会主义建设者,一位普通又不平凡的社会主义新人。同样《凡人小事》中的顾桂兰,清贫而繁忙,但她并不心灰意冷,而是满腔热情做好自己的本职工作,女儿翠翠发着高烧还是坚持去上课,这样平凡而伟大的女教师正是新时期社会主义新人的主角。注重新人们在日常生活中的闪光品质,这是新时期文学塑造社会主义新人的特征。①

百年来的文学为我们创造了很多鲜活的新人形象,也由此成了记录百

---

① 康濯在《努力描写社会主义新人》一文中曾经提出,社会主义新人具有时代性、战斗性、真实性、多样性、理想性与社会性,这几个特征是各个时期的新人的共性,每个时期新人的具体内涵则各不相同。康濯:《努力描写社会主义新人》,《文艺研究》1982 年第 6 期。

年中国进步的精神史。当然无可否认的是，人们对新人的塑造也有不少批评意见，最集中的批评是为了表现新人的先进性，回避了一些阴暗面，一些新人过于理想化，显得简单化、概念化与公式化，有不真实的成分。周扬曾多次批评"文艺表现新的人物，新的生活不够有力"，①陷入口号化的循环之中。相比起表现"旧人物"来，新人形象有时候显得比较单薄，陈涌就曾多次批评孔厥："一方面对新人物有了进一步的认知，但比较起来，表现得更有力的也还是还没有得到解放还没有觉悟的旧人物。"②这里面的原因一方面是新人本身是正在成长中的形象，新人往往还正在萌芽和发展中，所以写不好，正如王淑明在《论文学上的乐观主义》一文中曾指出的：我们大多数的作家，都是写正面人物，不及写反面人物；写正在成长中的形象，不及写过去时代的形象；这当然由于新人，还没有已成定型，其性格还正在变化与发展，其思想感情，更不容易取得亲切的体验。作者创造这样的典型，当然是困难的。③另一方面也由于文学描写新人有时代政治的使命，与社会政治的距离比较近，在描写新人时说教的意味比较重，人物形象不够丰满复杂，反映社会矛盾的深刻性与真实性不够，从"五四"新人到社会主义新人都多多少少存在着一些概念化的弊端，这是我们毋庸避讳的。陆贵山就曾指出，在处理塑造新人形象和反映社会矛盾的关系上，往往有两种片面性："要么离开反映社会矛盾塑造新人形象，使其失去生活根据，成为没有生命的稻草人或威严、虚妄的神灵，流于空洞的歌颂；要么脱离塑造新人形象反映社会矛盾，又有可能形成单纯的暴露，甚至失之灰暗和阴冷，限于悲观和绝望。"④这两种现象在新人塑造过程中都有表现。但是不可否认的是，正是因为中国文学能够始终以塑造新人为使命，百年来的文学才能够始终站在社会进步的方

---

① 周扬：《周扬文集》第 2 卷，北京：人民文学出版社，1985 年，第 148 页。

② 陈涌：《孔厥创作的道路》，《人民文学》1949 年第 1 期。

③ 王淑明：《论文学上的乐观主义》，北京：文艺翻译出版社，1952 年，第 24 页。

④ 陆贵山：《塑造新人形象和反映社会矛盾》，《文学评论》1981 年第 4 期。

向上，与社会的进步保持一致，这成为中国现当代文学的优秀品格。我们应该克服新人塑造过程中的缺点，勇于塑造时代的新人，发扬光大表现新人的文学传统，塑造更多思想性与文学性完美融合的新时代的新人形象，以此与时代的先进性保持一致并推动社会的进步。

第三章

# 十七年文学批评中的否定性话语

## 第一节　十七年文学批评中不健康话语透视

　　不健康本来主要是指一个人身体、精神方面的特质，是一个医学术语。但是，这个概念曾经是我们评价一个作家、作品非常流行的一个概念。很多被指为不健康的作品在相当长的一段时间里，它的价值就会受到怀疑与埋没，进不了文学史或者只是作为反面教材进入文学史。但是，究竟什么是不健康呢？即使对于医学来说，也是一件不易界定清楚的事情。《不列颠百科全书》说："健康不像疾病，后者往往是可认识、可感知和比较容易定义的，而健康是一种有些模糊不清和难于定义的情况……按医生之见，精神健康可以接近，但总达不到。"[①]医学尚且如此，而对一千个读者有一千个哈姆雷特的文学作品来说，究竟什么是不健康，它的精确内涵究竟指什么？这恐怕就具有更大的模糊性了。但在较长一段时间内，我们却频频使用不健康来评定一个作品，这种评定在某一时期内曾经深刻地改变与决定着文学的格局，

---

① 中国大百科全书出版社不列颠百科全书编辑部编译《不列颠百科全书》国际中文版第 3 卷，北京：中国大百科全书出版社，1999 年，第 515 页。

对我们的文学史产生了较大的影响。这就迫使我们不得不从不健康的大量使用史所表现出来的症候去窥探一下不健康究竟是什么,以便我们更好地弄清它的内涵,不再盲目地以不健康来否定一部作品,从而更好地尊重文学自身的规律,给予文学更好的发展空间。而遗憾的是在我们对不健康的所指在并不非常明确的情况下,几十年来我们却一直把它作为一个重要的价值标准加在很多作品上,一直没有沉下来反思一下究竟什么是不健康,凭什么说别人的作品不健康,这也使这个研究具有了一定的紧迫性。

## 一、为艺术而艺术的不健康

较早用健康与否来作为评价文学艺术作品标准的是徐志摩。1928 年 3 月在《新月》杂志发刊词中,他提出评价文艺的主要标准是所谓"不妨害健康的原则,不折辱尊严的原则"。那么什么是不健康的呢? 徐志摩也没有非常明确的定义,他只是列出了十三个他认为不健康的流派,即所谓感伤派、颓废派、唯美派、功利派、训世派、攻击派、偏激派、纤巧派、淫秽派、热狂派、稗贩派、标语派、主义派。上面所列这些就是不健康的,那么我们可以推知与这些流派相反的就是健康的了。当时"左翼"革命文学所注重的直接反映社会现实的作品,在徐志摩看来,相对来说功利性较强,有简单化、口号化嫌疑的作品以及情感较为狂热或低沉这两个极端的作品,都是不健康的。那种有闲式的冲淡闲适、中正平和应该说比较接近于徐志摩的健康了。徐志摩讽刺革命文艺不健康,立即遭到反击,彭康在《什么是"健康"与"尊严"——"新月的态度"底批评》中质问"健康"是谁的"健康"? 彭康认为徐志摩的观点实际上是站在资产阶级的立场上为资产阶级说话的,指出"健康"与否是有阶级性的,资产阶级认为健康的无产阶级认为不健康,无产阶级认为不健康的资产阶级认为健康。他说:"'折辱'了他们的'尊严',即是新兴的革命阶级获得了尊严,'妨害'了他们的'健康',即是新兴的革命阶级增进了健康。"①彭康敏锐地指出了"健康"标准的阶级性,认为不能抽象地用健康、尊严来作为评价文学作品的标准,而是要从社会阶级的立场去分析作品,但是从社会阶级立场分析的健康究竟是什么样的内涵,彭康也没有一个明确的答案。

虽然没有一个准确的内涵,但是我们却看到了中国现代文学史上关于健康还是不健康的文学观的对阵双方,即主张社会功利性、政治性的工具论文学观与主张审美独立性、非功利性的自觉论文学观之间的对垒,双方互相认为对方是不健康的。一贯主张美是"距离"之下"情趣意象化"的朱光潜就认为只有那种不为某种直接目的服务的艺术才是健康的,其余的都是不健康的。他说:"我拥护自由主义,其实就是反对压抑与摧残,无论那是在身体方面或是在精神方面。我主张每个人无牵无碍地发展他的'性所固有',以求达到一种健康状态。"②他强调文艺有它自己独特的表现人生和怡情养性的功用,如果丢掉了这块自家园地而去替哲学宗教或政治做喇叭或应声虫,是无异于丢掉主子不做而甘心做奴隶,当然是不健康的。在这种审美独立范式之下,朱光潜认为沈从文的作品最健康,而沈从文自己也认为自己的作品健康。他说:"我要表现的本是一种'人生的形式',一种'优美,健康,自然,而又不悖乎人性的人生形式'。"③这样一种桃花源一样的所谓自然美、人性美、人情美就是健康,相反那种呐喊与革命,紧密反映当时抗战的作品,他们则认为是为了任务,为了直接的政治目的而牺牲了文艺自身的纯粹性,是"抗战八股",是概念化的工具,是离文学本身比较远的,因此是不健康的。

---

① 北京大学、北京师范大学、北京师范学院中文系中国现代文学教研室编《文学运动史料选》第 3 册,上海:上海教育出版社,1979 年,第 23 页。

② 北京大学、北京师范大学、北京师范学院中文系中国现代文学教研室编《文学运动史料选》第 5 册,上海:上海教育出版社,1979 年,第 634 页。

③ 沈从文:《抽象的抒情》,上海:复旦大学出版社,2004 年,第 357-358 页。

当然,在烽火连天的战争岁月里,这种审美主义的取向在革命文学看来自然是不健康的。上官筝在其《新英雄主义、新浪漫主义和新文学之健康的要求》一文中认为:"一切不健康的,色情的,堕落的世纪末的思想,如螺旋菌般的牢固繁殖在我们的文坛之上。另一面则是学院派的学者与为艺术而艺术的文学家,彼此筑起象牙的堡垒,在沙发上吟风弄月,漫谈风雅,哥哥妹妹,蝴蝶鸳鸯,依然是追求个人的情爱的问题,或向虚无主义中逃避,直到今日为止,这可怕的毒素仍未被彻底的清算,所以文坛之健康的要求,是至为迫切的。"①在革命者看来,那些为艺术而艺术的吟风弄月、个人情怀等就是不健康的,战争需要的是英雄主义的赞歌。从这一点来看,健康与否实际上是审美独立论与审美工具论这两种文艺范式之间的争论,在各自的立场上,不健康的标准具有较强的主观性。

中国近百年来的文艺道路一直存在着审美工具论与审美独立论两者之间的纠缠。由于中国自近代以来一直饱受外敌的侵略,处在民族危亡的关头,文艺被当成了社会启蒙、革命、救亡与社会建设的一个有力工具。梁启超早年的美学观就特别强调文艺的社会功用,无论是"诗界革命""小说界革命"还是"文界革命",都强调艺术的社会变革作用,把艺术作为启蒙、救亡的有力武器。在《论小说与群治之关系》等文章中,梁启超把中国之中兴的希望都寄托在了小说家身上。郭沫若在《留声机器的回音——文艺青年应取的态度的考察》中就要求文艺青年做一个时代社会的"留声机器"。李初梨把文学作为"机关枪""迫击炮"。实际上,鲁迅、郭沫若等一大批人放弃"实业救国"的理想而投身到文学的事业中来,为了唤醒民众而呐喊,为了革命而"前驱",都有着明显的审美功利主义目的。周作人"人的文学""平民的文学"也多少有点文艺复兴时期"人的发现"的启蒙意义。随着抗日战争的

---

① 钱理群编《二十世纪中国小说理论资料 1937—1949 年》第 4 卷,北京:北京大学出版社,1997 年,第 177 页。

全面爆发,这种审美的工具主义合情合理地成为中国现代艺术史上的第一范式,审美介入社会革命的程度越来越深。毛泽东发表的《在延安文艺座谈会上的讲话》认为评价作品政治标准第一,艺术标准第二,确立了文艺从属于政治的标准。新中国成立以后的一段时间里,我们仍以阶级斗争为纲,文学仍然被看成从属于政治斗争的工具,对文艺的批判总是和对作家阶级斗争式的政治批判连在一起,文艺的工具主义成了横扫一切的范式。

而一直与工具论并行的是所谓追求"纯粹美"的理论范式。早在二十世纪初的王国维那里,就强调美之为物,是最纯粹的快乐,是游戏的事业,是可爱玩而不可利用者。这种审美价值取向在随后一个世纪的发展中不断被人提及、承袭与发展,成为中国二十世纪美学的一个重要价值范式。梁启超"五四"前后的美学思想开始极力强调审美的超越性、非功利性,强调趣味主义、情感主义、生活的艺术化等范畴,对于功利主义显示出较大的反对。创造社诸君把"为艺术而艺术"奉为艺术的宗旨。宗白华在《新文学的源泉:新的精神生活内容的创造与修养》中提出要持纯粹的唯美主义的态度,追求一种艺术人生观、艺术式的人生、人生的艺术化。这一时期的叶圣陶、郭绍虞、朱光潜等都大力宣扬这一人生的艺术化范式。而"新月的态度"也是追求所谓纯粹非功利的审美范式,要求文学远离政治,热衷于表现普遍的人性。梁实秋的《文学与革命》坚称文学家对于民众并不负什么责任与义务等,都是审美独立主义。这种审美独立主义思想在前后几十年的持续发展中,成了中国现代美学重要的一个审美范式。这样,审美工具论者认为审美独立论者不健康,同样审美独立论者认为工具论者不健康,近百年来这两者一直互相指责。第一次文代会就认为中国文艺界几十年的主要论争存在于两条路线之间:一条是代表软弱的自由资产阶级的所谓"为艺术而艺术"的路线,一条是代表无产阶级和其他革命人民的"为人民而艺术"的路线。这两条路线互指对方为不健康。所以,不健康的实质很大程度上是两种艺术范式、艺术理念之间的争论。本来它们都有自己的合理性,只是由于近一百年来为中华民族解放的革命斗争越来越激烈,时代的需要使得工具论好像更迫切,也就更健康。而当革命硝烟逐渐散去,在和平建设时期,文学回归自身,审美独立论又逐渐浮出水面,沈从文、朱光潜、梁实秋、张爱玲等"不健康"作家似乎又"复活"了,而且为公众所追捧,他们又显得"健康"了。这样看来,文学的健康与否与时代的话语范式是密切相关的,是一种历史"话语权"的角力。

## 二、低级趣味的不健康

当然,在中国文学中被看作不健康的另一个重要内容就是追求感官快乐的所谓小市民低级趣味的通俗文学、武侠文学、言情文学等。这种以感官享乐为主要内容的趣味文学在中国现代批评史上一直难有正当的名分与地位,一直受到轻视与各种批判,一直与庸俗、低俗、不健康等纠缠在一起,其合理价值一直被压抑着。二十世纪初"鸳鸯蝴蝶派"的娱乐性文学作品,就一直受到新文学主将们的攻击,认为它们只是现代的恶趣味的代表。周作人明确地说:"《礼拜六》派(包括上海所有定期通俗刊物)的对于中国国民的毒害是趣味的恶化。如退一步说,这个责任也可以推给经济制度和旧教育去,因为他们把恶趣味拿去卖钱。"[1]武侠、言情等通俗文学被看成小市民的迷魂汤,在新文学看来,将文艺当作高兴时的游戏或失意时的消遣的时代已经过去了,文学应该是一种工作,而且又是于人生很切要的一种工作。而那些不健康的趣味文学一直被认为是思想简单、艺术性差,没有社会重大意义,只是追逐商业利益、感官快适的游戏之作。正如鲁迅先生所讽刺的那样,尽是什么"梦""魂""影""泪"之类的,什么"外史""趣史""秽史""秘史",什么"黑幕""现形",什么"噫嘻卿卿我我""呜呼燕燕莺莺"之类,很难有什么严肃重大的使命,所以是不健康的。这种形势下,像张资平那些三角恋爱故事、王度庐那些武侠小说的传奇、一些肉体接触、恋爱的描写等自然

---

① 钟叔河编《周作人文类编·本色》,长沙:湖南文艺出版社,1998年,第584-585页。

都被看作不健康或者"色情"之类的了。康濯的《水滴石穿》写了一个年轻寡妇的爱情,批评者认为"不该写那么多爱情,无非是年轻的寡妇想男人,写那么多有什么意义!"①在"革命"等宏大叙事面前,爱情描写被看成了只是一些无聊的小市民的低级趣味,这无疑是对感情的异化与错误认识。

　　总之,小市民的不健康表现为:有闲性、消遣性、不严肃性、无理想性、不重大性、脱离时代性、庸俗性、沉迷性等。正如茅盾在《论低级趣味》中所说:"低级趣味的构成原子是油滑,浮薄,有时或许加点儿险诈,卑鄙。"②丁玲说:"什么是小市民低级趣味? 就是他们喜欢把一切严肃的问题,都给它趣味化,一切严肃的、政治的、思想的问题,都被他们在轻轻松松嘻皮笑脸中取消了。"③总之,可以说那种一点正经没有的游戏态度、消闲目的成了现代文论史上人们界定低级趣味的主要因素。中国主流的文艺最讲究的是严肃,最害怕的是不严肃。很长一段时间里,我们把有闲视为二流子,视为可耻,只有无闲才是光荣的,对消闲娱乐作品的负面评价也就自然而然了,这成了一种共识性的集体无意识。这样,文学的趣味变成了低级趣味,同时等于有闲阶级,自然也就是不健康的了。在中国,娱乐享受一直被当作一种负面价值,是玩物丧志,而文学被看作经国之大业,不朽之盛事,被赋予崇高的使命,文学的内涵被单一化、工具化,也因此被狭隘化。在较长一段时间里,娱乐、消费、享受一直是一个否定性价值,一直被更崇高的目的所遮蔽,所以那些追求视听愉悦的、趣味主义的文学实际上被等同于不健康的低级趣味,被认为没有什么价值,不能进入文学史,如果进入文学史,那也只是作为一个反面教材。这说明,感官、身体的价值一直以来没有得到我们正确的认识与认同,我们的文学艺术缺乏一种娱乐精神,显得过于严肃与沉重了。

---

① 《文艺报》编辑部编《文学:回忆与思考》,北京:人民文学出版社,1980 年,第 440 页。

② 茅盾:《茅盾全集》第 20 卷,北京:人民文学出版社,1990 年,第 304 页。

③ 洪子诚编《二十世纪中国小说理论资料 1949—1976》第 5 卷,北京:北京大学出版社,1997 年,第 59 页。

### 三、小资产阶级情调的不健康

当然,不健康的另一个重要内涵是所谓小资产阶级的个人情调、小资产阶级的个人温情。在新中国成立后很长一段时间里,一切不好的品质似乎都是小资产阶级的专利。冯雪峰就曾经说:"一切鸟儿到晚上总都要回到窝里过夜,所以把我们文艺上的一切缺点和不良倾向都归因于'小资产阶级的观点',我想总不会错的。"①小资产阶级似乎集合了一切不健康的缺点之大成,范文澜在《论王实味同志的思想意识》时说,王实味"集合了小资产阶级一切劣根性之大成。所有散漫、动摇、不能坚忍、不能团结、不能整齐动作、个人自私自利主义、个人英雄主义、风头主义、平均主义、自由主义、极端民主主义、流氓无产阶级与破产农民的破坏性、小气病、急性病等等劣根性,王实味同志意识中各色俱全,应有尽有。"②可以说,从政治上到个人修养上,从人生理想上到个人性格上,小资产阶级成了一切不健康的代名词。在这些不健康中,小资产阶级不健康文艺观的典型表现是个人主义,是总不能忘记描写个人感情、爱情、人情、人性等。周扬就曾经说:"个人主义,在社会主义社会,是万恶之源。"③可见,个人主义不仅不健康,而且是一个多么严重的病,多么严重的罪。

与个人主义紧密相连的小资产阶级特性就是总要写个人的温情、个人的情调等不健康的东西。实际上个人之情的咏叹成了不健康的了,人们不敢写情了,文学陷入了干巴巴的概念化、公式化叙事之中,对文学产生了很大的负面影响,同时也是人性的悲哀。用集体、阶级、国家等宏大叙事代替了个人的微观叙事,把人异化成某个任务的工具,把个人的温情说成小资产

① 冯雪峰:《雪峰文集》第3卷,北京:人民文学出版社,1983年,第467-468页。
② 范文澜:《论王实味同志的思想意识》,《群众》1942年第7卷第15期。
③ 周扬:《文艺战线上的一场大辩论》,《人民日报》1958年2月28日。

阶级的特产,似乎无产阶级只有"同志爱""阶级恨"而没有个人的复杂感情,这是人性的倒退。这样看来,那些当时被称为不健康的反倒是健康的,而那些自命为健康的反倒是有些不健康的了。他们之所以说别人不健康,只是在一种政治的话语权之下强加给别人的异化,并没有充分的理由。

### 四、形式主义的不健康

在中国文学中,被认为不健康的还有一个重要内涵就是所谓对形式主义的追求。在一段时间里,我们的文学批评主要成了思想批评、政治定性。默涵在《从何着眼》中曾提出:"所谓批评,主要的应该是思想批评。"①他认为作品的艺术价值必须附丽于政治的价值,一个缺乏政治价值或政治价值很差的作品,单是艺术好是无意义的;相反的,一个对于当前的政治斗争有重大意义的作品,即使艺术上差一点,也不可以就因此抹煞它。相反,如果是政治上反动的东西,艺术性愈强,它的毒害就愈大。所以,即使艺术性差一点也没有关系,只要政治上过硬,还是好作品。这样,那些在艺术形式上追新逐奇,刻意翻新的作品往往就被看成内容空虚,思想境界不高的不健康的作品了,特别是那些现代主义的形式追求,就更不健康了。对新月派,对象征主义诗人等的评价都是因为他们形式上的追求而受到批评。王瑶在《中国新文学史稿》中认为徐志摩、饶孟侃、陈梦家、方玮德等新月派诗人,在诗歌的创作上表现了病态的甚至反动的意识,主要是:"为追求形式格律的完美,而竞尚雕琢,复以形式至上主义来掩饰那内容的空虚纤弱,以迷惑读者的感觉,所发生的影响是很坏的。"②新月派诗歌极其注重形式格律,追求音乐美、建筑美、绘画美,这种形式上美的追求一概被斥为了形式主义的雕

---

① 北京大学、北京师范大学、北京师范学院中文系中国现代文学教研室编《文学运动史料选》第5册,上海:上海教育出版社,1979年,第400页。
② 王瑶:《中国新文学史稿》上册,上海:新文艺出版社,1955年,第197页。

琢,形式自身被看成毫无价值的东西,只被看成为表达内容服务的工具。而且更重要的似乎只要是注重形式,内容就好像必然空虚,二者只能得一个。王瑶说徐志摩的诗章法整饬,音节铿锵,形式富于变化,看上去好像是赞美的,但他接下来说徐的诗内容极空虚。而且似乎这种形式越优美,越具有迷惑性,对于内容越不利,形式也就越没有价值,所以这种注重文艺形式的倾向一直被认为是很坏的,甚至变成了政治意味上的反动。丁易的《中国现代文学史略》就认为沈从文追求的写作技巧是"没落资产阶级文学"的技巧,企图通过这些技巧来麻痹读者,达到传播"低级趣味"的目的。形式技巧也被涂上了阶级性的色彩,似乎追求形式是资产阶级的专利,朴实的无产阶级好像不需要任何形式了。因此,形式在一段时间里一直是个贬义词,是一种不健康的文学追求,这种内容和形式简单化的二元绝对对立使得文艺形式本身的价值被看轻了。

那些西方现代主义的技法,更是一概被认为是晦涩难懂,朦胧不清,被看作典型的形式主义,是西方颓废腐朽资产阶级的特产。王瑶指出:"施蛰存等人的现代派诗歌,受资产阶级没落期的所谓法国象征主义的影响很深,以为诗只表现一种情绪,甚至以人家看不懂为妙;这种荒谬的主张也曾在中国发生过相当的影响,客观上起了使人逃避现实的麻痹作用,影响是很坏的。"①另一位象征主义诗人戴望舒也认为诗是一种吞吞吐吐的东西,动机在于表现自己跟隐藏自己之间,王瑶因此认为他的作诗态度是很不健康的。很长时间以来,那些在艺术形式本身上做文章,强调形式自身价值的艺术作品与艺术理论,往往被视为对"形式主义"的追求,好像是不务正业,而且形式主义又是有闲资产阶级的专利,艺术的形式问题也变成了一个阶级政治问题,人们都不敢光明正大地去做所谓艺术形式的创新,认为追求形式是可耻的事情。很长一段时间以来,我们强调政治标准第一,思想性第一,即使

---

① 王瑶:《中国新文学史稿》上册,上海:新文艺出版社,1955 年,第 200 页。

艺术性差一点也没关系,作家有革命作家与不革命作家之分,却没有艺术性作家与非艺术性作家之分,那些不革命的理论家的理论往往也因人废言,打入另册。比如胡适"文学改良"论的"八事"与"国语的文学",因为是"五四"文学革命的开启者,不得不提,但因为胡适已经是资产阶级的腐朽人物,所以他的这些主张全部被贴上"形式主义"的标签,被当作不健康的文学追求。这种政治化、阶级论的"形式观"把凡是追求形式的艺术都指为资产阶级不健康的文艺观,过分贬低文学形式的价值,使我们把形式看成了一个否定性价值,不注重艺术形式的追求与创新,影响了我们对于艺术技巧的探索,使我们的作品艺术性长期以来比较低,导致作品艺术形式单一粗糙,作品概念化、公式化盛行,阻碍了文艺的进步,不利于文艺的发展。

### 五、健康批评的回归

不健康曾经是中国艺术批评中最重要的一个否定性范畴,它的杀伤性是比较强的,这是一个比较敏感的字眼。1981 年初展开了对《苦恋》的批评,《解放军报》发表了《一部违反四项基本原则的作品——评电影文学剧本〈苦恋〉》等文章,认为《苦恋》散布了一种背离社会主义祖国的情绪等,这种火药味一时又让文艺界感到大有山雨欲来的感觉。顾骧撰写了《开展健全的文艺评论》一文,发表在《人民日报》上,对当时一些过"左"的做法进行批评,避免了刚刚有点起色的文艺批评再次陷入政治风暴之中。而此文经周扬审阅时,周扬将原题《开展"健康"的文艺评论》的"健康"改为"健全",避免刺耳,这令顾骧极为佩服。不健康曾经像一根大棒一样挥来挥去,很多作品因此长期处在负面价值的黑名单上,即使这些作品在社会上产生过很大影响,被时人所称道,也会因为感情不健康而被正统的文学史所否定。比如戴望舒的《雨巷》,臧克家在 1955 年编选《中国新诗选》的时候,就认为戴望舒的诗歌感情不健康,思想性较弱而不予选入。但判定不健康的标准究竟是什么? 谁有权来判定一部作品不健康? 这些问题却长期被遮蔽了。从上面我们分析的使用史来看,不健康的内涵实际上有很多,且具有特定时代的历史印记,使用时为我所用,安在别人头上具有一定的随意性、主观性,且有很强的政治意味,其使用"效果"总的说来负面的影响较多。在平等争论的时候,尚是两种不同的艺术观念之间的交锋,而当一方处在某种话语强力的背景之中时,不健康的指责则直接将另一方置于死地。它不是通过文学生态系统自身的循环而淘洗出来的不健康,它更多的是一种话语权之下的认定,如指责作品是小资产阶级不健康,这时的文学评论已不再是一种平等对话,而变成了独断论的诊断了。正因为不健康一词曾经具有敏感的杀伤力,而其内涵又并不是很确定,所以在以后的文学评论中,我们应该慎用不健康一词来指责一部作品,不应该轻易以医生自居判定别人有病,以便进行更健康的文学对话与评论。

## 第二节　十七年文学批评中的小资产阶级话语

小资产阶级是中国当代文学批评中使用最广泛、影响最深远的一个话语。它曾经是我们认识和批评文艺作品的一个基本视角,是解决文艺问题的一个法宝。冯雪峰就曾经说:"一切鸟儿到晚上总都要回到窝里过夜,所以把我们文艺上的一切缺点和不良倾向都归因于'小资产阶级的观点',我想总不会错的。"[1]史笃在他的《略论小资产阶级文艺》一文中也曾指出:"新文艺运动以来,小资产阶级知识分子的文艺问题,一直是运动里的中心问题。"[2]在一段时间里,文艺只要有问题似乎都与小资产阶级有关,作品的种种问题最后都归结在了小资产阶级身上,由此可见小资产阶级文学批评的普遍性与重要性。那么,小资产阶级文学批评的路径与逻辑是什么呢? 它

---

[1]　冯雪峰:《雪峰文集》第 3 卷,北京:人民文学出版社,1983 年,第 467-468 页。
[2]　文艺新辑社编《论小资产阶级文艺》,上海:文艺新辑社,1948 年,第 1 页。

的最大问题是什么呢？它对于我们当前文论话语体系建构有什么启示意义呢？

## 一、小资产阶级文学批评的逻辑理路

小资产阶级文学批评在中国二十世纪文坛是相当普遍的,这恐怕不会有多少人表示质疑。很多现当代作家作品都曾经被批评犯了小资产阶级的错误。在二十世纪二十年代末那场关于革命文学的论争中,连鲁迅都被钱杏邨指责是小资产阶级的任性,小资产阶级的不知悔改,小资产阶级的不愿认错,小资产阶级的疑忌,是一个彻头彻尾的小资产阶级者;而茅盾的《幻灭》《动摇》则被批评到处都充满着小资产阶级的病态。冰心的作品被批评宣扬超阶级抽象的爱,蒋光慈批评她"冰心女士真是个小姐的代表……她的春水永起不了大浪"①。柔石的《二月》则被批评只是表现了三十年代找不到出路的小资产阶级知识分子的苦闷和彷徨;丁玲的《莎菲女士的日记》《他走后》《一九三零年春上海之二》《阿毛姑娘》等作品,都被批评是小资产阶级的作品。巴金《寒夜》中的曾树生则被看作一个追求个人享乐的典型的小资产阶级女性,一个"在困境中挣扎的小资产阶级女性""追求物质享受,有小资产阶级知识分子的虚荣心"②。曾树生所追求的"幸福"不过是"活得痛快一点,过得舒服一点","每天打扮得花枝招展地看戏跳舞、打牌赴宴、上咖啡馆、逛马路而已"。"多么空虚的灵魂!为了求得这种享乐,她甘愿在大川银行做'花瓶'。""主要是她贪图享乐。"③追求个人享乐、贪慕虚荣被看作小资产阶级人物的典型性格。像这样被当作小资产阶级作家来批评的人还不少,唐弢主编的《中国现代文学史》就指出巴金、老舍、曹禺等的作品虽然暴

① 蒋光慈:《现代中国社会与革命文学》,载方铭、马德俊主编《蒋光慈全集》第6卷,合肥:合肥工业大学出版社,2017年,第63页。
② 胡永修、周芳芸:《巴金研究》,成都:电子科技大学出版社,1993年,第118页。
③ 戴翊:《应该怎样评价〈寒夜〉的女主人公——与陈则光先生商榷》,《文学评论》1982年第2期。

露批判了旧中国的黑暗现实,但是:"他们基本上都是小资产阶级作家,在各方面都具有这一阶级共同的弱点。由于一方面感受到反动统治的残酷压迫,一方面未能认清革命力量和前途,他们的不少作品往往调子比较低沉,气氛比较黯重,对于现实生活中革命主流和人民力量缺少有力的描写;有的作品,在思想内容上还有明显的错误。"①可以说,中国现代文学史上的作家很多都曾经被看成小资产阶级作家。

现代作家作品如此,当代很多作家作品也都被批评表现了浓厚的小资产阶级情调,比如萧也牧《我们夫妇之间》把工农干部写得很土气,李克进城后向往城市的生活,这被批评是小资产阶级的表现;杨沫《青春之歌》中的林道静每天独自在海滨散步,欣赏大海的所谓"浪漫情调"是小资产阶级;王蒙《组织部新来的青年人》中的林震嗅槐花的香味,听意大利的歌曲;邓友梅《在悬崖上》中的"我"总是渴望所谓"有诗意"的生活;萧也牧《海河边上》把恋爱描写成生活里最主要的东西;宗璞《红豆》中的江玫与齐虹分手还眼泪打湿了红豆,等等,所有这些都被批评是小资产阶级人物的表现。而周立波的《铁门里》竟然感叹青春易逝,把劳动人民也写得像小资产阶级一样空虚无聊、苦闷压抑,把工农的感情小资化从而受到批评。从大量的批评实践来看,那种个人主义、淡淡哀愁、闲情逸致、生活气息以及赏花吟月的所谓小资情调是被集中批评的对象。可以说在那段时间里,作家们最容易受到的批评就是表现了浓厚的小资产阶级趣味,那么这些小资产阶级文学批评的基本路径是怎样的呢?

具体来说,小资产阶级文学批评的路径主要有三个:第一个是批评作品里充斥的个人主义人情味,也就是人性论思想,如感伤、苦闷、哀怨、彷徨等不健康的情感模式;第二个是批评作品没有表现坚定的战斗意志,徘徊动摇,表现出两面性;第三个是批评作家同情小资产阶级人物,站在小资产阶

---

① 唐弢主编《中国现代文学史》第 2 卷,北京:人民文学出版社,1979 年,第 20 页。

级立场上写作。小资产阶级文学批评基本上都是按照这个套路来进行的,具体怎么实施的,我们可以通过夏衍《上海屋檐下》这个典型案例来窥探小资产阶级文学批评的整个路径。《上海屋檐下》的主人公匡复十年前因参加革命被捕,将妻子杨彩玉托付好友林志成照顾,但林志成和杨彩玉日久生情,同居结为夫妻。现在匡复从监狱出来,三人重逢,各自内心纠葛不已。夏衍这个作品当时被批评是同情美化小资产阶级,是站在小资产阶级立场说话。那么,为什么这么说呢?

第一,作品宣扬了人情与人性论,这是小资产阶级情调的核心。林志成和杨彩玉同居后,总是忍受着良心的拷问,杨彩玉精神上的负担也很沉重;匡复突然回归,林志成悔恨交集,忏悔之后,决心弃家出走,来为自己赎罪;匡复在这种情况下,同情林志成的处境,想要成全妻友,自己出走了;但是人虽然走了,留下的却是深沉的哀怨,无限的惆怅。作品的关键词"良心""精神负担""忏悔""赎罪""同情""哀怨""惆怅",等等,这些都是资产阶级人性论的典型话语。

第二,作品中的匡复丧失了革命者的昂扬气概,日间夜里思念的都是老婆孩子,总是抹不掉忧愁叹息。批评者为此气愤地批判道:"这些灰色悲观的论调,哪里还像革命者的语言? 这种可耻的阴暗的思想感情,哪里还有一点点革命者的气息?"①作品中的人物不是豪迈万丈而是多愁善感,具有动摇性,这是小资产阶级个人主义文学最普遍的一个问题。

第三,同情小资产阶级,站在小资产阶级立场说话。批评者认为夏衍的作品对小资产阶级知识分子温情脉脉,不能作原则鲜明的批判,这说明夏衍对小资产阶级的感伤情调还十分眷恋,灵魂深处还是一个资产阶级知识分子的王国。批评者由此严厉地指出:"夏衍同志在《上海屋檐下》里所表现的对匡复的同情和辩护,已经不是对一般的小资产阶级知识分子的同情,而是

---

① 卓如:《〈上海屋檐下〉是反时代精神的作品》,《文学评论》1965 年第 3 期。

同情一个消沉、动摇、在精神上叛变了革命的可耻的人物,为这种人物的阴暗的思想情感进行辩解。这就不仅是一般资产阶级思想观点,一般美化小资产阶级、同情'小人物'的问题,而是严重的政治原则性的错误了。"①这也就由对作品中人物的阶级论分析转移到对作家本人立场的阶级论分析上面了。对夏衍《上海屋檐下》的批评可以说是小资产阶级文学批评三部曲的典型,首先对作品中人物的小资产阶级情调进行分析,其次对其性格的两面性进行分析,然后对作家立场进行追问,由此完成对作家作品的阶级定性。

## 二、小资产阶级文学批评的症结

小资产阶级文学批评的逻辑理路大致如此。客观来说,小资产阶级文学批评还是有自己独特的优势的。这种批评通过分析作家、作品人物的经济地位和经济基础或者人物生长的物质环境、受教育状况、政治地位等,以此确定人物的阶级身份,进而分析这个阶级人物的思想言行、心理动机、性格情感的进步落后、道德的高低,等等。这种阶级论文学批评与单纯的语言形式分析、情节结构分析、风格流派分析、文化风俗分析、种族性别分析、一般的心理分析等批评方式相比,它有自己的深刻之处。小资产阶级批评把人物心理、情感、性格、思想等与社会的现实、一个人生存的经济基础、物质环境等紧密联系在一起,这种解释注重文学和社会历史的关系。不同阶层、阶级出身的人,其自身利益诉求、价值追求各有不同,每个人的思想言行都会带有自身阶级的烙印。正如范文澜在批判王实味的时候所说:"一个生活在某一阶级里的人,他必定保有与本阶级适应的意识。这个意识,就是他的阶级意识,也就是他的阶级立场。在这个立场上接触客观事物,内心发生思维,就是动机,表现出来,就是言语行动。一切所谓是非善恶光明黑暗合理

---

① 卓如:《〈上海屋檐下〉是反时代精神的作品》,《文学评论》1965 年第 3 期。

不合理等等都是站在一定的立场上来判断的。"①人物不同的阶级决定了他们不同的所思所想以及他们的个性特征,因此从阶级出身分析人物性格特征的文学批评方式有其合理之处,有自己的深刻之处,拓展了文学批评的视域,这种解释具有很强的有效性,不失为文学批评的有效方式之一,不能简单地一否了之。对注重感悟、经验式的中国传统文论而言,小资产阶级话语具有很强的社会历史色彩,极大丰富了中国文论的批评方式。那么,小资产阶级文学批评的问题主要在哪里呢?我们之所以对新中国成立后一段时间里的阶级论文学批评颇有质疑,最主要的原因恐怕不是阶级论文学批评本身,而是阶级论文学批评的僵化、简单化、泛化与过度政治化。

首先是这种小资产阶级文学批评的僵化与简单化。一旦作品中人物被判定为无产阶级、资产阶级、封建阶级、小资产阶级,人物就会有固定的人格、固定的情感、固定的话语等,其形象特征因为阶级性而固定了。阶级论文学批评否认同一阶级内的人物各自的不同以及不同阶级之间人物可能的共性,人物形象特征按照阶级划分先行预设了,这就把人物类型化、模式化、简单化了,变成了一个阶级一个典型。一旦被定为某个阶级的人物就会被另眼相待,无产阶级的人物就赞美,资产阶级、小资产阶级人物就不可能好,就必须批判。按照阶级来区分敌人与朋友,不同阶级的人之间有一个难以逾越的鸿沟。比如当时对电影《林家铺子》的批评,认为林老板还有善良、勤劳等美德,这就美化了资产阶级人物。如果不同阶级的人之间有了共鸣,就是超阶级的爱,比如对冰心作品里所谓抽象母爱的批评就简单化了。阶级论的文学批评单纯按照阶级出身来界定人物形象的感情、思想与行动,按照阶级出身对号入座,给人物贴上相应的性格标签,人物反映生活的真实性与丰富性被减弱了。如《三家巷》中工人出身的周铁匠家的人都品格高尚、正直无私、善良勇敢、革命积极;而同一个胡同里的邻居陈家与何家的人因为

---

① 范文澜:《论王实味同志的思想意识》,《群众》1942 年第 7 卷第 15 期。

发家致富了,则都自私胆小、猥琐懦弱,这样完全按照阶级出身来分配人物性格,决定人物道德层次的高低,让这个多年来一直生活在同一个胡同里,而且邻里关系和睦的三家人的生活因为有了阶级这个概念而变得迥然有异,人物按照阶级脸谱化。这种阶级论就显得颇为生硬,教条化与概念化明显,显得不真实,文学解释的有效性就大打折扣了。

正因为这样,在文学批评中定性人物为哪一个阶级的出身就成为首要的问题,显得特别重要,往往成为论争的焦点,因为这个问题是起点,后面一切的评判都由此而来,阶级论文学批评是阶级先行。比如关于《青春之歌》的批评,当时争论的焦点之一就是林道静家庭出身的问题。林道静的父亲林伯唐是个大地主阶级,但是她的母亲却是一个受尽凌辱的佃农的女儿,被林伯唐强抢过去才生下了林道静,那么林道静是地主阶级家庭出身呢还是不完全是地主阶级家庭出身?这在当时的评论里是一个重要问题,大家一直纠结,因为这关系到接下来对林道静是否定还是肯定的基调,文学批评变成了人物的阶级身份考证。一旦人物阶级身份确定了,那么他的道德品质也就确定了,这就是阶级身份决定论。比如《玉堂春》里的王金龙作为一个公子哥跑到妓院去玩,认识了妓女苏三,花光钱后狼狈跑回家,后来赶考高中了,做官以后审案时却审到了被控杀人的苏三。中间有情节说王金龙去探监,有人按照阶级论的观点认为王金龙已经是统治阶级的一员,便不可能再有什么好的品质,建议把探监改为王金龙拿着毒药准备去毒死苏三以灭口,结果被苏三大骂其忘恩负义,这种修改便是阶级身份决定论,变成统治阶级的王金龙所有行为都变成了恶毒的,这种阶级先行的文学创作让人物性格扭曲了。《玉堂春》的情节与托尔斯泰《复活》有那么一点儿相似之处,而不同的情节处理,显示了完全不同的文学价值观。

其次,阶级视角让文学作品中的人物类型化,导致作品概念先行的特点明显。某一个阶级的人说某一种话,有某一种情感与行为,每一个阶级的人物被规定了固定的言行特征,这让文学人物成了一个传声筒式的形象,不再是丰富复杂而丰满的形象,其文学性不强,感染力减弱,人物成了一个固定的符号,失去了艺术的魅力。比如《海河边上》的男主人公大男常常觉得自己的女朋友小花心里总想着另一个男人宝才,为此大男总是"嫉妒""怀疑",经常与小花闹别扭。大男这样的表现被批评"觉悟低下",不像是工人阶级而像是小资产阶级,没有共青团员的味道,这被批评是"把小资产阶级出身的知识分子所想象所向往的生活、感情加到工人头上了"。① 因为大男是一个工人,工人也嫉妒,也与另一个男人争女朋友,这不太像工人阶级中的人物,大男没有新国家主人公的感觉,这是将工人小资产阶级化了。路翎的《黑色子孙之一》描写的矿工石二也被批评不像矿工而像是小资产阶级,因为石二只是外形"健壮",但是内心却总是"苦恼",石二觉得自己的快乐是"庸俗的人"所不能理解的,这样描写工人被批评不真实,是把小资产阶级的感情加到工人身上了。《青春之歌》也被批评没有创造出一个完全够标准的,堪作革命者模范光辉的共产党员形象,因为林道静不是足够坚强的形象,只够得上一个小资产阶级革命的标准。像这样的批评还很多,这些人物都被批评不像工人阶级、无产阶级,而是小资产阶级人物,这实际上是把某一阶级人物的形象特征早就规定好了,把一个阶级的特征固定化,这样的做法使得作品里人物性格、人物形象塑造的路子越来越狭窄了。

各阶级的人物形象逐渐固定在自身狭窄的轨道上,阶级论指导下的文学作品的活力受到了束缚。作为进步的无产阶级或者革命阶级人物,其形象是豪迈进步的,作为没落阶级的人物则是腐朽落后的,作为小资产阶级人物则是徘徊柔弱的。对革命进步人物是满腔热情歌颂,对没落反动阶级必须严厉批判,对小资产阶级则既要批评又要一定的同情,如果不按照这样的方法来描写人物,写了革命者的"软弱""忧郁"的一面,写了封建阶级、资产阶级人物的"善良""勤劳",写了小资产阶级人物的"勇敢""无私",往往要

---

① 陈涌:《陈涌文学论集》上册,上海:上海文艺出版社,1984 年,第 88 页。

被批评没有按照阶级论的方式来创作,同情了不该同情的阶级,犯了阶级调和论的错误,站在了错误的立场上。比如冰心谈母爱、谈自然等,没有区分不同阶级之间不同的母爱,被批评是超阶级论的抽象的爱,这些实际上都是阶级论文论中简单化的做法。文学中这种阶级划分也就成了一种人物形象之间不可逾越的一道高墙,隔离了不同阶级的人物。

第三,小资产阶级文学批评另一个重大的问题是它的泛化问题。阶级论本身是解释社会历史发展的一个视角,新中国成立后一段时间里我们把这种解释方法泛化了,扩大化了,一切都要用阶级的观点来分析而排斥了其他解释方法,得到的结论有时候就显得很牵强。比如当时对建筑物的评论,认为它的美丑首先就取决于它归哪个阶级所有,当工厂、高楼属于资产阶级所有的时候,劳动人民对它们感受不到美,它们就是最丑的事物;而当工厂、高楼属于无产阶级劳动人民所有,劳动人民就能感受到它们的美,它们就变成美的事物了。按照这种阶级论,当时有人认为过去几千年就没有美的建筑,因为过去没有无产阶级,这就与人们的常识不符了。同时用人的阶级出身判断人的思想境界、道德情操等先验做法,也不符合人的社会发展的实际。如说"嫌贫爱富是封建统治阶级丑恶本质的一种表现",[1]无产阶级的人毫无私心杂念,这样的阶级决定论与实际生活中的真实情况并不相符,同一个阶级不同的人的个性也是千差万别的,同一个阶级成千上万的人不会只有一个性格。

在小资产阶级文学批评中,由于作家、小知识分子、学生、一般小职员、小手工业者、很大一部分农民其实都是小资产阶级,因此无论读者还是作者,说他们是小资产阶级似乎都沾点边,这也使得小资产阶级文学批评很容易泛滥。而且在批评实践过程中,人所具有的任何缺点似乎都可以和小资产阶级联系在一起,小资产阶级似乎集合了一切不健康的缺点,这也明显泛

---

[1]　复旦大学中文系古典文学组学生集体编著《中国文学史》下册,北京:中华书局,1959 年,第 309 页。

化了。本来，像"散漫""动摇"或者"不能团结""小气病"等缺点不仅仅是小资产阶级的人才有的，其他阶级的人可能也有这样的缺点，但是现在都归结到小资产阶级身上了，这种泛化也使得小资产阶级文学批评具有很大的随意性。阶级论批评的门槛降低，阶级论批评越来越日常生活化，穿一件花衣裳、爱看花草也是小资产阶级的表现，这就将本来属于政治性的阶级批评大大泛化了。

第四，小资产阶级文学批评对文坛影响很大的另一个表现是它的泛政治性。这个政治性首先是作品反映的社会生活、人物思想言行等是否符合当时的社会政策，同时也是由作品来评定作家的阶级立场，由此判断作家是我们的敌人还是朋友，这对作家来说影响是很大的。比如冯雪峰化名为"李定中"在《文艺报》发表的《反对玩弄人民的态度，反对新的低级趣味》，批评萧也牧夸大革命女干部张同志的缺点，对工农出身的女干部缺乏热爱，态度轻浮，玩弄人物，在提倡一种低级趣味。如果仅仅批评到这儿，其实对作家的伤害也不是很大。但是接下来就要分析作者为什么对工农干部这样描写，推导出来的原因是作者站在小资产阶级的立场上，脱离生活，脱离政治，而根源是作者本人是一个小资产阶级分子。这个问题就严重了，也就是现实生活中的作家萧也牧本人因作品被判定为一个小资产阶级分子。"李定中"在文章中指出：假如作者萧也牧同志真的也是一个小资产阶级分子，那么，他还是一个最坏的小资产阶级分子![1] "李定中"由此得出结论：如果照作者的这种态度来评定作者的阶级，那么，简直能够把他评为敌对的阶级了。[2] 这里的严重性就凸显出来了，萧也牧因为自己的一篇小说而变成了我们"敌对的阶级了"，这就不是一个一般的文学问题、学术问题，而变成了一个严重的问题了。像这样把文学作品中的人物和作者本人等同起来批判，

---

[1] 李定中：《反对玩弄人民的态度，反对新的低级趣味》，《文艺报》1951 年第 4 卷第 5 期。

[2] 同上。

文学批评也就很容易变成抓辫子、戴帽子与打棍子的一个恶性循环的斗争，这给作家们带来了极大的困扰。阶级论文论的要害正在于此。在我们当代文论话语体系的建构中，我们要特别注意这种因言废人的逻辑理路。

### 三、尊重文艺规律基础上的阶级论文学批评

从中国现代文学批评的历史来看，小资产阶级文学批评并非一开始就这样盛行，它是在二十世纪二十年代中后期"革命文学"以及三十年代"自由人""第三种人"的论争中开始兴盛起来的，在此之前，中国现代文论的版图里并没有小资产阶级话语的身影。在中国现代文论初期的板块中，还没有阶级文论的势力范围，阶级理念在文论中还没有出现。中国现代文论的开启是以反对复古尊古的文学革命而开始的。晚清以来的文学界兴起了"诗界革命""文界革命"与"小说界革命"。这些革命虽然轰轰烈烈，但主要还是文体文风等文学形式方面的革命，这时还没有引进阶级的话语。即以"五四"新文化运动的"文学改良""文学革命"来看，阶级话语也还没有进入文论界的视野。当时思想界虽有"阶级"的概念出现，但并没有在文论领域形成一种自觉的阶级论视域。胡适改革文学的"八事"是：不用典；不用陈套语；不讲对仗；不避俗字俗语；须讲求文法之结构；不作无病之呻吟；不模仿古人，语语须有个我在；须言之有物。① 陈独秀《文学革命论》提倡的"国民文学""写实文学"与"社会文学"，②主要还是语言形式、文风上的改良，社会历史的阶级话语还没有进入他们的文论系统之中。这一时期的创造社、文学研究会等主要文学团体的文学主张，也都没有引进阶级的概念。

小资产阶级文论话语在中国真正兴起是在二十世纪二十年代后期，伴随着"革命文学"的论争，才开始成为文论领域的核心概念。郭沫若在《桌子

---

① 欧阳哲生编《胡适文集》第 2 集，北京：北京大学出版社，1998 年，第 4-5 页。
② 陈独秀：《独秀文存》，合肥：安徽人民出版社，1987 年，第 95 页。

的跳舞》中就批评当前文坛很多作家的小资产阶级根性太浓,没有无产阶级的精神,这使得他们创作不出革命的文学来。郭沫若指出:小资产阶级的根性太浓厚了,所以一般的文学家大多数是反革命派。他们爱说文学是为全人类的,文学是无阶级性的,文学是没有甚么革命不革命的。① 郭沫若指出当社会已经到了无产阶级革命的时代,文艺还是一派资产阶级、小资产阶级气象,这样的文艺当然是退步落后的。成仿吾在《从文学革命到革命文学》一文中也要求作家们克服自己的小资产阶级根性,创造无产阶级的革命文学,他指出"五四"新文学运动的主体是知识阶级的一部分,而内容则主要是小资产阶级的意识形态;五卅运动以后的时代是新的无产阶级人民大众革命文学的时代,因此作家必须:"克服自己的小资产阶级的根性,把你的背对向那将被'奥伏赫变'的阶级,开步走,向那'醒醒'的农工大众!"②这一阶段对小资产阶级的批评成了革命文学的重要内容,阶级论的视野开始成为文学批评的重要视角,此时钱杏邨批评鲁迅是彻头彻尾的小资产阶级,认为"是小资产阶级的脾气害了他"!③ 同时,钱杏邨还批评茅盾的作品,认为"茅盾的作品所代表的,只是小布尔乔亚的幻灭,小布尔乔亚的悲观,小布尔乔亚的对统治阶级仅有的愤慨而已"。④ 正是在这场关于革命文学的论争中,小资产阶级话语已然是一个重要的论争焦点。

在"自由人""第三种人"论争中,一批人公然喊出了高举小资产阶级文学旗帜的口号。杨邨人就发表了《揭起小资产阶级革命文学之旗》的文章,提出现在社会的大多数人是小市民和农民群众,他们是小资产阶级的知识

---

① 郭沫若著作编辑出版委员会编《郭沫若全集》第16卷,北京:人民文学出版社,1989年,第58页。
② 《成仿吾文集》编辑委员会编《成仿吾文集》,济南:山东大学出版社,1985年,第247页。
③ 中国社会科学院文学研究所现代文学研究室编《"革命文学"论争资料选编》上册,北京:人民文学出版社,1981年,第186页。
④ 中国社会科学院文学研究所现代文学研究室编《"革命文学"论争资料选编》下册,北京:知识产权出版社,2010年,第683页。

分子,所以杨邨人说:"我们为了这广大的小市民和农民群众的启发工作,我们也揭起小资产阶级革命文学之旗,号召同志,整齐队伍,也来扎住我们的阵营。"①在杨邨人看来,小资产阶级文学是当时进步的文学。像杨邨人这样高举小资产阶级文艺之旗的想法在当时并不是孤立的个别现象,韩侍桁发表的《论"第三种人"》就表达了类似的观点,他认为当前的主流文学应该是小资产阶级文学。他说:"现今中国的革命,是小资产阶级的革命……抛掉现今读者中的最大的部分的小资产阶级的读者,而要完全以现今的真实的无产阶级为对象……是一种狂想,是一种不观照现实的英雄的愚行。"②胡秋原也在《第三种人及其他》一文中为小资产阶级文艺辩护,他认为:"小资产阶级是一个广大的存在,他们对于反动势力之深恶痛绝是不待说了,然而对于革命势力……革命之怀疑,于是对于革命所敬远的态度,也是不可否认的事实。"③可见这些人都是极力为小资产阶级文学的合理性进行辩护的,正是在这场关于"自由人""第三种人"的论争中,小资产阶级文学的概念广泛传播开来,成为文坛论争的焦点。

中国当代小资产阶级文学批评之所以越来越普遍,在一段时间里成为主宰文坛的话语,应该说这与我们对小资产阶级危害的估计越来越严重有着密切的关系。毛主席在《在延安文艺座谈会上的讲话》中对小资产阶级有比较多的批评。虽然毛主席指出文艺为"人民大众"服务的这个"人民大众"包括工人、农民、兵士和城市小资产阶级,但他强调小资产阶级必须改造。毛主席指出有许多同志因为他们自己是小资产阶级知识分子出身,于是就只在小资产阶级知识分子中找朋友,不与工农结合;而且他们把作品当作小资产阶级的自我表现来创作,而不是站在无产阶级的立场上来审视;小

---

① 吉明学、孙露茜编《三十年代"文艺自由论辩"资料》,上海:上海文艺出版社,1990年,第359页。
② 吉明学、孙露茜编《三十年代"文艺自由论辩"资料》,上海:上海文艺出版社,1990年,第373页。
③ 吉明学、孙露茜编《三十年代"文艺自由论辩"资料》,上海:上海文艺出版社,1990年,第460页。

资产阶级作家对小资产阶级出身的知识分子寄予满腔同情,连他们的缺点也给以同情甚至鼓吹。毛主席指出小资产阶级的缺点必须被克服掉,小资产阶级必须改造,以便真正与工农兵在感情上打成一片,融入广大人民群众中去。在《在延安文艺座谈会上的讲话》发表以后,小资产阶级改造与批判成为文艺界最重要的一个问题。

1945 年 4 月 20 日中共六届七中全会通过的《关于若干历史问题的决议》(后文简称为《决议》)对当时党所面临的思想处境做了一个全面的总结。在这个《决议》中,小资产阶级危害的严重性被提到了一个新的高度。《决议》指出我们正处在小资产阶级的汪洋大海之中,党内外都面临着小资产阶级的严峻考验,认为小资产阶级具有革命性、动摇性、主观性、片面性,具体表现为:"官僚主义、家长制度、惩办主义、命令主义、个人英雄主义、半无政府主义、自由主义、极端民主主义、闹独立性、行会主义、山头主义、同乡同学观念、派别纠纷、耍流氓手腕等,破坏着党同人民群众的联系和党内的团结。"①可以说,在日常生活和政治生活中的各种不良表现都是因为小资产阶级思想的缘故。《决议》认为小资产阶级思想泛滥是我们党犯错误的根源,它是一切落后错误的源头,而克服小资产阶级思想则是我们保持不败的秘密之所在。这种形势的估计,使得我们把小资产阶级思想影响当成了我们意识形态领域的一个重大问题,当成了思想界主要的敌人,与小资产阶级的斗争变得非常紧迫,这种认知对小资产阶级文艺批评影响巨大,也由此小资产阶级文学批评变得越来越普遍,越来越重要。

从小资产阶级文学批评的历史来看,它是伴随着中国现代无产阶级革命斗争的进程而出现的,它的出现对中国现代文论是一个视野、方法、思想等各方面的一个拓展。与那些为艺术而艺术的形式主义、符号论以及非理性的梦幻、本能、直觉、无意识等相比,阶级论文学批评的社会性是其突出的

---

① 毛泽东:《毛泽东选集》第 3 卷,北京:人民出版社,1991 年,第 995-996 页。

优势,它是文学社会学中最具有效性的批评视角之一。阶级论在分析社会时具有很强的说服力,英国学者理查德·斯凯思在其《阶级》一书中说:"社会阶级研究是如此重要,以至于任何没有以某种方式涉及到社会阶级解释的讨论在社会学家看来都是不完善的。"①阶级论在社会学家看来如此重要,其实在文学这里阶级论也一样重要。文学是人学,与借助于年龄、性别、职业、种族、遗传、学历、文化等来描述一个人相比,阶级这一概念有其自身不可替代的优势与深刻之处,阶级立场、阶级情感、阶级斗争等分析对文学研究来说也是一个很深刻的领域。但是阶级这一概念由政治经济学范畴转化到政治人格范畴,再转化到文学艺术范畴的复杂性被忽略了,这导致属于政治经济学范畴的阶级概念直接变成了文学概念。过去我们用阶级这个概念来解释文学显得过于单一与泛化,僵化与政治化,而且因阶级这一概念的使用被日常生活化了,其严肃性减弱了,导致文学的审美特性很大程度上被遮蔽了,这使得用阶级来解释文学的有效性打了折扣,变得面目可憎,对文学的负面影响确实不容小觑。

改革开放以来,文学界解放思想,拨乱反正,重新思考文学的阶级性、人性等问题,纷纷指出阶级论文论的僵化与扩大化,文艺的审美转向成为纠正文学泛政治化、阶级斗争扩大化的重要途径。关于形象思维的讨论,关于文艺自身特殊规律的探求,关于人性、人道主义的论争,关于文艺审美特质的探索是这一时期文艺寻求突破的方式。审美成为反对文艺是阶级斗争工具的抓手,成为文艺正名最重要的一个方向,这时候文学领域的关键词是审美反映、审美意识形态、审美特征、审美属性等,文学"向内转"开始成为这一时期"文学概论"的"基本原理"。各种心理学、语言学、符号学、形式主义、现代主义、后现代主义的文学理论也开始大量传入中国。文学界眼光"向外转",大量翻译出版西方各种文学理论,西方各种现代文论话语涌进中国,中

---

① 理查德·斯凯思:《阶级》,雷玉琼译,长春:吉林人民出版社,2005 年,第 1 页。

国文论的话语资源与学术方式都有了极大的改变。在这种学术话语资源倍增的环境下,过去曾有的那种单一的阶级文学批评逐渐式微,文学批评走向学术化、学科化,现在学界基本上很少有人用阶级论来批评文学作品了,这在某种意义上说当然是一件好事。但因为我们曾经经历过阶级论文学批评的伤害而完全否定它却并不可取,我们应该在尊重文学特殊规律的基础上,将阶级论与审美论以及其他各种文学理论结合起来分析文学作品,充分发挥阶级论阐释文学作品的优势,扬长避短,而不是简单地避之唯恐不及,这对我们当前文论话语体系的建构来说是有积极意义的。

## 第三节　十七年文学批评中的个人主义话语

个人主义叙述话语是十七年时期文学批评领域一个使用较为频繁的概念,很多作家作品都曾受到因表现了个人主义思想的批评。此时我们全力倡导人民文学的集体主义价值取向,而个人主义文学是与人民文学相对的一种文学形态,这种文学追求个人的利益与感受,不顾集体的大多人的利益,是我们坚决反对的。文学塑造的人物形象看上去是一个单个的人,但他必须是整个集体的代表,给人的感觉必须是集体的存在,我们努力塑造的是具有集体主义精神的人。李健吾在《社会主义的喜剧》中就曾指出我们文学中的人物:"他们不是一个人或几个人,而是万众一心的亿万人的总和。形象是一个,给人的感觉却是集体存在。"[1]塑造具有集体主义精神的人物形象是十七年时期文学的要求之一,这时候的典型形象被看成一个阶级或者一种职务的人的"总代表",当时有"典型即总代表"论或"总代表即典型"论流行,这种"总代表"论把作品中的艺术典型看成他所属的那个阶层和他所从

---

① 李健吾:《社会主义的喜剧》,载李庚主编《中国新文艺大系 1949—1966 评论集》,北京:中国文联出版公司,1994 年,第 650 页。

事的那个职务的人的大全,这些正面的人物形象集中了所有最先进与最进步的品质,他们是这个阶层、职务的一切人的"总代表",是理想的典型人物。在这一时期的集体主义文学批评中,个人主义是我们着力反对的一种文学价值取向,我们追求的是集体主义的价值取向。

## 一、集体主义文学的价值取向

早在 1948 年《大众文艺丛刊》第一辑《文艺的新方向》中就集中批评了个人主义的文艺。邵荃麟在《对于当前文艺运动的意见——检讨·批判·和今后的方向》中就指出当前新文艺运动遇到的危机正是人民大众的集体主义意识的涣散,个人主义意识的高扬才招致了文艺的堕落和反动。他说:"我们以为今天文艺思想上的混乱状态,主要即是由于个人主义意识和思想代替了群众的意识和集体主义的思想。"[1]个人主义的文艺思想,一方面表现在对所谓内在生命力与人格力量的追求,把文艺的政治倾向视为所谓庸俗说教,追求艺术视为所谓的永恒价值;另一方面表现在那种浅薄的人道主义和旁观者的微温的怜悯与感叹的态度。这种个人主义思想应付不了激烈变动着的现实,因此常常表现出知识分子在残酷与尖锐的历史斗争下的苦闷、彷徨、伤感、忧郁以及逃避现实与自我陶醉的倾向。从人民文艺的集体主义价值出发,个人主义文学是直接与之对立的反动文学,个人在一定程度上成了一个人人谈之色变的小资产阶级的专利。个人、个人主义与集体、集体主义之间的界限与辩证关系就成为我们重点关注的问题。

在十七年文学价值谱系中,个人主义与集体主义成为两条道路、两个阶级之间斗争的代名词。毛主席在中国共产党八届三中全会的报告中提出集体主义和个人主义就是社会主义和资本主义两条道路的矛盾。在这种背景下,个人主义就不单纯是个人利益那么简单,个人主义代表资产阶级的道

---

① 邵荃麟:《邵荃麟全集》第 1 卷,武汉:武汉出版社,2013 年,第 145 页。

路,集体主义代表无产阶级的道路;个人主义代表资本主义,集体主义代表
社会主义,个人主义与集体主义之间的区别就是资产阶级与无产阶级、资本
主义与社会主义之间的区别了,是大是大非的区别。文学领域一个重要的
任务就是表现两条道路、两个阶级之间的斗争,表现集体主义与社会主义的
最后胜利。李准《不能走那条路》就是以宋老定放弃个人买地发家致富走上
互助合作化的道路来告诉人们要走集体共同致富的道路,不能走只顾自己
的利益去做生意的资本主义道路;柳青《创业史》中以郭世富、郭振山为代表
的个人利益者,忙着制订自己个人的五年计划,想要发家致富,而以梁生宝
为代表的互助合作社则代表集体主义利益,而且合作社最终得到巩固提高,
梁生宝建立了灯塔社,带领群众走上社会主义的大道;赵树理《三里湾》中的
范登高、袁天成等心思都在个人的发家致富上,总是打着自己个人利益的小
算盘,成了合作社开渠、扩社的阻力,最后在党风整顿和群众的教育下,袁天
成一家入了社,合作社里的困难解决了,大家都憧憬着三里湾更加美好的未
来。周立波《山乡巨变》中的陈先晋、王菊生等代表想单干的农民,他们对加
入集体的农业合作社心存疑虑,入社和不入社分别代表了集体利益与个人
利益两端,最后顾虑打消,大家都加入了合作社,清溪乡的初级合作社也经
过升级扩社变成了高级合作社,社会主义集体经济取得了胜利。马烽《三年
早知道》也描写了一个刚开始落后的外号"三年早知道"的赵满囤,从不愿意
加入合作社到勉强加入后还是想自己的利益,到最后完全以集体利益为重,
"我"到甄家村看到赵满囤的变化后,由衷地赞叹现在不只是生活变了,最重
要的是人变了,而且作品借刘书记的话表明一个道理,那就是:"个体生产转
为集体生产,经济基础变了,人们的思想意识也要逐渐起变化的。"①由此说
明个人价值向集体价值的转变。

---

① 马烽:《三年早知道》,载葛洛、刘剑青主编《中国新文艺大系 1949—1966 短篇小说集》下卷,北京:中
   国文联出版公司,1989 年,第 12 页。

　　为了阶级利益、集体利益而牺牲个人利益,这是集体主义文学的一个基本模式。刘澍德《归家》里的朱升和李宽两个家庭,有着四十年的患难交情,但是因为他们在合作化道路上产生了激烈的冲突,一家反对入社,另一家积极主张建社,一个以集体利益为重,一个总幻想着个人发家致富,这实际上是两条道路、两个阶级的斗争了,这最终导致了两个家庭的决裂,而且波及两家的孩子朱彦和李菊英青梅竹马的感情,为了更高的合作化的集体利益,两个年轻人只有放弃他们之间的爱情。作品中男主人公朱彦在与李菊英谈话受挫后的内心独白指出,天地间很少有赤裸裸的不和集体发生关系的事,哪怕就是私人感情和关系,都跟社会生活有着丝丝缕缕的联系。这实际上是作者借朱彦之口指出个人的一切都会受到社会集体关系的影响,要以集体利益为首。总之,这一时期以农村合作化为题材的很多文学作品,基本的矛盾冲突方式就是代表个人利益不情愿入社的单干与代表集体利益的合作社之间的矛盾,当然代表个人利益的落后一方受到了群众的教育,思想发生了转变,最后都同意加入合作社,集体主义思想战胜了个人主义思想。这种由个人利益向集体利益的转变是十七年文学的一个基本模式。

　　为了强调集体主义、人民群众的价值取向,一些作品因为有个人主义倾向而受到批评,这些个人主义行为在我们现在看来可能是一个无伤大雅的行为,但在当时却是一个很严重的问题,个人主义的批评有泛化与扩大化的嫌疑。比如《青春之歌》中的林道静独步海滨欣赏大海的美景,在海边捡拾贝壳,当时批评这种所谓浪漫情调是孤芳自赏而不与工农结合,是表现了浓厚的个人主义思想,作品因此受到了批判。作为小资产阶级知识分子的林道静不是因为阶级恨进入革命斗争行列的,这样的小资产阶级知识分子往往带着狂热的个人英雄主义参加革命,不是想为阶级而奋斗,而是想谋得个人的慷慨就义,英雄地死去;不是无产阶级的感情,不是阶级友爱,而是旧的从上而下的悲天悯人的人道主义,这种带有个人英雄主义的革命动机是必须批评的。其他如《达吉和她的父亲》主要描写达吉的亲生父亲任秉清和她的养父马赫而哈两个父亲为了女儿的归属问题而产生的感情波澜,这被批评为没什么社会重大意义,是宣传个人主义的作品。李厚基在《更上一层楼》中认为"作者把自己心爱的人物囚禁于狭小的个人主义的笼子里",因而"小说对于生活的反映是不真实的,虽说它的基本冲突是尖锐而富有戏剧性的,但这只是个人的喜怒哀乐的命运戏剧,而不是社会戏剧"。① 由此《达吉和她的父亲》也被看作一部个人主义的作品。

可以看出个人主义叙述是当时的大敌,"脱离群众""脱离集体""不走群众路线"而沉溺于所谓个人奋斗或者沉浸于自己个人的感情故事之中,这些都是小资产阶级个人主义文学的特点,是绝不允许的。巴金创作的《激流三部曲》《爱情三部曲》等塑造的人物这时候被批评没有走向工农群众,是一些个人主义者,觉慧、淑英的逃走,觉民、淑华的斗争等,他们的斗争都还只是个人的,没有与人民大众的斗争衔接起来,他们并没有走真正的革命道路,一直是脱离实际斗争、脱离人民的。魏巍和白艾的《长空怒风》中的牟永刚也被批评犯了个人英雄主义的错误,因为牟永刚在空战中为了报以前的耻辱,不顾整个战斗机群的队形,自己突飞猛进追击敌人,虽然最后在战友的全力配合下得以击退敌人,但牟永刚就是典型的个人英雄主义,当然后来他认识到自己的错误,改正了错误,人们对牟永刚这个英雄也就生发出更多的敬爱。

在崇尚集体价值的整体氛围中,个人的情感欲望等受到了一定程度的遮蔽,像"五四"时期那样大胆描写莎菲式的普通男女个人的悲欢成败与内心要求,甚至所谓个人自叙传式的沉沦,鼓吹所谓健全的个人主义在集体叙述的时代是不可能的。十七年文学中集体和个人之间的关系变得比较紧张,它们之间的对立也有点非此即彼的感觉,这样把个人的欲求与行为归结

---

① 李厚基:《更上一层楼——杂谈〈达吉和她的父亲〉从小说到电影剧本的改编》,《电影文学》1961 年第 2 期。

到个人主义名下而加以批评,使得个人和人民大众、个人和集体的关系成为当时一个敏感的话题,它们之间的界限不容易把握。

新文学标准最需要塑造的人物形象是集体利益高于一切的人,公而忘私消融在集体中的人。描写人们克服自己的个人利益而转变到集体利益上,转变到为了他人利益而牺牲个人利益上,这种从个人到集体的转变模式也成为文学的一个常见套路。比如李威仑 1956 年在《人民文学》发表的《爱情》就被赞扬是一部好作品,因为作品的女主人公为了他人的幸福而让出了自己的幸福,他人利益战胜了个人利益。作品描写的是男主人公周丁山向女主人公叶碧珍表白爱情时,叶碧珍没有答应;后来了解到周丁山的高尚品质,决定接受周丁山的爱情,但这时周丁山已经与小贞确立了恋爱关系;后来周丁山被派到叶碧珍所在的医院工作,这时候叶碧珍克服了自己的情感冲动,决心成全周丁山和小贞。高瞻在《几篇描写爱情的好小说》一文中称赞小说的这种描写使叶碧珍的形象高大起来,因为:“这里充分的表现了她的性格的可贵,而这种可贵的性格中所内含的思想,已经远远超出了资产阶级个人主义的思想范畴。她已经不是以自己的幸福为个人生活行动的唯一准则了。”①叶碧珍牺牲了个人的幸福而成全了他人的幸福,这部作品的出发点不是个人主义的,主人公处处为别人着想,作品表现出一种高尚的无产阶级的集体主义精神,这部作品成了一部表现战胜个人利益的好作品。在个人与他人,个体与集体的对照描写中,克服个人成全他人,牺牲个体维护集体,这是当时文学极力强调的集体主义价值观。这种价值取向是正确的,只不过当时在强调集体价值的过程中,个人与集体的对立与冲突有些被夸大了,成了非此即彼不能共存的两端,个人这一端必然要被消灭掉,个人成为私有制与落后的代名词,个人的出发点往往最终都要被上升到个人主义,上升到资产阶级的高度,这就形成了个人就是个人主义,个人主义就是资产阶

---

①　高瞻:《几篇描写爱情的好小说》,《人民文学》1957 年第 4 期。

级的链条。由此为个人争取幸福与利益成为一件不光彩的甚至是罪恶的事情,对个人利益的批评就是一场无产阶级与资产阶级的斗争了,这样个人利益成了集体利益的对立面,成了无产阶级的对立面而被排挤到我们的价值谱系之外去了。

在个人与集体处于比较紧张对立的关系的情况下,文学作品所描写的正面人物只有觉悟到能够为公共利益斗争,能够把国家和全体人民的利益放在个人的或家庭的利益之上,能够毫不利己,专门利人,完全融入集体而不是与集体对立的时候,这个人物才是这个时代所激赏的新人物,这样的人物叙事才符合新的文艺标准。比如刘澍德《归家》中的先进人物朱彦和李菊英,为了农村合作化事业,把个人感情放在次要地位而献身于建设美好新农村,他们受到人们赞扬的正是他们的集体主义精神:它塑造了老一代的朱升和年轻一代的朱彦和菊英这样一些先进人物的形象,他们对社会主义、对人民群众忠心耿耿,处处以革命的利益、集体的利益为重,不计个人的得失;他们满怀着排除一切障碍,建设社会主义新农村的理想、热情和献身精神;他们努力以共产主义的思想和道德作为一切行动的准则,不断和自己身上残存的缺点作斗争。① 文学作品所塑造的先进人物形象最重要的品质之一就是公而忘私的集体主义精神。冯牧在评论《欧阳海之歌》时也谈道:"在过去时代的许多传记小说里,我们所能够读到的,往往只是充满了个人英雄主义色彩的'丰功伟绩',仿佛创造了历史的只不过是少数出类拔萃的个人,而不是人民群众。而在《欧阳海之歌》当中,我们首先看到的却不是什么个人的奋斗力量,而是党的力量,人民的力量,马克思列宁主义和毛泽东思想的强大力量。"②新的文艺范式要求突出主人公共产主义的、集体主义的力量,而

---

① 刘金:《〈归家〉——一部富有特色的新作》,《文艺报》1963 年第 1 期。

② 冯牧:《文学创作突出政治的优秀范例——从〈欧阳海之歌〉的成就谈"三过硬"问题》,载洪子诚编《二十世纪中国小说理论资料 1949—1976》第 5 卷,北京:北京大学出版社,1997 年,第 542 页。

不是个人英雄式的人物。个人在时代价值话语体系中的位置是比较靠后的,公而忘私是集体主义时代的典型话语,比如雷锋就是当时这种集体主义精神的典型代表人物。周恩来1963年2月8日出席首都文化艺术工作者元宵联欢会时发表讲话谈到近日看了雷锋等先进事迹很受感动,他号召文艺工作者要善于捕捉时代精神,表现典型人物。他指出:"雷锋日记反映了全心全意为集体的思想,是一部很好的日记体文学。过生活关就是要全心全意为集体,要求我们先公后私,有时公而忘私。"①雷锋这样的集体主义精神是时代精神的典型,他是一个时代的象征符号。

　　从人民群众的集体视角来看,个人主义文学是资产阶级的特点,无产阶级文学是集体主义的文学,这样个人与集体就分别与两个不同的阶级联系在一起,个人与集体的对立是两个阶级的对立。周扬在第二次文代会的报告中指出我们的文学艺术是歌颂工农兵坚韧的斗争意志、忘我的劳动热忱,表扬他们对集体、对国家、对人民利益的无限衷心,"而资产阶级文学艺术就恰恰相反,它总是顽强地表现自己,宣传个人主义、个人崇拜、自我欣赏,灌输对国家和人民命运漠不关心、对群众斗争厌恶的思想"②。他指出《武训传》之所以是极端有害的,就在于它巧妙地宣传了封建统治者的投降思想,宣传了资产阶级的改良主义和个人主义。新社会的特点是广大人民已经从个人主义转向集体主义,我们新社会的性质保证了我们个人利益与集体利益的一致性,个人的即是集体的,集体的也是个人的,个人与集体之间不再是对立的。冯雪峰批评当时要求描写英雄人物、先进人物的"心理活动""内心生活""私生活"来丰富这些形象的说法,因为在我们的社会里,个人的"私生活""内心活动"与集体生活是相一致的,那种纯粹属于个人的"私生活"不是生活的中心。他说:"在我们的社会,'私生活'已经不是生活的中

---

① 中共中央文献研究室编《周恩来年谱1949—1976》中卷,北京:中央文献出版社,1997年,第532页。
② 周扬:《周扬文集》第2卷,北京:人民文学出版社,1985年,第240页。

心,因为我们的人民正在从个人走向集体,正在把个人的生活及个人的幸福和社会的生活及集体的幸福结合起来。这是我们今天实际生活的一个根本的特点,也是我们生活的本质。"①新社会的本质就是集体主义的,个人利益因为与集体利益的一致而融于集体之中。资产阶级社会的根基是个人主义,那种强调个人的思想是资产阶级的,资产阶级文学观的思想根基就是个人主义。如此强调个人与集体一致的冯雪峰,在后来却被批判是典型的资产阶级个人主义的文学观。邵荃麟在批评冯雪峰的时候也指出,冯雪峰在文学上虽然有一定的成就,但他犯了严重的错误,究其原因:"最基本的一点,是资产阶级个人主义的思想在知识分子身上一种突出的表现,即所谓'自我中心'的意识。"②可见个人主义思想是错误的根源。

## 二、个人主义文学批评

个人主义文学的典型表现就是总爱在作品中表现个人的感情、爱情、人情、人性、趣味等,这些叙述受到的批判是最多的。毛泽东曾经说:"有些小资产阶级知识分子所鼓吹的人性,也是脱离人民大众或者反对人民大众的,他们的所谓人性实质上不过是资产阶级的个人主义。"③我们相信经过长期的社会主义革命,人们的生活的每一个具体方面都发生了根本性的变化,包括日常生活的爱情、友谊、趣味等都发生了革命性变化,都充满了集体主义与理想主义的光芒。这时候那些充满个人趣味的人情、人性、情趣等在集体叙述中被看作还没有改造好的小资产阶级个人主义追求,被看成不健康的低级趣味,是一种颓废的腐化堕落。我们不提倡为了写爱情而写爱情,关键是这种描写应该是作品情节发展的必然,应该是作品的有机组成部分。但

---

① 冯雪峰:《冯雪峰全集》第 6 卷,北京:人民文学出版社,2016 年,第 170 页。
② 邵荃麟:《邵荃麟全集》第 2 卷,武汉:武汉出版社,2013 年,第 135 页。
③ 毛泽东:《毛泽东选集》第 3 卷,北京:人民出版社,1991 年,第 870 页。

是现在的情况是作品中的爱情描写很容易上升到阶级感情的高度,一旦涉及个人的感情就容易受到批评,作家很不好把握作品里的感情描写的程度,稍不注意即被说成搞资产阶级温情那一套,以至于作家有点谈情色变,这就有问题了。个人之温情、爱情等情感话题成了一个敏感问题,人们不敢大胆写情了。《野火春风斗古城》中的杨晓冬,即使恋人银环赶过来张开双手准备热烈拥抱时,他也只是象征性地摸了摸她的头发;《人民的战士》中的刘兴告诉小万父亲小万受伤了,而小万的父亲没有表示任何悲痛之情。在当时人民群众的话语洪流中,文学中的个人问题确实是一个敏感的问题,个人、个性、风格等追求容易被上升到个人主义。

在集体话语模式下,文学作品的爱情描写也容易被打上个人叙事的标签。车尔尼雪夫斯基曾经说:"我们丝毫没有意思要禁止诗人写恋爱;不过美学应当要求诗人只在需要写恋爱的时候才写它:当问题实际上完全与恋爱无关,而在生活的其他方面的时候,为什么把恋爱摆在首要地位?"①车尔尼雪夫斯基所说是十分正确的,文学作品不能把爱情描写当作噱头,更不能将它当作吸引读者的刺激,甚至不惜将它变成色情描写就更是错上加错了。当然不能任何时候都把爱情描写放在首位,但是爱情是文学作品的永恒题材之一,作品需要写这种感情的时候就应该大胆描写。问题在于在阶级论的集体叙述原则指导下,为了突出阶级集体的共性,爱情成了和集体精神相背离的个人的东西,爱情这时候容易被当作个人主义的标签,爱情描写和个人主义常常连在了一起,现在是作品需要写爱情的时候也不太敢大胆地个性化地去描写了。影片《早春二月》中的陶岚一心只顾追求自己所谓的自由爱情,被批评是一个"莎菲女士"式的露骨的个人主义者,而萧涧秋也被批评只是一个以自我为中心的个人主义者,他与陶岚之间的爱情场景散发出了一种十九世纪式的腐朽的臭气。之所以这样批评,主要还是因为《早春二

---

① 周扬:《周扬文集》第 1 卷,北京:人民文学出版社,1984 年,第 375 页。

月》没有以表现火热的阶级革命斗争为主,相反以一个小资产阶级的知识分子个人的情感生活为主,这是小资产阶级个人主义的表现。这种弱化个人之情的集体叙述容易导致文学的概念化、口号化、公式化的弊端,这似乎会降低作品的艺术性,但是如果去探索所谓的情感描写,一不小心被批判是资产阶级情调泛滥,是个人主义情感作怪,那这个问题就严重了。所以作家顺应这种集体叙述原则,不作过多情感的渲染,作品虽然平庸一点,但还不失为一种更安全的选择。

文学作品中的主人公之所以被批评是个人主义,一个重要的原因是他们行为处世的出发点与动机是为了个人利益而不是为了集体。张庆田的小说《对手》被批评是表现了资产阶级个人主义思想的小说,主要原因是作品的主人公刘连玉获取荣誉的出发点与归宿都是为了个人的荣耀。故事说的是大荣庄海鸥生产队队长刘连玉是全省闻名的红旗手,由于骄傲自满,被小荣庄生产队队长白秀梅赶超夺去了红旗的事。刘连玉努力工作,获得了红旗手的称号,但刘连玉得了红旗手称号后莫名其妙地"空虚",对红旗、荣誉失去了兴趣,对群众来信也不回复了,别人请她作报告,也像是背书一样;看到别人进步又不服气,等等。批评者由此批评追问刘连玉对红旗、对荣誉那种复杂微妙的心理究竟是什么阶级的思想感情? 刘连玉对待红旗手荣誉的态度就是资产阶级个人主义的态度,因为无产阶级把荣誉看作是党和人民给予他所代表的集体和群众的鼓励,是推动他在工作中取得更大成绩的精神力量;资产阶级则把荣誉看成个人奋斗的目的,是个人的虚荣与个人前进的动力。吴泰昌在《〈对手〉写了什么样的"英雄"》中指出:"小说描写刘连玉对待荣誉,正是十足的资产阶级个人主义患得患失的态度。"①因为刘连玉为了追求荣誉,她可以充满"勇气";取得荣誉之后,她时而自我欣赏、陶醉,时而冷漠、空虚;而在竞赛失败以后,又斤斤计较,内心充满自省和痛苦;正

---

① 吴泰昌:《〈对手〉写了什么样的"英雄"》,《文艺报》1964 年第 10 期。

是资产阶级个人主义思想促使刘连玉恢复了她的青春活力,在丢了红旗手称号后重新追求荣誉。吴泰昌批评像这样一个具有如此复杂、阴暗心理的刘连玉,哪里还像一个有朝气、有志气、正在进步的农村知识青年的样子,这些乌七八糟的东西,完全是作者硬塞到先进人物身上去的资产阶级、小资产阶级货色。在集体主义话语看来,作品主人公想要得到别人的青睐,想要被众人看得起而去努力工作,这种出发点是违反集体主义精神的。

新中国成立后的文学叙事一个重要的原则是淡化个人叙事,批评个人主义的取向而弘扬集体主义叙事,出此宣传集体主义精神。1950 年丁玲在回答萧也牧的信时写道:"中国的文艺,不正是抛弃了那个徘徊惆怅于个人情感的小圈子么? 抛弃了一些知识分子的孤独绝望,一些少爷小姐,莫名其妙的,因恋爱不自由而起的对家庭的不满与烦闷么?"①这表明,丁玲已经抛弃了"五四"时期的那种个人自我表现的吟唱,抛弃了"五四"时期引以为荣的所谓个性解放以及个人的苦闷、彷徨等个人叙述话语。"抛弃"一词从"莎菲女士"丁玲那里说出来,非常值得重视。这正表明要与"五四"叙述传统决裂而完全投身到集体叙述的话语中来,只有这样才能在新文学范式中站稳脚跟。舒芜批判自己的"主观论"时曾经说:"所谓'个性解放',或如我把它改装以后的所谓'主观作用的发扬',在实际工作当中,无非就是自由散漫,对抗组织,脱离群众,自高自大,孤芳自赏,这一类恶劣的作风。"②舒芜表态抛弃个人叙事,一定程度上是为了从"胡风反革命集团"中脱身,也许有一定的外在压力,但要融入新的文学规范之中就必须改换叙事范式,这也是他发自内心的自觉自愿的价值选择。当时想要创造自己"流派"的年轻文学工作者被批评是狂妄的个人野心下的个人英雄主义;想要创办"同人刊物"满足发表作品的欲望,想要当"专业作家",想要运用更多的艺术技巧,想要发掘

① 洪子诚编《二十世纪中国小说理论资料 1949—1976》第 5 卷,北京:北京大学出版社,1997 年,第 39 页。
② 作家出版社编辑部编《胡风文艺思想批判论文汇集》第 2 集,北京:作家出版社,1955 年,第 111 页。

更多的题材等,都曾经被批评是文学中的个人主义思想。个人主义在当时被当作文学界最常见的一个缺陷,秦兆阳1956年在随感《尖锐之风》中谈到文学批评时说:"开口必给人以'个人主义',动笔必送人以'小资产阶级',道理未说三句,棍子先打五十;分析非常肤浅,帽子又高又大;以粗暴的讨伐式的做法代替与人为善的批评。这种风气,或者可以称之为'尖锐之风'。"①从这里我们也可以看出个人主义是当时文学所普遍批评的一个缺点。

到了社会主义公有制的体制里,个人主义当然更没有市场,时代话语范式已经由个人转向了集体。周扬说:"我们的文艺作品应当以积极培养人民集体主义思想,克服人们意识中的个人主义作为自己的任务"②,但是偏偏还有一些不能抛弃个人叙述的作家感情泛滥,还要留恋各种个人叙事,这必然要陷入与当时主流话语挑战的漩涡之中。当年路翎面对批评时百思不得其解,连巴金这样的作家都发表了《谈〈洼地上的"战役"〉的反动性》,路翎因此发表了文章《为什么会有这样的批评》表达自己的困惑。这表明他还没有从"五四"单纯的个人叙述中迅速转变到无产阶级新传统的集体主义叙述中来,这是痛苦产生的一个原因。

我们实际上完成了一个从个人叙事转向集体叙事的范式性转换。以群就曾经指出:"现代文学的主题是在向着怎样的方向演变呢?它的基本方向是由以'个人'、'个性'为中心转向其以'集团'、'阶级'、'社会'为本位。过去的'永久的'主题'死'、'爱',今天已经不再被进步的作家当做个人的玄虚的、美幻的问题来处理,一个人的'死'的意义,不在于一个'个性'的消灭,而在于个人对自己的集团、阶级或民族的献身,或是对敌对的集团、阶级或民族的决斗。'爱'的意义已经不是自然的个性的发抒,而成了一种阶级

---

① 秦兆阳:《文学探路集》,北京:人民文学出版社,1984年,第114页。
② 周扬:《周扬文集》第2卷,北京:人民文学出版社,1985年,第280页。

的社会的行动。'牺牲'、'复仇',已经不是一个自我摧残或自我发扬的问题,而成了个人对集团或阶级的尽责、尽义,或是集团、阶级本身为自己的生存、利益而争胜的问题。"①从这我们可以看出,从个人到集体的转换被看成现代文学的现代性之所在了,如何处理集体与个人的关系成为文学界一直面临的一个重要问题。社会主义文学必然面临的一个重要问题就是如何处理集体与个人之间的关系,周恩来1957年7月14日在《在中共中央宣传部、文化部、全国文联召集的文艺界人士座谈会上的讲话》中指出:"集体主义是社会主义的特点。一切文艺创作、表演活动要为巩固社会主义集体而服务。但文艺又是通过个人的创作劳动进行的,因此也要容许有个人的自由,注意在集体中的个人的发展。集体与个人要正确地结合。"②最理想的状态当然是个人与集体的辩证融合,只是在我们强调社会主义集体主义特性的实践过程中,个人这一维度的重要性被集体主义盖过了。

我们知道个人解放的话语曾经是"五四"时期的重要成果,当时一直被当作一种进步的社会力量。陈独秀1915年在《敬告青年》中要求青年们的第一件事情就是自主的而非奴隶的,要保持个人的独立精神。在《偶像破坏论》中,陈独秀大声疾呼一切宗教都是骗人的偶像,阿弥陀佛是骗人的,耶和华上帝是骗人的,一切宗教家所崇拜的神佛仙鬼,都是骗人的偶像,都应该破坏! 这种破坏一切偶像的战斗精神曾给当时的青年极大的警醒,促使了他们个人独立人格的觉醒。胡适当时也大力宣传西方的个人主义,要青年们"救出自己,务必努力做一个人",他说:

欧洲有了十八九世纪的个人主义,造出了无数爱自由过于面包,爱真理过于生命的特立独行之士,方才有今日的文明世界。现在有人对你们说:牺牲你们个人的自由,去求国家的自由! 我对你们说:"争你们个人的自由,便

---

① 以群:《以群文艺论文集》,上海:上海文艺出版社,1983年,第264-265页。
② 文化部文学艺术研究院编《周恩来论文艺》,北京:人民文学出版社,1979年,第59页。

是为国家争自由！争你们自己的人格，便是为国家争人格！"①

个人的自由、个人的独立、个性的解放成为新文化启蒙运动主将们主要的价值选择之一。易卜生主义在青年中风行一时，胡适回忆说《易卜生主义》这篇文章之所以能有最大的兴奋作用和解放作用，也正因为它所提倡的个人主义在当时的确是最新鲜又最需要的。个人解放的话语是"五四"以来新青年最时髦、最流行的一个话语。当时许多期刊杂志的发刊宣言主要就是"自我解放""自我觉醒"的个人主义话语，如1919年6月8日《星期评论发刊词》这样写道：

我说，我是我的我，一切世界，都从心里的思想创造出来……我要吃，非我不能替我饱。我要着，非我不能替我暖。我要住，非我不能替我安。

我就要问我，现在的世界是谁的世界？我便直截了当答应是"我的世界"。又问现在的国家是谁的国家，我也直截了当答应是"我的国家"。②

"我的我""我的世界""我的国家"，个人自我中心主义的世界观在此表露无遗。可以说，个人的自我解放、个性的发展是"五四"时期与科学、民主精神并立的时代思潮，是那个启蒙时代的主流话语之一，在当时是推动时代进步的力量。鲁迅先生《伤逝》中子君那句"我是我自己的，他们谁也没有干涉我的权利"是"五四"时期个人话语的一个标志。个人、个性是"五四"文艺的一个关键词，这就难怪康白情在《新诗底我见》中归结诗人的任务时认为只是要发展一个绝对的个性罢了。在新的人民文学、革命文学与阶级文学的价值体系中，个人的位置已悄然发生了变化，其启蒙的使命已经完成，其价值的重要性已不如"五四"时期发挥个性解放作用那么大了，十七年时期文学叙事重要的一件事情是要淡化个人话语，个人要融入革命、集体、国家、人民、阶级等宏大叙事之中。关于个人地位的这个变化，周扬在批判丁

---

① 欧阳哲生编《胡适文集》第5册，北京：北京大学出版社，1998年，第511页。
② 中共中央马克思、恩格斯、列宁、斯大林著作编译局研究室编《五四时期期刊介绍》第一集下册，北京：生活·读书·新知三联书店，1978年，第400-401页。

玲、陈企霞时曾有过很好的回顾,他说:

> 回想当年,个人主义曾经和"个性解放"、"人格独立"等等的概念相联
> 系,在我们反对封建压迫、争取自由的斗争中给予过我们鼓舞的力量。十九
> 世纪欧洲文学的许多杰出作品经常描写个人和社会的冲突,愤世嫉俗、孤军
> 奋斗和无政府式的反抗,这在我们的头脑中留下了深刻的印象。我们曾经
> 热烈地欢迎易卜生,欣赏他那句"世上最孤立的人就是最有力量的"的名言。
> 我们中间许多人就是经过个人奋斗走上革命道路,背着个人主义的包袱参
> 加革命的。①

这告诉我们,个人主义在资产阶级革命过程中曾经起过启蒙进步的作
用。那种克利斯朵夫式的个人主义与人道主义确实曾经是一代知识分子走
向革命的思想根基,但是当他们真正参加到轰轰烈烈的无产阶级革命斗争
中去的时候,再秉持那样的个人主义与人道主义思想则无法应对真正的战
斗,也就是说那种"五四"式的个人主义已经尽了自己的历史职责而到了退
出历史舞台的时候了。这可以说是一代人思想根基、人生道路的范式性转
化,就是要从个人主义转到集体主义。在新的无产阶级的社会主义新社会
里,个人主义已经没有当时那样的进步意义了,已经不适应时代精神了,已
经是一种落后的包袱了,我们应该及时抛弃个人主义。很多人都曾经深刻
地论述过这一问题。林默涵曾经在《略论个性解放》中表达了同样的意思,
认为当资产阶级用个性解放的口号来进行反封建压迫的斗争时,它是有进
步意义的,但是当劳动人民以新的集体主义精神来进行争取解放的斗争时,
西欧没落的资产阶级又用个性自由做幌子来和劳动人民的集体主义精神相
对抗,这时候这种所谓个性自由、个性解放就没有进步意义了。这时候,"我
们所要求的,是广大人民的个性解放。我们自己的个性解放,只有在和广大
人民结合的集体斗争中才能实现。一切伟大的个性,没有不是和人民结合,

---

① 周扬:《文艺战线上的一场大辩论》,《人民日报》1958 年 2 月 28 日。

从人民得到智慧和力量,又为人民的利益而毫无怨言地献身奋斗的人。"①我们要求的是个人利益与集体利益的一致,在个人利益与集体利益冲突时,以集体利益为重。

这里面实际上包含着个人、个性、个性解放、个人主义与集体、集体主义之间的复杂关系问题,在人民的世纪里如何看待个人、个性、个性解放与个人主义的问题。从实际情况来看,我们把新的集体主义里的某些个人要求、个人利益、个性特征等上升到了个人主义的高度,因为反个人主义而反了个人、个性的现象也确实存在,个人和集体之间的界限以及相互尊重的问题没有得到清理,扩大了个人与集体之间的对立矛盾。在强调为了集体利益而牺牲个人利益的时候,个人利益的正当性没有得到充分的尊重,对个人、个性确实存在着一定程度上的抑制。比如丁玲曾经提出一个人必须写出一本真正的作品才能成为作家,一个人写出一本真正好的作品就没有人能够打倒他,即使一时不被接受甚至暂时被打倒,但他的作品最终还是会被人民喜欢。她在中国文学艺术工作者第二次代表大会上的讲话中说:"在这样英雄的时代里,我们也应该具备着理想,也就是具备着英雄的心,我们应该有一个奋斗的目标,写出一本好书,不是马马虎虎的书,是要有高度的思想性、艺术性的;不是只被自己欣赏,或几个朋友赞美,而是为千千万万的读者爱不释手,反复推敲,永远印在人心上,为人所乐于引用的书;不只是风行一时,还要能留之后代的。"②总之要写出一本经典的名著来,丁玲说自己还有一点雄心,还要写出一本好书来。丁玲这个想法被斥为"一本书主义"。《文艺报》发表了《斥"一本书主义"》的专论,认为这是一种彻头彻尾的资产阶级文学上的地位主义和个人主义的论调,这实际上是敌对阶级渗入我们队伍的一种毒辣的腐蚀剂,如果不赶快扫清这种论调的毒害和影响,我们的队伍

---

① 默涵:《略论个性解放》,载北京大学、北京师范大学、北京师范学院中文系中国现代文学教研室编《文学运动史料选》第 5 册,上海:上海教育出版社,1979 年,第 530 页。

② 张炯主编《丁玲全集》第 7 卷,河北人民出版社,2001 年,第 366-367 页。

将变成个人野心家的集团,我们将面临着"亡国亡头"的危险。① 这实际上把作家对经典作品的追求、对作品声誉的追求等都抬高到个人主义进行批判,而且上升到要"亡国亡头"的高度,这就过分夸大了它的危害性。

个人与集体应该是一个辩证的关系,它们之间是一棵大树与土壤的辩证关系。我们对个人与集体关系的理解是历史的、时代的,也就是说当我们处于不同的历史阶段,我们对个人和集体的各自位置与功用有不尽相同的期待与理解,这里面有个人历史观与群众历史观的问题,其最终的决定力量还是社会实践的现实,个人在社会的大潮面前终究是渺小的。毛泽东在《论联合政府》中指出:"人民,只有人民,才是创造世界历史的动力。"②在中国近代以来波澜壮阔的民族解放的战斗中,通过一代又一代仁人志士艰苦卓绝的探索与奋斗,人们终于认识到要最终推翻三座大山,取得革命的胜利,建立独立的现代中国,就必须走人民至上的集体主义道路。邵荃麟在《对于当前文艺运动的意见——检讨・批判・和今后的方向》中曾经说:"这是一个翻天覆地的阶级斗争的时代,能够抵抗那历史的压力和创造新时代的,只有那最强大的阶级力量,群众力量。不是把文艺思想运动结合在这个力量中间去,我们是无法克服目前这衰弱状态的。"③我们要承担全民解放的使命,要推翻帝国主义、封建主义、官僚资本主义三座大山,要建设现代化的社会主义强国,面对这样伟大而艰巨的使命,只是沉浸在个人主义的迷梦中确实是无能为力的,是创造不了新社会的,我们必须全力依靠人民、为了人民,人民的集体力量才是我们制胜的法宝,我们必须走人民的集体主义道路,我们信守的是人民创造历史的集体主义历史观,而不是个人创造历史的英雄主义历史观。在这样的背景下来理解我们对个人英雄主义的反对,对作品中描写人民力量不足的批评,对集体主义精神的强调就比较容易接受了,比

---

① 《文艺报》专论:《斥"一本书主义"》,《文艺报》1956年第2期。
② 毛泽东:《毛泽东选集》第3卷,北京:人民出版社,1991年,第1031页。
③ 邵荃麟:《邵荃麟全集》第1卷,武汉:武汉出版社,2013年,第147页。

如对《林海雪原》中的少剑波,对《我们的力量是无敌的》中的高团长等人物形象所表现出的个人英雄主义的批评也就容易理解了。茅盾在第三次文代会上的报告就重点批评了个人英雄主义的思想,他指修正主义者所欣赏的人物是思想矛盾、精神分裂、感情脆弱、立场摇摆的人物,他们所欣赏的“英雄”是个人主义的“英雄”。茅盾指出这种个人英雄不能说我们社会中已经绝迹,但他们正是被批判的对象,在作品中应是反面人物;而修正主义者认为要大写特写这些否定人物,并加以歌颂,这才是写了真实。“我们则认为,这些否定人物作为反面教员也可以写,但应当采取批判的严正态度,不能抱欣赏的态度,更不能喧宾夺主,让这些否定人物充满在我们的作品中。”①因此个人英雄形象要以批评为主。

集体主义的道路是我们在波澜壮阔的民族革命伟业中的自觉选择,一种新的集体主义美学的时代已经来临,这具有历史的必然性。从“五四”人的文学、平民文学到革命文学、抗战文学,再到人民文学,中国现代文学所走的道路正是从个人主义文学到集体主义文学的道路。邵荃麟1941年7月在《建设月刊》发表的《建立新的美学观点》指出,当前已经是一个集体主义意识来临的时代,在这样新的时代要废弃过去那种个人主义的美学,建立一种基于集体主义的新的美学思想观念。以前那种个人主义的美学是从个人的观点出发去追求直接的快乐,追求美的情绪,因此当个人的理想和欲望不能和社会现实一致的时候,他们就开始逃避现实,从乌托邦中去寻求快乐,这样也就堕入了感官主义以及为美而美的形式主义美学之中。而现在已经是一个集体主义来临的新时代,邵荃麟指出:“当个人主义社会意识的时代将要过去,集体主义社会意识的时代已经到来的时候,美学的观念起了一个重大的革命。”②这个重大的革命就是:“人们不只是从个人的利益满足与眼前

---

① 茅盾:《茅盾全集》第26卷,北京:人民文学出版社,1996年,第92页。
② 邵荃麟:《邵荃麟全集》第1卷,武汉:武汉出版社,2013年,第28页。

直接享乐的观点上去追求美的情绪,而是从整个人类或集体的利益观点,以及人类未来的完美的生活理想与创造上,去追求更高的美。"①由此,他指出在抗战时代,一切为祖国与人民而牺牲的英勇战斗,为民众谋福利的斗争行为,战时刻苦耐劳的集体斗争生活,以及民族战争新的英雄人物,在我们看来都是美的;反之,一切不利于抗战的,都是丑恶。总之,一切从人民的集体利益出发的思想与行为就是美,一种新的集体主义美学观已经诞生了。② 新中国文学虽然也是英雄主义的文学,但我们强调的是人民英雄,那种为了个人出风头的所谓英雄主义行为是我们坚决反对的。

---

① 邵荃麟:《邵荃麟全集》第 1 卷,武汉:武汉出版社,2013 年,第 28 页。
② 邵荃麟 1958 年在《文艺报》发表的《修正主义文艺思想一例——论〈苕花集〉及其作者的思想》对黄秋耘的思想进行批评时也提出:资产阶级的人道主义、个性主义等思想,在民主主义革命初期,确实曾经对我们产生过刺激革命的作用。但是当我们已经参加到集体主义的革命队伍的时候,这种思想就成为一种前进的障碍,成为个人的包袱。而当革命更向前发展,它和工人阶级的集体主义思想也就愈来愈无法调和。邵荃麟:《邵荃麟全集》第 2 卷,武汉:武汉出版社,2013 年,第 141 页。

# 第四章
# 十七年文学批评的场域

## 第一节　十七年时期的笔名发表与当代文学批评生态

十七年时期,使用笔名发表文学批评的现象仍然比较盛行。那么在当时的形势下使用笔名,有什么别样的意味呢?

### 一、笔名发表的一般原理

我们知道用笔名发表自己的作品在文坛古已有之,算不上什么新鲜了。古今中外都有很多作家以笔名发表自己的作品。至于为什么要用笔名发表,原因则各不相同。大致说来,有这样一些笔名发表的一般原理。

第一种是害怕发表的文学作品影响自己真名的声誉,所以要用笔名。比如在中国古代由于小说还是不登大雅之堂的"稗家者流",作者害怕影响自己的声誉,往往就借用一个笔名来发表,比如《金瓶梅》的作者"兰陵笑笑生"就是如此。现代文学史发端之时,通俗小说还是不登大雅之堂的"玩物丧志"之作,被人看不起。包天笑就曾经谈到自己在译介《迦因小传》时用了"吴门天笑生"的笔名,他说这是因为"在那时的观念,以为写小说是不宜用正名的,以前中国人写小说,也是用笔名的多,甚至大家不知道他的真姓名是谁"。① 通俗小说家江红蕉也说自己"偶为小说,斐然可观,然犹不敢署其名,往往每一二篇署一名,或三五篇署一名"②。这显然是受传统文学观念的影响而使用笔名的。

　　第二种则是为了适应当时特殊的社会环境。勃朗特姐妹发表她们著名的《简·爱》与《呼啸山庄》时,夏洛蒂用的是"柯勒·贝尔",爱米丽则用的是"艾里斯·贝尔",都是男性的名字,结果当姐妹俩到伦敦与出版商见面时,出版商都大吃一惊。这是因为当时英国社会还很保守,女子发表文学作品的很少,所以她们用了一个男性的笔名,以便作品能够顺利发表。乔治·桑本名奥罗尔·杜班,她当时来到巴黎,为了独立发表作品,也取了个男性化的名字"乔治·桑"。这些都反映出当时妇女没有独立社会权利的时代背景。

　　第三种是与自己特殊的生活经历有关。马克·吐温原名萨缪尔·兰亨·克莱门,因为他在密西西比河上当过水手,所以他发表作品时,为了纪念这段生活,取名"马克·吐温",意思是"水深十二英尺",轮船可以安全通过。阿赫玛托娃这个笔名则是因为她的父亲极度憎恶文学,不允许她用"高琏柯"的父姓来发表作品,只好用外曾祖母的"阿赫玛托娃"作自己发表作品时的名字。而高尔基这个笔名则是"苦命"的意思,用以概括自己痛苦的人生经历。伏尔泰这个名字的意思是他自己"阿鲁埃"家族某处产业的名字,而欧·亨利这个笔名据说是欧·亨利被关在监狱时一个狱卒的名字,欧·亨利在监狱中为了挣钱给狱外的女儿生活费,开始认真写作,写好了就借用狱卒这个名字发表。这些笔名都与作家自己特殊的一段生活经历相关。

　　第四种是想用笔名来表达自己某种特殊的理念寄托与思想情操,这是

① 包天笑:《钏影楼回忆录》,香港:香港大华出版社,1971 年,第 191 页。
② 魏绍昌、吴承惠编《鸳鸯蝴蝶派研究资料》上卷,上海:上海文艺出版社,1984 年,第 536 页。

使用笔名最主要的一个原因。自己的大名由父母做主,早就取好了,体现了父母寄托的愿望,不能改变了。但自己长大了,有了新的想法,所以想借笔名来表达自己新的人生理想或处世态度。比如刘海粟给自己取名"艺术叛徒",梁启超取"少年中国之少年",柳亚子取"汉种之中一汉种",章士钊取"黄帝子孙之嫡派黄中黄",周树人取"鲁迅",等等,这里面都有自己的别样怀抱,都有自己的理想寄托,这是笔名盛行的一个原因。这就有点像古人的字、号,如"青莲居士""易安居士""六一居士",一下子就知道作者此时此刻的情怀了。从这种表达了自己心迹的笔名中往往能够看出作者的人格境界和理想追求,鲁迅先生就曾经说通过这种笔名就可以知道其文章的品格了,并说那些自称"铁血""侠魂""古狂""怪侠""亚雄""鸳精""芳侬""花怜""秋瘦""春愁"以及什么"愤世生""厌世主义""救世居士"等的文章都可以不看了。

第五种是担心政治迫害。在某段特定的时间里,由于政治斗争环境的紧张,作者担心自己发表的不合时宜的作品遭到政治上的迫害或者遇到其他麻烦,所以频繁使用笔名,隐藏自己的真实身份,减少一点后顾之忧,这样可以为自己争得更多的自由空间。比如瞿秋白使用过 121 个笔名,就是因为在上海时他长期处于地下工作状态,不敢抛头露面,为了斗争的需要,所以他频繁换用笔名发表作品。鲁迅先生使用过 168 个笔名,很多笔名也都有这样的考虑。中国现代文学史上很多作家都用过笔名,据考证,巴金用过31 个笔名,梁启超用过 36 个,沈从文用过 44 个,陈独秀用过 46 个,周作人用过 47 个,郭沫若用过 48 个,梁实秋用过 66 个,夏衍用过 84 个,巴人用过 163个,茅盾用过 179 个,等等,这里面很大一部分原因就是当时的政治斗争。

第六种是担心作品不成熟,所以使用笔名。他们想通过笔名减轻自己的压力,因为用了笔名,即便作品不成熟,读者也不知道是谁写的,这样也就可以放心大胆地写了。冰心曾经说自己之所以使用笔名"冰心",一个重要的原因就是"我太胆小,怕人家笑话批评。冰心这两个字,是新的,人家看到的时候,不会想到这两字和谢婉莹有什么关系"。① 这是出于一种自我保护的动机而使用笔名的。当然这样减轻自己压力的同时,在隐藏身份的背后,也减轻了作者的责任感,可以发表一些与自己惯常身份不一样的游戏的作品,有时候也可以更自由地说话,可以说真话,可以开发出一片新的天地。冰心在发表《关于女人》一书时,不用人们已熟知的"冰心",却用"男士"的笔名来发表,让人怎么也不会把这样一本当时的畅销书和冰心女士联系在一起。她说:"不是用'冰心'的笔名来写,我可以'不负责任',开点玩笑时也可以自由一些。"②可见这种隐藏身份的笔名,可以带来自由,可以带来更深刻的思想。

## 二、十七年时期笔名发表的显在心理机制

如果说使用笔名发表的一般心理机制与社会机制是这样的话,那么十七年时期的笔名发表,除了适用上面所说的某些一般原则之外,还有没有什么特殊的动机呢? 这个问题在当时就引起了人们的兴趣,邓拓在"燕山夜话"中就曾专门为此写了一篇《你赞成用笔名吗?》的文章,试图回应这一问题。邓拓认为在社会主义新中国之所以还要用笔名,主要有两个方面的原因,其一是有些人看文章的好坏,是以作者名声大小来作判断的,这使作者本人有时也很苦恼,署一个笔名就省去这种麻烦,好坏就只看文章本身如何了。其二是作者有些研究的初步心得,还不很成熟,用他的本名发表,感觉不够慎重,所以用一个笔名来发表。同时读者如果有不同看法,可以毫无顾忌地提出自己的批评意见,不必顾及发表者的名声。所以邓拓认为在新中国继续用笔名发表作品,"无坏处,有好处",③他完全赞同社会主义新中国照

---

① 冰心:《记事珠》,北京:人民文学出版社,1982 年,第 194 页。
② 冰心:《记事珠》,北京:人民文学出版社,1982 年,第 268 页。
③ 邓拓:《邓拓全集》第 3 卷,广州:花城出版社,2002 年,第 272 页。

样可以用笔名。

应该说邓拓的分析确实是新中国成立后文艺界人士使用笔名的原因之一，像李希凡、蓝翎给《文艺报》投稿，就因为是"小人物"，所以没有被发表，后来这样"压制小人物"的事情甚至惊动了毛泽东，演变成了一个《文艺报》压制小人物的"事件"，甚至演变成了一场政治批判运动。所以刊物凭作者的名声来判别稿件，确实是存在的。《文艺报》1956 年 2 月 29 日刊登阎志吾的文章《编辑的功绩、错误和苦恼》指出有一个青年作者，写了一篇批评某个作家的文章，一个编辑在原稿上批道"无名小卒，也来高谈阔论"；而另一个青年作者写了一个剧本，有一个编辑连看都没看就说我不信他能写出好东西来。正因为编辑有这样"以名取稿"的现象，所以投稿者为了不被这种"无名小卒"的名声拖累，用笔名投稿，编辑只有先看完稿子，才能追究真人是谁，凭稿件质量说话。这种笔名机制也是投稿者没有办法的办法。据韦君宜回忆，《当代》编辑部曾收到署名"高晓声"的一部小说，"大失所望"，完全没有高晓声平时作品那种朴素而含蓄，引人深思又令人微笑的风格，甚至"有些词句都不大通"，①只好退稿。结果没过多久高晓声又将稿子退给了编辑部，说这根本不是自己的稿子。原来有人以"高晓声"的笔名投稿，试图借用名人效应，发表后再出面声明那是自己的稿子。

而因为担心自己观点不成熟而使用笔名，确实也是新中国成立后人们使用笔名的心理机制之一。周扬看到 1958 年《文艺报》上"冯先植"发表的一篇谈戏曲改革的文章，觉得还不错，就让文艺处的黎之去查一下这个"冯先植"是谁。结果黎之告诉他，"冯先植"就是"冯牧"，周扬一听忍不住笑起来了。冯牧因为涉足戏曲领域，所以用笔名发表，结果连同事兼老上级周扬都不知是谁写的了，作者本人也不必担心文章幼稚而被人笑话了。又有一次周扬问黎之《光明日报》上那个"草莽史家"是谁，黎之告诉他是"孟超"，

---

① 韦君宜：《韦君宜文集》第 5 卷，北京：人民文学出版社，2013 年，第 92 页。

他又忍不住笑了。戏剧家"孟超"涉足历史领域,使用笔名,身边的熟人也都不知道是谁写的这篇文章,作者也就没有担心写不好的思想负担了。

怕自己没有名声,稿子被草率否定而使用笔名;怕自己思想不成熟,文章被方家笑话而使用笔名,这些都是端得上台面的比较好说的显在的心理机制。这些固然是新中国成立后文艺界仍然使用笔名发表的重要原因,但应该说这只是冰山一角,只是笔名发表的"一般"心理机制中的一种,远不能洞悉十七年时期文艺界笔名发表背后丰富复杂的"特殊"心理动机及当时的文学生态场。这里面还有许多值得探索的幽微之处,有一些隐在的心理机制有待探索。

### 三、十七年时期笔名发表的隐在心理机制

这些隐在的心理机制,可以从"表态笔名""读者笔名""棍子笔名""非主流话语笔名"以及"身份笔名"等几个方面反映出十七年时期笔名发表的复杂心理机制与中国当代文学批评的特殊性。

### (一)表态笔名

在十七年时期的文学批评中,有许多场合需要批评家表明自己鲜明的态度立场,需要作者的名字公开见诸报端,这是中国文学批评场域里的一个规则。但是在发表这种文章之时,有些人却不署真名,使用陌生的笔名,这背后就有耐人寻味的意味了。《武训传》刚上映的时候,学界反响热烈,场场满座,很多人都深受感动,很多学者都对这部影片作了高度的评价,都热烈歌颂武训心甘情愿做人民牛马的精神,甚至有人把武训比喻成中国的保尔·柯察金。① 中国青年团中央宣传部副部长许立群使用笔名"杨耳"在《文艺报》1951 年第 2 期发表《试谈陶行知先生表扬"武训精神"有无积极作用》一

---

① 孙瑜:《保尔·柯察金与武训》,《大公报》1951 年 1 月 20 日。

文,认为武训行乞兴学不能解决推翻农民头上的封建大山的根本问题,而且也不能有其他什么推进社会发展的作用,因此武训的道路是错误的。在一片赞扬声中,一个名不见经传的"杨耳"的文章,人们根本看不出这里面有什么"官方"意图,也根本引不起学界注意,所以学界继续赞扬武训,批判武训的工作得不到推进。这才使得毛主席亲自修改的《应当重视电影〈武训传〉的讨论》于1951年5月20日在《人民日报》发表,引起"转向",学界才纷纷行动起来,开始猛烈批判《武训传》。

许立群为什么不用真名呢? 是觉得自己团中央宣传部副部长的官方身份不适宜? 但这时候需要的就是有一定的官方身份来表明组织上的导向。许立群这时候却使用笔名,隐含了他并不是百分之百愿意出来批判大家此时都还在赞扬的武训? 因为很多人当时都没有看出武训有什么值得大批判的,连当时作为中宣部副部长的周扬也是到1951年8月8日才在《人民日报》发表的《反人民、反历史的思想和反现实主义的艺术——电影〈武训传〉批判》中,一再自我批评没有充分认识和及早指出武训严重的政治上的反动性,直到毛主席指出后才受到了教育。胡乔木在北京也是参加审查并同意通过《武训传》的人之一,毛主席发话以后,他才变成了批判《武训传》的领导。在大家都还在赞扬武训时,许立群不愿意用真名发表,但是又受命指出武训的错误,因此"折中"一下用一个毫无影响的"杨耳",把自己变成一个普通作者,把自己的意见淹没在一片赞扬声中,这样既完成了任务,又不至于太违众意。这样的笔名发表是不是表明了许立群当时多多少少还是有些犹豫和他不是特别主动地站出来批判武训的呢?

《人民日报》发表毛主席关于批判武训如此重要的指示,而邓拓作为当时《人民日报》的总编辑、北京市委宣传部部长,当然应该马上表态拥护。他也的确响应社论,第一时间在《人民日报》跟随社论发表了《武训的真面目——评〈武训传〉影片、武训以及孙瑜先生的检讨》一文,批判武训是封建帝王的御用走卒,是反动统治者最能欺骗人民而又最廉价的工具。但是这样重要的文章，邓拓却署名陌生的"丁曼公"，不署"邓拓"，让大家都不知道邓拓已经表态了，都还在等邓拓的文章。这是不是表明邓拓对于批判《武训传》内心还有所保留，不是真心实意特别赞同呢？这样使用笔名本身就表明了一种姿态。2002 年花城出版社出版的《邓拓全集》，也没有收录邓拓的这一篇文章。所以当时笔名发表的一种心理机制可能是为了完成某项具有政治性任务的文学批评，而自己又不是满心赞同这一批评而采取的一种迂回路径，一种存在策略。

　　这种表态笔名深刻地反映了十七年时期文学批评的生态，当时自上而下的文学批评运动较多，组织上需要众多搞文学的专业人才加入批判的队伍来配合批判运动，增强批判的合理性与科学性，这时一些学者不想主动发表文章，却又必须发表，为了过关，笔名就派上用场了。李希凡在谈到新中国成立后的文学批评时曾经说："我深知文艺界很多人都是革命老干部、老战友、老延安、老同志，即使讨论文艺问题，也撕不开脸。"[1]在当时文艺界，大家多多少少都是一同战斗过来的熟人，多少都有一些瓜葛，但是在文艺批判的大是大非面前，都必须大义灭亲、表明态度立场而不能顾及个人私情。在批判"胡风反革命集团"这样的文艺斗争中，大家都必须划清界限，表明立场，我们看到茅盾、周扬、胡绳、邵荃麟、朱光潜、何其芳、蔡仪、曹禺、黄药眠、秦兆阳等人发表批判胡风的文章，大家并不觉得诧异，因为这些都是大家熟悉的文艺界领导与名家，现在需要他们这样的人物出来表明立场态度。不仅文艺界，其他如科学界、哲学界、思想界的人也都出来表明态度了，科学家钱伟长发表《决不容许胡风继续欺骗人民》，冯友兰发表《胡风和胡适"异曲同工"》，贺麟也发表了《剥去伪装》的文章，表明了自己拥护的立场。而这时候，那些与胡风过从甚密的人，要想摆脱受牵连，更是必须拿出决绝的态度。胡风是第一个评论艾青诗歌的人，是艾青的伯乐兼知音，艾青难逃"胡

---

① 李希凡：《李希凡文集》第 7 卷，上海：中国出版集团·东方出版中心，2014 年，第 358 页。

风分子"的嫌疑,这时艾青发表《把奸细消灭干净》,痛斥胡风,表明自己的立场。

但就是在这样重大的表态中,还是有人用陌生的笔名来发表作品,在这些众口一词批判胡风的熟悉的名字中,人们看到一篇署名"史笃"的《反对歪曲和伪造马列主义》的文章。对大多数人来说,这是一个陌生的名字,都不禁要问这个"史笃"是谁呢?大家都明白这是一个笔名,作者不愿意用自己的真名发表。在这样重要的需要表态的运动中,发表了文章还不用真名,相当于没有起到什么作用,这里面有什么难言之隐呢?使用笔名在这时候已经表明了一种态度了。原来这个"史笃"是蒋天佐,他和胡风可以说也是患难与共的朋友,胡风日记记载蒋天佐经常到他那里会谈,如 1949 年 5 月 20 日说"蒋天佐、陈敬容来","蒋谈到邵荃麟等对他的'理论斗争'",①可见蒋天佐还把胡风当作了倾诉的对象。而胡风在 1949 年 6 月 29 号日记中则说"蒋天佐来,在这里睡觉",可见他们是抵足而眠的朋友。但是现在却要揭竿而起批判自己的朋友,蒋天佐不愿意用自己的真名,这里面包含着怎样的意思呢?其实,在这场运动中,也有以前是胡风朋友、学生的,现在公开地站出来,无所畏惧地批判胡风的也大有人在,比如也有人公开发表《从头学习〈在延安文艺座谈会上的讲话〉》《致路翎的公开信》《反马克思主义的胡风文艺思想》等系列文章,而且交出胡风写给他的私人信件,从而摆脱了"胡风分子"的帽子,被新的文学秩序所接纳。但是蒋天佐既要批判昔日之友,又不愿以人们熟知的真名示人,当然一面是必须表态拥护,与胡风划清界线,这是国家的需要,而另一面他所顾虑的当然不是怕胡风的报复,恐怕他顾虑的是自己内心的良知,自己的人格;还念及一点过去的感情与自己的良心;或者顾虑的是自己所说的未必就是真理,所以迟疑。在这种国家需要与个人意见不一致的情况下,当然是服从国家需要,只是不是完全愿意加入这次文

---

① 胡风:《胡风全集》第 10 卷,武汉:湖北人民出版社,1999 年,第 68 页。

学批判运动中,因此要用笔名。这透露出了批判者被动批判、必须批判的苦闷,显示了中国当代文学批评的复杂性。表态笔名,这是十七年时期文人面对被动批判却又必须发表时的一种策略。

(二)读者笔名

十七年时期的文学批评活动很多是由上层领导开始发动,继而推向全国的,因此除了需要专业人才参与,还需要广泛的群众参与以表明批评运动深入人心,这就需要广大读者积极及时地投身到文学批评运动中来。但是当时由于种种条件限制,没有那么多"读者"自觉地积极响应,这时就有许多假读者之名发表文章以支持此次批评运动,这就是"读者笔名"。比如在《武训传》批判中,就有许多"被笔名"的读者值得关注。为了表明武训批判在读者中引起了热烈反响,得到了广大读者的支持,表明这一批判具有深厚的群众基础,《人民日报》5月23日发表了5位"读者来信",分别是"雷洪"的《满身奴才相的武训和农民毫无共同之点》、"杜志民"的《蒋介石说武训堪称"为人师表",劳动人民看来他是无耻奴才》、"程培香"的《对宣传封建文化的作品应该一一加以彻底清算》、"一粟"的《五月二十日〈人民日报〉社论打破了我麻木糊涂的思想》,以及"李程之"《我们要努力学习理论,从混乱的思想中解放出来》等。姑且不论这种"高素质"的"读者"在信中展示出来的历史知识与高度的政治觉悟,单提如此神速的响应就让人费思量。《人民日报》5月20日才发表"社论",开始了舆论转向,而报纸送到读者手中,读者至少要21号才能看到报纸,读者看了要领会,写信,要投寄给《人民日报》,编辑要收到信,要开编委会决定发不发,然后编排,而5月23号发表的这5篇来信的报纸,22号至少已经排版好了,也就是说实际上读者看到报纸的当天,5位"读者"对武训批判"深刻认识"的信就已经摆在编辑面前了,按照当时的发行邮寄条件,稍微一看就知道这是在发表"社论"的同时就已经组织好了读者回应的文章了,所以这些当然都是为了需要而取的笔名,以此来充当读者,表明"社论"的正确性,表明社论得到了迅速而广泛的拥护。

这样的读者笔名在重大的文艺批判中就成了必不可少的符号。像随后的胡风批判,在读者群众中引起的积极反响是其合理性的重要保证,自然也少不了读者的现身说法。1955年第11期《文艺报》就发表了"读者来信",一位署名"柳夷"的读者发表了《不让胡风反革命集团有藏身的洞穴》,说自己完全拥护全国人民对胡风反革命集团的讨伐,要求严惩刽子手胡风及其罪恶匪帮。这样的"读者来信"当然印证了批判胡风深得民心。但是这个读者"柳夷"却不简单,《文艺报》1956年第10期"读者中来","柳夷"又发表了一篇《艾青为什么"看不到"、"写不出"呢?》,配合当时对艾青的批判,认为艾青应该写得更多一些和更好一些。但是在信中,"柳夷"却暴露了他不是一个一般的读者,因为他披露了艾青1954年到海军部队去体验生活的许多细节,说艾青体验不严肃,没有到舰艇上,没有到水兵中去,没有对海军生活认真细心地观察,没有老老实实地去感受等话语。作为一个一般读者,是很难知道这些细节的,可以看出这个"读者"其实就是与艾青一起去慰问采风的作协内部的一位人员,现在以"读者"的名义来批评艾青,挽救艾青,希望他重新振作起来,更健康一些。可见在这些文艺批判中,"读者"的"笔名"其实是为了证明批判具有群众基础的需要而加上去的,读者的"笔名"在此也成了一个常用手段与符号,成了特殊形势下的一种发表机制。

增加人数,表明自己的观点并非孤立无援,由此增加"读者笔名",这是当时笔名发表的一个潜在动机,并不是一个偶然的现象,作为个体的批评者也需要有更多的人支持自己的意见。金为民、李云初在1963年10月19日的《文汇报》发表《从〈归家〉评价想到的几个问题》,要求作家写出无产阶级英雄人物"难能免俗"的地方,认为那种把英雄写得"超凡入圣、冷淡无情"是不会引起共鸣的。当然这一观点立即受到了批评,戴厚英就发表了《揭出所谓"人情味"的底牌》,批评金为民、李云初的"人情论"观点。大家都以为这篇文章是金为民、李云初两个人合写的。但是随后刘叔成在《提倡表现

"纯粹个人的特征"为了什么?》一文中,专门揭穿了这个问题,他指出"李云初"就是"金为民"的笔名,实际上这篇文章就是"金为民"自己一个人写的。在一篇文章中,把自己的真名和笔名放在一起署上,好像是两个人,结果竟是自己一个人,大家都有上当受骗的感觉,而这一事实被揭穿以后,金为民似乎一下子被抓住了把柄,短了一口气。原来他是以这样"合写"文章的方式来壮大自己的声势,来增强自己的说服力的。

(三)棍子笔名

有了笔名这个面具,人们似乎可以更公正自由地展开批评,似乎是好事。但在十七年时期的文学批评中,笔名被棍子批评所利用,以笔名"匿名"之便行不负责任大批判之实,或者在笔名的掩盖下对批评对象任意上纲上线,行意气化的批判之实。1951年6月25日《文艺报》第4卷第5期发表了"李定中"的一篇文章《反对玩弄人民的态度,反对新的低级趣味》,批评萧也牧《我们夫妇之间》"轻浮的、不诚实的、玩弄人物的态度",认为这篇作品艺术上那些所谓平安生活的描写,简直在独创和提倡一种新的低级趣味,在糟蹋我们新的生活。而且还耸人听闻地指出这个作品不是脱离生活,而是脱离政治,是一个政治问题,还判定作者是一个最坏的小资产阶级分子,可以把他评为敌对阶级了。萧也牧的《我们夫妇之间》在当时曾经引起轰动,反响热烈,很多报纸转载,而且很快被改编成话剧或连环图画,还被搬上了银幕。萧也牧的作品被称为最先温暖读者心田的一股清新的风,第一只报春的燕子,在这种形势下,《文艺报》"李定中"的这篇文章无异于一颗重磅炸弹,引起了巨大的争议。随后,丁玲、康濯等都批判萧也牧的作品,萧也牧被作为小资产阶级情调作家受到越来越多的批评,《我们夫妇之间》给萧也牧带来无尽的灾难。"李定中"如此高调棍子式的批评在当时就引起了一些人的不满,王淑明就以"裘祖英"的笔名在1951年7月28日的《光明日报》上发表了《论正确的批评态度》一文,认为"李定中"文章显露出"刻毒手法",将应该对付敌人的态度返回来对付自己的战友。那么这个如此重要的"李定中"究竟是谁呢？萧也牧至死也不知道那个给他带来灾难的"李定中"是谁。1981年人民文学出版社出版的《冯雪峰论文集》收录了这篇文章,人们才知道"李定中"就是冯雪峰。1982年丁玲在一次谈话中也披露了"李定中"就是冯雪峰,这个秘密被保存了30年。作为一个感悟力超强的诗人,一个新中国成立后文坛重量级的人物,作为共同战斗过的文坛同事,冯雪峰如此批评晚辈萧也牧的小说,原因何在？是真的觉得萧也牧的作品不好？真的觉得不好,可以用真名好好批评。但是从这个如此深藏的笔名来看,他不用"冯雪峰"这个名字恐怕不仅仅是撕不开脸,也可能不仅仅是真的觉得作品不好。冯雪峰刻意做了多重伪装,让人无从知晓"李定中"就是冯雪峰。因为在同一期杂志中,冯雪峰以"冯雪峰"的大名还发表了一篇大文《党给鲁迅以力量》,论述鲁迅的意义,谁会想到同一期杂志中的"李定中"就是大名鼎鼎的冯雪峰呢？而且这个假冒为"读者"的"李定中"在文章开头还说自己对文艺理论平日少研究,可以说一窍不通,写批评,我更不会,用这些烟幕弹掩盖自己的身份,都说明冯雪峰用这个"李定中"的笔名是处心积虑的,就是不想让人从蛛丝马迹中猜出他的真实身份。

1951年冯雪峰访苏期间,曾经说陈企霞用一支笔横扫了文艺界,对陈企霞似有批评之意,现在他自己要发表这火力十足横扫文艺界的文章,刻意借用笔名深藏自己,这表明他对这篇文章的性质内心是清楚的。这样一个"懂文学"的诗人、前辈明明知道这样的批评文章文风恶劣还要去批评一个文坛后生,这真是一个悲哀。而更悲哀的是他还一直刻意假冒读者,以一个普通读者反映的姿态扼杀新作品,实在也是借读者之名行个人"棍子"批评之实,"读者"何其无辜也。只是几年以后,当冯雪峰被定为"丁、陈反党集团"的盟友而横遭批判的时候,不知他会对自己当年如此批判萧也牧作何感想。一个笔名的掩盖就可以激发如此高昂的调子与如此激烈的情感,掀去平时温文儒雅的诗人面目,如此趾扈地去攻击一篇文学作品。笔名在这里成了恶意批评的护身符,成了文学的杀手,使一个从"五四"过来的诗人也丧失了基本的文学正义感。如果以"冯雪峰"的大名发表,这篇批评文章是不是会温和一些,是另一番景象呢?萧也牧受到的冲击是否也会因此小一些呢?也许不会因此搁笔呢?中国文坛会因此多一个大作家?文坛面貌会因此改变?但这个假设根本不成立,笔名在这里看似偶然地充当了杀手保护伞的角色,但其实真正的杀手不是笔名。

如果说表态笔名多半是因为时势政治话语权而折其中,这里的棍子笔名却是主动的,这是一种特殊形势下的主动笔名,看来笔名对当代的棍子批评也是有"贡献"的。从这也可以看出中国当代文学批评中的棍子批评也不完全是时代的错误,参与其中的文学批评者自身也在其中推波助澜,也有主动出来打棍子而丧失了艺术的良心与自我的约束的,文学批评者自身的人格也是需要反思忏悔的。其实,在十七年文艺批判运动较为频繁的当代文艺圈中,朋友秒变"敌人"也是常有的事,要转身即去批判身边曾经朝夕相处的同事、亲朋、好友、师长等,这对一些人来说本来还是有点难为情的。但掩盖在笔名之下,他们棍子式的批评也就大张旗鼓了。1957年艾青被打成"右派",有人以"本刊记者石光"之名在《中国青年》发表《新时代里的寄生草》,批评艾青的妻子高瑛有资产阶级思想,"爱慕虚荣",嫁给艾青。这篇文章给高瑛带来极大的困惑与麻烦,高瑛多年来一直苦苦查找这个"石光"是谁,直到20多年后的1979年才在一个偶然的机会中知道了这个人就是自己身边的一个作协里的熟人,"只要见到我总是大姐大姐地叫着",[①]原来那个陷害自己的人就是自己最熟悉的人,至此高瑛感慨万千,但还是没有公开他的真名,仅只当作一种历史,由他去了。而"石光"既要揭发,还要用个笔名,个中滋味应该说也是很复杂的。也许他就是趁火打劫,以笔名不负责任地陷害高瑛,趁机来整人;也许他是思想上真的认为高瑛错了,但面子上过意不去,

---

① 高瑛:《我和艾青》,北京:北京十月文艺出版社,2007年,第48页。

只能用笔名;也许这个笔名就是他内心还残存的一点良知的遮羞布。但可以肯定的是,没有笔名的隐藏,他的批评话语或许会是另一番景象,笔名对棍子批评的助推作用是存在的。

有了笔名的伪装,一些人肆意发表大批判式的棍子批评,这确实是值得注意的。陈企霞作为《文艺报》的主编,他评碧野的小说《我们的力量是无敌的》,导致碧野的书无法再版,而他评王林的《腹地》也导致王林以后不再写什么东西了。他在《文艺报》发表的《一本为不法商人作辩护的小说:〈神龛记〉》《要求有正常的剧评》《要努力驱逐使人糊涂的词汇》等文章都充满了火药味,但这些文章都以"企霞""江华"的笔名发表。这些棍子批评似乎都是陈企霞以外的人干的,似乎与人们熟知的《文艺报》主编陈企霞无关了,笔名似乎减少了批判者的负罪感,却助推了这种棍子式批评,笔名成了棍子批评的帮凶。

### (四)非主流话语笔名

十七年时期的文学观念具有高度的统一性,这一时期与具有官方性质的主流文学理念进行商榷与争鸣,表达自己的不同意见,其实是一件比较敏感的事情,作者会面临很大的压力。在这种情况下,一些人还是想要发表自己的不同意见,这时候他们就会用笔名。秦兆阳的署名事件就是一个典型。作为《人民文学》的执行主编,他在 1956 年第 9 期的《人民文学》上发表《现实主义——广阔的道路》,批评当时很多所谓的现实主义作品"不真实",公式化、概念化严重,把文艺为政治服务变得简单化了,不是真正的现实主义,真正的现实主义应该更加积极地"干预生活"。这种把当时以歌颂为主的现实主义称为不真实的论调显然有违主流话语,对此秦兆阳是知道的,他就以"何直"的笔名发表。不出所料,这篇文章很快受到了批评,李希凡在《评何直在文艺批评上的修正主义观点》中批评这篇文章不仅是作者个人文艺思想上的修正主义观点,而且是集中地尖锐地表现了近两年来修正主义思潮

的最完整的纲领和路线。① 针对当时对他的批评,秦兆阳在《人民文学》1957
年第 3 期以笔名"鉴余"发表《现状偶感二则》,指出对何直"干预生活"的现
实主义论提出了反对意见的人是曲解了作者的意思,有些牛头马嘴,缠绕不
清,可能是别有用心的人的纠缠。这明显是秦兆阳自己假借局外人"鉴余"
为自己的理论辩护。但是,有意思的是,就在 1957 年 3 期的同一期《人民文
学》上,秦兆阳又以"何直"的笔名发表了《关于"写真实"》,指出那些所谓要
"写真实"的理论以反对教条主义和公式主义为名,而偷得了"写真实"三个
字,以排斥我们大家所要求的社会主义现实主义的思想性。他在此又借"何
直"的笔名为社会主义现实主义唱赞歌,批评他自己的"写真实"论,拥护当
时的主流理论。秦兆阳一个人在这里不仅仅是唱双簧,而是演奏多声部的
交响曲了。

　　从这里可以看出秦兆阳是多么"人格分裂",他一人分饰四个角色,主编
秦兆阳,提倡"写真实"的"何直",为自己真实论辩护的"鉴余",同时还是拥
护社会主义现实主义的"何直"。搞得这么迂回曲折,他这些笔名上的煞费
苦心无非也就是想表达一点自己与主流话语有些不同的思想,同时又要保
护自己。尽管这样一个人三头六臂分饰角色,他的这点秘密还是很快被揭
穿,《文艺报》主编张光年以"言直"的笔名在 1958 年第 3 期的《文艺报》发
表《应当老实些》,批评秦兆阳把自己的两篇文章发表在同一期的刊物上,而
一个是拉,一个是打;一个是耍,一个是骂;一个是捧,一个是压;一个是哄,
一个是诈;要是读者知道这两篇文章原来出于同一作者的手笔,又是同时写
出、同时发表的,人家将要作何感想呢?② 是啊,读者将作何感想呢? 秦兆阳
虚伪? 玩两面三刀的把戏? 还是秦兆阳也真不容易?

　　笔名代表有批判性的、针砭时弊的,可能不那么完全符合当时主流话语

---

① 李希凡:《论"人"和"现实"》,武汉:长江文艺出版社,1958 年,第 32 页。
② 言直:《应当老实些》,《文艺报》1958 年第 3 期。

的一个我,而真名则代表学术性的、科学性的,与主流理论较为一致的一个我,非主流话语笔名也就由此成了那个时代的一种笔名机制。秦兆阳在1957年《人民文学》第1期发表《沉默》,表达自己在官僚主义面前有话说不出,又像是无话可说的又愤怒又痛苦的表情,则署名"何又化"。而他1957年3月在《文艺学习》发表《达到的和没有达到的》一文,批评《组织部新来的青年人》思想角度不够高,感情也不够健康,对刘世吾特别是在区委会中积极的一面写得不够,像这样很符合当时主流标准的文章,则署名秦兆阳。唐弢从1959年开始到1963年,在《文学评论》发表多篇学术论文,每篇都是署名"唐弢",①由此建立起一个学者唐弢的形象。而他在《文艺报》发表的批判文章或者时评杂论等"算不上号"的文章,则都不署唐弢而署其他笔名。他在《文艺报》1957年第23期发表的《"士为知己者死"考》,批评陈企霞"士为知己者死"的思想是封建思想,是有利于小集团结合,是十分有害的,署名"马前卒"。而在《文艺报》1960年第22期发表的《健康的风格——谈工人文艺评论》,认为工人搞文艺理论的批评,也是完全可以胜任的,这篇文章则署名"散宜生"。固定不变的是学者"唐弢",而发表批判他人的时评文章则是常变的各种不同的笔名。

那时很多文人学者发表文章都有这样的考虑,笔名是他们某种批评人格的命名。巴金在1956年10月30日《新闻日报》发表《救救孩子》,呼吁关注孩子交通安全,交管部门要多关心孩子安全的时候就署名"巴金"。而当他不满姚文元在"双百方针"提出时要求所谓"恰到好处"的批评,而发表提

---

① 唐弢在《文学评论》这段时间发表的论文是:1959年第2期《论鲁迅思想的发展——从鲁迅杂文谈他的思想演变》;1959年第3期《从"民歌体"到格律诗》;1960年第1期《在毛泽东文艺思想旗帜下不断学习,永远前进》;1960年第2期《文化战线上的战斗红旗——纪念"左联"成立三十周年》;1960年第6期《历史长河中的一阵小泡沫——谈所谓"第三条道路"问题,学习〈毛泽东选集〉第四卷笔记》;1961年第5期《论鲁迅的美学思想》;1962年第3期《论作家与群众结合》;1963年第1期《关于题材》。

倡先让大家"鸣起来再说"的时评文章时则署名"余一"。徐懋庸发表《第三种人的体会》指出有的人有点官位则怕民主,没有权力的人则怕不民主,而问题的关键在那些怕民主的人方面。像这样有点敏感的文章,他则署笔名"弗先"。而当他发表《论和风细雨》,讨论正确展开和风细雨的批评方式,像这样的文章则署大名"徐懋庸"。当他发表《武器、刑具和道具》指出在理论界有的人是把理论作为武器;有的人则是把理论作为刑具迫害别人的刽子手;有的人则是把理论作为卖艺一样的道具的艺人,像这样明明有所指的敏感文章,他当然不署"徐懋庸"了,他的署名是"回春"。

　　有点敏感的话题是笔名使命,平稳妥帖的话题则是大名的任务,笔名充当起了固定的表达较为尖锐、较为真实思想的角色,假的笔名成为真我,这似乎也成为一种笔名潜规则了。这成了十七年特殊意识形态背景下文学批评的一种发表机制。他们似乎想以笔名给自己一点点保护,但这层保护究竟能不能管用呢?李希凡曾回忆说:"划蓝翎'右派'的'罪状'不少,但没有一条是李希凡提供的。作为'证据',最多的是他自己那些杂文,我多数没有读过,因为他用了各种笔名,我也不知那是他写的。"①可见虽然连亲密的朋友也不一定知道这篇文章是谁写的,但只要查起来,笔名的所谓保护作用实际上极其有限,它也只是一层薄薄的纱幕。而这时,他们使用笔名,反倒罪加一等了,因为这是有预谋地隐蔽犯罪。1957 年 8 月 11 日的《文艺报》在《揭发和批判钟惦棐的反党言行》中就特别强调钟惦棐利用调到《文艺报》工作的条件,用"偷天换日的伎俩",把他的《电影的锣鼓》一文,以"本刊评论员"的名义发表,个人的观点俨然成了整个报纸的官方意见。更重要的是,当《文汇报》发表了司马瑞批评这篇文章的《是前进还是倒退》时,钟惦棐还不知悔改,继续化名"朱煮竹"写了《为了前进》反驳司马瑞。这以后又化名"金绣龙"在《人民日报》发表《如此"科学观"》讽刺电影局领导上的形

---

① 李希凡:《李希凡文集》第 7 卷,上海:中国出版集团·东方出版中心,2014 年,第 554 页。

式主义与官僚主义。这一系列笔名,表明钟惦棐是"恶意"匿名发表,也就罪加一等了。当时作协秘书长郭小川在自己 1957 年 1 月 8 日的日记里就对钟惦棐这一系列笔名文章写道:"他的这些行动,已经有些无纪律了。"①所以,预先就使用笔名发表一些敏感的批评意见,用笔名来说真话,这本身就表明作者知道自己的观点是带刺的玫瑰,他们明白自己所谈话题在时代意识形态中的位置,知道话题敏感还要谈,知道其实换个笔名也不能真正保护自己,还是要公开发表,这也是知识分子的宿命,这时候的笔名保护也只是鸵鸟的沙坑。

当时文学批判运动变得越来越频繁,抓辫子打棍子,牵强附会捕风捉影式的文学批评不断出现,这种态势让文学界一直处于高度紧张的状态之中。但就是在这样的环境中,批评家们还是要发表他们的作品。如果说此前有不想发表却也必须发表的表态是被动的话,而此时不宜发表却还要去发表,则是学者们自己主动的选择。是使命还是本性都不重要了,重要的是终于发表了。但一边要发表,一边也生活在现实之中。现实的压力让文学家们的神经绷得越来越紧,他们也越来越小心翼翼,这时候他们发表作品时的心态也变得越来越微妙了,笔名成了他们在此情势下还要发表一点个人性不同意见的一个脆弱的保护伞。

（五）身份笔名

十七年时期文学批评的署名中还有一些笔名是因为这些人的特殊身份,所以要用一个笔名,这也值得关注。在这里他们通过笔名隐藏了自己真实的身份,建构了一种新的身份,但他们自己却迷失在了这种新建构的身份之中。陈企霞的身份是《文艺报》主编之一,他老是在自己主编的报纸上发文章,而且在同一期杂志上还连发两篇文章,这时如果都署自己的大名,难

---

① 郭小川:《郭小川 1957 年日记》,郑州:河南人民出版社,2000 年,第 7 页。

免会引起人们的议论,因此要用笔名。在 1950 年 11 月 25 日出版的第 3 卷第 3 期上,陈企霞便以"企霞"的名字发表《评王林的长篇小说〈腹地〉》,在同一期杂志他又发表另一篇《读〈吉普车〉和〈礼物〉》,则以笔名"江华"发表,这样看上去好像是两个不同的作者。自己是主编,在同一期杂志连发自己两篇文章,为了避嫌,所以两篇分别用两个笔名发表,这似乎只是一点人情上的讨好动机,完全可以理解。如果不发自己的文章,发别人的,就没有什么嫌疑了,完全可以在一期发两篇。《文艺报》第 3 卷第 12 期同一期杂志上就发表了卞之琳的《关于〈天安门四重奏〉的检讨》与《土地改革展示了两种文化的消长》两篇文章;第 3 卷第 7 期则在同一期连发老舍两篇《谈〈将相和〉》与《谈〈方珍珠〉剧本》,则没什么忌讳,都是同一个名字。所以陈企霞由于自身主编的身份而这样使用笔名,似乎也没什么可深究的。但陈企霞以这些笔名在自己主编的《文艺报》发表的这些文章,却都是大批判式的棍子批评,可以说主编身份在笔名中的丧失也使得他迷失了作为一个真正文学批评者的标准,由身份的迷失走向了自我的迷失。

同样,张光年 1957 年后作为《文艺报》的主编,也老在自己主编的杂志上发表文章,经常使用笔名,似乎也是因为身份特殊,为了避嫌。1958 年第 2 期,他以张光年的大名在《文艺报》发表了《莎菲女士在延安——谈丁玲的小说〈在医院中〉》,批判丁玲。1958 年第 3 期他又在《文艺报》发表一篇批判丁玲的文章《丁玲的"复仇的女神"——评〈我在霞村的时候〉》,则以笔名"华夫"发表。而在 1958 年第 3 期这同一期杂志上,张光年还发表了一篇《应当老实些》批判秦兆阳,这一篇则以"言直"的笔名发表。看上去是三个人,实际上是一个人。这表面上看当然也是怕被别人批评主编是行自我方便,一个人独霸资源,在自己刊物上连篇累牍发文章,但这里面其实也还另有深意。批判丁玲,老是张光年一个人发文章,这一来似乎不厚道,容易引人反感,二来也不让人信服,显示不出批判广泛的群众参与性,换个笔名发表,好像其他人也参与到批判中了,造成多人参与的假象,这样批判的群众基础也就增强了。张光年在这里为了去掉某种"身份"而使用笔名,是为了去掉这种身份的体制性质,但这却是挥之不去的。

身份在十七年时期的文艺批评中是一个需要特别注意的问题,下级不能随意批评上级的作品,这也反映出当代文学批评的生态环境。比如1953年1月李准在《河南日报》发表短篇小说《不能走那条路》,引起较大反响。湖北文联主席于黑丁在《长江文艺》1954年1期《从现实生活出发表现人物的真实形象》,认为这部作品无论在主题思想、人物形象、表现矛盾冲突以及语言等方面都"非常的真实和深刻"。陈企霞为常务主编的《文艺报》编辑部认为这个评价过高,想写批评文章。但编辑部本身应是客观的,是不能出面来批评的,于是组织编辑部里的年轻编辑侯民泽(敏泽)用笔名"李琼"在《文艺报》1954年1月30日发表《〈不能走那条路〉及其批评》,认为于黑丁的评价文章显然不是实事求是的,是过度拔高李准这个新人的作品,批评李准的作品在人物塑造等方面有不真实的地方。于黑丁写信给主编冯雪峰,表示抗议发表"李琼"的文章。周扬还为此大批《文艺报》,指出《人民日报》已经转载李准的小说,《文艺报》还发表批评文章,是故意"捣蛋",而且提出对一个地方文联主席(于黑丁),《文艺报》是没有资格随便批评的。陈企霞不懂这个规矩,组织人写稿、发稿,还用笔名发表,似乎有混淆视听的意思,这个"李琼事件"后来还成为批判"丁、陈反革命集团"时陈企霞的一大罪名。可见要发表一篇反批评的文章,特别是对方还有一个地方文联主席这样特殊的身份,而批评者却没有相应的身份,妄自批评,或者知道自己没有对等的身份而借用一个笔名来批评,最终给自己带来的还是灾难。

在十七年的文学实践中,这种"身份意识"在其署名过程中往往会表露无遗。前面所说是一种显在的职业身份带来的身份意识,由此形成一种身份笔名,但还有一种对自己文学品格定位所带来的深层次身份意识更值得关注,这时候笔名成了某种思想身份的象征符号了,成为一种笔名身份,笔名成为某种身份形象的固定表征了。郭小川作为作协秘书长发表一系列重要讲话,如 1957 年 10 月 11 日发表在《文艺报》的《沉重的教训——批判刘绍棠大会的讲话》等文章,自然都署名"郭小川"。这一时期写的《深深的山谷》《白雪的赞歌》等诗歌,都署名"郭小川"。但是郭小川发表一系列短评、时评、杂文与批判文章,则都署名"马铁丁",如批判冯雪峰在重庆时期写的《论友爱》《批判徐懋庸》等则都署名"马铁丁";时评如《创作需要鼓励,批评需要支持》《为什么放出一支毒箭:请问〈新观察〉》等都署名"马铁丁"。可以说,官员与诗人的身份是郭小川,而批判者的身份则是"马铁丁"。作为一个有如此诗情与敏感力的诗人,用概念论与口号式的批判来为一个个作家、诗人、学者定罪的时候,郭小川的内心是诗人郭小川吗? 已经不是了,是"马铁丁"了。郭小川让自己的批判、时评文章都与郭小川无关,是想维护"诗人郭小川"这个身份的纯洁性。这两套截然不同的话语系统使我们很难把诗人和批判者联系在一起,郭小川不愿意让"马铁丁"这个身份糟蹋自己"诗人"的名声而把一切批判文章都推给笔名身份的"马铁丁",他对"马铁丁"身上的非文艺性是有所洞察的,他的这个笔名成了他回应时代的暂时的符号,而郭小川则是他内心诗人与现实身份的符号。郭小川的身份分裂也就是他精神世界的分裂,即现实世界与理想世界的分裂。

郭小川在自己 1957 年的日记里两次提到,看到骂"马铁丁"的读者信件,但是读者不知道这个"马铁丁"就是诗人郭小川,也许郭小川在庆幸"马铁丁"没有毁了"郭小川"。实际上一直有三个郭小川在相互挣扎:诗人郭小川、作协秘书长郭小川与批判者郭小川,而他满意的只是"诗人郭小川"。郭小川在 1957 年的日记里曾经多次记载心情"非常不愉快,作家协会的事简直没有完结的时候……真是叫人烦恼。我实在不想干下去了"①。这一年的日记里还 16 次提到"吃安眠药",作为一个才 38 岁的壮年,郭小川长期靠安眠药才能入睡,其内心的挣扎与矛盾痛苦是可想而知的,多个郭小川相互打

---

① 郭小川:《郭小川 1957 年日记》,郑州:河南人民出版社,2000 年,第 33 页。

架的煎熬是可想而知的。笔名担当了当代文学批评者多重身份、多重人格中的一个身份,这也是十七年文学批评时期文人的生存境遇的真实写照,烛照出当代文学批评复杂的生存环境。

从这一系列笔名心理学我们可以隐约看出十七年文学批评生态场的复杂性与特殊性。当然,为什么使用笔名,可能确实也有比较简单的逻辑,并没有这样的复杂性。《文艺学习》1955 年第 2 期曾发表一篇《抄袭行为是可耻的!》,文中讲到编辑部收到一篇《赵大嫂过门》的稿子,署名哈尔滨一中"丁寒",编辑部认为稿子很好,去信学校询问此人情况,结果答复说根本没有这个人,去信作者所留地址询问,作者却不回信。编辑部最终发现这篇作品的真正作者是"姜大刚",早在三年前姜大刚的这篇《赵大嫂过门》就编进"东北大众文艺丛书"公开出版发行了。这个"丁寒"就是公然抄袭别人的作品,是公然的学术不端,他不敢用自己的真名而使用一个笔名,这个心理轨迹也就没什么复杂的了,就是怕暴露自己的丑恶行径,是真正有预谋地做坏事。

## 第二节　十七年文学批评中的改造叙事

在十七年文学批评的话语体系中,小资产阶级知识分子的改造是一个非常重要的问题,在一段时间里、一定程度上,知识分子是作为人民群众的对立面出现在文学作品里的,如何改造自己融入群众之中、向群众学习,如何处理作品的知识分子气味与人民大众之间的关系成为作家们需要解决的重要问题。应该说如何处理好知识分子与人民群众的关系一直是中国现当代思想史的一个重要问题,其中小资产阶级知识分子与人民群众的关系是这一问题的核心。中国现当代文学思潮中有一个从改造农民群众到改造知识分子的话语转变,小资产阶级知识分子从改变人民群众的启蒙者变成了被群众改造的受教育者,这一转变揭示了知识分子与人民群众关系的一段心路历程,揭示了我们对各阶级在社会革命进程中的地位作用的认识的变化。这一话语范式转变对中国社会与文学都产生了深刻的影响。

## 一、改造群众的启蒙文艺

近百年来,中国的思想者都在思索改造半殖民地半封建社会的旧中国的道路,知识分子是这一历史进程中的先觉者,他们扮演起了启蒙者的角色。魏源等开始“师夷长技以制夷”的思想还主要是从改造工具出发,而十九世纪末的变法则把希望寄托在改造社会制度上。而当变法失败之后,人们普遍认识到要想使中国走向真正的富强,务必改造人自身,改造我们的文化,时代思想范式转到了改造群众的精神面貌上来。在这一思想范式的转变中,知识分子自觉扮演起了启蒙者的角色、唤醒群众的“呐喊”者的角色,他们以先知先觉的忧患声音揭露大众的愚昧、麻木与不觉醒,渴望唤醒自私奴性的大众,以此改造大众的灵魂,以便他们将来成为革命的力量,为新中国的建立准备条件。

严复较早意识到这一点,大力提倡鼓民力、开民智、新民德的“三民”政策。知识分子当然是唤醒民智、民力与民德的主要人物,因为:“士大夫者,固中国之秀民也,斯民之坊表也。”[①]作为中国思想界的“盗火者”,严复的启蒙思想深深地影响了中国,特别是他翻译的《天演论》《群学肄言》《群己权界论》《原富》《法意》等西方经典名著,打开了晚清国人的眼界,以西方现代思想启迪大众,让沉闷的中国思想界大开眼界。热心变法维新的梁启超也指出如果不首先拯救人心,那么“以今日中国如此之人心风俗,即使日日购船炮,日日筑铁路,日日开矿务,日日习洋操,亦不过披绮绣于粪墙,镂龙虫于朽木,非直无成,丑又甚焉。”[②]因此,梁启超在《新民议》中提出“新民”的

---

① 刘梦溪主编《中国现代学术经典·严复卷》,石家庄:河北教育出版社,1996 年,第 550 页。
② 梁启超:《饮冰室合集》第 1 册,北京:中华书局,1989 年,第 18 页。

首要之途就是改良人格,增上人道,把"新民"当作今日最切要之问题,当作解救中国最根本的途径。正是在这一启蒙思想之下,梁启超把文艺看作了唤醒国民精神,进行启蒙的最好方式。在著名的《论小说与群治之关系》中他指出要改良社会,必须要先"新民",而要"新民",就必须首先"新小说",所谓欲新一国之民,不可不先新一国之小说。用文艺改造人民大众的精神进而改造国家,这成为一代知识分子启蒙主义的强烈愿望与基本思路。

梁启超如此,作为启蒙者出现的陈独秀亦如此,他认为中国之所以衰弱,首先就在于国民精神上的麻木,因此他提出:"欲图根本之救亡,所需乎国民性质行为之改善,视所需乎为国献身之烈士,其量尤广,其势尤迫。"①可见,这种改造全体国民的精神灵魂以图根本上救亡的思路在当时是一个普遍的意识。"五四"时期的知识分子都自觉地以启蒙为自己的使命,当时的《解放画报宣言》就宣称:"做解放的工夫,做改造的工夫,引着多数平民,向光明路上走,以实现人的生活,尽人的责任,来革新旧社会,振兴我们的国家,这就是本报同人的宗旨。"②可见,"引着平民,向光明""唤醒国民的自觉"的这种启蒙模式是知识分子一种普遍的时代范式,是一种知识分子的共识。梁漱溟1918年发表的《吾曹不出,如苍生何?》,一副当今天下舍我其谁的气概,表现出启蒙知识分子的领袖气质。

当然,这种改造大众国民性以图根本救亡的启蒙主义,在文艺上最好的例子是我们再熟悉不过的鲁迅了。他在《呐喊·自序》里的那段话我们几乎都能背诵了:"凡是愚弱的国民,即使体格如何健全,如何茁壮,也只能做毫无意义的示众的材料和看客,病死多少是不必以为不幸的。所以我们的第一要著,是在改变他们的精神,而善于改变精神的是,我那时以为当然要推

---

① 任建树、张统模、吴信忠编《陈独秀著作选》第 1 卷,上海:上海人民出版社,1993 年,第 207 页。
② 中共中央马克思、恩格斯、列宁、斯大林著作编译局研究室编《五四时期期刊介绍》第二集下册,北京:三联出版社,1959 年,第 551 页。

文艺,于是想提倡文艺运动了。"①鲁迅这段话是对一代知识分子文艺启蒙救国理想最生动、最具体、最著名的注释。所以鲁迅的作品多采自病态社会不幸的人们,意在揭出病苦,引起疗救的注意。鲁迅笔下也总是麻木、愚昧、落后的群众形象,阿Q、祥林嫂以及闰土等形象,都在于揭示广大人民群众国民性中的种种"病苦"。知识分子的使命则是唤醒那些在"铁屋子"里沉睡的芸芸众生,以便冲出那铁屋子。鲁迅先生自己背着因袭的重担,肩住了黑暗的闸门,放他们到宽阔光明的地方,这样一个自己背负沉重"十字架"而解救大众的形象,成为知识分子自我形象的标杆。

　　中国作家、知识分子在一段时间里,是以治疗群众的医生,以拯救群众的导师、领路人的形象出现的。巴金就曾经自我反省说:"我知道当医生的首先要认清楚病,我却忘记了医生的责任是开方和治好病人。看出社会的病,不指出正确的路,就等于医生诊病不开方。我没有正确的世界观,所以我开不出药方来。"②这时的作家们都试图揭示出群众精神灵魂里的种种病态,开出药方,以改造麻木的大众,以此推动中国救亡图存的伟大事业,这成为很多作家的理想,也是他们对文学的基本认识。茅盾在《告有志研究文学者》就指出:"描写现代生活的缺点,搜求它的病根,然后努力攻击那些缺点和病根,以求生活的改善,这便是现代文学家的责任!"③可以说,通过文学改造群众,医治群众,从而变革社会,拯救社会,这成为中国现代作家、思想者救国救民道路的基本思路。但是究竟要把群众改造成什么样子,这个标准是什么? 以鲁迅为代表的一代人实际上并不是特别清晰,他们主要还是"哀其不幸,怒其不争",多少显得有些无可奈何。应该说这个任务还没有来得及再深入探讨,还没有来得及完成,改造群众就已经不是最迫切的话题了,相反,依靠群众成为一个新的时代话语范式,而改造的重心则转移到知识分

---

① 　鲁迅:《鲁迅全集》第1卷,北京:人民文学出版社,2005年,第439页。
② 　巴金:《巴金全集》第8卷,北京:人民文学出版社,1989年,第415页。
③ 　茅盾:《茅盾全集》第18卷,北京:人民文学出版社,1989年,第538页。

子身上了。

## 二、改造知识分子

随着中国革命进程的发展,占中国人口最大多数的广大人民群众在革命中的重要性越来越突出,成为革命主要的依靠力量,这时候再来总是揭露群众愚昧、落后、麻木的启蒙模式慢慢变得有些不合时宜了。毛主席把人民群众看得至高无上,在他的价值谱系中,人民群众成了先生,成了最干净的、最能够解决问题的人,成了历史的真正推动者,那些振臂呐喊的知识分子成了学生,革命必须依靠的是人民群众而不是别的什么阶层或阶级,只有真正把人民大众看作伟大的力量,革命才能胜利。在毛主席的世界里,人民群众再也不是一群麻木的等待知识分子来唤醒的看客了,他们是革命的急先锋,是革命的主力军,这时候他们成了精神世界的领跑者,而知识分子则有些相形见绌了。

毛主席曾经在多个场合多次谈到过知识分子的缺点,对他们进行了批评。在《中国革命和中国共产党》中,他指出知识分子在未和群众打成一片时,往往带有主观主义和个人主义的倾向,他们的思想往往是空虚的,他们的行动往往是动摇的。在《整顿党的作风》中,他又指出:"有许多知识分子,他们自以为很有知识,大摆其知识架子,而不知道这种架子是不好的,是有害的,是阻碍他们前进的。他们应该知道一个真理,就是许多所谓知识分子,其实是比较地最无知识的,工农分子的知识有时倒比他们多一点。"①毛主席在此着重批评了知识分子只有书本知识而缺乏实践经验的缺点。而在《在延安文艺座谈会上的讲话》中,毛主席则指出许多同志比较注重研究小资产阶级知识分子,分析他们的心理,着重表现他们,原谅并辩护他们的缺点;许多同志因为自己是小资产阶级出身,自己是知识分子,于是就只在知识分子的队伍中找朋友,对于工农兵群众则缺乏接近,缺乏了解,缺乏研究,

① 毛泽东:《毛泽东选集》第3卷,北京:人民出版社,1991年,第815页。

缺乏知心朋友,不善于描写他们;倘若描写,也是衣服是劳动人民,而面孔却是小资产阶级知识分子。他要求知识分子要自觉地改造自己,与广大人民群众打成一片,亲近人民,学习人民,毛主席以自己为例现身说法,认为和工农群众一比较就觉得那些未曾改造的知识分子不干净了,最干净的还是工人农民,尽管他们的手是黑的,脚上有牛屎,还是比资产阶级和小资产阶级知识分子都干净。所以毛主席强调:“我们知识分子出身的文艺工作者,要使自己的作品为群众所欢迎,就得把自己的思想感情来一个变化,来一番改造。”①毛主席在此强调了资产阶级、小资产阶级知识分子的作家的思想感情必须通过改造,从一个阶级变到另一个阶级才能创造真正为工农兵服务的文艺作品。在 1948 年 4 月 2 日《对晋绥日报编辑人员的谈话》中,毛主席又说知识分子往往不懂事,对于实际事务往往没有经历,再次对他们缺乏实践经验提出了批评。

新中国成立后,毛主席也曾多次谈到知识分子的缺点,1957 年在全国宣传工作会议上他指出,有些人读了一些马克思主义的书,自以为有学问了,但是并没有读进去,不会应用,阶级感情还是旧的。在著名的《关于正确处理人民内部矛盾的问题》中,毛主席指出:“广大的知识分子虽然已经有了进步,但是不应当因此自满。为了充分适应新社会的需要,为了同工人农民团结一致,知识分子必须继续改造自己,逐步地抛弃资产阶级的世界观而树立无产阶级的、共产主义的世界观。世界观的转变是一个根本的转变,现在多数知识分子还不能说已经完成了这个转变。”②毛主席在 1957 年《同文艺界代表的谈话》中又指出:“无论资产阶级思想也好,小资产阶级思想也好,在知识分子中还是占大多数的,他们还没有跟群众打成一片。”③总之,知识分子改造的路是很长的。毛主席对知识分子在革命阵营中的位置与功用是相

---

① 毛泽东:《毛泽东选集》第 3 卷,北京:人民出版社,1991 年,第 851 页。
② 中共中央文献研究室编《毛泽东文集》第 7 卷,北京:人民出版社,1999 年,第 225 页。
③ 中共中央文献研究室编《毛泽东文集》第 7 卷,北京:人民出版社,1999 年,第 255 页。

当重视的,在《整顿党的作风》中他指出没有革命的知识分子,革命就不会胜利,在新中国成立后多个场合都曾极力赞扬知识分子的巨大作用①,但也一直有批评。胡乔木在《当前思想战线的若干问题》中曾经指出:

应该承认,毛泽东同志对当代的作家、艺术家以及一般知识分子缺少充分的理解和应有的信任,以至在长时间内对他们采取了不正确的态度和政策,错误地把他们看成是资产阶级的一部分,后来甚至看成是"黑线人物"或"牛鬼蛇神",使林彪、江青反革命集团得以利用这种观点对他们进行了残酷的迫害。这个沉痛的教训我们必须永远牢记。②

---

① 毛主席一直非常重视知识分子的重要作用,要求大力吸收知识分子加入到革命事业之中。在1956年1月20日在关于知识分子问题的会议上他就批评了当时一些干部以为不要知识分子也行的思想,他指出:这几天会议上,有那么一些同志说了那么一些很不聪明的话,说是"不要他们(指知识分子)也行","老子革了一辈子的命,不要你也行"。现在我们在革什么命呢?现在是革技术的命,叫技术革命。要搞科学,要革愚蠢同无知的命,叫文化革命。没有他们就不行了,单是我们这些老粗那就不行。要向我们的党员作广大的教育。这是一种很没有知识的话。现在是打什么仗呢?现在是要飞机飞上一万八千公尺的高空,飞的速度是超音速。那个东西,没有他们不行,而且我们自己也要变成他们。要在比较短的时期内,造就大批的高级知识分子,同时要有更多的普通的知识分子。中共中央文献研究室编《毛泽东年谱1949—1976》第2卷,北京:中央文献出版社,2013年,第515页。1956年6月10日在会见印度尼西亚雅加达市长一行时,毛主席又指出:我们受了帝国主义的欺侮,主要是因为我们没有工业。要搞工业就要有知识分子、工程师和教授。中共中央文献研究室编《毛泽东年谱1949—1976》第2卷,北京:中央文献出版社,2013年,第584页。1957年3月12日在中国共产党全国宣传工作会议上,毛主席指出:没有知识分子,我们的事情就不能做好,所以要好好地团结他们。知识分子是脑力劳动者。他们的工作是为人民服务的,也就是为工人农民服务的。中共中央文献研究室编《毛泽东年谱1949—1976》第3卷,北京:中央文献出版社,2013年,第107页。1957年3月18日在山东省级机关处以上党员干部会议上,毛主席指出:在我们这个国家,知识分子是相当值钱的,我们一天也离不开他们。所以,我们要争取他们,在世界观这个问题上,要使他们变成无产阶级知识分子。中共中央文献研究室编《毛泽东年谱1949—1976》第3卷,北京:中央文献出版社,2013年,第117页。像这样论述知识分子重要作用的地方还有很多。同时,毛主席还非常关心知识分子的政治身份问题,1955年12月12日在审阅修改《中共中央关于知识分子问题的指示草案》时,他指出:过去六年中,各地党组织都没有注意吸收甚至拒绝吸收高级知识分子入党,这是不对的,这是一种关门主义的倾向。这种倾向必须纠正。中央组织部应当负责订出在高级知识分子中发展党员的年度计划和几年计划。中共中央文献研究室编《毛泽东年谱1949—1976》第2卷,北京:中央文献出版社,2013年,第479页。

② 中共中央文献研究室编《三中全会以来重要文献选编》下册,北京:人民出版社,1982年,第884页。

　　从中我们也可以看出毛主席对知识分子是一直有一些批评的。与二十世纪初改造国民性时期相比,工农群众和知识分子的位置已经发生了微妙的改变,现在需要大力改造的是知识分子而不是所谓愚昧落后的群众。知识分子往往和死读书的形象联系在一起,《解放日报》1942 年 5 月 20 日就发表了陈荒煤的《打倒书呆子》一文,批评书呆子式的知识分子只知道死读书而没有实践知识:"书呆子背了一大套原则,空有一肚子死理论(不是真理,真理是活的),一碰到实际问题就手足无措,像苍蝇撞玻璃一样,乱碰乱撞,有时候碰掉了乌纱帽。"①这篇文章可以说是很及时的。延安《讲话》以来,文艺领域小资产阶级知识分子改造的话题成为一个热点,脱离群众、缺乏实践能力成了知识分子、作家们最大的也是共同的毛病,写不出好作品最终原因在于知识分子脱离了群众,作家下乡深入生活、深入群众,成为作家提高创作水平的一个基本模式。林默涵曾经在《胡风的反马克思主义的文艺思想》中说:"'五四'新文艺的主潮在反对帝国主义封建主义这一点上虽然是革命的,虽然是受无产阶级领导的,但并不是因此而没有缺点,没有严重的缺点。例如,这个新文艺的队伍,主要是由小资产阶级知识分子构成的,他们倾向革命,同情工农大众,但同时又具有脱离工农群众的严重缺点。"②这也告诉我们,"五四"引以为傲的个性解放的文艺从另一角度看实际上是脱离工农大众的,其参与者主要是小资产阶级知识分子,这种小资产阶级知识分子的个人主义应该改造。

　　小资产阶级知识分子的共同缺点集中在脱离群众方面,在艺术上则幻想着什么不朽的伟大艺术而不肯用力来创作能为老百姓所喜闻乐见的作品;小资产阶级知识分子往往空谈要为工农兵服务,而对当前工农兵的需要

① 陈荒煤:《陈荒煤文集》第 4 卷,北京:中国电影出版社,2013 年,第 11 页。
② 林默涵:《胡风的反马克思主义的文艺思想》,载作家出版社编辑部编《胡风文艺思想批判论文汇集》第 2 集,北京:作家出版社,1955 年,第 63 页。

却漠不关心。周立波在谈到自己思想感情的变化过程就曾经说:"反省自己……到过前方,也到过乡下,但是没有写出好东西。因为我在那里是'做客'……我就只能写出一些表面的断片,写不出伟大的场面和英雄的人物。"①周立波指出自己写不好作品的最大问题是没有真正与群众打成一片,没有深入向群众学习,只是到群众那里"做客",还是拖着小资产阶级的尾巴不愿意割掉,还爱惜知识分子的心情,不愿意抛除,在乡下还常常想要回来,间或还感到过寂寞,没有真正改造好当然是写不出好作品的。周立波反省自己在旧式学校里养成了脱离实际、脱离群众的积习;阅读了许多西洋、古典作品,不知不觉地成了上层阶级的文学俘虏。这些书中工农兵形象出现很少,那些寄生虫大都被美化了,比如贾宝玉、安娜·卡列尼娜等都是一出场就光彩夺目,特别是安娜,在鲁艺的文学系,有一个时期,连她的睫毛也都被人熟悉,令人神往。周立波解剖自己马列主义的修养既差,又毫无批判地迷惑于资产阶级的艺术,经过在鲁艺和《解放日报》的整风,特别是经过毛泽东同志亲自主持的延安文艺座谈会,自己才从理性上认识了自己的脱离群众、脱离实际的严重的倾向,以后逐渐与指战员、农民群众融为一体,深入了工农兵,不断改造自己,才逐渐摆脱了一些脱离群众的错误。② 1957 年周立波又发文讲述自己改造的心路历程指出:整风前和农民交往少,"受了《讲话》的启示,也由于座谈会以后的文艺领导上的正确的安排,我逐渐地接触实际,我的脱离群众的倾向,渐渐地有了一些改变了。"③周立波认识到知识分子只有融入群众中去,不断改造自己知识分子的小资产阶级特性,融入大众之中,

---

① 李华盛、胡光凡编《周立波研究资料》,北京:知识产权出版社,2010 年,第 58 页。
② 周立波:《谈思想感情的变化》,《文艺报》1952 年 6 月 25 日。
③ 李华盛、胡光凡编《周立波研究资料》,北京:知识产权出版社,2010 年,第 67 页。

实现真正的转变才有出路。①

　　毛主席发表《在延安文艺座谈会上的讲话》后,再加上整风运动持续开展,应该说一时间知识分子的自我改造,转变自己小资产阶级知识分子立场到工农群众的立场上来成了作家的核心问题。知识分子纷纷反省自己,改造自己,何其芳1943年4月在《解放日报》发表的《改造自己,改造艺术》就具有很强的代表性。在文中何其芳指出改造自己的观念过去在一般文艺工作者中间是很模糊的,而经过《讲话》的洗礼和整风才认识到自己旧我未死,心多杂念,不但今天在革命的队伍中步调不一致,甚至将来能否不掉队都还很担心。他指出:"整风以后,才猛然惊醒,才知道自己原来象(像)那种外国神话里的半人半马的怪物,一半是无产阶级,还有一半甚至一多半是小资产阶级。才知道一个共产主义者,只是读过一些书本,缺乏生产斗争知识与阶级斗争知识,是很羞耻的事情。才知道自己急需改造。"②毛主席《在延安文艺座谈会上的讲话》发表后,作家知识分子掀起了下乡运动,掀起了自我改造的热潮。舒群在《必须改造自己》中自我批评指出:"当我们从'亭子间'来到工农群众中间,面临新的人物新的事件时候,真好象(像)从另一个星球掉在地球上来似的。这新的人物,新的事件,我们从前既不熟悉,今天又没有很好地去了解,以致就无从表现。写是写了,不是没写好,就是写歪了。这'没写好'和'写歪了',不仅说明了我们不熟悉这些人和这些事,而且说明了我们本身存在着严重的问题,需要改造,改造我们的思想,改造我们的

---

① 周恩来1951年9月29日向北京、天津高等学校教师学习会的教师们作《关于知识分子的改造问题》的报告。他说:我们知识分子,大多出身于封建家庭、资产阶级家庭或小资产阶级家庭,或多或少地与旧势力有联系,"都受过旧思想的影响,脑子里多多少少存在着封建的、资产阶级的思想"。因此,"就一定要下决心改造自己"。在改造中,要使自己的立场逐渐"从民族立场进一步到人民立场,更进一步到工人阶级立场"。中共中央文献研究室编《周恩来年谱1949—1976》上卷,北京:中央文献出版社,1997年,第182-183页。

② 中国社会科学院新闻研究所、中国报刊史研究室编《延安文萃》上册,北京:北京出版社,1984年,第388页。

生活,改造我们的语言。"①应该说从延安时期以来,小资产阶级知识分子、作家的自我改造就一直是知识分子、作家的重要大事,一直未曾断绝。

作家的这种自我改造不是一般地改造一些做人的原则或者性格的弱点,这种改造的重点是克服自己阶级的弱点,从一个阶级转变到另一个阶级。改造自己阶级立场的转变之路成为一代知识分子的成长历程。冯乃超在《文艺工作者的改造》中指出:"所谓自我改造,就是一个文艺工作者从自己本身的阶级立场移到另一个进步的阶级立场上去的事情。就中国文艺工作者的情况来说,就是从小资产阶级移到革命工农的立场,在深入实际斗争的过程中,逐渐的移过来。"②小资产阶级知识分子作家的改造主要是阶级立场的改造,丁玲将这种改造说成是自己向工农群众投降缴械,她指出:改造,首先是缴纳一切武装的问题。既然是一个投降者,从那一个阶级投降到这一个阶级来,就必须信任、看重新的阶级,而把自己的甲胄缴纳;即使有等身的著作,也要视为无物。要抹去这些自尊心自傲心,要谦虚地学习新阶级的语言,生活习惯……在克服一切不愉快的情感中,在群众的斗争中,人会不觉地转变的。转变到情感与理论的一致,转变到愉快、单纯,转变到平凡,然而却是多么亲切地理解一切。即使是苦痛过的,复杂过的,可是都过去了,那些个人的伟大,实在不值得提起了。③ 丁玲这个表白可以说是对知识分子心路历程转变形象生动的记叙,个人的伟大不值得提起了,转变到人民群众的单纯与平凡中来,诚心投降缴械,这是一代知识分子发自内心的心声。陈学昭在《对于写作思想的转变——自从听了毛主席的延安文艺界座谈会讲话以后》中也记叙了自己听了毛主席延安文艺讲话后的心灵转变,她说:"最初,当座谈会之后,我完全否定了自己过去的写作,认为以前写的东西纯粹是发泄个人情感,就使写了一点对旧社会的不满,那也是出于个人观点,个

---

① 中国社会科学院新闻研究所、中国报刊史研究室编《延安文萃》上册,北京:北京出版社,1984 年,第 394 页。

② 冯乃超:《文艺工作者的改造——纪念文艺节》,载北京大学、北京师范大学、北京师范学院中文系中国现代文学教研室编《文学运动史料选》第 5 册,上海:上海教育出版社,1979 年,第 330 页。

③ 张炯主编《丁玲全集》第 7 卷,石家庄:河北人民出版社,2001 年,第 69 页。

人立场的,对革命和工农兵简直是没有什么联系的。"①在这样否定了自己以前的创作之后,经过无数次与工农兵的接触交流与自我改造,陈学昭开始描写、记录工农兵的生活,自己才逐渐恢复了写作的信心与决心,重新找到了自己写作的价值,实现了凤凰涅槃般的新生。

可以看出毛主席《在延安文艺座谈会上的讲话》提出的知识分子改造问题对于知识分子来说确实是一个振聋发聩的冲击,是一场洗涤灵魂的思想激荡,是对人民群众前所未有的亲近与重新认识,是一次认知价值范式的改变。1949年10月19日,茅盾在《人民日报》发表《学习鲁迅与自我改造》指出鲁迅的思想和作品中,可供我们学习的地方很多:"但在今天,知识分子特别需要自我改造之时,鲁迅所经历的从进化论到阶级论,从个性主义到集体主义的过程,尤其值得我们注意学习。"②茅盾以鲁迅自我改造为例指出在新

---

① 陈学昭:《对于写作思想的转变——自从听了毛主席的延安文艺界座谈会讲话以后》,《人民日报》1949年7月6日特刊。

② 茅盾:《茅盾全集》第23集,北京:人民文学出版社,1996年,第83页。鲁迅在《二心集》序言里说:只是原先是憎恶这熟识的本阶级,毫不可惜它的溃灭,后来又由于事实的教训,以为惟新兴的无产者才有将来,却是的确的。鲁迅:《鲁迅全集》第4卷,北京:人民文学出版社,2005年,第195页。在《三闲集》的序言中,鲁迅说:我一向是相信进化论的,总以为将来必胜于过去,青年必胜于老人,对于青年,我敬重之不暇,往往给我十刀,我只还他一箭。然而后来我明白我倒是错了。这并非唯物史观的理论或革命文艺的作品蛊惑我的,我在广东,就目睹了同是青年,而分成两大阵营,或则投书告密,或则助官捕人的事实!我的思路因此轰毁,后来便时常用了怀疑的眼光去看青年,不再无条件的敬畏了。鲁迅:《鲁迅全集》第4卷,北京:人民文学出版社,2005年,第5页。从憎恶"本阶级"到转向无产阶级,从相信进化论到阶级革命论,从民主主义者到无产阶级革命者,这是鲁迅阶级转变的心路历程。瞿秋白认为鲁迅在1927年前后实现了阶级转变,从进化论进到阶级论,从绅士阶级的逆子贰臣进到无产阶级和劳动群众的真正友人,以至于战士。这是关于鲁迅阶级转变的经典论述。瞿秋白:《瞿秋白文集·文学编》第3卷,北京:人民文学出版社,1989年,第115页。茅盾在《鲁迅——从革命民主主义到共产主义——鲁迅逝世二十周年纪念大会上的报告》中指出:也正因为在长期的思想斗争中吸取了事实的教训,他在纠正了自己以前的只信进化论的偏颇以后建立起来的新信仰,是从心灵深处发生的,是付给了全生命的力量的;而且正是在革命遭受挫折的困难关头,他坚决地走向共产主义,在共产党领导之下,开始了新的、长期的、更艰苦更勇猛的战斗。茅盾:《茅盾全集》第23集,北京:人民文学出版社,1996年,第497页。

中国的知识分子更加幸运,因为政治上的领导和思想上的领导都是鼓励知识分子自我改造,这与鲁迅当年不同,现在的知识分子比鲁迅幸运得多,要不虚负这幸运才好。茅盾这时候发表的这篇文章可以说是一种知识分子自愿进行自我改造的号召,也是一种宣言。知识分子的自我改造问题是一个时代性的话题,可以说也是一个永恒的话题,茅盾以鲁迅为知识分子从小资产阶级转变为无产阶级的旗帜来号召大家加入自我改造的洪流,提出标杆,既是自我勉励,也是为全体知识分子的改造加油。毛主席在 1957 年 3 月 8 日召集的文艺座谈会上指出:"鲁迅不是共产党员,他是了解马克思主义世界观的。……他的杂文有力量,就在于有了马克思主义世界观。我看鲁迅在世还会写杂文,小说恐怕写不动了,大概是文联主席,开会的时候讲一讲。"①鲁迅是从一个小资产阶级家庭出身转变到马克思主义世界观的一个代表,他确实配得上知识分子在不断自我改造、自我革命这方面的楷模称号。胡耀邦《在鲁迅诞生一百周年纪念大会上的讲话》中也指出:"我国有不少知识分子从资产阶级、小资产阶级的革命民主主义出发,进而成为无产阶级的共产主义战士,鲁迅是他们中最杰出的一个。"②当代文学史上很多知识分子从资产阶级、小资产阶级转变为无产阶级正是他们一生思想改造、追求进步的目标。

　　曾经一段时间里知识分子总是和资产阶级、小资产阶级连在一起,说知

---

① 　中共中央文献研究室编《毛泽东年谱 1949—1976》第 3 卷,北京:中央文献出版社,2013 年,第 101 页。关于鲁迅的转变,毛主席 1963 年 11 月 26 日在接见古巴作家比达·罗德里格斯和夫人时说:鲁迅是中国革命文豪,前半生是民主主义左派,后半生转为马列主义者。鲁迅对帝国主义、封建主义的斗争很明确,他是从那个社会出来的,他知道那个社会的情况,也知道如何去斗争。旧知识分子说他具有二心,是叛徒,所以他写了《二心集》;又说他运气不好,正交华盖运,他就出了一本集子叫《华盖集》,还说他是堕落的文人,他就用了"洛文"的笔名。鲁迅对那些人的批判毫不放松。被他批判的人,有一部分转到革命队伍里来,另一部分跟美帝国主义走了。中共中央文献研究室编《毛泽东年谱 1949—1976》第 5 卷,北京:中央文献出版社,2013 年,第 285 页。

② 　中共中央文献研究室编《三中全会以来重要文献选编》下册,北京:人民出版社,1982 年,第 894 页。

识分子也就等于说资产阶级,知识分子摆脱不了资产阶级这个帽子。① "文化大革命"时期,知识分子被称为所谓的"臭老九",那时知识越多越反动的论调甚嚣尘上,我们一些歌舞、戏剧等里面都有把科学书籍扔到地上,拿脚去踩的情节,讽刺嘲笑知识分子酸腐无能的情节。知识分子这个群体某种程度上被去魅了,他们没有居于现代社会建设的中心,被放逐到了边缘,知识分子头上戴着资产阶级分子的帽子而抬不起头来。知识分子在阶级成分上被划为小资产阶级、资产阶级分子,既然是资产阶级知识分子,他的意识便是资产阶级意识,立场是资产阶级立场,参加了无产阶级革命事业,头脑中便有两个"我"存了,一个是无产阶级的新我,一个是资产阶级的旧我,当"新我"统治的时候,可能有无产阶级的意识,但"旧我"伺机复辟的时候又变成资产阶级立场了,这就必须用新我战胜旧我,彻底剿灭残留的资产阶级意识,不断改造自我,因此知识分子改造是一项长期艰巨的任务。② 知识分子较长一段时间一直处于被改造的地位,在整个社会的意识形态中他们也就成了社会的一个他者,总有一种阻隔的空气使他们不能完全融入社会轰轰烈烈的建设之中。

薄一波在《若干重大决策与事件的回顾》中对知识分子问题的思考中提出:建国以后的长时间内,我们没有把解决好知识分子问题提高到"安邦治

---

① 关于究竟是资产阶级知识分子还是小资产阶级知识分子,他们名称上是两个,但实质上都是一样的,周恩来1960年1月4日在全国文化工作会议上讲话指出:不管分成资产阶级知识分子或小资产阶级知识分子也好,思想根源是一个,都是资产阶级思想,在中国还带有封建性。因此,知识分子应该有进行自我改造、长期改造的认识。特别是文化界、文艺界知识分子更多。所以立场、观点要经常反省、改造。知识分子的改造,要加强阶级、劳动、群众和集体的观点。中共中央文献研究室编《周恩来年谱1949—1976》中卷,北京:中央文献出版社,1997年,第277页。
② 毛主席1948年5月21日曾经批示《对知识分子应避免唯成分论的偏向》,指出对于知识分子说其地主出身者是地主,富农出身者是富农,中农出身者是中农,这是说社会出身,这是对的。但必须补充说,根据知识分子所从事的职业,例如参加军队者是军人,参加政府工作者是政府职员,参加生产企业者是工人、职员、技师或工程师,参加文化工作者是教员、记者、文艺家等,并将着重点不放在社会出身方面,而放在社会职业方面,方可避免唯成分论偏向。中共中央文献研究室编《毛泽东文集》第5卷,北京:人民出版社,1996年,第97页。

国"的高度来认识①,知识分子问题在一段时间内一直没有得到很好的解决。直到改革开放的新时期,我们才彻底改变了对知识分子的态度,不再提所谓团结、教育、改造知识分子的方针,而是把知识分子看作无产阶级的一部分。邓小平1978年3月18日在《在全国科学大会开幕式上的讲话》中指出知识分子:"他们的绝大多数已经是工人阶级和劳动人民自己的知识分子,因此也可以说已经是工人阶级自己的一部分。"②胡耀邦在1981年11月8日《谈思想解放和"思想改造"》中指出:"中央没有重提思想改造这个口号,更不准备专向党外朋友和知识界同志重新恢复这个口号。这是因为(一)由于我们工作中的失误,这个口号在实践中产生了许多弊端,多数人对这个口号很反感;(二)在当前的条件下,重提这个口号,很容易造成一部分人歧视、批判和排斥另一部分人的错误作法。"③由此,知识分子才不再是一种异己力量,知识分子是工人阶级的一部分,成为国家建设的重要力量。尊重知识,尊重人才成为国家价值体系中的重要组成部分。知识分子逐渐"复魅"了,逐渐有了光环,知识分子改造问题才逐渐淡出。在知识分子问题上的思想解放是我们最重要的思想解放之一,为我们国家的腾飞奠定了坚实的基础。

　　当代文学这种改造知识分子的政治话语表现在创作上,最直接的影响就是很多作家的时间精力就耗散在改造的检讨认罪之中了,创作成了一件奢侈的事情。很多作家在回忆时都谈到改造运动消耗了作家大量时间精力,再无心写作了。很多作家没有潜心工作的机会,大好年华耗散在各种批斗、运动之中,这对于当时的作家来说是一个较为普遍的现象,作家已经写不出作品来了。所谓的"郭沫若现象""何其芳现象""曹禺现象"等一大批

---

① 薄一波:《若干重大决策与事件的回顾》上卷,北京:中共中央党校出版社,1991年,第517页。

② 中共中央组织部、中共中央文献研究室编《知识分子问题文献选编》,北京:人民出版社,1983年,第29-30页。

③ 中共中央组织部、中共中央文献研究室编《知识分子问题文献选编》,北京:人民出版社,1983年,第167页。

名作者写不出好作品的现象,原因当然很多,但这种改造语境可以说是其重要的原因之一。

### 三、改造知识分子的群众文艺

在改造知识分子的思潮下,文学作品中的小资产阶级知识分子形象自然一般都是脱离群众讲空话,搬书本,卖弄所谓知识而不务实际的负面形象。丁玲《太阳照在桑干河上》中的文采试图竭力摆脱知识分子那种穷酸臭架子,想让自己更接近革命化,但是他的身上却时时暴露出知识分子的毛病:

1. 好讲大话、空话,爱卖弄、不务实际,就喜欢吊书袋;

2. 好面子、虚荣心强,装作党内稍微有点名字的人他都认识;

3. 凭印象,办事简单化,缺乏调查,缺乏深入实际生活的作风;

4. 脱离群众、看不起农民,满口现代名词,只是自我陶醉。

可以看出文采的这四种毛病是文学作品中知识分子形象的典型缺点,而作品里农民群众出身的区委书记章品的形象则完全没有文采的那些缺点。章品是一个朴实的农民党员形象,年轻的面孔上总是泛着朝气的笑容,充满乐观主义精神,勤劳朴实,脚踏实地,没有官僚作风,没有任何架子。在具体工作中,章品明白党的纪律与原则,坚持实事求是的工作态度,而且善于协调各方面力量,敢于发表自己的意见,起到"稳压器"和"发动机"的作用。章品这个群众干部处处显示出超凡的魅力与卓越的工作才能,完全是正面形象,甚至可以说是一个理想的干部形象。章品和文采,一个是群众干部,一个是知识分子干部,显然两相对照,群众干部章品占了上风,知识分子干部文采则明显处于下风。他是拿来和群众干部作对比的,知识分子干部需要改造的地方还太多了,在这种比较中,知识分子形象已经输给了普通群众形象,这也形象地说明知识分子确实需要改造。

在知识分子改造语境中的小资产阶级知识分子形象基本上模式化了,

他们大都是浮夸、不踏实而又感情用事。舒芜发表的《从头学习〈在延安文艺座谈会上的讲话〉》中谈到自己学习毛主席《讲话》的体会时指出知识分子的毛病就是爱浮夸、主观性强。他说:"我看到,凡是密切联系群众的骨干分子和领袖人物,久经革命锻炼的老干部,各级负责同志,都有一种共同的作风:那就是朴实,谦虚,谨慎,把稳,虑而后动,谋而后行,不突出个人,不张扬自己,崇高的激情纳入清明的理智,伟大的理想凝为钢铁的决心,总之就是所谓'平凡的伟大'。而自己和其他一些参加工作的知识分子,则是虚矫,浮夸,疯狂,偏激,时而剑拔弩张,时而萎靡不振,时而包办一切,时而超然事外,需要高度策略性的时候往往来一场歇斯底里的破坏,需要坚决斗争的时候偏又来一套歇斯底里的温情,结果造成工作上的巨大损失。"[①]舒芜的自我总结是现身说法,表明知识分子身上有不少需要改造的地方,主观而且有点神经质,与人民群众相比毛病很多,这样的知识分子当然要加强改造。

随着知识分子改造大潮的兴起,文学作品中的知识分子形象与人民群众形象的对比越来越多,逐渐成了一个常见的模式。自然,在这个对比中,知识分子缺点多,而人民群众则变得越来越高大完美。韦君宜的《三个朋友》就写了一个农民群众,一个知识分子,通过互相对照,农民群众朴实醇厚,知识分子朋友则夸夸其谈,华而不实。"我"的眼里看出农民朋友格外高大,好像一根粗大的柱子,在青天和大地之间撑着;而作为知识分子的自己则觉得分外渺小。

这时候我们塑造的人民群众的形象是令人钦佩的高大人物,他们都是像梁生宝那样的大公无私、心系百姓。这时候塑造落后群众的形象,显然是不受欢迎的,鲁迅在国民性改造过程中塑造的众多落后群众形象,被认为是鲁迅的缺点了,是对群众先进性的估计不足,像阿 Q 式的落后农民群众的形

---

① 舒芜:《从头学习〈在延安文艺座谈会上的讲话〉》,载作家出版社编辑部编《胡风文艺思想批判论文汇集》第 2 集,北京:作家出版社,1955 年,第 112 页。

象,到这时候已经受到一定的批评了。冯雪峰曾说鲁迅"对于农民的革命性就显然还是估计不足的",对于农民革命"流露了他的某种程度的悲观情绪"。① 而姚文元在《从阿 Q 到梁生宝:从文学作品中的人物看中国农民的历史道路》中也认为阿 Q 的塑造表现着鲁迅当时对农民革命力量认识、估计还不足,阿 Q 不是旧民主主义革命时期先进的、革命的农民的典型,阿 Q 身上没有概括农民中英勇斗争的性格,这是由于鲁迅当时世界观的"局限",他没有能够在《阿 Q 正传》中更多地反映农民的优秀品质和指出农民的革命前途。像鲁迅这样的革命主将塑造的落后农民形象,当然不能随意炮轰批判,姚文元在这里指出鲁迅世界观的局限,没有表现农民群众英勇斗争的性格,对农民革命性估计不足,这已经是很重的批评了。其实早在延安时期,理论家就已经开始批评鲁迅没有描写农民群众的积极性了。比如周立波在《谈阿 Q》中就提出过鲁迅究竟出身于士大夫家庭,又没有在革命实践中多多地和农民接触,他所看到的农民的气质只是一些消极的因素,没有看到作为中国革命的动力之一的农民的光芒四射的、崇高的、英雄的气质和性格。这种对鲁迅所塑造的农民群众形象的批评实际上表明文学从改造群众的启蒙范式向改造知识分子范式的转变。在更早的二十世纪二十年代末那场革命文学的论争中,当时以钱杏邨等为代表的一批人大批鲁迅落后,就更为著名了,当时也批评鲁迅对群众的革命性描写不足,只是没有和知识分子改造的话题紧密结合。

二十世纪五十年代是人民的世纪,人民群众的地位当然更为神圣光辉了,文学作品中对群众的弱点就更为敏感、更谨慎了。巴金的抗战三部曲《火》中塑造的战地工作团的那些知识青年,就被批评为"以启蒙者自居",是带着新奇的心理去发现群众的憨厚、朴实,把群众的外貌写成癞头、胖子、近视,等等,而他们的性格则是笨拙的、简单的、原始的,没有真正发现群众

---

① 　冯雪峰:《雪峰文集》第 2 卷,北京:人民文学出版社,1983 年,第 446 页。

的伟大,"没有反映出人民的力量"。① 把农民写得不够先进,这是文学作品的一个重要缺点。丁玲的《太阳照在桑干河上》中的张裕民是农民中的先进分子,但作品的弱点在于没有把这个人物的先进性充分表达出来,陈涌为此批评说:"作为一个农民中间的先进分子,他的行动的积极性,是表现得不够的。"②赵树理塑造了"小腿疼""吃不饱""常有理""能不够""糊涂涂""惹不起""铁算盘"等落后群众形象,随着群众地位的不断提升,知识分子改造话题的升温,赵树理因此受到丑化农民群众的批判也越来越多,到后来甚至被批判为资产阶级的作家。康濯的《东方红》、周立波的《山乡巨变》、李晓明的《破晓记》、马烽的《赖大嫂》等,都因为写了落后群众形象而受到批评。人民群众成了一个新英雄形象,要求以歌颂为主而不能过多描写他们的缺点。

现在人民群众是文艺的关键词、主角与主导,登上了文学人物形象系统的中心位置,文艺的面貌由此发生了巨大的转变。周扬在《新的人民的文艺》中指出,文艺座谈会以后,文艺的面貌有了根本改变,这就是真正新的人民的文艺,文艺与广大群众的关系根本改变了。周扬要求文艺创作"不应当夸大人民的缺点,比起他们在战争与生产中的伟大贡献来,他们的缺点甚至是不算什么的。我们应当更多地在人民身上看到新的光明。这是我们所处的这个新的群众的时代不同于过去一切时代的特点"③。这实际上宣布了新的群众时代的到来,要求文艺工作者不要去写群众的缺点,群众成了完美的正面人物,如果谁总写群众的缺点,那就要被指责为歪曲人民,被指责为小资产阶级立场。周扬指出现在中国人民经过了三十年的斗争,已经开始挣脱了帝国主义、封建主义加在我们身上的精神枷锁,他们发展了中华民族固

① 北京师范大学中文系二年级学生与青年教师集体写作:《论巴金创作中的几个问题——兼驳杨风、王瑶对巴金创作的评论》,《文学研究》1958年第3期。
② 陈涌:《陈涌文学论集》上册,上海:上海文艺出版社,1984年,第12页。
③ 周扬:《周扬文集》第1卷,北京:人民文学出版社,1984年,第518页。

有的勤劳勇敢以及其他的优良品性,新的国民性正在形成之中,我们的作品就应该反映与推进新的国民性的成长过程。这就是说经过了三十年的斗争,人民群众现在已经今非昔比了,再也不是过去那种愚昧落后的人民群众了,已经拥有了新的国民性,已经很先进了,文学作品应该以歌颂群众的优点为主,不要再去描写他们的缺点。周扬在全国第一次文代会上的报告,无异于以组织的形式宣告了一个新的群众文艺时代的到来,同时也宣告了文学作品知识分子先驱时代的终结。

广大群众现在某种程度上被拔高了,我们从改造群众走到了群众崇拜。虽然"五四"文学家也表现了一些对于群众的尊重、崇拜之情,比如郁达夫《还乡记》中把农夫说成世界的养育者、世界的主人公,自己情愿为他们做牛做马。但是,郁达夫"农民文艺"这种对农民群众的崇敬是一个人道主义者对下层群众的同情,其中对群众苦楚的发掘是长久以来忽略群众题材的补充,是一种知识分子的启蒙式发现。在政治地位上知识分子还是主动的、在上的,群众地位还是很低的,这还是那时候所谓的"人力车夫文学""老妈子文学"。周作人的《平民的文学》也主要是一种启蒙式的自我觉醒,强调每个人的平等,不必尽写英雄豪杰、才子佳人,只记载普通男女的悲欢成败。这里的群众文艺还主要是一种知识分子人文精神关怀的文艺。另一位崇拜农民群众的沈从文,他笔下的农民群众则是世外高人一样的天神,纯净而美丽,让人惊为天人,比如"龙朱年十七岁,为美男子中之美男子。这个人,美丽强壮像狮子,温和谦顺如小羊。是人中模型。是权威。是力。是光"①。这些农民群众具有豹子般的勇猛刚强,对心爱的人赤诚无比、热烈执着,他们洁身信神,勇敢安分,淳朴天然,把一帮城里人比得渺小如侏儒。但沈从文的农民崇拜情结与我们所说的工农兵方向中人民群众的先进性比起来,

① 沈从文:《沈从文文集》第2卷,广州、香港:花城出版社、生活·读书·新知三联书店香港分店联合出版,1984年,第363页。

又是另外一回事。沈从文是把农民群众置身社会革命进程之外的荒野原始之中,做其所谓人性的原始表演,田园牧歌的乡土美梦。沈从文笔下的农民群众是他想象的不食人间烟火的世外桃源里的人物,这些农民群众在政治上仍然是不革命、不进步的,甚至不知有汉,无论魏晋,他们在政治上是相当落后的。而我们知识分子改造后对人民群众先进性的描写,主要是描写群众在政治革命等大是大非问题上的进步,在阶级斗争中的觉悟,群众政治地位是至高无上的,知识分子是仰视群众、学习群众,在群众面前是自卑的、诚惶诚恐的,对群众是真心信服的。总之,那时我们的群众是一个政治概念而不是一个人道的概念,这与"五四"时期以启蒙者面目出现而疗救群众、发现群众、同情群众的作家是完全不一样的,与沈从文神化群众也是不一样的。而且更重要的是,"五四"时期的群众发现,是人文知识分子自觉的文化发现,是自下而上的发现;而我们的群众崇拜,则更多的是自上而下的政治发现,这是它们最大的不同。

在知识分子改造语境中,文学创作的知识分子语气、知识分子语言、知识分子风格等成了作家的一个重要缺点。陈涌在《丁玲的〈太阳照在桑干河上〉》就指出丁玲这部作品还充满着知识分子习惯的想象,还是没有摆脱用知识分子眼光来写农民的生活,经常出现"知识分子的语汇",比如用"内疚""忧郁""寂寞""年青的豪情""这个穷女人却以她的勤劳,她的温厚稳定了他"这类的语汇和语句来表现普通农民的感情和生活,陈涌指出这是"不适合的"[1]。在对孔厥的批评中,陈涌也指出孔厥的创作还没有改变自己的知识分子风格,没有充分融入人民群众中去,没能吸收群众的语言,没有真正大众化:"孔厥在写《老会长》时,对群众语言的运用还只是片面的,它的目的,只是为了比较正确的表现人物的对话,它只能润饰而不能根本改变整个

---

① 陈涌:《陈涌文学论集》上册,上海:上海文艺出版社,1984 年,第 22 页。

作品的知识分子的风格,也因此不能使作品做到大众化。"①孔厥的作品还
"保留着许多知识分子的语气、语汇以及过渡的不自然的痕迹"②,这种知识
分子痕迹是孔厥创作的重要缺点,也是当时很多作家共同的缺点,知识分子
气和大众化成了一组矛盾。文学作品具有知识分子的小资产阶级情调在很
长一段时间里一直作为文学最重要的缺点被批判,一切不好的品质都归之
于小资产阶级知识分子的特性,小资产阶级集合了一切不健康的缺点之大
成,知识分子形象变得不配有好的品质了。一些人建议把元杂剧《张生煮
海》中张生的身份改为樵夫,因为张羽这个人有忠于爱情的品质,把忠于爱
情这一美德放在具有知识分子色彩的秀才身上是不真实的,改成樵夫的劳
动人民而加以赞美就比较放心了。在这样的氛围中,小资产阶级知识分子
的形象在文学中自然逐渐淡出。

在从改造群众到改造知识分子的历程中,知识分子所喜爱的关于爱情、
人性、人道、自由、平等、个性等的题材描写逐渐变成了敏感的话语。其形式
上也向老百姓喜闻乐见的"大众化""口语化""通俗化""民间化"等方向发
展,艺术形式的革新与试验也容易被看作是脱离群众的。到后来甚至只要
是以知识分子为主角的作品,有知识分子气的作品就是有问题的,就要受批
判的。杜鹏程在《谈谈我的生活和创作》中说,自己的作品《在和平的日子
里》"把知识分子韦珍看作一代新人的优秀代表,他们在今天现实生活中的
地位和意义,证明我当初的看法并不错呀! 没有错还要挨批判,罪名是'为
知识分子树碑立传'。真不知道歌颂为社会主义事业献身的知识分子,何罪
之有?"③杜鹏程的困惑在于他没有料到改造知识分子浪潮的严重性,这也说
明文学创作写知识分子已经是一个严重的问题了。

在改造知识分子的语境下,知识分子形象逐渐不能成为文学表现的主

---

① 陈涌:《孔厥创作的道路》,《人民文学》1949 年第 1 期。
② 陈涌:《陈涌文学论集》上册,上海:上海文艺出版社,1984 年,第 53 页。
③ 《文艺报》编辑部编《文学:回忆与思考》,北京:人民文学出版社,1980 年,第 190 页。

角,逐渐从文学作品中淡出。文学创作从描写知识分子向描写农民群众的转变被看作是作家进步的重要表现,周扬在《略谈孔厥的小说》中就称赞孔厥小说主人公从知识分子到农民的转变:"由写知识分子(而且是偏于消极方面的)到写新的,进步的农民,旁观的调子让位给了热情的描写,这在作者创作道路上是一个重要的进展。"①随着知识分子改造的深入,知识分子形象在文学作品中越来越少了,也很少能成为作品的主人公。丁帆、王世城在他们合著的《十七年文学:"人"与"自我"的失落》中指出:知识分子形象是最引人注目的一种非主流人物,作家本身是知识分子,描写知识分子本应是他们的拿手好戏,但知识分子地位一落千丈后,便再难成为作家们关注的焦点了。② 文艺为工农兵服务的原则被狭隘化了,在"文化大革命"中文艺只能写工农兵,专门写知识分子成长的《青春之歌》,因为其主角是知识分子,被认为是背离文艺为工农兵服务、为无产阶级政治服务的。批判者指责:此书公开与毛主席的光辉著作《讲话》大唱反调,通过资产阶级个人主义者林道静的形象,鼓吹一条与工农兵相脱离的所谓革命道路,把知识分子工作凌驾于工农兵的斗争之上③;陈学昭《工作着是美丽的》也因为主角是一个"五四"式的知识分子,就被批判不描写火热的革命斗争,不歌颂工农兵的英雄形象,完全是站在资产阶级立场上来写作。按照当时的逻辑看来,以知识分子为主角的作品就是为知识分子树碑立传,就是与工农兵人民大众方向背离,文艺为工农兵服务这一方针被教条化了。像《第二次握手》这样的作品,因为以知识分子为主角,作家甚至被抓起来判刑。

在这样对知识分子的批判之下,作家们本人也为着自己身上的知识分子气而苦恼。在《长夜》后记中,姚雪垠就忏悔道:"我出身于破落的地主之

---

① 周扬:《周扬文集》第 1 卷,北京:人民文学出版社,1984 年,第 425 页。

② 丁帆、王世城:《十七年文学:"人"与"自我"的失落》,开封:河南大学出版社,1999 年,第 96 页。

③ 兰溪县文化馆革命领导小组辑录《毒草及有严重错误图书批判提要》,内部资料,1969 年,第 13 页。

家,虽然我爱农民,但不是'农民的儿子'。如今不管我愿意不愿意,我的灵魂里还带有浓厚的'知识分子气'。"①作家们急于摆脱自己的"知识分子气",而渴望成为一个光荣的农民群众,以自己是一名知识分子而苦恼、羞愧,以是农民群众中的一份子而骄傲,这种价值范式的转换已经成为一个时代的选择。此时,作家创作的一个通病是表现群众力量不够,陈涌曾经指出孔厥创作的一系列作品不管怎样不同,一个共同的毛病就是未能充分表现群众。他说:"尽管《凤仙花》、《二娃子》、《血尸案》、《新儿女英雄传》这些作品是这样不相像,但它们都有一个共同的弱点:未能做到充分的表现群众。未能做到充分的表现群众的力量,群众的斗争或者群众的要求。"②由此看来,作家必须转变自己的创作重心,知识分子不能成为作品的主人公,要尽量避免知识分子题材,作家也需要改变话语范式。

时代的话语范式已经这样转变,如果这时候还是那样抱着所谓的启蒙精神来面对新的现实,来启蒙人民群众,来教育大众,来引导大众,那就显得有些不合时宜了,可能就会产生新的冲突了。王实味在延安时期的遭遇,某种程度上是他还抱着那种浪漫启蒙主义精神来改造群众而引起的,他还没有意识到现在应该改造的是他自己这样的知识分子。王实味发表的《政治家·艺术家》指出,艺术家的社会功能是"侧重于改造人的灵魂",是"灵魂的工程师",他以鲁迅为例,提出对带着肮脏和黑暗的旧中国的儿女进行思想启蒙与精神改造的迫切重要性,真诚地呼唤"更好地肩负起改造灵魂的伟大任务罢,首先针对着我们自己底阵营进行工作"③。王实味试图通过文艺来改造人民群众的灵魂,这样的思路语调还是典型的启蒙主义改造大众的思想范式,而现在已经开始强调应该改造的是知识分子了。王实味还没有

---

① 王瑶:《中国新文学史稿》,上海:新文艺出版社,1955 年,第 113 页。
② 陈涌:《孔厥创作的道路》,《人民文学》1949 年第 1 期。
③ 王实味:《王实味文存》,上海:上海三联书店,1998 年,第 135-136 页。

敏锐把握这种话语范式的转变,还以改造者自居,最终当然只能变成真正的被改造者了。而胡风反对文艺上的"农民主义",批判把民族形式还原为大众化和通俗化,批判所谓民粹主义的死尸,强调农民群众千百年来形成的精神的创伤,胡风这一套还是"五四"式的启蒙话语。胡风的理论具有浓厚的知识分子精英气质,他并没有真正转移到群众话语上来。

从改造群众到改造知识分子,群众和知识分子这一地位的转变引起了文艺格局的巨大变化。在改造群众的启蒙姿态里,把群众塑造成一种等待拯救的未开化的形象,群众往往是可怜、可悲、可叹的,知识分子在这里是引路人的光辉形象。而当知识分子改造思潮兴起,文学作品里的群众则不再只是愚昧落后的愚顽形象了,他们成了熠熠生辉的时代弄潮儿,而那些知识分子们则掉过来成了被改造的对象。这时候拥有话语权的是群众而不是知识分子,知识分子的话语重心转移到群众身上了。对群众光辉形象的过分拔高,虽然颠覆了过去的愚昧形象,但对群众是另一种歪曲,仍然是一种误读,没有真实全面地反映出群众的生活情感与思想面貌;对知识分子卑下形象的集中夸张,虽然颠覆了知识分子的神话,但对知识分子同样是一种歪曲与误读,没有真实全面反映出知识分子的思想情感与品格境界。这种双重的误读导致文艺作品中的群众与知识分子形象都脱离了各自的生活真实,成了一种想象的产品,作品概念化与类型化严重,题材也变得固定狭隘,这大大降低了文学的艺术性。比如对萧也牧《我们夫妇之间》的批评,对知识分子出身的李克和对贫农出身的妻子张同志其实都是不利的。这篇作品在当时本来颇受称赞,被认为是描写工农结合有生活情趣又有艺术性的一篇难得的短篇小说。作者写知识分子李克和工农出身的张同志结婚以来,进入北京后生活中的一些矛盾。本来两人的结合被称为知识分子和工农结合的典型,但是进城后丈夫对妻子"土豹子"的"农村观点"有些看不惯,发现妻子和自己之间感情、爱好与趣味有差别,甚至对夫妇之间关系是否可以继续维持下去产生了怀疑,但是最后丈夫对妻子重新有了比较深刻的了解,认识到妻子倔强、坚定、朴素以及爱憎分明等优点,两人重归于好。丈夫李克也忽然发现妻子变得美丽了,仿佛回复到他们过去初恋时的幸福时光了。这本来是一篇表现知识分子心路历程转变的作品,是表现知识分子成长的作品,并无对工农出身干部本身的恶意,只是借夫妻生活中的琐事表现知识分子的"我"对妻子的重新认识。但是作品发表后受到了批评,主要是认为作品丑化了工农出身的干部,是在玩弄人民,是一种小资产阶级的低级趣味。像这样一篇有生活真实与艺术性的作品,因为写了妻子进城后一些土气的表现被批评是知识分子在嘲笑农民群众,这有悖于原作品的本意,同时也是一种僵化的知识分子与工农对立思想的表现,把夫妻之间生活中的一些不和睦拔高到工农之间的对立,不利于真正认识知识分子和农民群众,也不利于文学的创新发展。

同时,对知识分子持久的批判,对知识分子的改造和知识分子光晕的消失,知识分子对于自己在社会中的位置、自己的作用产生了怀疑,也变得迷惘不自信了。巴金1958年在《文汇报》发表的《旧知识分子必须改造》一文中写道:"其实拿今天的形势来说,我们旧知识分子也不过是徒拥虚名而已。那些只能供自己个人欣赏,不能用来为国家、为人民服务的东西怎么能算是知识呢?我们能够为国家创造财富吗?我们能够推动时代前进吗?我们能够在改变祖国面貌的伟大事业中尽一份力量吗?是谁在推动祖国向前飞奔呢?是谁在中国这张白纸上写下'最新最美的文字',画上'最新最美的画图'呢?"①巴金这一问可以说是知识分子在当时情境下不自信的典型表达,知识分子能够为国家创造财富吗?知识分子能够推动时代前进吗?这些曾经毫无疑问的问题现在变得有点疑惑了,这样的迟疑反映了知识分子地位的动摇,反映出了知识分子内心的迷惘彷徨,知识分子自己对能不能推动社会进步都产生了怀疑动摇,这说明知识分子失去了他们在社会中本来应该

① 巴金:《巴金全集》第19卷,北京:人民文学出版社,1993年,第19-20页。

有的位置。知识分子在社会结构中一定程度的缺席导致知识分子的知识生产、批判声音、批判意识与批判精神式微,独立人格萎缩,这种精神状态下的文学缺乏反思精神,缺乏对于社会、历史、人生的深层次思考,文学作品相对来说流于肤浅。这使得社会独立思想缺失,怀疑精神丧失,谎话、假话、大话、空话等盛行,社会文化生态失衡,精神生态成了一言堂,文艺变成了某种独白,失去了制衡的力量。知识分子在被放逐边缘化的同时,也被异化了,知识分子找不到自己恰当的位置了。文学这个人学对于人的存在的独特思考弱化了,关于人性、人道、人情、自由、平等、个性、爱情、温情、情趣、永恒等知识分子爱好的话题成了敏感话题,必须慎之又慎,文学的情感生态不太正常。文学作品中的"人"也有工具化、概念化、任务化趋势,关于人的思考的全面性、深刻性等降低了,文学僵化的口号宣传特性突出。这些都扭曲了知识分子的形象与功用,知识分子的一度缺席带来了严重的社会后果,同时也降低了文学的价值。

## 四、文学脱离群众的再思考

在群众崇拜的话语氛围中,脱离群众成了文学最经常也是最大的一个缺点。在《讲话》中毛主席提出我们的文学艺术都是为人民大众的,首先是为工农兵大众服务而不是为少数有闲阶级服务,文艺从此进入了人民文学的时代。人民群众成了判断文学好坏的首选标准,这是无可厚非的。应该说从改造群众到改造知识分子的转变,充分显示了我们对广大人民群众的高度重视,群众的地位得到了空前的提高。还从来没有哪一个历史时期,哪一种政权意识形态像我们这样把普通人民群众的地位提高到这样一个位置过,这是非常正确的。但问题的关键是怎样提高? 在文学中又应该怎样提高人民群众的位置?

现在对于人民群众的这种重视是在贬低知识分子的语境中来凸显的,让知识分子输给人民群众,强调改造知识分子,没有同等强调改造群众,这就人为地打压一方而拔高另一方,没有充分尊重各自群体的差异性。群众一方的优越性短时间内极大地扩大膨胀,这种进程是不自然的,有一厢情愿拔苗助长的味道,同时这也导致群众的某些弱点被遮蔽起来了,而对知识分子群体优点的认识则严重不足,缺点却被放大夸大了。知识分子爱写群众的缺点,不太相信那种过分高大全的人物形象,我们便说这是知识分子自己心理阴暗的结果。周扬曾经指出:"我们小资产阶级对于群众,对于先进的东西,常常有一种怀疑的态度。有一种阴暗心里。……他不相信会有一个连个人打算都没有的人……知识分子总不相信:世界上有一种人不想自己只想别人。"[①]小资产阶级知识分子在与群众的比较中成了全面落后的一方,这样从改造广大群众到改造知识分子的乾坤大挪移,既是文学作品角色话语权的转变,也是社会政治话语权的转变。这种大转变阻碍了对群众的某些缺点问题的深入探讨,也阻碍了知识分子某些优点长处的尽情发挥,知识分子的压抑与群众的过度拔高,对于两者都是伤害,不利于真正认识群众与知识分子,也不利于文学在这一主题上的发展。

文学界这样大起大落地从改造群众到改造知识分子的转移,不是文学自身生态选择的结果,从题材到形象到主题,都在规定范围内按照概念来演绎,这扭曲了文学生态,没有按照文学特殊规律办事,限制了文学自身的探索、解放与进步,这既是文学的悲剧,也是社会的悲剧。知识分子在一个社会中没有自己应有的位置,老是受到嘲弄与打击,这样的价值取向是有偏差的。在知识分子改造的进程中,知识分子在脱离群众的批判中抬不起头来,知识分子成了群众的尾巴,知识分子的力量显得苍白,其生存方式与话语模式受到嘲弄,这没有充分尊重知识。"五四"时期的改造群众,是知识分子自下而上的文化自觉;作家在那里呐喊改造群众,群众可以不理睬,从这个意义上说这种改造是知识分子的单边行动。而改造知识分子则是自上而下的

---

① 周扬:《周扬文集》第 2 卷,北京:人民文学出版社,1985 年,第 201 页。

运动,知识分子必须响应、参与、遵守,以便完成任务。

在这个改造过程中,脱离群众成了文学作品最常见的一个缺点。只要写到知识分子题材,知识分子的缺点必然就是注重自我个人主义,比较自私,注重书本教条,脱离实践,脱离群众,这个过程中知识分子讲究个性追求的某些做法都上升成了个人主义。文学的人物需要个性鲜明,但个性都被上升成个人主义,这些作品因此常常受到批评。当时文学作品中一些人物的场景都被批评为个人主义,林道静独自在海滨散步,被批是脱离群众的个人主义;黄佳英来揭示官僚主义,这是个人英雄主义,是脱离群众,等等。在某些时候,脱离群众、群众需要成了一个可以随意用来批判文学作品的一个有力武器,这种泛化、随意化使得"群众"变得空洞化了,有时成了一些别有用心的人用来抓辫子、戴帽子、打棍子的一个手段,这种恶意批评在当代文学的各种批判中还是存在的。"脱离群众""没有表现群众的伟大"等指责因此变成了一个常见的模式,有时候变得比较牵强。文学作品中的知识分子、小资产阶级形象似乎都天然犯有脱离群众的毛病,脱离群众一度确实成了批判文学作品的一道魔咒,很多文学作品因此变成了坏作品,这不利于文学的发展。

从改造群众到改造知识分子,把知识分子形象压得过低,这就人为中断了文学改造群众的进程。群众身上所谓千年奴役的精神创伤依然存在,所以当文学外在介入力量减少时,文学中改造群众的话语就又会恢复。改革开放以来,以高晓声的"陈焕生性格"为代表的一批乡土文学对广大农民群众问题的重新思考,对群众缺点的"再暴露"就是"五四"以来改造农民群众话语的自然延续,这是对于农民群众的再启蒙,它并不是一种简单的复潮而是一种新形势下的必然。而对知识分子,我们党也在落实政策,大力提倡尊重知识,尊重人才,对他们不再提团结、教育、改造的方针,而是把他们当作工人阶级的一部分,看作国家的主人,知识分子也从此成为现代化建设的主要力量之一。一批反映知识分子生存状况、科学成就的作品又开始涌现出来，引发人们极大的关注，比如徐迟的《哥德巴赫猜想》引发了全国性的科学热潮，《人到中年》也引发人们对知识分子问题的极大热情。

本来知识分子改造本身并不是一个问题，他们需要改造。知识分子从来不乏自我反思、自我批判、自我解剖与自我改造的精神，他们一直都有内在的自我改造的要求。鲁迅先生塑造的一系列知识分子形象，从魏连殳到吕维甫，从范爱农到子君等，这些颓唐、迷惘与孤独的知识分子，就是知识分子的自我反思与自我改造的尝试，就是鲁迅对知识分子问题的思考。而《一件小事》中要榨出我皮袍下藏着的"小"来的事件，让我"时时熬了苦痛"，"教我惭愧，催我自新"，更是知识分子自我改造，向群众学习的明证。群众崇拜本身没有问题，群众是历史的真正创造者，是历史的真正英雄，知识分子在改造运动中向人民群众学到了很多东西，而且需要向群众学习。但是知识分子的改造有自己的方式，是自我主动地寻找与反思。而疾风暴雨式的运动，要知识分子在短时间内改造到工农群众一样的思想情感，通过抬高群众来改造知识分子，这没有尊重知识分子的特点与思想发展的规律，中断了知识分子自我改造的正常寻找与融入群众的进程，改变了他们改造自我的路线与轨迹，有些操之过急。实际上，随着对知识分子改造进程的加剧，群众与知识分子之间的对立情绪反倒加深了，人为在知识分子和群众之间树立了一道鸿沟，而且政治性的集中改造渲染了这种对立。当年胡风把思想改造与共产主义世界观、工农兵生活、民族形式、题材等一起作为束缚作家的"五把刀子"，这一比喻有特定情境，当然是不正确的，是很夸张的说法，但这也从一个侧面在某种程度上说明了思想改造这一运动在知识分子那里引起了内心的困惑。在这一改造过程中，有三个问题值得注意：

第一是究竟把知识分子改造成什么样的标准不具体，没有量化的标准，不好操作。徐光耀就曾经反思：改造人的标准应该明确，应区别情况……不要糊里糊涂一刀切，仿佛一旦归入了知识分子堆，便入了另册，永远要受人怀疑,低人一等。① 事实上,改造知识分子的标准都比较抽象而宏观,没有具体的细节标准,操作性不强。胡乔木在《谈思想改造》中说:"思想改造要达到什么标准,应该由每个人按照自己的觉悟条件来决定,这不是任何力量,一个政党或一个国家所颁布的法令能够决定的。"②没有具体可操作的标准与条款,这就难免产生一些问题。而且有一个深层次的问题就是如果我们把知识分子都成功地改造成了农民群众,知识分子没有知识分子气味了,那是否意味着知识分子这个群体的消失呢? 如果一个社会全是农民群众而没有知识分子了,那知识分子这部分功能谁来承担呢? 这是一个需要思考的问题。

第二是没有强调群众的继续改造。每个阶级的成员在自身的环境中会生成自身的情感、习性与思想价值理念,要把一个阶级的思想习性改到另一个阶级的样子,这本身是很困难的。正如毛主席所说小资产阶出身的人总是想着以各种方式顽强地表现自己,要改造他们实在不容易。邵荃麟在《论主观问题》中就曾经说:"每个小资产阶级作家的灵魂深处,都有一个'小资产阶级的王国',要摧毁这个王国,是好不容易的事。"③为此我们进行了长时间的小资产阶级知识分子的改造工作,但在强调改造知识分子,知识分子向群众学习的时候,没有同样强调群众需要向知识分子学习,没有同样强调继续改造提升群众的问题,我们的改造不是一种双向的互动,以致失去了重心与平衡。群众有优点,但群众也需要继续改造升华。对群众的崇拜需要与群众改造要相结合。知识分子需要改造,但知识分子也有优点,知识分子的改造与知识崇拜也需要相结合。只有双向互动,相互改造与尊重,才能实现良性的存在。只是单向度地强调知识分子向农民群众学习,把知识分子看

---

① 《文艺报》编辑部编《文学:回忆与思考》,北京:人民文学出版社,1980 年,第 434 页。
② 胡乔木:《胡乔木文集》第 2 卷,北京:人民出版社,2012 年,第 369 页。
③ 邵荃麟:《邵荃麟全集》第 1 卷,武汉:武汉出版社,2013 年,第 250 页。

作农民群众的尾巴,强调知识分子的落后性,抬高农民的先进性,这其实对农民群众和知识分子都有点尴尬。有学者说知识分子和农民其实是一根藤上的两个苦瓜,[①]这恐怕是对中国现当代文学史上关于知识分子与农民境遇的深刻领悟。

第三是在实践中还是比较急进。虽然在改造过程中也经常强调思想改造是长期性的,不能希望短时间就改造成功,但在实践过程中还是运动式的推进,给知识分子造成了一些困惑。毛主席在延安《讲话》里就强调知识分子改造是长时间的:"要彻底地解决这个问题,非有十年八年的长时间不可。"[②]强调思想改造不可急躁。周恩来1952年3月就曾致信陆定一要他召开一个会议,主要讲知识分子改造问题,要说明思想改造是长期的,不能急。而且周总理还嘱咐北京大学、清华大学要马上制止急躁情绪。[③] 周总理在1951年参加政协第一届全国委员会第三次会议闭幕式时也谈到知识分子改造问题,他指出思想改造是一个自觉的学习运动,不是强制可以接受的,是长期细致的工作。可以说党和国家的领导人在强调知识分子思想改造的时候都强调了改造工作的长期性与渐进性,但在实际工作中往往比较急躁,开大会要知识分子交代、表态、检讨,这是知识分子改造中在实践操作层面存在的问题。

当然在这场知识分子改造运动中,知识分子本身也有一定的责任,也有很多值得反思的地方。当年在延安纪念鲁迅逝世六周年的大会上,萧军宣读了就王实味之事向毛主席反映情况的《备忘录》。丁玲、周扬、刘白羽等轮番发言与萧军论战。主持人吴玉章打圆场,说我们一定有什么做得不对的地方,使得萧军发这么大的火。在此情势下,萧军说百分之九十九都是他的

① 王尧、林建法主编《我为什么写作——当代著名作家讲演集》,郑州:郑州大学出版社,2005年,第225页。

② 毛泽东:《毛泽东选集》第3卷,北京:人民出版社,1991年,第857页。

③ 中共中央文献研究室编《周恩来年谱 1949—1976》上卷,北京:中央文献出版社,1997年,第223页。

错,那么百分之一呢? 丁玲立即反驳说:"这百分之一很重要! 我们一点也没错,百分之百全是你的错!"①丁玲这个从"五四"时期走出来的"莎菲女士",在批判王实味以及后来的萧也牧等运动中,积极性都极高,只是这个百分之一的错也没有的"武将军"没过几年就被打倒,这种翻覆对一个知识分子来说尤其值得深思。所以实际上有些知识分子自身在改造运动中表现也不是很好,丧失了自己独立清醒的批判意识,在激情狂热中盲目附和,对运动起了一定的推波助澜的作用,自己也成了害人者,当然同时自己可能也是受害者,这是需要反省的。

值得欣慰的是一些亲历当代文学风暴的作家、理论家,在拨乱反正之后,并没有把当代文学之痛仅仅归结为外在环境使然,并没有只是一味地抱怨、声讨他人,而是以极大的勇气不断严肃地反省自己,解剖自己,承担自己的责任,体现了知识分子自我反省、自我改造的精神。比如周扬作为中宣部当时主管文艺的副部长,是很多批判的组织领导者,粉碎"四人帮"后,他多次沉痛总结教训,多次在演讲中承认自己批判了一些不该批判的作品与作家,而且表示不会因为有客观原因就"原谅自己的过失",表示"首先是我是有责任的,应引为教训"②。位高权重的周扬的反思应该说得到了人们的尊重,对于文艺界的拨乱反正也产生了很好的影响。巴金也在《随想录》里不断拷问自己过去的表现,承认自己也有责任,相信过假话,传播过假话,后悔自己没有独立意识:"别人'高举',我就'紧跟'。"③他呼吁人们说真话,不要再陷在假大空的斗争之中。古稀之年的巴金的忏悔引起了人们极大的共鸣。韦君宜在《思痛录》中说自己"一直在痛苦地回忆、反思,思索我们这一整代人所做出的一切",承认自己"在左的思想的影响下,我既是受害者,也

---

① 朱鸿召编选《众说纷纭话延安》,广州:广东人民出版社,2001 年,第 290 页。

② 周扬:《也谈谈党和文艺的关系》,载《周扬近作》,北京:作家出版社,1985 年,第 103 页。

③ 巴金:《说真话》,《巴金选集》第 9 卷,成都:四川人民出版社,1982 年,第 666 页。

成了害人者。这是我尤其追悔莫及的"①。对此她表示了深深歉意,并且说:"岂止道歉,应当深深挖掘自己那样胡来的思想根源,不说挖到哪里去,也应该挖啊!没有挖,使我们虽然道过一次歉,下次接着又犯错误。"②她的反思把这个问题推向了更深的层面上去了,让我们看到了知识分子的良知,把知识分子的自我革命、自我改造提高到了一个新的境界。

## 第三节　十七年文学成就焦虑话语的逻辑

焦虑是人类普遍具有的一种情绪,每个人或多或少都会有一些焦虑。不同的人,不同时代的人的焦虑不尽相同。对自己所从事行业的焦虑是一个人焦虑的重要内容,我们从事文学行业的人就特别焦虑文学的兴衰、文学的失语、文学的边缘化或者文学的危机,这些焦虑可能是集体性的,也可能只是少部分人的。当今时代文学的集体焦虑究竟是什么呢,我们可能还有一些争论,但是对于新中国十七年时期的文学界来说,却有一种比较明确的集体焦虑,那就是对于文学成就不大的焦虑。

### 一、十七年时期的文学焦虑

十七年时期的文学界普遍存在着一种对于文学成就的焦虑。这一时期的文学受到上上下下的广泛关注,文学界渴望着拿出丰硕的成果为国家献礼,但是其成果却一直不尽如人意,这引发了很多人的不满,很多人都对文学成就不大表示焦虑。这种焦虑话语从当时主管文艺的高层领导郭沫若、周扬到一般的作家,都在不停地重复着,这逐渐变成了一种时代性的集体焦虑。

---

① 韦君宜:《思痛录》,北京:北京十月文艺出版社,1998 年,第 4 页。
② 韦君宜:《思痛录》,北京:北京十月文艺出版社,1998 年,第 25 页。

作为文坛领袖的郭沫若在《中国文学艺术工作者第二次代表大会开幕词》中指出建国后文艺的进步和发展"远跟不上当前的国家建设的需要和人民生活的要求。我们的文艺工作，无可讳言，是落在现实的后边了"，①郭沫若在此表达了他对于文学发展迟缓的焦虑。茅盾在第二次文代会的报告中也指出："和我们国家的政治、经济建设的速度相比，和人民生活的日新月异相比，和群众对于文艺的要求相比，我们的文学工作还远远地落在现实的后面。"②在全国文代会上，像郭沫若、茅盾这样的文坛领袖都讲文艺大大落后于现实，这有点定调的味道。周扬对于这个问题尤其着急，一直都在焦虑自己主管的文艺领域成就不大。1951年在中央文学研究所的讲演中他说："比起中国人民的伟大斗争及其在各方面的成就来，文艺工作的成就还是太小了。"③1953年在第二次文代会上的报告中，他又郑重地讲："整个说来，新的文学艺术创作还是贫弱的。群众感觉新的文学艺术作品太少……无可讳言，我们的文学艺术事业同整个人民和国家的事业相比，同人民的需要相比，是远远地落后了。"④1954年在中国共产党第二次全国宣传工作会议上的发言中，他又说："目前的文艺工作能不能令人满意呢？应当说不能令人满意。总的说来，文艺工作、文艺创作，无论在数量上或质量上都还远远落后于人民和国家的需要，这是基本的情况。"⑤从周扬这一"基本情况"的判断来看，当时文学界内部对于文学发展成就的不满意有着较大的共识。直到1961年，周扬主持修订的"文艺十条"里还说文艺创作的思想水平和艺术水平还没有达到人们所希望、所要求的高度，创作上自由竞赛和学术上自由讨论的生动活泼的风气，还没有很好地形成。这种对文学发展现状不满意

---

① 郭沫若著作编辑出版委员会编《郭沫若全集》第17卷，北京：人民文学出版社，1989年，第50页。
② 茅盾：《茅盾全集》第24卷，北京：人民文学出版社，1996年，第259-260页。
③ 周扬：《周扬文集》第2卷，北京：人民文学出版社，1985年，第53页。
④ 周扬：《周扬文集》第2卷，北京：人民文学出版社，1985年，第239页。
⑤ 周扬：《周扬文集》第2卷，北京：人民文学出版社，1985年，第284页。

的焦虑话语可以说贯穿在周扬整个十七年的领导工作之中,一有机会他就要表达这种观点。总之,文艺界的领导层面对于文艺的整体判断是文艺的成就远远落后于国家整体进步的程度,是拖后腿的部门。到了1963、1964年毛主席关于文艺的两个批示,则把领导层面对文艺界的不满推向了高峰。①

值得注意的是这种焦虑意识并不是只有郭沫若、茅盾、周扬这样的文艺领导才有的,它不是个体性的偶然现象,而是一种普遍的集体焦虑,是一种共同的时代话语。当时很多作家都在表达同样的不满,这种焦虑话语具有相当的普遍性。丁玲1952年在《要为人民服务得更好》中说:"我们十年来比较能站得住的作品是不多的。我们还很少写出十分感动读者的作品……已经十年过去了,可是从各方面检查起来,总觉得进步太少。今天有许多人,特别是年青的文艺工作者为着这个问题而苦闷。"②丁玲说"许多人"都在为文学进步太小而"苦闷",这说明当时文学的焦虑意识不是个别现象,而是一种普遍的集体现象。巴金当时也常常表达自己的"惭愧",认为新中国成立后文学的那一点成就与新中国的局面实在不相配。他说:"我首先就得批评自己,我写得少又写得差。我们的生活是那样丰富多采(彩),斗争是那

---

① 1963年12月12日,毛主席阅读中共中央宣传部文艺处编印的《文艺情况汇报》刊载的《柯庆施同志抓曲艺工作》一文时,写下了一段措辞严厉的批示:各种艺术形式——戏剧、曲艺、音乐、美术、舞蹈、电影、诗和文学等等,问题不少,人数很多,社会主义改造在许多部门中,至今收效甚微。许多部门至今还是"死人"统治着。不能低估电影、新诗、民歌、美术、小说的成绩,但其中的问题也不少。至于戏剧等部门,问题就更大了。社会经济基础已经改变了,为这个基础服务的上层建筑之一的艺术部门,至今还是个大问题。这需要从调查研究着手,认真地抓起来。许多共产党人热心提倡封建主义和资本主义的艺术,却不热心提倡社会主义的艺术,岂非咄咄怪事。中共中央文献研究室编《毛泽东年谱1949—1976》第5卷,北京:中央文献出版社,2013年,第288页。1964年6月27日,毛主席在审阅中共中央宣传部5月8日关于全国文联和各协会整风情况给中央的报告时又批示道:这些协会和他们所掌握的刊物的大多数(据说有少数几个好的),十五年来,基本上(不是一切人)不执行党的政策,做官当老爷,不去接近工农兵,不去反映社会主义的革命和建设。最近几年,竟然跌到了修正主义的边缘。如不认真改造,势必在将来的某一天,要变成像匈牙利裴多菲俱乐部那样的团体。中共中央文献研究室编《毛泽东年谱1949—1976》第5卷,北京:中央文献出版社,2013年,第368页。
② 丁玲:《要为人民服务得更好》,《人民周报》1952年第22期。

样激烈尖锐,意气风发的英雄人物成群结队地产生,他们的面貌非常丰满,事迹本身就十分动人。一个星期革一个命,奇迹一般地完全改变了一个工厂的面目。这样的生活不就是完美的艺术品?"①但在这样"完美艺术品"一样丰富的现实生活面前,作家们竟然无能为力,没能生产出与之相匹配的伟大文学作品来,这种"羞愧"自然会让文学圈内的人感到无比焦虑。

十七年时期类似巴金、丁玲这样焦虑不安的作家不在少数,何其芳、田汉、夏衍等都在不同的场合表达了自己的焦虑。何其芳1953年在第二次文代会上发言说:"优秀的作品还是太少,一般的作品在思想的深刻和艺术的完美上和它们的进步性质还不相称,因而不能满足人民的要求。"②1959年在《文学艺术的春天》中,何其芳仍旧在表达着自己对于优秀文学作品太少的焦虑。他说:"我们仍然在期待着能够集中地代表我们这个时代的文学家艺术家,能够以他们的名字来标志一个时代的成就的文学家艺术家。"③田汉在《为演员的青春请命》中提出话剧艺术的成就与今天伟大国家建设普遍突飞猛进不相称,对此表现出深深的焦虑。夏衍1955年则在《文艺报》发文指出当前文艺界的落后是"无可置疑的事实"④。这种对文学成就的焦虑在整个十七年时期可以说是一个时代的集体话语,而且这种焦虑随着时间的推移越来越深了,正如胡风所说:"随着时间的进展,文艺实践上也愈显出了萎缩而空虚的现象。党内各方面和群众对这现象愈来愈表示了强烈的不满,作家和文艺干部愈来愈表现出了工作上的苦闷和思想上的混乱。"⑤如果说一些作家在表达自己的焦虑时都说得比较客气,那么胡风说得就比较尖锐了,他说:"三十多年以来,新文艺在革命斗争过程中所积蓄起来的一点有生

---

① 巴金:《巴金全集》第19卷,北京:人民文学出版社,1993年,第144-145页。
② 何其芳:《何其芳文集》第4卷,北京:人民文学出版社,1983年,第438页。
③ 何其芳:《何其芳文集》第6卷,北京:人民文学出版社,1984年,第135页。
④ 夏衍:《打破常规,走上新路》,《文艺报》1955年第24号。
⑤ 胡风:《胡风三十万言书》,武汉:湖北人民出版社,2003年,第329页。

力量,被闷得枯萎了……整个文艺战线是出现了混乱和萧条的现象。"①胡风所言有一定的夸大成分,但他集中地表达了人们对当时文学成就不大的焦虑心态。大家一直重复的这种集体焦虑话语甚至让当时的人们麻木了,戈扬就曾经在《向明天飞奔》中说:"文学艺术落后于伟大的现实斗争,这句话说来已经好几年了。先还只是说说,或是见之于报告总结里,但是说尽管说,报告尽管听,总结尽管写,作家们并不太着急。有时也着急一下,那是在听报告或是开会的时候。离开会场,这种情绪也就和会议一样,散了。"②戈扬这一段话至少说明三个方面的问题,一个是这些年来大家一直都在说文学落后于现实;另一方面则是大家比较焦虑;第三个方面是这种焦虑话语说多了,大家已经麻木了。

仅就文学界来说,感叹文学成就不高,呼唤文学大师、文学杰作的出现似乎并不是什么新鲜事,可以说是个老生常谈的话题,很多时候都有人在呼吁。比如在普罗文艺运动与"自由人""第三种人"论争之时,胡秋原、苏汶、梁实秋等都讽刺左翼文艺只有口号标语,没有文学杰作拿得出手,梁实秋要左翼文学拿货色来。在抗战文学论争之时,施蛰存发表的《文学之贫困》也批评抗战以来文学成就不高,没有什么像样的文学作品,纯文学的作品贫困得可怜。茅盾在《读〈倪焕之〉》中也曾经说:"新文学的提倡差不多成为'五四'的主要口号,然而反映这个伟大时代的文学作品并没有出来。"③这些都是在感叹文学成就太小,没有伟大作品产生。1934 年《春光》杂志社曾经专门征集"中国目前为什么没有伟大的作品产生"的答案,所征集到的文章总括起来认为有两种原因:一是环境不好,二是作家不争气。所谓环境就是当时文坛生态不好,如批评家太凶了,太浅妄了,使作家受到了威吓,文坛被旧的派别所垄断等;而作家不争气则是指作家和现实生活隔离得太远,作家不

① 胡风:《胡风三十万言书》,武汉:湖北人民出版社,2003 年,第 244-245 页。
② 戈扬:《向明天飞奔》,《人民文学》1956 年第 1 期。
③ 茅盾:《茅盾文艺杂论集》上册,上海:上海文艺出版社,1981 年,第 278 页。

肯埋头苦干,作家没有野心或勇气,等等①,各种意见纷呈,可见批评没有伟大作品是很多时候都存在的话题。但是这些对文学成就不高的批评,对伟大作品的呼唤与我们十七年时期批评自己拿不出像样作品的心情是没法比的,十七年时期对这个问题的焦虑如此集中、持续与广泛,如此迫切,这是其他时期少见的,显得有些不同寻常,特别值得关注。

## 二、焦虑的实质

那么十七年时期人们对于文学成就为什么如此急切而焦虑呢? 按照常理来说上上下下正沉浸在一片欢乐的海洋之中,意气风发,斗志昂扬,我们没有理由这么焦虑。虽然奥登 1947 年就发表了《焦虑的年代》一书,认为西方社会已经进入了"显性的焦虑年代",并且提出"到了一九五○年代,焦虑在当时的文学作品中,已经成为显性的陈述"②。但这是西方社会现代性的机器化、商品化、物化、异化以及由此而来的孤独失落与意义丧失性质的现代性焦虑。我们还处在物质匮乏、科技落后的时期,没有机器化、商品化的焦虑与烦恼,没有所谓过剩的压抑,我们正热火朝天进行着社会主义的改造与建设事业,不应该有这样的焦虑。

新中国刚刚成立,给予新文学的时间并不多。这一段时间一共才十七年,但我们评价自己文学成就的标准却是与中国古代两千多年来灿烂的文学成就比较,与"五四"时期以来辉煌的文学成就以及苏俄伟大文学成就相比较,这本身显得有点不公平。何其芳感叹地说:"在中国封建社会的成熟时期产生了李白和杜甫。在它即将走向崩溃的前夕产生了《红楼梦》。在俄国的无产阶级革命还未取得胜利以前就产生了高尔基。在中国的旧民主主

---

① 参见茅盾:《伟大的作品产生的条件与不产生的原理》,载茅盾《茅盾全集》第 20 卷,北京:人民文学出版社,1990 年,第 101 页。胡风:《目前为什么没有伟大的作品产生》,载胡风《胡风全集》第 2 卷,武汉:湖北人民出版社,1999 年,第 59-60 页。

② 罗洛·梅:《焦虑的意义》,朱侃如译,桂林:广西师范大学出版社,2010 年,第 5 页。

义革命转入新民主主义革命的时期,在五四初期,鲁迅就出现了。"①言下之意是在旧中国,在经济那么落后的年代,我们就有如此辉煌的文学成就,可是现在我们社会主义的新中国却产生不出伟大的作家,这让当时的文学工作者压力很大。但中国古代两千多年的文学史才产生了一个李白、一个杜甫,很多朝代几百年里也没有"李白、杜甫",而新中国刚刚成立十来年就总说自己没有"李白、杜甫",并以此为标准批评当前文学没有成果,这种急切的心情是显而易见的。但是如此显而易见的不可比性我们为什么视而不见,为什么还是如此急切要和历史上最伟大的文学成就如李白、杜甫以及《红楼梦》相比呢?

一般说来,"焦虑是因为某种价值受到威胁时所引发的不安,而这个价值则被个人视为是他存在的根本"②。那么这就是说,文学界是感受到了自身存在的根本价值受到了威胁,所以才倍感不安,十分焦虑。也就是说文学成就不大,文学存在的价值受到了威胁,文学也就失去了存在的资格,文学界由此产生了强烈的生存危机感,有些不能承受之重的感觉,也就由此焦虑起来。弗洛伊德曾经说焦虑有三种,一种是本我对于自己必然要衰老死亡的焦虑,这是神经性的焦虑;第二种是自我面对外部世界某种确定对象带来的焦虑,这是现实性的焦虑;第三种是超我在调节与国家社会与家庭等关系中的焦虑,这属于道德性的焦虑。那么从十七年文学焦虑的表述来看,显然不属于神经性焦虑,它应该归属于现实性与道德性的焦虑。此时的人们之所以如此焦虑,其主要原因有四个方面:第一是文学没有完成自己使命而丧失存在合法性的焦虑;第二是文学受批判而带来作家人身安全的焦虑;第三是写不出作品丧失了作家身份意义的焦虑;第四是淹没在前代巨人影响中无法超越的本体焦虑。

---

① 何其芳:《何其芳文集》第 6 卷,北京:人民文学出版社,1984 年,第 135 页。
② 罗洛·梅:《焦虑的意义》,朱侃如译,桂林:广西师范大学出版社,2010 年,第 172 页。

### （一）使命的焦虑

　　表面上看，这似乎是一个怎样才能创作出伟大作品的问题。但十七年时期人们之所以如此急切地渴望伟大的文学成就，并不简单是个文学问题，这种焦虑背后的实质其实首先是一种"使命焦虑"，是一种政治责任感带来的焦虑，这里面有一种迫切的献礼心态。这种使命焦虑表现在这样两个方面：一是社会主义建设的其他各行各业都有翻天覆地的变化，新中国成立后的社会主义改造、工业生产、农业生产，各行各业都取得了巨大的成就，文学与这些伟大成就相比，似乎始终拿不出纪念碑一样的标志性作品，感到自惭形秽，这当然让文学工作者焦虑；二是新的国家给了文学工作者良好工作环境，崇高的社会地位；社会生活给作家提供了丰富的新题材；文学有责任、有义务创作出伟大作品来回应这个时代，而我们的作家却没能迅速创作出一系列伟大作品来证明这种优越性，作家们担心完不成自己的使命从而感到非常有压力，非常焦虑。

　　新中国成立后各项建设日新月异，社会上充满着一种大干快上的豪迈气概。要跟得上、配得上这个伟大的时代，要吸引全国人民关注的目光，就必须拿出伟大的成就来献礼。这种献礼心态是当时全国人民普遍具有的一种情怀，各行各业的人民都有一种强烈的使命感与责任感。文学要证明自己在新社会的位置与存在的价值，自然也要拿出配得上新中国的伟大成就。这时候其他领域都成就辉煌，有可献礼的改天换地的丰碑，但文学偏偏一直拿不出什么像样的史诗性作品，在与其他领域的攀比中落后了，文学场里的人这时候因此顾不得什么文学的特殊规律而变得焦虑起来。周扬阐述自己的焦虑时说道："我们国家的生活是这样地充实和丰富，这样地充满了剧烈的变化，但在我们的作品中所描绘出来的生活图画，却常常是显得单调而乏味的。"①文学界在表达自己的焦虑时提得最多的就是感觉到文学与新中国取得的巨大成就相比不相称,这表明我们很想创作出与新社会相匹配的伟大文学,但我们偏偏却拿不出什么厚重的作品来,所以大家都非常焦虑。

田汉说与古代作家相比:"我们今天拥有的生活工作条件比他们好得太多了,我们完全应该有更高更大的成就,然而我们的成就并不太理想,这就值得我们严重警惕和奋发了。"②作家们领着薪水,还有高稿酬,衣食无忧,社会地位很高,而我们的前辈作家在古代那样不合理的旧社会里面,在那样颠沛流离困难落后的条件之下,却仍然能够创造出辉煌灿烂的唐诗宋词,但是我们却没能创造出新中国的"李白、杜甫",我们如何交代呢? 文学界急于用自己的成就来证明自身存在的价值,这个自觉的使命让作家们十分焦虑。巴金指出:"做一个今天的中国作家是莫大的幸福……我们生活在多么伟大的时代里,多么可爱的国土上,多么勇敢勤劳的人民中间……我们正在做着我们的前辈作家所梦想不到的光荣事业。"③既然在这样好的社会环境里,有这样优越的社会制度,为什么迟迟不见有伟大作品来为社会主义事业贡献力量,从而彪炳史册呢? 这样一问当然会让人紧张,文学成绩这时候已经不单单是个文学问题了,这让身在其中搞文学的人倍感压力与焦虑,变得急功近利起来,这是文学对自己使命的焦虑。

现在作家们生逢这么好的时代,担当这样光荣的使命,文学却拿不出像样的成绩,文学圈的焦虑急躁是可想而知的。萨特曾经说:"当把我提升到一个新的地位并交给我一项棘手而令人得意的使命时,我想到自己或许不能胜任它而感到焦虑。"④十七年时期的文学就有这种"不能胜任"式的焦虑。这样的焦虑会随着时间的推移而变得越来越明显,隐性的压抑与焦虑

① 周扬:《周扬文集》第 2 卷,北京:人民文学出版社,1985 年,第 239 页。
② 田汉:《田汉文集》第 16 卷,北京:中国戏剧出版社,1986 年,第 258 页。
③ 巴金:《巴金全集》第 18 卷,北京:人民文学出版社,1993 年,第 615 页。
④ 萨特:《存在与虚无》,陈宣良等译,北京:生活・读书・新知三联书店,2014 年,第 59 页。

就会变成显性的焦虑从而变得异常急躁。胡风当时就急切地说在我们伟大的革命胜利的伟大的年代,几千年才有的热情爆发的伟大的年代,我们的文艺战线反而萧条了,这使得我们的作家在这个"使人心开花的幸福的年代,不但不能放出光彩,反而也不得不在全国人民面前,在全世界人民面前羞愧地低下了头来……许多品质较好的有一定实践基础的作者,经常感到愧对党愧对人民"①。这种在伟大时代面前抬不起头来的羞愧感、渺小感、自卑感背后是深层的使命焦虑。这种焦虑是急于用文学成就来反映伟大的时代,证明伟大的时代,从而争取文学在整个社会体系中的位置,从而证明文学自身存在的价值。这关涉到文学在整个国家体制中的位置以及重要性,因此文学落后这个问题是相当严重的一个问题。冯雪峰就曾焦虑地指出:"我们不能不首先深刻地、痛切地认识到的,是我们文艺还远远落在人民的高度要求之后的严重现象!"②文学落后不是一个一般的问题,是一个严重的问题,所以冯雪峰反复强调:"必须深刻地、痛切地、严重地看见我们的落后现象!"③那么怎样才是"深刻、痛切、严重"地对待这个文学落后的问题呢?这就是必须认识到文学落后实际上是没有完成自己的使命,其存在下去的根基就不稳了,这是文学界最为焦虑的,这也才是最深刻、痛切与严重的。

(二)安全的焦虑

当然,无可讳言文学界这种焦虑的背后还有一种隐隐的人身安全的焦虑。十七年时期的文学圈之所以焦虑,还因为这一时期文学的进程伴随着一次又一次的文学批判。文学界担心又会受到什么批判,这种不安全感逐日增强,自然也是十分令人焦虑的。文艺界拿不出像样的作品不说,还常常

---

① 胡风:《胡风三十万言书》,武汉:湖北人民出版社,2003 年,第 245 页。
② 冯雪峰:《克服文艺的落后现象,高度地反映伟大的现实》,载冯雪峰《冯雪峰论文集》下册,北京:人民文学出版社,1981 年,第 2 页。
③ 冯雪峰:《克服文艺的落后现象,高度地反映伟大的现实》,载冯雪峰《冯雪峰论文集》下册,北京:人民文学出版社,1981 年,第 3 页。

犯错误受到自上而下的严厉批判,这种处境让文艺界也很焦虑。巴金说新中国成立后自己没什么文学成就,确实惭愧甚至坐立不安,但有时又会因为自己留下的东西不多,反而有一种放心的感觉。他说:"请允许我讲出我的缺点和秘密:我害怕'言多必失',招来麻烦。"①这种怕麻烦的心态在当时文艺界可以说具有代表性。连巴金这样的大作家都是这样诚惶诚恐,一般的作家就可想而知了。从萧也牧批判、《武训传》批判、《红楼梦》研究批判、胡风反革命集团批判、丁陈反党集团批判、钱谷融人性论批判到邵荃麟"中间人物"批判、《海瑞罢官》批判等等,文艺批判运动一个接着一个,这些批判在文学界引起的焦虑也是可想而知的。

十七年文学较为严厉的政治性对作家来说是一种无形的高气压。胡风在给路翎的信中说:"文艺这领域,笼罩着绝大的苦闷。许多人,等于戴上了枷。但健康的愿望普遍存在,小媳妇一样,经常怕挨打地存在着。"②这样的文学氛围很难让作家放心大胆地去进行各种艺术的探索与创造。正如顾骧总结的:"在过去'左'的指导思想影响下,特别是在林彪、江青反革命集团的破坏下,文艺界多灾多难,几经挫折,文艺工作者成了惊弓之鸟。"③黄药眠1957 年在《文艺报》发表《解除文艺批评的百般顾虑》,但在马上到来的"反右"运动中,他的这种要求解除百般顾虑的呼声本身也成了一个错误。所以要解除作家的百般顾虑,在十七年时期的文坛是很难完全做到的,文艺怕犯错误从而招致危险的焦虑是存在的。

## (三) 身份的焦虑

十七年文学焦虑还有一个内涵是作家的身份焦虑。如果把十七年的文

---

① 巴金:《巴金全集》第 19 卷,北京:人民文学出版社,1993 年,第 187 页。
② 胡风:《胡风全集》第 9 卷,武汉:湖北人民出版社,1999 年,第 252 页。
③ 顾骧:《开展健全的文艺评论》,载顾骧《顾骧文学评论选》,长沙:湖南人民出版社,1984 年,第 110 页。

学焦虑仅仅解释为一种政治使命焦虑、不安全感的焦虑,这又简化了这种焦虑的多重意义。现在我们阐释这段文学的时候,说的最多的就是这一时期政治对文学的强烈影响,这固然是不错的。但影响这一时期文学的还有很多深层隐性的力量值得深入探索,即如这一时期普遍存在的文学焦虑话语,除了使命、安全焦虑之外,它的背后还显示出一种文学内部对自己作为文学的独特身份与存在价值的追求,这是一种对文学本身的焦虑,表明这一时期真正的文学追求是存在的,不能简单化地认为这一时期文学全是口号化、概念化的政治图解,不能简单化地否定它。当时的作家已经认识到自己除了政治身份、社会身份、文化身份之外,更基础的还是一个作家的身份,作家是自己最基础的身份。作家除了是一个社会人之外,更是一个文学人,是作家就得有文学作品,但他们迟迟创作不出像样的作品,他们也由此多了一层作家身份的焦虑。

丁玲提出一个人必须写出一本真正的作品才能成为作家。丁玲认为作家最终还是靠他写的文学作品本身而不是外在的什么东西来成为作家的,一个人写出一本真正好的作品就没有人能够打倒他,即使一时不被接受,但他的作品最终还是会被人民喜欢,这样的人才是真正的作家。这正是一个作家身份意识的觉醒。的确,一个作家只要有一本真正好的作品就不会被淹没,司汤达有《红与黑》便留名文学史,虽然刚出版时作品卖不出去,但现在已是法国十九世纪文学的代表;梵高、高更的作品生前寂寞,现在却都被认为是大师的作品;《红楼梦》在曹雪芹有生之年寂寂无闻,但却是中国小说的巅峰。这样的例子在文学史上不胜枚举,只要能写出一本真正的文学作品,就是真正的文学家,是作品成就作家,其他的因素都是次要的。有没有一本真正的文学作品,这是一个作家的内心之问。作家不是什么人给的一个封号,而是靠作品说话,这是作家本体思考的觉醒,是对作家自身安身立命的思考。丁玲提出要有代表性的一本书的观点本来是文学的一个基本常识,是作家自身身份意识的觉醒,这表明丁玲对何谓真正作家身份的标准有了独立的思考,是对艺术性本身的思考。

十七年时期一些作家热衷于各种活动,出现了作品荒,特别是一些"五四"过来的老作家,以前写出了一些好作品,但十七年时期却迟迟不见再有像样的作品问世,这确实令人焦虑。丁玲"一本书"的提法有一定的现实针对性。当然在后来的批判中,丁玲这种说法被上升成"一本书主义",认为丁玲提倡"一本书主义"是鼓励作家写出一本书,以此为资本闹独立,是散布资产阶级腐朽的个人主义思想,是骄傲自大。这就把作家身份意识的焦虑过度解读了。一个作家连一部像样的作品都没有,何以成为作家? 丁玲一本书的提法可以说是衡量作家一个最基本的标准,曹雪芹靠一本书,吴承恩靠一本书,施耐庵靠一本书,伟大的作家都得有一本书立足。当时茹志鹃说:"我觉得我们作为社会主义国家的作家,实在是有愧得很,我们是往往从官衔头衔来看一个作家,不是从作品来看。"①这确实是一个值得注意的事情,当时很多作家都用了"羞愧""惭愧""有愧"等词汇来表达自己的心情,他们惭愧什么呢? 惭愧自己是个作家却拿不出什么像样的经典之作来,这表明作家们认识到真正成为一个作家还是要靠自己的作品,不是靠评了"一级作家"等头衔就成为作家的。那些外在的东西都不能成就作家,真正成就作家的首先还是作品。

虽然有了这种作家身份意识的觉醒,但在十七年的社会条件下,很多作家还是写不出一部像样的代表作,自然就会焦虑痛苦。方之、叶至诚就曾经说:"按说从事文艺工作这些年,多少总可以写出几句的,可是,事实上我们却感到很难。这是因为我们在创作上经历了痛苦的道路,走了一个'之'字形,没有写出什么像样的东西,主要时光大都用于写检查和认罪书之类的'作品'去了。"②说出这样的话,对于一个作家来说是十分沉痛的。想写出

---

① 《文艺报》编辑部编《文学:回忆与思考》,北京:人民文学出版社,1980 年,第 382 页。
② 《文艺报》编辑部编《文学:回忆与思考》,北京:人民文学出版社,1980 年,第 23 页。

好的作品,似乎也能写出好的作品,但终究没能写出来,这是痛心疾首的。作家们感觉自己丧失了作家之为作家的身份,自然是焦虑万分的。

(四)影响的焦虑

十七年时期的文学焦虑也有"影响焦虑"的成分。在文学界内部存在着一种影响的焦虑,美国文论家布鲁姆曾经说:"影响——更精确地说是'诗的影响'——从启蒙主义至今一直是一种灾难,而不是福音。"①这就是说文学经典所树立起来的传统,对于后世文学家来说一直就是难以逾越的大山,一直都是后世企图超越的焦虑之所在,甚至如布鲁姆所说是"一种灾难"。对西方来说,现代作家生活在古希腊以来辉煌文学成就的焦虑之中,而中国当代文学则生活在《诗经》、唐诗宋词以来的"影响焦虑"之中。王韬就曾经在《蘅花馆诗录自序》中说:"自汉、魏、六朝迄乎唐宋元明,以诗名者殆不下数千家,后之学者难乎继矣。诗至今日,殆可不作。"②这与李白"眼前有景道不得"的说法是同一个感慨。对十七年文学来说,远有古代文学的高峰耸立在那里,而近则有"五四"文学成就屹立在那里,周扬就曾经感叹在今天的中国大部分地区,连"五四"文艺的水平也没有达到,这表明前辈的文学成就一直是后来文学企图超越的目标,是压在后辈作家身上的一块巨石。

除了古代与现代文学外,还有苏联文学也成为一个给我们压力的外在因素。当时的广大青年都喜欢看苏联小说,有的青年看了苏联电影就认为中国不要拍电影了,周扬虽然说广大青年都喜欢看苏联小说当然是好的,因为苏联小说的艺术、思想水平高,但他马上又说:"可是我们自己的作品则不能满足我们青年的需要,这是个缺点,这是基本问题,这是落后于人民需要

---

① 哈罗德·布鲁姆:《影响的焦虑》,徐文博译,北京:生活·读书·新知三联书店,1989 年,第 50 页。
② 徐中玉主编《中国近代文学大系》第 1 集·第 1 卷·文学理论集一,上海:上海书店,1994 年,第 620 页。

的根本情况。"①实际上周扬随时联想到的是我们自己文学作品的成就不高这一事实。因此当代文学中的焦虑意识很重要的一点来自中国古代文学、"五四"文学以及苏联文学的压力,淹没在前代强者的光环之下而黯然失色。文学界一直渴望着超越这些前辈的影响,这种焦虑是前代巨人给后人造成的"影响的焦虑",这是文学圈内部自身滋长的一种焦虑心理,由焦虑而创新而超越,这是促使文学繁荣的一种良性因子。这种影响焦虑属于文学体系内部存在的正常文学规律,如果没有其他外力的扭曲,它会促使后辈作家为超越前辈影响而创新,成为文学发展的一个动力。

### 三、文学成就不大的原因

从上面的分析来看,十七年时期文学成就的焦虑既是一种职业的焦虑,也是一种使命的焦虑,既是个体性的,也是群体性的,既有现实的考虑,也有超越性的理想。各行各业都有自己的焦虑,而这一时期文学的焦虑似乎尤甚。十七年文学既想快速实现自身的社会价值,又想快速实现自身的文学价值。在兼顾文学的思想性与艺术性上遇到了兼容的困境,作品不能快速地既让社会满意又让文学满意,这种徘徊煎熬让想要奋发有为的文学界有些顾此失彼,捉襟见肘,因而常常陷入焦虑之中。这种焦虑既有与国家命运相连而来的焦虑,也有和个人命运相连的焦虑,还有文学本体思考的焦虑。文学界如此焦虑,说明大家主观上都是极其希望把文学搞好的,但为什么总是让人不满意呢? 大家自然想要突出重围,自然要去寻找造成这种不利局面的原因,查找阻碍文学大发展的症结之所在,以便对症下药,让文学大发展,走出困境,摆脱这种焦虑。当时人们也在不断进行总结探讨,寻求走出焦虑的道路,他们认为造成文学成就不高的原因主要有这样三个方面:

第一个原因是认为中国当代文学正处在青黄不接的过渡期,人才储备

---

① 周扬:《周扬文集》第 2 卷,北京:人民文学出版社,1985 年,第 285 页。

不够,所以暂时成就不高。何其芳认为优秀的作品太少是因为写作经验较多的老作家,有的做别的工作去了,而有的要熟悉新生活还需要一些时间;这些老作家当中经常从事写作的人已经极少,他们作为文学的主力本来应该多出作品,但一时还没有什么像样的作品出现。而大量新出现的作者,他们的作品本来大半都带有习作的性质,不可能要求他一出现就创作出成熟的作品。因此中国当前文学的落后局面主要是一个时间问题,是一个人才青黄不接的问题,假如再多给一些时间,我们一定能创造出伟大的作品。这一说法有一定的道理,但当时"五四"过来的一批大作家都正处在年富力强的创作旺盛期,新中国成立时何其芳才 37 岁,曹禺 39 岁,巴金 45 岁,丁玲45 岁,沈从文 47 岁,老舍 50 岁,茅盾 53 岁,郭沫若 57 岁,处于这样的年龄,可以说是文学创作的黄金年龄也不为过。而一批朝气蓬勃的年轻作家如刘绍棠新中国成立时才 13 岁,王蒙 15 岁,邓友梅 18 岁,陆文夫 21 岁,路翎 26岁,这些文学青年表现出了极高的文学素养与创造力。可以说新中国成立后我们文学创作的人才储备是充分的,老中青结合的人才年龄结构也是非常合理的,他们的创作力是非常旺盛的,如果把文学成就不高仅仅归结为人才青黄不接有点勉强。把文学的焦虑归结为没有人才,这种焦虑的解脱之法难以说服大众。

当时总结的第二个导致文学成就不高的原因则是作家们执行文艺路线不够坚决。周扬认为中国文学成就不高,"一个最主要的原因是我们执行毛泽东文艺路线还是不够"①。他指出,我们的文艺工作者在口头上没有一个不拥护毛泽东同志《在延安文艺座谈会上的讲话》的,而且绝大多数人也是衷心拥护的;但在文艺工作者必须和工农兵群众相结合的这个根本问题上,却时常发生模糊、动摇和抵抗。毛泽东同志要我们长期地、无条件地、全身心地到群众斗争中去,而我们有些文艺工作者却往往是暂时地、有条件地、

---

① 周扬:《周扬文集》第 2 卷,北京:人民文学出版社,1985 年,第 53 页。

半身心地到群众中去。毛泽东同志要求我们投入到群众的火热的斗争中去,而我们有些文艺工作者却往往站在这个火热的斗争之外。总之,毛泽东文艺路线是我们文艺创作的指南针,我们成就不高是作家没有很好地执行这个路线。在第二次文代会上,周扬批评了全国文联和各协会的领导机关放松甚至放弃了对文艺创作的领导;对作家、艺术家的创作和学习不够关心,缺少和作家、艺术家在思想上和创作上的经常接触,采取放羊的方法,这导致了文学生产的成绩不佳。这一说法是有道理的。但是文学创作是一个复杂的系统工程,作家的才能、时代、环境、读者、文学遗产等都是伟大作家作品出现的条件,把文学成就不高的焦虑归因为作家执行文艺政策不力,也解决不了文学成就不高的焦虑。

　　当时总结的第三个方面的原因是文坛领域内有官僚主义、教条主义、公式主义等阻碍了文艺的发展。随着时间的推移,文艺服从政治的僵化模式逐渐发展升级,很多作家开始把矛头指向文艺上的官僚主义。姚雪垠在《打开窗户说亮话》中明确指出我们的文坛有两个,一个是公开的文坛,一个是私下的文坛。公开的文坛好像没什么问题,但私下的文坛大家谈的最多的是文坛内的官僚主义、教条主义、宗派主义等影响了文艺的繁荣。一些领导不明白文艺的特殊性,以采取行政命令的方式过于简单化地干涉文艺创作。白刃在《文艺界的主要矛盾在哪里?》更是明确地指出:文艺界的主要矛盾是领导与被领导之间的矛盾,有些领导者、批评家拿毛主席的讲话做幌子来宣传教条主义。① 一时之间文艺领导的教条主义成了人们试图摆脱文学焦虑的一个出路。胡风对十七年时期文艺的这种过度政治化的批评最为激烈,他指出当时文艺成就不高主要是文艺政治化的简单领导、命令主义的作风造成的。他说:"我们常常听说文艺不振,是因为放弃了领导,但事实恰恰相

① 白刃:《文艺界的主要矛盾在哪里?》,《文艺报》1957 年 5 月 26 日。

反,正是被这一种领导'领导'得不能透气了的。"①在这里,胡风把文艺成就不高的主要原因归结于当时文艺领导的过于简单化。

这种分析实际上把文艺成就不高的责任推给了文艺领导者,认为是官僚主义与形式主义惹的祸。这在当时有一定的道理,但这也不够客观全面。十七年时期的文艺确实存在着政治的干预问题,这对文艺发展确实有很大的影响。但是也不能把文学成就不高仅仅归结为时代政治的干涉,沈从文1957年给张兆和的信中就曾指出当时一些人好像觉得凡是写不出,做不好,都是由于上头束缚限制过紧的原因,沈从文说这种提法不很公平,同时他指出:"如今有些人说是为行政羁绊不能从事写作,其实听他辞去一切,照过去廿年前情况来写三年五载,还是不会真正有什么好作品的。"②沈从文的说法可以说明仅仅责怪政治的束缚、没有创作的时间等,是不能解释文学成就不大的问题的,这里面也有作家才能等原因。把文学成就不大的责任推给领导有形式主义、官僚主义,这也不能解决文学创作的事情,不能解决文学的焦虑。

当时还有的人认为文艺创作不够繁荣是因为稿酬太低,但这一说法也没有说服力,比如戈扬就在《向明天飞奔》中指出:"其实用提高稿费的办法,刺激作家繁荣创作,那是用旧眼光看今天的作家。今天的作家没有一个是等米下锅的。他们得到党和人民很高的尊重,他们的劳动报酬是不低的。甚至有的人劳动得很少,生活过得很好。问题的关键不在提高稿费或是别的什么,在于作家的社会主义觉悟。"③戈扬认为当时作家的收入并不低,根据1956年全国工资改革的情况来看,当时作家张天翼、周立波、冰心等人被定为文艺一级,月薪是345元;丁玲挂靠行政七级,月薪322元;赵树理是行政十级,月薪218元。1956年工资改革之后,北京地区高中学历的一般工作

---

① 胡风:《胡风三十万言书》,武汉:湖北人民出版社,2003年,第244页。
② 沈从文:《沈从文全集》第20卷,太原:山西出版集团·北岳文艺出版社,2009年,第168页。
③ 戈扬:《向明天飞奔》,《人民文学》1956年第1期。

者月薪是 37 至 46 元左右,初中学历者 33 元左右。当时大城市居民的基本生活费为人均每月 10 至 15 元,城镇的普通职工平均月薪是 40 元左右。可见作家的收入在当时并不低,而且除了工资以外,作家们发表了作品还有稿费,所以作家是社会上的高收入者。戈扬认为当时创作不发达主要是作家的社会主义觉悟还有待提高,这固然也是一个原因,但从当时热火朝天的社会主义建设热情来看,作家们本人的社会主义觉悟一般都还是很高的。只是文学创作需要作家的才华,需要社会的综合环境以及其他各种要素的促进,它的繁荣发展有自己的规律,不是着急就能高产的。

那么,今天的我们又应该怎样看待十七年时期文学的焦虑话语呢?就焦虑本身来看,有显性的焦虑,也有隐性的焦虑,有真实的焦虑,也有虚假的焦虑,有主动的焦虑,也有被动的焦虑。当时文学界的焦虑是显在的,也有隐在的。当时的文学界与传统文学、"五四"文学或者苏联文学以及与其他社会主义建设成果比较,文学创作成果确实是比较贫弱的,这时的文学焦虑是显在的,真实的,也是真诚的,并非多余的。焦虑往往来自于内在的困惑、价值的迷惘、意义的迷惑、安全的威胁等,这些在十七年的文学焦虑中是存在的。在当时的社会环境下,文艺界确实困难重重,文坛的这种焦虑话语不是空穴来风,但这种焦虑也有放大的成分。而且与物质建设、经济建设等社会其他部门之间进行比较,把精神生产和物质生产之间直接进行无缝比较,这对于精神生产来说有一定的不合理性,因为物质生产与精神生产之间具有不平衡性。但是这种焦虑话语有其产生的必然性,它同时也产生了多重的意义。文艺界自身反复提醒自己文学成就不大,这也是一种实事求是的冷静总结,是一种对现状清醒的认识;同时也是一种对伟大作品的呼唤,是一种文学理想的表达。这样一种自我认识,一来可以激励广大作家奋发有为,快出多出好的作品,以超越现状;二来这种低调与自我批评也会赢得大家的好感,赢得一定的支持信任和发展的时间。同时这也是在外界质疑之前自己主动采取的一种防卫措施,通过这种主动承认自身不足的自我批评来表明自己的态度,这在某种程度上缓解了外界发难的压力,形成了一道自我保护的墙,因此这种焦虑话语实际上也是一种自我保护的行为。从精神分析的角度讲,自我不停地表述这种焦虑也是这种焦虑情绪的一种宣泄,是压抑的一种释放,是超越焦虑的一种方式。

更为重要的是,这种自我批评成就不大的焦虑话语为寻求文艺摆脱束缚,按照自身特殊规律发展的改革措施提供了一点腾挪的空间,为文艺的改进找到了依据,它成了要求文艺政策措施松动改善的理由。人们时不时出来表达这种焦虑,而每次在这种焦虑之后,人们都是在寻求促进文艺大发展,改进文艺政策的各种办法。周扬每次表达了对于文学成就不大的焦虑之后,就要批评一下当时文坛一些不好的做法。周扬1953年在第二次文代会上表达了焦虑之后,他紧接着指出造成这种局面的重要的一个原因是公式化、教条化图解党的政策,批评有些作家:"作品中需要有人物好象(像)只是为了借他们来解说各种具体的政策,而并不是通过具有高尚品质、思想、情感的人物的真实形象来感染和打动读者。"[1]1954年表达了焦虑之后,周扬就批评了有些文艺领导的粗暴,提倡艺术要自由竞赛。他说:"人家的旧剧封建,就要和人家竞赛。……自由竞赛就是在群众面前竞赛、考验,艺术不能专制。"[2]直到1961年在表达无成绩的焦虑之后,他提出了全面调整文艺政策的"文艺十条",要求正确地认识政治和文艺的关系;鼓励题材和风格的更加多样化;进一步提高创作质量、普及文学艺术;更好地继承民族文艺遗产和吸收外国文化;加强艺术实践、保证创作时间;加强文艺评论;重视培养人才;加强团结,调动一切积极因素;改进领导方法和领导作风等。因为文学成就不大,所以需要更好的政策,这也是文学自我更新的一种策略,这也是这种焦虑话语的积极意义。

---

① 周扬:《周扬文集》第2卷,北京:人民文学出版社,1985年,第243页。
② 周扬:《周扬文集》第2卷,北京:人民文学出版社,1985年,第293-294页。

# 后 记

我曾经为自己定下做学术的路径:西方背景,中国问题;历史眼光,当代情怀。学术应该贯通、融通与精通,为此我下了一番功夫对西方审美价值范式的古今演变做了一番考查,费了九牛二虎之力出版了一部《古典、浪漫与现代:西方审美范式的演变》,把那一众枯灯照耀下的"汉译西方名著"读了一遍,算是有了一点所谓的西方背景。回过头来,把一众中国自己的经典研磨一番,写了一本《中国古典美学精神》,算是对我们自己的家底有了一些了解。在美学超越精神的鼓舞下,我在哲学的世界里待了一阵,倒也逍遥自在,这样下来恍兮惚兮已近不惑了。我总是想着做点有意思又有意义的研究,把文艺学与文献学完美结合,为此也曾在那些落满灰尘的文献里逡巡,也做了大量的实证研究,有些文献一翻开就有了要咳嗽的刺激,就有了要流泪的怪味。在那些寒冬与酷暑的孤寂里,我常常想其实做学问就是拼体力、拼耐力、拼身体,其实做学问就是去做学问,别人之所以好像没有这样的学术成果,只是他们不愿意去做罢了,并不是我们比别人高明多少。这也不是什么高精尖的技术活儿,中等智力足够应付,只是这是一条更加狭窄与寂寞的道路罢了。

满纸文章,知音几何? 学问的过程中总有迷惘的时候,所以还需要不断寻找学术的动力与热情,需要不断地给自己找到付出时间与生命的理由。

寻找支点是学术可持续发展的前提。学术的动力还是要来自对现世生存的观照，来自对当代问题的回答，来自与身边人的交流，来自被需要。由此我把眼光投向了现代中国的文学艺术，写了一部《中国小资产阶级文艺的罪与罚》，试图以此介入中国现代的文学与社会进程。正是在这样的转向之中，我的学术兴趣聚焦到了中国现当代的文学批评。文学批评可以避免没有文学的文学理论，它是文学与理论的融合，它满足了我的文学梦与现实情。而十七年是一种崭新文学批评范式建构的开端，与我们当前的文学生活也息息相关，这似乎可以慰藉学术现实诉求的焦虑，由此有了现在这样一部《十七年文学批评话语研究》。当前构建中国自己的学术体系、学科体系与话语体系正成为一代学人聚焦的中心任务之一，我的这一话语研究不是临时兴起赶任务，而是十年前就逐渐开始了。不过，岁月不居，时节如流，虽然看上去用了不少时间，但结果如何却无法轻易自许。只有聊寄希望于未来的时光，或可再上一层楼也未可知。

当前的时代有人说是"全球化时代""信息化时代""原子时代""数字化生存时代""微时代"，也有人说是"网络时代""人工智能时代""虚拟时代""元宇宙时代""社交媒体时代"，等等，不一而足。这些命名看上去各有侧重点，但其实它们都有一个共同点，那就是都以现代科学技术的迅猛发展为基础，所以当前时代毋宁叫作"技术狂飙时代"更为贴切。在这个技术狂飙的时代，有些从事文学艺术工作的人故作清高，诅咒技术狂飙摧毁了田园牧歌的诗意；有些人则与世推移，淈其泥而扬其波，忘乎所以，玩得不亦乐乎。其实，诅咒与放纵都不是真正的文艺之法。在这个技术狂飙的时代，真正的文艺工作者应该拥抱技术，坚守灵魂，坚守文艺真善美不变的精神，用文艺之火去点燃技术狂飙时代下那眼花缭乱而麻木的灵魂。

是耶，非耶？

寇鹏程

2023 年 2 月缙云山下